ELLAS & EL FUEGO

ALICE DOUBLIER

ELLAS & EL FUEGO

TRADUCCIÓN DE
ÁNGELA ESTELLER

MOLINO

Papel certificado por el Forest Stewardship Council®

Título original: *Elles & Le Feu*

Primera edición: abril de 2025

Publicado por primera vez en Francia por Hachette Livre en 2024.

© 2024, Hachette Livre
© 2025, Penguin Random House Grupo Editorial, S. A. U.
Travessera de Gràcia, 47-49. 08021 Barcelona
© 2025, Ángela Esteller García, por la traducción

Penguin Random House Grupo Editorial apoya la protección de la propiedad intelectual. La propiedad intelectual estimula la creatividad, defiende la diversidad en el ámbito de las ideas y el conocimiento, promueve la libre expresión y favorece una cultura viva. Gracias por comprar una edición autorizada de este libro y por respetar las leyes de propiedad intelectual al no reproducir ni distribuir ninguna parte de esta obra por ningún medio sin permiso. Al hacerlo está respaldando a los autores y permitiendo que PRHGE continúe publicando libros para todos los lectores. De conformidad con lo dispuesto en el artículo 67.3 del Real Decreto Ley 24/2021, de 2 de noviembre, PRHGE se reserva expresamente los derechos de reproducción y de uso de esta obra y de todos sus elementos mediante medios de lectura mecánica y otros medios adecuados a tal fin. Diríjase a CEDRO (Centro Español de Derechos Reprográficos, http://www.cedro.org) si necesita reproducir algún fragmento de esta obra.
En caso de necesidad, contacte con: seguridadproductos@penguinrandomhouse.com

Printed in Spain – Impreso en España

ISBN: 978-84-272-4797-0
Depósito legal: B-2.570-2025

Compuesto en Compaginem Llibres, S. L.
Impreso en Rodesa
Villatuerta (Navarra)

MO47970

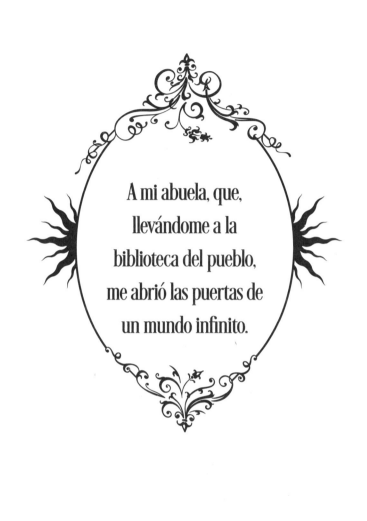

A mi abuela, que, llevándome a la biblioteca del pueblo, me abrió las puertas de un mundo infinito.

MUNDO DESCONOCIDO
REGIÓN DE LAS ROCAS

LLANURA DE
LAS PIEDRAS

PUERTO
DE HAMN

MAR DE OÏR

ZAFIRO

JASPE

ISLA DE
MAORACH

PUERTO
MARFA

NOTA DE LA AUTORA

Ellas & el fuego es una novela de fantasía que narra la historia de tres jovencitas y cuyo objetivo es tratar, de forma directa o indirecta, temas como la violencia física o psicológica, las relaciones tóxicas y las agresiones sexuales.

PRÓLOGO

A Fiona de Ramil nunca le ha gustado el fuego. De hecho, odia el peligro que en él se oculta como si fuera un monstruo camuflado en la oscuridad. Sin embargo, en las noches de hoguera, no tiene más remedio que asistir a la ejecución en el patio del castillo. «No te preocupes, hermana, esta es la última», le ha asegurado Nevena con una sonrisa triunfal. La última quema de una ermida en los reinos unificados.

Fiona sigue sin creerlo, pese a encontrarse frente al montón de leña al que está atada la mujer. Esta, con sus cabellos oscuros y sus ojos verdes, como los de todas las brujas, se mantiene erguida, con actitud orgullosa, como si las llamas no estuvieran a punto de devorarla. Ni siquiera parece haberse dado cuenta de que han vertido aceite a sus pies.

—¿Cómo se llama? —le pregunta Fiona a su padre.

Es su hermana la que responde.

—Masheal.

Como capitana del ejército, ha sido la propia Nevena la que le ha dado caza por las dunas del desierto. Y, como tal, ella será la encargada de prender fuego a la hoguera. Cuando se acerca a la ermida, la satisfacción se le refleja en el rostro, iluminado por la antorcha.

La afluencia es escasa: los capellanes, algunos miembros de la corte de Ramil y la familia real. Han sellado las puertas de la gran muralla y han reforzado la seguridad. Ni hablar de recibir una indeseada visita nocturna de los moradores del desierto.

Sin embargo, Fiona franqueará las puertas mañana. Nada le impedirá recorrer las dunas y descubrir al pueblo que las habita.

Nada, excepto sus obligaciones como hija del rey de Ramil y futura soberana del territorio.

La recorre un escalofrío cuando Nevena baja la antorcha. El aceite prende de inmediato y, de repente, una llamarada tiñe el patio. Fiona traga saliva mientras observa a la mujer, que se agita pese a no tener escapatoria.

En el cielo estrellado hay una luna llena perfectamente redonda que parece contemplar la escena con calma. Muy al contrario que Fiona, que percibe en las entrañas una amenaza próxima. Posa la mano sobre el vientre para sentir a la criatura que crece en su interior y, a continuación, se obliga a mirar de nuevo a la mujer, que reniega y se debate, con el pecho agitado a causa de su respiración entrecortada.

De repente, sus ojos se clavan en los de Fiona.

—¡El fuego puede matarme, pero no destruirme! —exclama.

A la princesa se le hiela la sangre y, justo en ese momento, de la hoguera escapa una lengua de fuego que roza la túnica de su hermana, quien retrocede de un brinco. Otras llamas parecen cobrar vida e invaden el patio. Cuando la tarima empieza a arder, Fiona da un paso atrás. Se atrevería a jurar que en la mirada de Masheal ahora brilla una luz esmeralda. Aunque hasta ese instante no había viento, arrecia de repente y el fuego se propaga enseguida. En un segundo, una carreta repleta de paja se convierte en un infierno mayor que la propia hoguera. Una llamarada alcanza a un soldado, que se desploma al suelo. Sus gritos se unen a las crepitaciones de su piel. Un poco más lejos, un caballo se encabrita y lanza a su jinete por los aires. Fiona no puede respirar.

—¡Entremos! —grita su padre mientras los soldados se dirigen a toda prisa hacia el pozo.

Se acerca a Nevena y la coge del cuello, pero ella se resiste, dispuesta a luchar contra las llamas. Fiona, por su parte, es incapaz de apartar los ojos de la hoguera. Pese a estar rodeada de fuego, la ermida sigue viva. ¿Cómo puede sobrevivir tanto tiempo? Y ¿qué es ese ruido que se oye por encima de los gritos y el fragor de las llamas?

—¡Esa desquiciada se ríe de nosotros! —grita un soldado que echa agua sobre un conato de incendio.

Temblando, Fiona da un paso adelante; alguien la toma de la mano y la obliga a entrar al palacio sin contemplaciones.

—Nos guareceremos aquí hasta que pase el peligro —ordena su padre al llegar al comedor.

Las cenizas los han seguido hasta allí y revolotean en el aire como copos de nieve. Un sirviente enciende la vela de plegarias y todos se arrodillan ante él. Aún se vislumbran las llamas a través de las estrechas rendijas, pero Fiona trata de ignorarlas.

—Ahora, recemos al Fuego para que se compadezca de nosotros esta noche —ordena su padre.

Fiona cierra los ojos con tanta fuerza que hasta le duelen, pero necesita ese tormento para olvidar los gritos que desgarran la noche. Aunque trata de susurrar su plegaria habitual al Fuego, la asaltan las preguntas. ¿Conseguirán los soldados apagar las llamas? ¿Acabará muriendo la bruja?

«¡El fuego puede matarme, pero no destruirme!», ha gritado. Las palabras le dan vueltas y más vueltas en la cabeza, como las cenizas que revolotean a su alrededor. ¿Qué ha querido decir la condenada con eso?

De rodillas, se abraza el vientre, tratando de proteger a la criatura que allí se esconde. Si los rumores son ciertos, las ermidas provocaron la muerte de su hermana mayor durante el parto. Esa es la razón de que ella sea la futura reina de Ramil, y de que su hijo sea el siguiente en la línea de sucesión. ¿Le ha lanzado Masheal un hechizo al niño que lleva en su vientre? ¿A todo su linaje?

La siguiente hora está llena de miedos y oraciones torpes, acompañadas por el estruendo del furioso incendio. Le duelen las rodillas. Justo cuando se está preguntando si llegará a ponerse en pie, se abre la puerta. Al levantarse, su padre se encuentra cara a cara con un capellán angustiado. Lleva la parte inferior de la capa completamente quemada y le sangra la cabeza.

—¿Y bien? —pregunta el rey con voz firme.

Fiona se queda petrificada al oír que el hombre anuncia que han muerto dos miembros de la corte y que hay una docena de heridos. ¿Cómo puede ser tan destructivo el fuego?

—¿Y la ermida?

El capellán asiente, confirmando su fallecimiento. El alivio invade la estancia, pero no puede sofocar el miedo que late en el pecho de Fiona.

—¿Se ha acabado? ¿Por fin se ha acabado? —masculla Nevena.

Su padre se vuelve hacia ellas, tan grande como un gigante.

Los dedos de Fiona rodean con firmeza su vientre, mientras que él, con una voz desprovista de emoción, declara:

—No, hijas mías. No ha hecho más que empezar.

PRIMERA PARTE

Estaba allí cuando nos atacaron. Estaba allí cuando nos dieron caza. Estaba allí y luché. Creyeron haberme vencido con el fuego. Pero no desaparecí.

1
Alyhia de Ramil

Reino de Ramil

Las dunas del desierto siempre me han recordado a un mar dorado. Aunque casi siempre están en calma, pueden llegar a levantarse como el viento durante una tempestad. En ese instante, una multitud de granos de color ocre se arremolinan en el aire antes de volver a posarse perezosamente en el suelo, regresando muy a su pesar a lo que son: una ínfima parte de un todo.

El mercado que hay tras la muralla que nos separa de los pueblos libres está vacío. Solo el viento rompe el silencio del desierto a esta hora especialmente calurosa. Me reajusto el velo y me acerco a las antorchas, que siguen encendidas, las seis.

Después de asegurarme de que no hay nadie cerca, dejo que mis dedos penetren en el corazón del fuego. Las llamas se introducen de inmediato en mi interior como las garras de un animal despiadado. Me atraen, me vuelven poderosa y vulnerable al tiempo. Me muerdo los labios, saboreo su dentellada indolora. Se arremolinan alrededor de mi mano como si ejecutaran una extraña danza fúnebre.

—¡Princesa Alyhia! —oigo de repente a mis espaldas.

Retiro la mano a toda prisa y bajo la cabeza.

El resplandor de las llamas sigue agitándose en mis pupilas, provocando que dos finas lágrimas me broten de la comisura de los ojos.

—¿Qué ocurre? —pregunto con tono impaciente al ver los zapatos cubiertos de arena de una soldado.

—El rey Gaenor requiere vuestra presencia. El almuerzo ha comenzado.

La mujer remueve los pies. Debe de sentirse incómoda ante lo que imagina que son sollozos.

—Muy bien —respondo sin levantar la mirada.

Sus pasos se alejan y me apoyo en el murete. En mi cabeza resuena la voz de mi padre rogándome que tenga más cuidado, y veo también la mirada de mi madre, impregnada de una culpa que nunca he entendido del todo. No obstante, ahora ellos no están aquí y yo debo aprender a valerme por mí misma.

Las campanas resuenan por enésima vez en los pasillos, como si proclamaran la impaciencia de mi madre. Casi puedo imaginarla, tirando de la cuerda mientras refunfuña en mi contra. Me cruzo con algunos soldados y sirvientes que portan antorchas, telas y comida. Sin embargo, el castillo está prácticamente deshabitado. Somos el último bastión del desierto. Y, aunque mi familia sea importante, nuestra vida carece de fastuosidades.

El castillo también concuerda con dicha imagen: cuadrado, de recios muros, sin adornos ni florituras. Cada estancia está amueblada con tal sobriedad que cualquiera pensaría que estamos a punto de marcharnos, aunque hace diez años que no salimos del reino.

La sala donde se ha servido el almuerzo no es una excepción. En el centro se ha dispuesto una mesa de madera sencilla y desgastada. Pese a los esfuerzos de los criados por mantener el suelo limpio, siempre hay unas vetas de arena aquí y allá. Las paredes están salpicadas de aspilleras. Al final del día, la luz es tan débil que parece que estemos en una cueva construida para protegernos del exterior.

Cuando me siento al lado de mi padre, todo el mundo ha ocupado su lugar. Él y mi madre presiden la mesa, alejados el uno del otro, como siempre. Mi hermano mellizo Darius juega con la comida para entretener a Ruby y a Elly, nuestras hermanas pequeñas, de diez años.

—Hemos empezado sin ti —informa mi madre con su voz glacial.

Mi padre coloca rápidamente su mano sobre mi brazo, tratando de infundirme calma.

—A pesar de tu mayoría de edad, vuelves de las excursiones incluso más sucia que antes —añade ella, repasando mi atuendo (un pantalón de lino y una camisa holgada) con los ojos.

—Vaya, ¿así que antes era mejor? —bromea mi hermano.

Aunque nos parecemos mucho —mismo pelo rubio de color arena, misma piel bronceada por el sol—, eso no le impide burlarse de mí a la mínima oportunidad.

Unto el queso de oveja en la tosta y la devoro sin prestar atención a mi apariencia. Mi madre se mantiene erguida como un palo y utiliza los cubiertos, al contrario que el resto, que comemos con los dedos.

Somos tan diferentes como el día y la noche. Ella tiene los ojos de color avellana y una larga melena castaña, típicos de su región de origen. Su piel es tan fina y blanca como una hoja de papel, y se cuida mucho de exponerse al sol para no estropearla. Lo único que he heredado de ella, al igual que mi hermano, es el cabello rizado. A modo de revancha, mis hermanas pequeñas se le parecen como dos gotas de agua.

—Alyhia, quiero que asistas a la ceremonia de las llamas de esta noche —dice mi padre de repente.

—Pero... ¿por qué?

Cada mes, cuando hay luna llena, le agradecemos al Fuego que nos sirva de guía y que se compadezca de nosotros. Cada mes, el humo y unos gritos lúgubres invaden mis sueños. Como la ceremonia siempre coincide con mi menstruación, la evito escrupulosamente desde los doce años, con el beneplácito de mi familia.

—Es una orden —decreta con su tono de soberano.

—¡No es tan terrible, ya verás! —trata de tranquilizarme Ruby—. Nos ponemos unos vestidos muy bonitos y el fuego nos calienta las mejillas.

—Además, a ti te gusta el fuego, ¿no? —suelta Darius con una sonrisa burlona.

Mi padre deja caer con fuerza el puño sobre la mesa, con lo que sobresalta a la sirvienta que tiene a las espaldas. Mi madre esboza una mueca de desaprobación.

—Ya está bien de bromas, ¿entendido? Eres un príncipe, ¡compórtate como tal!

La sonrisa de mi hermano se borra al instante. Enseguida entra otra criada en el comedor para servir el té y, aunque el familiar aroma a menta inunda la estancia, no consigue hacer desaparecer la tensión.

—Mis hijos no tomarán té —dice mi padre, y, volviéndose hacia nosotros, añade—: Dejadnos a solas.

Desconcertados, abandonamos la estancia. Las ayas vienen a buscar a las pequeñas y se las llevan a sus aposentos entre miles de besos y exclamaciones. Mi hermano y yo nos quedamos solos ante la puerta cerrada.

—¿Sabes qué ocurre?

Darius se encoge de hombros, considerando soltar un comentario jocoso. Le tiemblan los labios, siempre dispuestos a esbozar una sonrisa a la mínima ocasión.

—Te lo pregunto en serio —aclaro.

Su media sonrisa se desvanece y adopta la apariencia del príncipe que debería ser.

—Lo único que sé es que padre ha recibido una carta del reino de Primis.

El reino principal. El que trajo la paz a los territorios. El que, desde la distancia, nos gobierna a todos.

Darius se aleja silbando tras una sirvienta con la intención de pedirle que le lleve una taza de té a su dormitorio. El pasillo está desierto. Sin pensarlo dos veces, pego la oreja a la puerta: oigo el sonido de una taza contra el platillo y, acto seguido, la voz inflexible de mi madre.

—No está lista, Gaenor.

Clavo las uñas en la madera, casi como si quisiera atravesarla.

Pasan varios segundos, durante los cuales aguanto la respiración sin tan siquiera darme cuenta.

—No tenemos elección, Cordélia —responde mi padre—. Tendrá que soportar cosas mucho peores.

Un instante después, Dayena, mi dama de compañía, aparece en el pasillo y me obliga a seguirla hasta mi dormitorio mientras me riñe por esa mala costumbre mía de escuchar a escondidas. Me tumbo sobre las sábanas humedecidas con agua para paliar el calor y le prometo por enésima vez que me comportaré, a lo que ella responde con un suspiro.

Contemplo la vela de plegarias, que lleva años intacta, y me pierdo en mis pensamientos. Un retortijón me devuelve a la realidad. Dayena me trae una infusión de cúrcuma, conocida por atenuar los dolores menstruales.

—¿Deseáis que anule el entrenamiento con Kamran? —pregunta al ir a sacar el atuendo del arcón.

—No, he de ir.

El colchón apenas se hunde cuando su pequeño cuerpo se sienta al borde de la cama. Debe de rondar la treintena y, sin embargo, parece la misma jovencita que conocí tiempo atrás, con sus largos cabellos ondulados y sus enormes ojos tan oscuros como una noche sin luna. Mientras que a mí, con los años, se me han ensanchado las caderas y los muslos, su silueta se ha quedado igual de desgarbada y fina que la de una adolescente. Como siempre, me sorprende la increíble fuerza de voluntad que emana de un cuerpo tan frágil.

—Sé que esas sesiones os calman, pero deberíais confiar más en vos. Seguro que la ceremonia se desarrollará sin incidentes.

—¿Lo sabías? ¿Por qué no me has dicho nada?

—No soy quién para desafiar al rey. Me ha preguntado y le he aconsejado que tuviera fe en vos.

Al igual que un papel lanzado al fuego, se me contrae el estómago. No he comprendido sobre qué discutían mis padres, pero mi orgullo se niega a creer que no estaré lista para… lo que sea. Dayena capta la determinación en mi rostro y me ayuda a prepararme sin pronunciar palabra.

De camino a la sala de entrenamiento, rodeo el oasis del patio central: un marco incomparable de vegetación con aguas turquesas y palmeras gigantescas. El castillo se construyó alrededor de esta fuente de agua, que también nos permite refrescarnos. Dayena me contó que su pueblo se escandalizó al ver que la gente del norte se adueñaba del vergel más bello de la región. Aunque lo entiendo, eso fue durante el reino de Connor, mi bisabuelo. Ahora todo es distinto, mejor.

Varios sirvientes suben por los senderos con los brazos cargados de plantas secas y el velo pegado a la frente. Se mueven tan despacio que la escena parece suceder a cámara lenta. Paso trotando a su lado y hundo la mano en un barril lleno de agua verdosa para coger un guijarro, que me adhiero a la nuca, deleitándome con las gotas que me resbalan por la espalda. Cuando llego a la sala de entrenamiento, ya vuelvo a estar sofocada.

Como en el resto del castillo, las ventanas son unas aperturas minúsculas que nos protegen del calor y de la arena. Cuando se me acostumbran los ojos y perciben la estancia con claridad, veo a Kamran vendándose las manos con un largo trozo de tela. Detrás de él, campean decenas de armas, una mezcla curiosa de espadas procedentes de los reinos unificados y las típicas hoces de Ramil.

—¡Siento llegar tarde!

Se incorpora y me da la bienvenida, esbozando una amplia sonrisa.

—¿Quién soy yo para no esperar unas pocas horas a una princesa?

Kamran es el claro ejemplo de un hombre de la región: cabellos negros ligeramente ondulados, ojos oscuros, piel mate. Su mandíbula es tan cuadrada que parece haber sido esculpida en piedra. Es mayor que yo, aunque eso no me ha impedido pensar que estoy enamorada de él desde la adolescencia. Fue la primera inspiración para mis caricias nocturnas, cuando empezaba a descubrir mi cuerpo. Él, por supuesto, lo ignora. Hasta creo que le interesa Dayena. Para él, yo solo soy una jovencita del norte, la princesa de un reino que en realidad no es el suyo.

—Una respuesta muy educada —respondo, encaminándome hacia las armas.

Cojo dos hoces poco curvadas con unos jaspes que mi padre hizo traer de la isla homónima engarzados en la empuñadura. El combate a dos hoces no es muy común, pero Kamran lo domina a la perfección, y, en cuanto lo descubrí, le exigí que me enseñara.

—Antes, calentemos un poco —me indica cuando me coloco ante él.

Con los ojos cerrados, efectuamos unos gestos lentos acompañados de respiraciones profundas. Me concentro en mi respiración y en la aspereza de la túnica sobre mi piel.

—Me ha parecido oír que asistiréis a la ceremonia, ¿es eso cierto? —pregunta de pronto Kamran, pese a que, por lo general, solemos guardar silencio.

Abro un ojo sin dejar de moverme.

—¿Quién te lo ha dicho?

Una leve sonrisa me indica que ha sido Dayena. La jovencita que llevo dentro siente el aguijonazo de unos celos grotescos, pero la princesa que soy los ahuyenta a toda prisa.

—Eso da lo mismo. ¿Cómo os sentís? ¿Creéis que podréis contener vuestras emociones?

—¿Tú qué crees?

Él me ayuda a canalizar mi energía destructiva. Cuando mis padres descubrieron lo que dormitaba en mi interior, se esforzaron en rodearme de la gente adecuada: habitantes de la región para evitar que la noticia llegara al reino central, pero también personas con la suficiente sangre fría para enfrentarse a mi maldición. Los moradores del desierto no temen al Fuego como nosotros.

—Creo que hace tiempo que estáis lista, pero todo depende de la confianza que depositéis en vos.

Dejo de moverme y adopto una posición de combate.

—Pues empezamos mal —ironizo.

—Veo que no deseáis hablar del tema.

Le doy la razón con un ataque. Lo bloquea sin dificultad y me lo devuelve. Yo lo detengo con una de las hoces y, acto seguido, retrocedo para preparar un nuevo golpe. No soy muy corpulenta y, pese a que he ganado masa muscular con los entrenamientos, seguro que lucharé contra adversarios más fuertes que yo, pero no más rápidos, y casi con toda probabilidad que con menos horas de práctica. Avanzo de nuevo y ataco desde arriba, lo que lo obliga a retroceder y a subir ligeramente el brazo para bloquearme. Aprovecho para dar buen uso de la segunda hoz. Sin desperdiciar ni un segundo, apunto a su costado y, ocupado como está con mi otro brazo, no puede esquivar el golpe con suficiente rapidez.

—No está nada mal —dice, volviendo a su posición.

—Este contraataque me lo has enseñado tú.

—Lo sé. Me estaba felicitando a mí mismo —replica, esbozando una mueca burlona.

De repente, siento cierta atracción por él, pero me recupero de inmediato y continuamos el combate. Peleamos durante dos horas, ignorando el calor sofocante y las gotas de sudor que se deslizan por nuestra piel.

Cuando abandono la estancia, estoy tan agotada que ni siquiera recuerdo la ceremonia. Dayena, en cambio, no la ha olvidado, y me espera cerca del oasis como un coyote del desierto. Me vuelvo hacia Kamran una última vez antes de permitir que me conduzcan a mis aposentos.

En cuanto entro por la puerta, Dayena me quita la ropa y me empuja hacia un baño perfumado de cítricos. Después de lavarme, me trenza parte del pelo y me lo recoge formando una corona, de la que prende una rosa del desierto. Rodea mis ojos verdes con kohl y me aplica bálsamo rojo en los labios. El atuendo lo ha elegido mi madre: un vestido largo con drapeados amarillos, rojos y naranjas. A esto se añade un grueso chal de lino de color arena, en previsión de la bajada nocturna de la temperatura.

—Estáis muy hermosa —me halaga Dayena antes de que abandone mis aposentos.

Llego a las puertas del castillo. Allí están reunidos todos los miembros importantes del reino, que mantienen una conversación distendida con mi padre sobre los asuntos del día. A su lado, los seis capellanes lucen con orgullo las largas capas rojas bordadas con hilo dorado. En algunos reinos, los capellanes se pasan la vida rezando, pero aquí son como cualquier otro miembro del gobierno, a excepción de que llevan capa en las noches de luna llena.

Sin más dilación, salimos del castillo en dirección a la muralla. Sus puertas están abiertas de par en par para invitar a los moradores del desierto a asistir a la ceremonia, aunque para ellos no tiene mucha importancia. No temen al Fuego, ni siquiera al recuerdo de las ermitas. La diferencia es palpable: mientras que todos los habitantes de Ramil humillan la cabeza, los moradores del desierto hablan y ríen con descaro.

Al llegar a la explanada, casi todo el mundo guarda silencio. Esta es estrecha, y tengo la sensación de que me han tendido una emboscada. Hace años que no asistía a una reunión tan numerosa, periodo en el que los habitantes del castillo solo me han visto en contadas ocasiones, siempre controladas por mi madre.

Mi familia y yo nos situamos ante el montículo de leña que se convertirá en hoguera. Los seis capellanes se nos unen, portando sendas antorchas que representan cada uno de los reinos unificados: Primis, el más poderoso; Kapall, el de los caballeros y de los grifos; Sciõ, la tierra de las Regnantes; Miméa, región de las secuoyas; la isla de Maorach y, por último, Ramil.

Cuando las antorchas pasan ante mí, cierro los ojos y visualizo los movimientos que he practicado con Kamran. Vacío la mente y trato de ignorar el fuego que me caldea el cuerpo. Su calor me envuelve poco a poco y trata de asaltarme como si fuera un ejército dispuesto al asedio.

La voz del gran capellán me devuelve a la realidad.

—¡Ha llegado la noche de la ceremonia de las llamas! ¡Como cada mes, honramos al Fuego y le agradecemos que nos proteja y que se compadezca de nosotros!

Me obligo a concentrarme en su discurso. Es uno de los hombres de mi padre, y tan grande como él. Su voz, igual de imponente, rasga el silencio como una espada.

—¡Durante la Edad del Fuego, las llamas nos protegieron de las ermidas!

Un primer capellán avanza y deposita su antorcha sobre la hoguera. Las llamas se propagan de inmediato por los relucientes troncos cubiertos de aceite. El fuego comienza a invadirme y trato de controlarlo, alzando los ojos hacia la luna. Esta, completamente redonda, preside un cielo sembrado de estrellas.

—¡Durante tres siglos, combatimos a las terribles hechiceras! ¡Tres siglos en los que nuestros espíritus nunca gozaron de calma, en los que nunca tuvimos paz!

Una capellana lanza la segunda antorcha y el fuego se aviva. El humo rodea poco a poco a la muchedumbre. Se oyen algunas toses. El calor se propaga por mis venas y unos espasmos involuntarios me recorren las manos. Algunos espectadores llevan collares con frasquitos llenos de cera que se supone que representan el Fuego. Rezan abrazándolos contra su pecho y se los llevan a los labios.

—¡Pero el Fuego nos libró del azote! ¡Una tras otra, las ermidas desaparecieron, consumidas por las llamas! ¡La última, Masheal, murió hace más de cuarenta años!

Lanzan la tercera antorcha. Un bebé llora y sus sollozos resuenan por el patio. Ante mis ojos pasan todas las lágrimas que yo misma he derramado a lo largo de los años. Si mi abuela Fiona aún estuviera viva, me dedicaría unas palabras de aliento. «Puedes hacerlo», murmura en mi oído su voz ya ausente.

—Aunque el Fuego siguió poniéndonos a prueba —continúa diciendo el gran capellán—. Puede salvarnos, y también destruirnos. ¡Es lo que aprendimos con la llegada de los apires!

Al oír estas palabras, mi padre me fulmina con la mirada. Insegura, me tambaleo, pero enseguida recupero la compostura.

La cuarta antorcha se suma a la hoguera. Aunque ahora el

fuego se eleva hacia el cielo, evito mirarlo. Si lo hiciera, mis ojos se llenarían de llamas.

—¡Dos seres con la marca de los impíos! ¡Dos seres capaces de incendiarlo todo a su paso! ¡Peor aún: dos seres capaces de sobrevivir a las llamas, capaces incluso de dominarlas! ¡El Fuego nos lo advertía: debéis destruirlos!

«Confianza», me ha dicho Dayena. «Confianza», me ha dicho Kamran. Tengo que confiar en mí misma. El fuego arde ante mí, en mi interior, pero soy yo la que decide si lo utilizo o no. Trato de visualizarlo, como un fogonazo que me recorre las venas. Se me inflama todo el cuerpo, pero no siento dolor alguno.

Una capellana lanza la quinta antorcha a la hoguera.

—¡Aprendimos la lección! ¡Destruimos a los apires igual que habíamos hecho con las ermidas! ¡Y ahora controlamos las llamas! Tras veinte años, ¡la Edad del Fuego terminó y dio paso a la Edad de la Paz! ¡Pero jamás olvidaremos ni cesaremos de honrar al Fuego, que nos protege a la vez que nos previene!

El gran capellán pasea la mirada por la muchedumbre, que guarda un silencio sepulcral pese a que en mi interior los oigo gritar aterrorizados. Solo los moradores del desierto observan sin miedo en los ojos.

—¡Llamas! —continúa el gran capellán con un grito—. ¡Llamas temidas y veneradas, compadeceos de nosotros!

—¡Compadeceos de nosotros! —repetimos a coro.

Deposita la sexta antorcha y todos bajamos la cabeza con deferencia. Algunos repiten «Compadeceos de nosotros» durante un buen rato en una extraña melodía. Yo guardo silencio. Sería ridículo implorar al Fuego que tuviera compasión de mí cuando es precisamente la causa de mi sufrimiento. Me ha convertido en una apire y ha traído la peor de las desgracias al seno de mi familia.

Transcurren varios minutos en los que me esfuerzo por contener el torrente en mi interior. Cuando una lágrima me resbala por la mejilla, alguien me toma de la mano.

—Te felicito —me susurra mi madre.

Dirijo la mirada hacia los capellanes arrodillados, que deberán esperar hasta que las llamas se extingan, momento en el que encenderán seis antorchas que no se apagarán hasta la siguiente hoguera.

Mi madre me posa la mano en la espalda y me aparta del fuego, que, poco a poco, va extinguiéndose en mi interior. Siento su potencia, todo lo que habría podido destruir. Sin embargo, no se lo he permitido. Me acompaña hasta el austero comedor, donde nos espera mi padre. Las últimas llamas se evaporan de mis ojos como unas sombras que se acurrucan en la oscuridad. Mi madre las escruta con inquietud. Cuando mis iris recuperan su habitual color verde, mi padre me dice que quiere hablar conmigo. Aunque siempre me he sentido protegida por su talla de gigante, ahora eso no basta para calmarme.

—Tendrás que seguir siendo fuerte —murmura, acariciándome la mejilla.

No deseo saberlo, pero no puedo reprimir la pregunta que brota de mis labios.

—¿Por qué?

Es mi madre la que responde, con su voz desprovista de calor.

—Porque tenemos que marcharnos.

¿Marcharnos? ¿Cómo es posible?

—Debemos ir a Primis varias semanas —dice mi padre, como si me leyera la mente—. El rey Vortimer desea celebrar el vigésimo aniversario de su hijo y de la restitución de la paz.

El silencio que sigue está preñado de amenazas y preguntas. El olor a hoguera aún flota en las galerías del castillo.

—Podría alegar que estoy enferma y quedarme aquí —balbuceo, retorciéndome las manos sobre el vestido.

Mi madre resopla como si estuviera ante un niño al que hay que explicárselo todo.

—Eso es imposible. El rey Vortimer ha insistido: desea que vayas.

—Pero ¿por qué? Es el vigésimo cumpleaños del príncipe Hadrian, ¡no veo por qué mi presencia es tan importante!

Mi padre me mira perplejo con una expresión que conozco muy bien: considera que debería comprenderlo por mí misma. Mi abuela Fiona me miraba igual. Tardo varios segundos en caer en la cuenta.

—El príncipe tiene veinte años… y debe casarse —murmuro.

Aunque mis padres no dicen nada, sé que he dado en el clavo.

—¡Han invitado a todas las princesas y elegirá a su futura esposa entre ellas! —exclamo—. Pero yo no puedo casarme con él, soy…

—Eso no lo saben —dice mi padre—. Para ellos, eres una princesa de Ramil de la misma generación que el príncipe y en edad de procrear.

De hecho, los festejos serán una gran fiesta de compromiso. La elegida por Hadrian se convertirá en soberana suprema del reino. Aunque me gustaría protestar de nuevo, solo llego a articular con voz ronca:

—¿Qué debo hacer?

Mi padre frunce el ceño y me posa un dedo en el mentón para obligarme a mirarlo. Una punzada de dolor me atraviesa porque sé que se siente así por mi culpa.

—Entrar en el juego. Participar. Aunque sin ganarte el corazón del príncipe, claro.

Asiento enérgicamente.

—Nadie debe descubrir lo que escondes en tu interior. De lo contrario, sería… catastrófico —concluye con inquietud.

Lo sé perfectamente. Tal revelación supondría el final de nuestra familia, del reinado de mi padre, del futuro mandato de mi hermano. Pero no percibo ninguna de estas preocupaciones en los ojos de mis padres. Más bien me observan como si fuera a desaparecer, y no se equivocan. Puesto que, además de todo lo que perderíamos, tal revelación supondría mi muerte.

2
Alyhia de Ramil

Gran Desierto

Desde que mis padres me han anunciado nuestra partida, no deja de rondarme una idea por la cabeza: «No puedo marcharme de Ramil sin ver el desierto otra vez». Me he levantado con el amanecer y he sacado a Kamran de la cama sin contemplaciones. Acto seguido, no he dejado de insistirle hasta que hemos estado rodeados de arena y con el sol cayendo con toda su fuerza sobre mi espalda.

Puede que aún esté despuntando el día, pero nada aplaca el calor. Se necesita tanta energía para hacer cualquier cosa que incluso cuesta respirar. Las pezuñas de los camellos se hunden en la arena y marcan el avance.

—Hoy está previsto que partamos hacia Primis —anuncia Kamran sin mucho entusiasmo—. ¿Cómo os sentís?

Transcurren unos segundos tan opresivos como el calor. Él no aparta la mirada de mí, consciente de que acabaré por contárselo todo. Siempre que salimos al desierto siento que puedo hablar sin restricciones, que mis palabras se quedarán enterradas en la arena, inofensivas.

—Como si el más mínimo paso en falso pudiera provocar mi perdición.

Mi padre trata de mostrarse confiado, pero sé que finge. Yo soy la razón de que este viaje comporte un riesgo sin precedentes. Y, si por casualidad se me olvidara, la mirada llena de vergüenza de mi madre me refrescaría la memoria.

—¿Quién gobernará el reino en vuestra ausencia? —pregunta Kamran.

—Mi madre insistió en que se ocupara el consejero Calum.

—Entiendo... Un hombre muy competente.

A veces se me olvida que Kamran conoce el gobierno mejor que yo. Ha acompañado muchas veces a mi padre en sus viajes por el territorio de Ramil, mientras que yo me veía obligada a ocultarme para no mostrar mi condición. Le tenía envidia, pero eso fue hace mucho.

En realidad, Kamran pertenece a la tribu de los Rayiys, conocidos por ser los mejores luchadores de las dunas, que gobernaban el desierto antes de que llegáramos nosotros. Es el hijo del jefe, pero Kamran lleva bajo la tutela de mi padre desde niño.

—¿Cómo fue dejar tu tribu y unirte al castillo? —le pregunto sin rodeos.

Como yo, él también debe de sentir que puede hablar de cualquier cosa en medio de las dunas, puesto que su respuesta es instantánea.

—Fue una tortura. Adoraba y admiraba a mi padre como persona, y los Rayiys eran mi familia. Cuando los volví a ver, pude constatar que algo se había roto entre nosotros, quizá para siempre. —Hace una pausa durante la que me parece que el sol se vuelve más oprimente. Cuando retoma la palabra, su voz ha adoptado un tono distinto—. Sin embargo, es un gran honor que el rey Gaenor me eligiera para ser su pupilo.

«Un honor y una manera de alejar al heredero de los Rayiys de la influencia del desierto», pienso.

Desde donde estamos se divisan los acantilados de Makhfi, cuyas inmensas paredes conforman un muro más impresionante que la gran muralla. Encima de ellos se encuentran las aldeas más rebeldes, como la de la familia de Dayena, conocida por haber albergado y protegido a ermidas y por ser el lugar de nacimiento de los primeros apires.

El silencio vuelve a instalarse entre nosotros y en la inmensa extensión de arena. La enésima gota de sudor me resbala desde la nuca hasta la parte baja de la espalda.

—¡No puedo más! ¿Cuándo llegaremos?

Kamran esboza una ligera sonrisa y señala una duna un poco más adelante. Aunque el paisaje se ondula por el calor, llego a vislumbrar algunas tiendas. Alcanzamos el poblado entre risas. Las lonas nos ofrecen un poco de sombra.

Como ya es habitual, la vida en el desierto se desarrolla a cámara lenta. Los niños duermen en las tiendas y en las chozas de madera, mientras que un grupo de adultos charlan en voz baja y beben té sentados sobre cojines, en el suelo. Algunas moscas zumban alrededor de grandes cuencos de dátiles cubiertos con paños de cocina. Nadie se levanta a saludarnos, aunque nosotros tampoco lo exigimos. Mi abuela siempre me aconsejó que tratara a los pueblos libres como iguales.

Una jovencita nos trae un vaso de agua, que aceptamos de buen grado antes de acomodarnos entre el grupo. Los murmullos cesan cuando todos advierten mi tono de piel claro y mis ojos verdes. Una anciana de rostro apergaminado se dirige a Kamran en ramiliano.

—Es la nieta de Fiona, ¿verdad? —le dice.

—Así es —respondo yo en su idioma.

Mi abuela no solo me prodigó sus consejos sobre cómo integrarme, sino que me obligó a tomar clases de ramiliano hasta dominarlo a la perfección. La mujer desvía la mirada hacia mí y me examina atentamente.

—Te pareces mucho a ella —sentencia al cabo de un momento.

No puedo evitar sonreír. La persona que tengo a la derecha me pasa una taza de té verde, que acepto con gusto.

—Es un cumplido muy hermoso —digo.

No me sorprende que conozca a mi abuela. Se pasó la vida viajando por el desierto para aprender la lengua y las costumbres de sus moradores. Hasta mantuvo relaciones con lugareños después de la muerte de mi abuelo. Era la segunda hija de Connor: solo llegó al trono porque su hermana mayor murió durante el parto.

—Me entristeció mucho su fallecimiento —añade la anciana. Aunque ya han pasado cinco años, cada vez que pienso en ella se me encoge el corazón.

—La llamábamos la Adoptada del Desierto —interviene el hombre que está a mi derecha al advertir mi silencio—. Era un ejemplo de valentía y tolerancia.

—Muy al contrario que su hermana pequeña —añade otra mujer de imponente melena morena y rizada.

—¡No hables mal de los muertos! —regaña la anciana—. Padeció un final terrible.

Sé que se refieren a mi tía abuela Nevena, fallecida cuando yo no era más que una criatura. En mi familia está prohibido mencionarla, puesto que parece despertar recuerdos perturbadores. Sin embargo, aquí no existen temas prohibidos. En los dos años en los que se me ha permitido vagar sola por el desierto he aprendido más que durante los primeros dieciocho años de mi vida con profesores.

—Cuénteme su historia —le pido a la anciana.

—Princesa, no creo que eso sea buena idea... —interrumpe Kamran.

—«Nada es más precioso que la verdad» —replico, citando una de las máximas de mi abuela.

—«Nada es más precioso y peligroso que la verdad» —me corrige él.

—Siempre se me olvida que la conociste. Pero el peligro no importa. Os exijo que... Disculpad, me gustaría que me la contarais.

La anciana asiente con la cabeza y pasea su mirada oscura por los presentes, ansiosos por oírla.

—Nevena era una mujer valiente, eso no se puede negar. Bajo el reinado de Connor, dirigió el ejército con mano dura. Lo mínimo que se podría decir de ella es que se mostraba inflexible con aquellos que se acercaban más de la cuenta a vuestra muralla.

Me estremezco. Como suele ocurrirme en el desierto, advierto lo diferente que soy de los que me rodean.

Tras una pausa, la anciana continúa con voz grave.

—Sin embargo, se mostraba más intransigente con otro tipo de personas: las que poseían habilidades que sobrepasaban el entendimiento. ¿Sabes a quién me refiero?

—Me temo que no.

Esboza una breve sonrisa que me recuerda a la de Dayena cuando está a punto de abordar un tema prohibido.

—Es curioso, puesto que compartes ojos con ellos.

Sus palabras me impactan de tal modo que me veo obligada a bajar la mirada. La anciana se inclina y me levanta la barbilla.

—Aquí no nos avergonzamos de nada, pequeña. El color de tus ojos no refleja el de tu corazón.

Estas palabras me permiten recobrar la calma.

—Nevena dio caza a las últimas ermidas por las dunas sin mostrar piedad. Debo decir que las *sajiras* del desierto (así es como llamamos nosotros a las ermidas) eran fuertes y salvajes. No solo curaban las heridas y cultivaban plantas, sino que también podían lastimar a sus enemigos. Hasta hubo quienes afirmaron que la hija mayor de Connor había muerto a causa de uno de sus maleficios.

—¿Es eso verdad? —digo con la garganta seca.

La anciana se encoge de hombros.

—¿Cómo quieres que lo sepa? Tenían la capacidad de hacerlo y no sentían mucho aprecio por los ladrones de tierras.

Me invade un terrible malestar. Trato de alejarlo repitiéndome que eso son cosas del pasado. Mi abuela era la Adoptada del Desierto y mi padre es un señor leal y bueno.

—Aunque eso no importa —continúa diciendo la anciana—, porque Nevena consiguió derrotar a las *sajiras*. Sin embargo, fue en vano: un poder aún mayor nació de la arena. No necesito decirte de quién estoy hablando, ¿verdad?

Kamran me roza el codo y me infunde valor. Tras un esfuerzo monumental, asiento con la cabeza para indicar que lo he comprendido. Me doy cuenta de que algunos niños, con los ojos rojos de sueño, se han unido a nosotros. Varios me miran fijamente, sorprendidos de ver a alguien como yo. Aunque durante unos segundos tengo la impresión de que la anciana interrumpirá su historia, esta continúa sin tan siquiera prestarles atención.

—¿No os habéis preguntado nunca por qué odiáis tanto a los apires? Vosotros veneráis al Fuego, y este los habita, literalmente. ¿Por qué razón no se los idolatra?

—Porque son... peligrosos —murmuro.

—Y, en ese caso, ¿por qué no convertirlos en mártires? ¿En santos que sacrificaban su vida por el Fuego?

Confundida, me limito a encogerme de hombros.

—Porque aparecieron aquí —dice ella, señalando con la mano a su alrededor—. Durante años, los apires solo se encontraban entre las dunas. No es sorprendente que tu pueblo deseara que los vieran como monstruos. Aunque, por supuesto, esa no es la única razón...

A pesar de que parezca imposible, la garganta se me seca aún más.

—Sois demasiado jóvenes y no podéis comprenderlo, pero la situación se volvió caótica. El fuego, provocado sin querer por aquellas criaturas, lo consumía todo. Durante un tiempo no ocurrió nada, pero cuando los soldados trataron de separar a las criaturas de sus padres empezaron las catástrofes. Es difícil culparlos de desear que desaparecieran, porque ¿cómo no iban a temerlas?

Conozco de primera mano qué incita a los apires a provocar esos desastres. Yo misma he causado alguno y las consecuencias son irremediables. Por esa misma razón los mataron a todos. Menos a mí.

—Nevena había oído rumores de la presencia de un apire en una aldea de los alrededores —continúa diciendo la anciana—. Ya era mayorcito, por lo menos tenía cinco años, y no causaba problemas, a excepción de alguna rabieta que su madre trataba de canalizar lo mejor que podía. Yo conocí a esa mujer y te aseguro que adoraba a su hijo. Probablemente por eso...

Se interrumpe y lanza una mirada elocuente hacia los niños. Una mujer se los lleva y a mí se me encoge el corazón. Kamran tiene los ojos clavados en el suelo.

—Entonces vino Nevena, acompañada de los soldados de tu bisabuelo —prosigue—. Como era costumbre, exigió que le entregaran al niño. Como he dicho, su madre lo adoraba y no pensaba ceder tan fácilmente. En un primer momento, intentó negociar, pero fue en vano. Cuando los soldados agarraron al pequeño, la madre cogió un cuchillo y atacó a uno de ellos. No lo mató, solo lo hirió, pero la tesitura se volvió insostenible. En la pelea hirieron de muerte a la mujer, y el pequeño... estalló con toda su furia.

Un silencio sepulcral se cierne sobre el grupo. La anciana me observa, a la espera de que le indique si deseo oír el resto de la historia. «Nada es más precioso y peligroso que la verdad», aseguraba mi abuela. Con un ademán, le pido que continúe.

—El fuego se propagó, más devastador que nunca. La aldea ardió, igual que muchos de sus habitantes, y falleció un buen número de soldados. Nevena era una mujer valiente, no lo dudes, y trató de detener al niño con sus propias manos. Fue en vano. El pequeño huyó hacia el desierto y ella murió varios días después a causa de las quemaduras.

Durante un instante, una parte de mí desea que esta historia solo sea una sarta de mentiras, pero sé a ciencia cierta que no es así. El odio por los apires no surge de la nada, y mi familia tiene una buena razón para ocultarme el final de Nevena: murió a manos de alguien que se me parece, de alguien en quien podría convertirme si no me controlo.

—¿Qué fue del niño?

—Nadie lo sabe... Algunos piensan que sobrevivió, aunque probablemente muriera en el desierto.

Unas imágenes terribles desfilan ante mí, pero me obligo a ahuyentarlas. Soy la nieta de Fiona, valiente y tolerante. No debo permitir que me asuste una historia que no me pertenece.

—Le agradezco mucho que me haya contado esta historia.

—Y yo que me hayas escuchado.

En ese momento, caigo en la cuenta de que es tarde. Repartimos los remedios y especias que hemos traído y nos apresura-

mos a despedirnos de los lugareños. La mayoría no nos hacen mucho caso, pero la anciana me habla con calidez. Me encantaría quedarme a escuchar más historias sobre mi abuela, pero sé que es imposible. Me despido de ella y volvemos a los camellos sin más dilación.

—¿Crees que acabaré como ese niño? —le pregunto, abrumada por el sol y la ansiedad, en voz baja a Kamran, que cabalga a mi lado.

No me atrevo a mirarlo. Me dan demasiado miedo mis propios pensamientos. Él extiende el brazo y me toma de la mano. La suya es áspera y fuerte, como la de un soldado.

—Ya has oído a la anciana: los desastres ocurren en situaciones fatales. Tú eres la princesa Alyhia de Ramil y estás rodeada de gente que te apoya.

Al divisar la muralla, contengo las lágrimas al comprender que no podré regresar al desierto hasta dentro de muchos meses. Al otro lado de la gran puerta, un joven paje nos ayuda a desmontar. Tardo un segundo en ver que llegamos más tarde de lo que pensaba. La caravana ya está lista, cargada de ropa y muebles. Hombres y mujeres de prominentes músculos se afanan con los últimos arcones y ya han ensillado a los camellos con los colores del reino. Los capellanes han bendecido las monturas con sus mantos, envolviéndolas en humo. Me compadezco en silencio de estas pobres bestias, obligadas a soportarlo todo bajo un calor asfixiante.

Entre la muchedumbre atareada antes de la partida distingo una cabeza que supera con creces a las demás: mi padre, que viene hacia mí.

—¡Alyhia, partimos en breve! —exclama, antes de que pueda saludarlo siquiera—. ¿Qué dirá tu madre?

—Algo desagradable, supongo.

Sus labios esbozan la sombra de una sonrisa.

—Solo quiere lo mejor para ti —replica, posando su mano en mi hombro.

Estoy a punto de rebatírselo, pero no logro apartar los ojos de su mano. Tiene el dorso completamente quemado a causa de una de mis rabietas cuando solo tenía doce años. No sé por qué me enfurecí, pero recuerdo sus ojos aterrorizados al ver cómo las llamas se escapaban de mis dedos y al oler el abominable hedor a carne carbonizada que siguió. Siempre recordaré las bofetadas de mi madre poco después, al igual que la visión del pequeño cuerpo de mi hermano, interponiéndose entre nosotras para protegerme. Desde entonces, cuando los tres nos encontramos en la misma estancia, no deja de bromear, como tratando de borrar esa escena tan violenta.

Mi padre se aleja y desaparece entre la multitud de soldados, haciendo crujir la arena bajo sus pies de gigante. Me gustaría poder refugiarme en el desierto. Allí mis palabras vuelan hacia las dunas y no lastiman a mi familia. En Primis, ¿quién sabe qué riesgos correremos?

Poco a poco, los sirvientes desaparecen, pero yo no me muevo. Los soldados forman filas. A pesar del estruendo, me concentro en las seis antorchas ceremoniales. Una ligera ráfaga de viento hace vacilar las llamas, sin extinguirlas. Dayena me despierta de mi letargo con una reprimenda por haber llegado tarde.

—No se habrían ido sin mí —replico.

—Esa no es razón para esconderse en el desierto. Recordad que sois la princesa de Ramil.

—¿Y qué?

—¿Tan acostumbrada estáis a permanecer oculta que olvidáis vuestras obligaciones?

Como es habitual en ella, Dayena no se anda con rodeos. Guardo silencio, bastante ofendida.

—Aunque sé que planeáis pasar desapercibida durante los festejos, no solo sois una princesa en edad de contraer matrimonio —dice—. Sois una mujer que podría reinar si le sucediera algo al príncipe Darius y que, sin duda, asumirá responsabilidades en el futuro. Tal vez deberíais aprovechar la estancia en Primis para establecer relaciones diplomáticas y no limitaros a desaparecer.

—¡Ya sabes que mis padres me han ordenado que sea invisible!

—Lo único que sé —añade, posando una mano sobre mi hombro— es que habéis comprendido perfectamente lo que trato de deciros.

Es evidente que tiene razón. Debo cumplir con mi deber como princesa de Ramil: acudir a los actos oficiales y forjar vínculos con otros soberanos, y no ocultarme, tratando de pasar desapercibida. Mientras me guía hacia el camello que me han ensillado, decido cambiar de estrategia. Serviré al reino como mejor sepa. Puede que así al fin mis padres confíen en mí.

Dayena se aleja y se reúne con mis hermanas en su palanquín mientras un paje me ayuda a subir al camello. Cuando le acaricio el cuello, el animal manifiesta su descontento con un ronquido. Detrás de mí, mi hermano, entusiasmado, enumera a todas las personas que conoceremos.

—Hermanita, no pongas esa cara —exclama—. ¡Al menos estaremos juntos!

Voy a replicar, pero la larga caravana inicia la marcha y me lo impide. Tras unos segundos de confusión, todos adoptamos el mismo ritmo. Los sirvientes y los miembros de la corte se despiden efusivamente mientras los soldados sacan pecho. Un águila esteparia nos sobrevuela, trazando círculos cada vez más cerrados sobre nuestras cabezas. Para el desierto es un buen presagio, pero algunos de los reinos ven en ella una señal ominosa. Agarro las riendas con todas mis fuerzas y rezo para que el desierto tenga razón.

3
Efia de Miméa

Reino de Miméa

—«Miméa, reino viejo como el mundo, en el que hombres y mujeres llevan una aureola como si fueran dioses» —canta mi madre, acompañada de su arpa.

Con los ojos cerrados, saboreo la caricia del sol sobre mi piel. La hierba me hace cosquillas en los pies descalzos, cubriéndolos del rocío vespertino. Detrás de nosotras se eleva la secuoya sagrada, tan alta que su copa ni siquiera se vislumbra. Hace muchos años que su corteza es de color gris claro y, sin embargo, parece tan robusta que resulta inconcebible que vaya a morir. Bajo este mismo árbol, mi padre fue coronado rey de Miméa, y después se casó con mi madre, la gran Nihahsah, a la que todos aman.

—«Los sabios cantan que, un día, la secuoya volverá a ser marrón como la piel de sus habitantes y Miméa liderará el mundo de nuevo…».

El arpa vibra con las últimas notas, que se pierden en el jardín de nuestra residencia.

Abro los ojos y miro a mi madre. Ambas tenemos un tono de piel oscuro, aunque la suya parece relucir cuando la rozan los últimos rayos del día. Sus cabellos no son tan indomables como los míos, y sus músculos son más definidos y fuertes. A veces dudo de que sea hija suya, y por muchos motivos.

—¿En qué estás pensando, Efia? —me pregunta, escudriñándome.

—En Primis —miento—. Me gustaría tanto que vinieras conmigo...

Se acaricia el vientre con la punta de los dedos, como si aún estuviera tocando el arpa.

—Sabes que, en mi estado, es imposible... Este embarazo es muy importante.

Está convencida de que espera un hijo, el futuro soberano de nuestro reino. Resulta extraño sentirse superada por una criatura que aún no existe. Al mismo tiempo, representa a la perfección cómo me siento: soy menos importante que una mera posibilidad.

Guardo silencio, incapaz de plasmar en palabras lo que pienso.

—Todo irá bien, hija mía. Es la ocasión perfecta para que muestres lo mejor de nuestro reino.

Bajo la mirada. «Lo mejor de nuestro reino» es ella: más hermosa que todas las anteriores soberanas de Miméa, más perspicaz que cualquier estratega, más poderosa de lo que nadie se atrevería a sospechar.

Me levanta la barbilla con un dedo.

—Solo tienes dieciséis años y aún no intuyes hasta dónde puedes llegar. Pero yo sé de lo que eres capaz. Confía en mí.

—Me encantaría ser como tú, pero no es así.

En su rostro aparece un mohín de desconsuelo. Lleva toda la vida esperando en vano a que demuestre mi valía.

—¿Sabes dónde estaba yo a tu edad? —continúa diciendo.

Lo sé, pero no respondo.

—Allí —dice, señalando con el dedo el bosque de secuoyas gigantes que se extiende a lo lejos—. Cargaba troncos con mi padre, un leñador esforzado y honesto. Nada indicaba que mi destino sería convertirme en reina.

Nada excepto el amor incondicional de mi padre, el rey Keba. Se habría podido pensar que todo el mundo la odiaría, que no era más que la hija de un leñador. Al fin y al cabo, la elegancia es muy importante en Miméa; la llevamos en las venas. Sin embargo, enseguida la apreciaron, y no solo por su belleza.

—Me temo que nadie me amará igual que a ti, madre.

—¿Y qué? El matrimonio no es la única forma de sentirse realizada.

Aunque así es como se convirtió ella en reina.

Se pone en pie de repente y se cierne sobre mí con toda su estatura. Tomo la mano que me tiende para levantarme. Soy tan pequeña a su lado que casi da risa. La sombra que proyecta me cubre por entero.

—Anda, entra —ordena—. Yo voy enseguida.

Me alejo de ella y me dirijo hacia nuestra residencia. No es un palacio, ni mucho menos, aunque es igual de bonita y no la cambiaría por nada del mundo. Se trata de una planta baja, toda construida de madera oscura y rodeada de unas columnas magníficas por las que trepan enredaderas. Abro los paneles de madera que dan al vestíbulo, una sala enorme de suelo blanco con unos surcos en los que se han incrustado gemas de jaspe rojo procedentes de la isla homónima.

Me detengo unos segundos ante el mapa de los seis reinos, un cuadro monumental situado en el vestíbulo. Se trata de un continente tan grande como heterogéneo. Al norte está Primis, que lidera los reinos con tanto ardor como el mismísimo Fuego, y Kapall, la tierra de los caballeros y los grifos. Al este, en mitad del oleaje del mar de Oïr, están la isla de Maorach y sus archipiélagos de gemas: Zafiro, el azul, y Jaspe, el rojo.

Al sur se encuentra Miméa, mi reino. «Nunca olvides que nosotros ya estábamos aquí antes de que llegaran ellos», me repite siempre mi madre. Antes de la Edad de las Conquistas y la del Fuego, antes del ascenso al poder de Primis y de su linaje de reyes. Ignoro qué pretende decirme con eso. Solo sé que me alegro de no haber nacido en Sciõ, la tierra de las Regnantes y del saber, en el centro del continente. Allí, las mujeres pueden reinar. Igual que en Ramil, al sur. Creo que no sería capaz de soportarlo.

Acaricio la zona del desierto con las yemas de los dedos y, acto seguido, remonto el río Deora hasta Kapall. «Bárbaros», diría mi madre. «Necesarios», la corregiría mi padre. Sus hombres conforman la mitad de nuestro ejército. A veces imagino que uno de ellos cabalga hacia mí para declararme su amor como en los libros de caballerías. Por supuesto, solo es un sueño. ¿A santo de qué prestaría atención un hombre así a la pequeña Efia, torpe e invisible?

—Vaya, jamás habría pensado que llegarías a interesarte por la geografía —resuena una voz a mis espaldas.

No necesito darme la vuelta para saber que es mi padre. Aunque mi madre lo sobrepasa en altura, él irradia una gran tranquilidad, atributo perfecto para un soberano. A diferencia de ella, me ve tal como soy, sin lastrarme los hombros con un peso con el que no sé qué hacer.

—No queda más remedio…

—Tampoco habría pensado que te vería abandonar el reino, pequeña. De hecho, creía que lo que más deseabas en el mundo era quedarte aquí. ¡Y mírate ahora, Efia, lista para partir hacia Primis!

Eso no es del todo cierto: me he imaginado abandonando a mi familia cientos de veces. No son las ganas lo que me detiene, sino el miedo.

—No estoy lista para marcharme…

—No hay elección —zanja mi padre—. Un miembro de nuestra familia debe asistir a las celebraciones, además del embajador de Miméa en Primis.

—¿Y por qué no vienes tú?

Lanza un suspiro.

—Tengo que ir a Sciõ a hacer unas indagaciones.

Los sirvientes pasan a nuestro lado, cargados con las bandejas de la cena. De los enormes platos humeantes emana el olor a miel y especias.

—¿Sobre qué?

—Sobre los apires —suelta secamente.

No soy curiosa, pero no puedo evitar hacerle más preguntas.

—Pero no debes preocuparte —me tranquiliza, posando una mano sobre mi hombro—. La familia de Ramil está a punto de

llegar. No irás sola a Primis. Y un representante de Miméa ya ha partido hacia allí.

Guardo silencio mientras se me retuerce el estómago de miedo. A duras penas soporto la visita de otra familia. ¿Cómo voy a sobrevivir a tan grandiosas festividades?

Mi madre se une a nosotros en el preciso momento en el que, a lo lejos, se oye el ruido de cascos. Sin más dilación, nos situamos a ambos lados de la gran puerta para dar la bienvenida a nuestros invitados. Desde aquí gozo de una vista perfecta del exuberante valle. Hay verde por doquier, incluso en los arroyos que serpentean entre las colinas. El aire está impregnado del aroma del jazmín y de la humedad del final del día.

La delegación de Ramil, al acercarse, levanta unas ligeras motas de polvo. Me aliso el vestido de satén y me coloco los numerosos brazaletes en su sitio. Pero, cuando miro a mis padres, retrocedo un paso hasta quedar oculta en la sombra de una de las columnas. Voy vestida igual de elegante que ellos, pero el resultado no es el mismo. El pelo ensortijado de mi madre le enmarca el rostro como si de una corona se tratara, e incontables joyas, que brillan como estrellas, realzan su traje esmeralda.

Cuando la familia real de Ramil atraviesa la hilera de cañas de bambú, cojo aliento. Sin embargo, su atuendo no tiene nada de impresionante. Van vestidos con sencillez, como meros viajantes. Solo los estandartes de su reino, una representación de la gran muralla sobre fondo amarillo, permiten adivinar su alto rango.

—¡Bienvenidos, amigos del sur! —exclama mi padre mientras desmontan.

Tienen unos rostros amables, lo que me tranquiliza un poco. El rey Gaenor es incluso más alto que mi madre, y su autoridad me parece digna de un coloso de los cuentos de hadas de mi niñez. El perfil de la reina Cordélia es más anguloso y frío, pero aún conserva el atisbo de una sonrisa.

Los mellizos, que vienen a su lado, me resultan igual de hermosos. Los cabellos de la princesa flotan por encima de su espalda, acariciando su cómodo vestido. Su única joya es un brazalete de oro que lleva por encima del codo. Su hermano, que observa el entorno con curiosidad, parece una versión más jovial de ella. La única diferencia notable es el color de sus ojos: avellana los de él, verde los de ella.

Sus dos hermanitas se esconden detrás de sus piernas.

—Gracias por ofrecernos vuestra hospitalidad en nuestro trayecto hacia el reino de Primis —saluda Gaenor, acercándose a mi padre.

—Gracias por haber aceptado acompañar a nuestra hija. No podemos arriesgarnos a hacer el viaje, pero sé que la princesa Efia estará en buenas manos.

Reprimo el impulso de dar otro paso atrás y asiento con la cabeza a modo de saludo. La princesa Alyhia me escruta y advierto, no sin cierto interés, que el maquillaje ámbar de sus párpados realza los destellos dorados de sus iris.

Entramos en el vestíbulo, donde, como manda la tradición cuando hay visitas, se nos sirve licor de secuoya. La bebida me pica en la garganta, pero me obligo a terminarla bajo la mirada atenta de mi madre. Después de los saludos, nos dirigimos al comedor, cuyo suelo está recubierto de oro fundido. Las plantas trepadoras adornan las columnas de madera, y unos ventanales cubiertos con unas sencillas telas transparentes dejan entrar una ligera brisa. En una esquina, una mujer toca una melodía melancólica con el arpa.

—¡Caramba! —exclama el príncipe Darius al entrar.

—Nada que ver con nuestro comedor —elogia la princesa Alyhia.

Nos acomodamos a la gran mesa. El primer plato se compone de carne de venado con miel y guarnición de bayas, servido en una vajilla dorada tan exquisita como una obra de arte. Doy el primer bocado y la grosella negra estalla en mi boca.

—Hacía mucho que no nos veíamos, rey Gaenor —dice mi padre.

—Diez años —responde este—. Al igual que hoy, nos brindasteis vuestra hospitalidad de camino a Primis.

Acto seguido, la conversación gira hacia asuntos más importantes. Sé que mis padres quieren aprovechar la presencia de la familia real de Ramil para mejorar el comercio entre los dos reinos. Desvío la mirada cuando mi madre menciona nuestra artillería y me dejo llevar por la melodía del arpa, que envuelve la sala en una atmósfera tan algodonosa como una nube.

—¿Os alegráis de ir a Primis? —me pregunta la princesa Alyhia, inclinándose hacia mí.

Tardo unos instantes en reaccionar, en los que paseo la mirada de su hermano a ella. Su confianza en sí mismos es apabullante, algo que me desconcierta y que me hace sentir envidia.

—Sí, bueno… Sí, me alegro mucho.

Me imagino en Primis, obligada a hablar con decenas de comensales a diario. ¿Cómo lo haré, si ni siquiera consigo entablar una conversación con dos amables jóvenes?

—Estoy seguro de que tenéis muchas posibilidades —declara Darius con una amplia sonrisa—. Sois encantadora.

Alyhia pone los ojos en blanco.

—¿Muchas posibilidades? —pregunto.

Los mellizos intercambian una mirada perpleja y me entran ganas de abandonar la estancia.

—¿No lo sabéis? —susurra la princesa, acercando su silla a la mía—. No se trata solo de una celebración. El príncipe Hadrian elegirá esposa.

Miro a mi madre, que en este preciso instante se está riendo de una de las bromas del rey Gaenor. ¿Cómo ha podido obviarlo? Clavo las uñas en la tela de mi vestido al comprender que no ha sido ningún descuido. No me lo ha dicho porque no me considera una aspirante digna. ¿Cómo iba a fijarse en mí el príncipe Hadrian?

Alyhia le da un codazo a su hermano.

—Disculpad, princesa Efia —balbucea él—. No era mi intención ofenderos.

En ese preciso instante, los soberanos se retiran para tratar cuestiones en privado. Observo cómo mis padres se alejan, ambos con porte orgulloso. Mi madre se despide con un ademán, pero no le devuelvo el saludo.

—No os preocupéis —le aseguro a Darius—. No tiene importancia.

Sin esperar respuesta, me pongo en pie y me inclino ante ellos en una reverencia que espero que sea perfecta. No pronuncian palabra cuando les doy la espalda ni notan que estoy esforzándome por no llorar. Al abandonar el comedor, me hago una promesa: aún no sé cómo, pero haré todo lo que esté en mis manos para encontrar mi lugar en los reinos unificados.

4
Alyhia de Ramil

Reino de Primis

La secuoya de los estandartes de Miméa flota orgullosa sobre un fondo verde junto a la muralla de los de Ramil, en el trayecto hacia Primis. Tras las fructíferas negociaciones entre los soberanos, reemprendemos la marcha por las tierras de Miméa, acompañados por los soldados de brillante armadura del rey Keba. Desfilan a lo largo del camino, mostrándose orgullosos de formar parte de la escolta de la princesa Efia. Esta, sin embargo, no saluda a su pueblo y se esconde como un ciervo acorralado tras las pesadas cortinas de su palanquín. A veces la oigo llorar, pero no sé qué hacer para ayudarla.

No parece albergar deseo alguno de seducir al príncipe Hadrian. Para llenar las largas horas de trayecto a caballo, imagino cómo me sentiría si no fuera quien soy. ¿Querría convertirme en la esposa del príncipe de Primis? ¿Participaría en el juego? Niego con la cabeza, tratando de ordenar las ideas. No debo hacerme ilusiones: jamás podré casarme con un príncipe. Mi destino es esconderme en mi reino para que nadie se entere de la maldición que llevamos a cuestas.

Esta certeza me ha acompañado desde siempre, como un compañero molesto al que acabas por acostumbrarte. En cuanto al amor, no sé qué pensar. Mi primera experiencia de verdad fue con el hijo de un noble de Ramil durante la celebración de mi mayoría de edad. Al día siguiente, me sorprendió descubrir que ya no me parecía tan encantador y que los sentimientos que creía albergar por él se habían esfumado. Resultó tan decepcionante que me he resignado y he aceptado la idea de que jamás conoceré el amor. Darius no deja de repetirme que este sentimiento lo cambia todo, pero se enamora con tal facilidad que no sé si dar mucho crédito a sus palabras.

—¿Cómo te sientes? —pregunta mi madre, acercando su caballo al mío.

Su reino tiene los mejores jinetes del mundo; jamás aceptaría viajar en palanquín. Algunos de los hombres de Kapall incluso montan grifos, unas criaturas magníficas, tan peculiares como difíciles de adiestrar. En este momento, monta orgullosa su caballo adornado con los colores de Ramil. Estos son los únicos momentos en los que pienso que nos parecemos un poco.

—Bien, de verdad.

Durante unos segundos, observa con la mirada perdida la bandera, que ondea al viento sobre nuestras cabezas. Pese a estar rodeadas de decenas de jinetes y del ruido que los acompaña, tengo la repentina sensación de que estamos solas.

—Vamos a quedarnos en Primis varias semanas. Tendrás que ser fuerte.

Me aferro a las riendas mientras pienso en las ceremonias a las que me veré obligada a asistir. La próxima se celebrará en tan solo unos días.

—Dicen que el príncipe es muy atractivo —continúa—. Y es el mejor partido del reino. Si no le haces caso, se sorprenderá, incluso podría llegar a pensar que estás jugando con él. Deberás comportarte como si estuvieras interesada a la vez que guardas las distancias.

—Lo entiendo, aunque no parece fácil.

—No lo es, pero esperemos que tu carácter independiente y tu piel bronceada lo desanimen.

Ante mi desconcierto, se ve obligada a explicarse.

—¡No pongas esa cara de sorpresa! El lugar al que nos dirigimos es muy diferente al nuestro. Tu bisabuelo forjó un reino con cabida para todos y, créeme, hay partes del mundo donde no es así. Aún eres una niña y no comprendes lo que está en juego.

Sé que el antiguo reino de mi madre es tierra de hombres, que controlan a las mujeres, que deciden su futuro por ellas. Durante un instante, me pregunto quién eligió que se casara con Gaenor de Ramil. Probablemente su padre, hermano del rey Cormag y señor de uno de los muchos feudos de Kapall.

Por el contrario, en el reino de Ramil, las mujeres son libres y, al igual que los hombres, también gobiernan. Si lo deseo, puedo aprender a combatir, estudiar cualquier tema que me interese y vagar por el desierto. De no haber tenido mi hermano la suerte de haber nacido tres minutos antes, yo sería la futura reina.

—Estoy impaciente por regresar a casa —susurro al fin.

Una delegación de Primis se une a nosotros en el momento en que pronuncio estas palabras y mi madre los sigue.

—¿No os adelantáis con ellos? —pregunta Efia en voz baja.

Acaba de descorrer las gruesas cortinas del palanquín y me mira con ojos llorosos. Pese a su suntuoso vestido y el collar de oro, parece una niña pequeña.

—No me apetece.

Se aferra a los antepechos dorados del palanquín y escudriña el camino como si fuera un enemigo.

—Pronto llegaremos al castillo de Primis —murmura.

Desmonto y me acerco, pero ella se hunde un poco más en las sombras del palanquín.

—No tengáis miedo, ¡mirad qué paisaje más encantador!

Nos rodean campos de trigo y árboles frutales. Primis es el más fértil de todos los reinos: ni punto de comparación con los cuatro codos que logramos cultivar en nuestro desierto. Aquí todo parece crecer sin esfuerzo.

Incluso el viento lleva el aroma de fruta y flores. Sin embargo, me veo incapaz de amar un reino que me resulta tan amenazador.

—Creedme —añado con un suspiro—, asistir a estas celebraciones me apetece lo mismo que a vos.

Sorprendida, se inclina hacia el exterior de nuevo. Un rayo de sol le baña el rostro, en el que aún se advierten los surcos que han dejado las lágrimas. Ante mi asombro, pide a los porteadores que le traigan un caballo para montar junto a mí. Entonces me habla de las cálidas noches de verano que ha pasado escuchando a su madre tocar el arpa, de los interminables banquetes para celebrar el florecimiento de las secuoyas y de los momentos privilegiados en los que ha disfrutado de la lectura de sus novelas románticas favoritas.

Cuando la delegación llega hasta nosotras y nos saluda, los ojos de la princesa ya están secos. Los hombres que nos escoltan llevan la bandera del reino de Primis: una gran llama sobre un fondo burdeos, lo que me recuerda que estamos entrando en una tierra muy diferente a la nuestra. Dayena lo intuyó a la perfección y me preparó en consecuencia: un vestido rojo abotonado hasta el cuello, un moño apretado y nada de kohl en los ojos. Al mirarme en el espejo, ni siquiera me reconocí. «Así es como se visten», me aseguró Dayena. «Soy una princesa de Ramil», le respondí, soltándome el moño. Sin prestar atención a sus protestas, me apliqué yo misma el kohl y desabroché la parte superior del vestido.

—¡Alyhia, mira! —me gritan entusiasmadas Elly y Ruby desde su palanquín.

En lo alto de una colina que domina el valle se alza el legendario castillo real de Primis, el que vio nacer la Edad de las Conquistas, la consolidación de las alianzas regionales y la dinastía de soberanos de los reinos unidos. Aunque en el pasado fue una angosta fortaleza, ahora es una gigantesca construcción cuyas pálidas piedras reflejan el sol. Rodeado de imponentes murallas, el castillo debe de ser diez veces más grande que nuestra casa. La ciudad se extiende a sus pies como lo haría la lava alrededor de un volcán.

Aún tenemos que cabalgar varias horas antes de franquear las murallas defensivas, cuyas piedras están tan erosionadas que parecen cinceladas con leyendas caballerescas. Al llegar, nos saluda una multitud de miles de personas.

—¡Bienvenidos! ¡Bienvenidos! —gritan los niños, agitando unos blasones de Primis en miniatura.

Los saludamos desde los caballos, sorprendidas por la muchedumbre que se ha congregado. Efia ha regresado a su palanquín y ha corrido las cortinas, y mi hermano no deja de agitar el brazo como si se reencontrara con sus seres más queridos.

Delante de las enormes puertas de roble nos espera el embajador general, un hombre excesivamente delgado de cabellos ralos y bigote ridículo. Nos informa de que entraremos en la sala del trono familia por familia y nos pide que lo sigamos. Aunque su atuendo es esmerado, parece perdido. Mientras recorremos las galerías, saca un pequeño pañuelo del bolsillo y, con un gesto torpe, se seca la frente, perlada de sudor. La organización de estos festejos debe de suponer la cúspide de su carrera. Y también una posible debacle.

De camino a la sala del trono, observo un impresionante número de tapices con el emblema de la llama bordado sobre fondo burdeos. Pronto me siento abrumada ante la multitud de galerías que atravesamos. Por temor a perderlas, agarro a mis hermanas pequeñas de la mano. Por el contrario, mi padre se conoce este castillo de memoria y, aunque hace diez años que no lo pisa, avanza con determinación. Los pasillos huelen a polvo y a cierta grandeza, si es que eso tiene olor. En cada esquina hay velas de plegarias, que nos recuerdan constantemente la fe que nos une. Los candelabros de oro brillan incluso en los pasillos más oscuros.

—Ya hemos llegado —resuella el embajador general—. ¡Princesa Efia, vos seréis la primera!

Antes de que se encamine hacia la sala del trono, le dedico una mirada tranquilizadora. Las puertas se cierran de golpe justo después de verla tropezar con la alfombra.

Unos minutos más tarde, una voz retumba tras la recia puerta.

—¡Demos la bienvenida a los soberanos del reino de Ramil!

Cuando se abren las dos hojas de madera, los susurros se extienden como el canto de los grillos. Sigo a mis padres por la alfombra de color burdeos. Al otro extremo, los miembros de la familia real se ponen en pie para darnos la bienvenida, rodeados de las figuras más importantes de la corte: señores, nobles y meros favoritos inclinan ligeramente la cabeza y nos dirigen algunas miradas furtivas. Al llegar ante los soberanos, hacemos una amplia reverencia. En las paredes de piedra hay unas vidrieras enormes por las que se filtra un resplandor malva que baña a la familia real.

—¡Sed bienvenidos, soberanos del reino de Ramil! —exclama el rey tras unos instantes.

Esta es la señal para que todos los presentes levanten la cabeza. El rey Vortimer, con una media melena de cabellos canosos, impresiona por su estatura, aunque es más bajo que mi padre. Unas leves arrugas delinean las comisuras de sus ojos oscuros, la viva imagen de la dignidad y de la nobleza. La reina Alayne, a su izquierda, presenta un aspecto más joven que él, aunque no lo es. Lleva el pelo rubio recogido en un moño. Parece mantenerse en un segundo plano, con los labios fijos, como si esperara a decidir qué expresión poner. Por último, el príncipe Hadrian es tal como me lo describieron: tan alto como su padre, pero más esbelto y refinado. Un mechón de pelo rubio ceniza le cubre los ojos, que son azules como los de su madre. Su sonrisa maliciosa le da un aire afable.

—¡Rey Vortimer, qué placer volver a veros! —dice mi padre con su voz más atronadora.

—¡Ha pasado tanto tiempo que ya pensaba que me evitabais! —bromea Vortimer.

—Podría ser —replica mi padre, provocando que la corte ahogue un grito.

Se produce un silencio y la tensión puede cortarse con un cuchillo. Acto seguido, Vortimer estalla en carcajadas y abraza a mi padre. Ya sabía que eran amigos, pero no que estuvieran tan unidos. Por la mirada que la reina Alayne le lanza a su marido, se diría que desaprueba la escena.

El príncipe Hadrian se coloca ante mí e inclina la cabeza más de lo necesario.

—Es un placer conoceros, princesa del desierto.

—Lo mismo digo, príncipe Hadrian.

Al sonreír, aparecen dos hoyuelos en sus mejillas. Me ofrece una segunda inclinación de cabeza.

—¡Ruego que den la bienvenida a los soberanos de la isla de Maorach! —anuncia el ujier mientras nos hacemos a un lado—. El rey Azariel y su nieta, la princesa Naïa.

Azariel, un verdadero anciano, se acerca lentamente a la familia real, apoyándose en un bastón cuya empuñadura se asemeja a una ola que se dobla bajo su mano. Su escaso cabello parece espuma que cae sobre sus hombros, frágiles por la edad. Su nieta, unos años mayor que yo, espera en pie más atrás. Tiene el pelo rojo y ondulado, y sus pendientes en forma de cono son del mismo azul descolorido que sus ojos.

Tras ellos llegan los señores de los archipiélagos de las gemas: la isla roja de Jaspe y la isla azul de Zafiro. El rey Gildas y la princesa Oxanne van ataviados con unas túnicas rojas engarzadas con jaspes y se los ve un poco acartonados. Sus narices ganchudas los hacen parecer aves de rapiña. Tras los saludos de rigor, la princesa se acerca al príncipe y le hace una reverencia exagerada.

—Me siento infinitamente feliz por vuestra invitación y, en honor a vuestro cumpleaños, no descansaré hasta complaceros.

Al incorporarse, la enorme gema roja, grande como un puño, que lleva colgada al cuello capta la luz y lanza un destello que me obliga a entornar los ojos. De la misma cadena cuelga un pequeño frasco de plata lleno de cera. Al príncipe parece sorprenderlo el cumplido y veo que la reina Alayne hace una mueca de desaprobación.

La atención se desvía hacia el rey Kaleb, de la isla de Zafiro, que saluda a la familia real sin muchos aspavientos. Me estremezco al ver su ojo velado por una cicatriz. Dice la leyenda que solo los avezados navegantes de Zafiro pueden surcar las agitadas aguas que rodean la isla, con lo que, evidentemente, se vuelve inaccesible para el resto del mundo. No cabe duda de que es

mentira, pero sirve para reflejar la naturaleza intratable del rey y de su pueblo.

La conversación es breve y Kaleb se hace a un lado, no sin lanzarle una mirada llena de intención al soberano de la isla de Maorach.

—¡Sed bienvenidas, Regnantes de Sciõ! —continúa el ujier—. La reina Éléonore, la princesa heredera Sybil y las princesas Garance e Ysolte.

Los miembros de la corte estiran el cuello cuando las Regnantes entran en la sala, las cuatro ataviadas con unos largos vestidos de color gris y blanco. El pelo de las princesas es de un gris claro, excepto el de Garance, que es rubio platino. La reina Éléonore tiene al menos setenta años, pero camina erguida y oculta sus cabellos bajo un largo pañuelo gris brillante. Sus ojos, velados por la ceguera, se posan en la familia real.

Sin embargo, es Sybil, la heredera al trono, la que capta mi atención. Lleva una larga trenza gris que le cae por la espalda, y sus ojos, como los de las demás integrantes de su familia, son de un azul tan oscuro que me recuerdan a las profundidades del río Deora durante una tormenta.

Su reino no tiene nada que ver con los otros, y sus leyes estipulan que ningún hombre puede gobernar. La princesa Sybil reinará después de su abuela, ya que su madre falleció años atrás. Por tanto, tiene la suerte de no participar en esta carrera absurda por el corazón del príncipe. Cuando regresa al lado de su familia, soy incapaz de apartar los ojos de sus cabellos plateados.

El ujier retoma las presentaciones con el reino de Kapall. Cuando entran en la sala, no doy abasto y no sé dónde mirar, si al rey Cormag, a sus tres esposas, al mismo número de hijos o a las cuatro princesas. Estas últimas parecen tener entre catorce y treinta años, y todas comparten rasgos: pelo castaño y rizado, ojos castaños o color avellana y piel extremadamente blanca. Igual que mi madre. Están cogidas de la mano y humillan la cabeza. Los príncipes, por el contrario, la mantienen bien alta, al igual que el rey Cormag, henchido de orgullo ante esta corte tan importante. La cicatriz que le parte los labios se frunce cuando sonríe con satisfacción. Estoy convencida de que una unión con el príncipe Hadrian sería de lo más beneficioso para ellos, visto el número de princesas en edad casadera.

Por reflejo, tomo a mis hermanas pequeñas de la mano y las coloco tras de mí. Pese a que vienen del mismo reino que mi madre, no me apetece en absoluto conocerlas.

—Príncipe Hadrian, vuestros presentes ya han llegado a vuestros establos —anuncia el rey Cormag con voz ronca—. ¡Purasangres adiestrados por nuestros mejores domadores!

—¡Muchísimas gracias! —exclama el príncipe—. Me encanta la equitación.

—Lo sabemos —se permite responder una de las reinas—. Os recomiendo que los montéis por primera vez con mi hija Bédélia. ¡Tiene un don para los caballos!

—O con otra princesa —ofrece otra de las esposas de Cormag—. En nuestro reino, tomamos las riendas antes de aprender a caminar.

Cormag mira a las dos mujeres con aire irritado por encima del hombro, pero es la reina Alayne la que pone fin a la rivalidad.

—Mi hijo tendrá tiempo de conocer a todas las nobles de vuestro reino durante las celebraciones, os lo aseguro.

Cuando Vortimer retoma la palabra, paseo la mirada por la sala, escrutando a las princesas. Oficialmente, las pretendientes de Hadrian somos diez: la pelirroja Naïa de Maorach, Oxanne de la isla roja de Jaspe, Efia de Miméa, las dos hermanas más jóvenes de Sciõ, las cuatro princesas de Kapall y yo. Pero, en realidad, solo compiten nueve. Lo único que yo deseo es ayudar a mi reino en lo que pueda.

—Nos enorgullece haber reunido alrededor del Fuego a tan grandes reinos —exclama el rey Vortimer, sacándome de mis pensamientos—. Nuestros ancestros vivieron la violenta Edad de las Conquistas y la destructora Edad del Fuego. Hoy podemos, juntos, ¡apreciar y disfrutar de la Edad de la Paz!

Los miembros de los reinos intercambian miradas en las que se combina el desdén con el desafío. Mientras todos bajamos la cabeza en señal de respeto, las palabras del rey, muy falsas, resuenan en mi mente. No sé qué me deparará esta visita, pero tengo la certeza de que la palabra «paz» no será la clave.

5
Alyhia de Ramil

Tras las presentaciones oficiales, cenamos en lo que se suele utilizar como salón de baile. Ninguna de las otras salas podría haber acomodado a los casi cuarenta huéspedes. Había unas largas mesas de roble, dispuestas con manteles bordados y candelabros. Me senté junto a Efia y traté de entablar conversación con el resto de los comensales mientras mi hermano bromeaba a diestro y siniestro.

Las diferencias entre los reinos se hicieron evidentes desde el primer momento: mientras que las Regnantes de Sciõ hablaban en voz baja, los miembros de la familia de Kapall no dejaban de renegar los unos contra los otros. La familia real no pareció tenérselo en cuenta y la explicación es sencilla: el reino de Kapall y sus costumbres polígamas aportan la mitad de las filas del ejército. Los hijos se convierten en soldados o en señores de uno de los numerosos feudos, que el rey Cormag no duda en dividir una y otra vez, y las hijas contraen matrimonio en los diferentes reinos, extendiendo así su influencia por todo el continente. Es una política simple pero efectiva.

Después de la cena, que me provocó un dolor de cabeza atroz, descubrí la habitación que me habían asignado. Me gustaron sus dimensiones, así como las vistas de las colinas cercanas. Desde entonces ya han pasado tres días, y las actividades se suceden mientras hago lo que puedo por relacionarme con las representantes de los distintos reinos. Esta mañana, he estado bordando con las otras princesas y la reina Alayne, tan inaccesible como la cima de una montaña, igual que siempre.

A la hora de comer, regresamos al salón de baile, donde nos sirven tupinambos y un plato de caza que no me convence. El estruendo de las conversaciones resuena en la inmensa estancia mientras los criados distribuyen vino y cerveza. Mi hermano devora el plato mientras conversa efusivamente con Naïa de Maorach, que se limita a mirarlo con aire paciente y vagamente aburrido. Me han sentado entre Efia y la princesa Oxanne de Jaspe, con las cuatro princesas de Kapall enfrente. A veces trato de entablar conversación, pero todas responden a la vez y resulta imposible seguirlas.

Solo la mayor, Bédélia, me resulta agradable e interesante.

—No se os ha visto muy implicada esta mañana —comenta Oxanne, volviéndose hacia mí—. ¿No os gusta bordar?

Aunque su pregunta parece inocente, en su rostro se refleja la suficiencia característica de Jaspe. Morena, lleva el pelo recogido, que revela unos aretes rojos tan grandes como dos platillos de café.

—A decir verdad, no. Me parece aburrido —respondo, encogiéndome de hombros.

—¿En serio? ¡Es mi pasatiempo favorito! —exclama sorprendida una de las princesas de Kapall.

—No tiene importancia —interrumpe Oxanne de Jaspe—. El objetivo de esa actividad no tenía nada que ver con el bordado.

Tras una pausa, se inclina hacia el lado contrario, como si para ella hubiese dejado de existir.

—¿A qué os referís? —pregunto, apretando los puños.

La gigantesca gema roja que lleva alrededor del cuello se balancea sobre el plato de carne. La piedra se le posa sobre el pecho, que es igual de magnífico que sus joyas. Advierto que justo encima del labio superior tiene un lunar, que se contrae al responderme con cierta condescendencia:

—¿De verdad pensáis que la reina Alayne deseaba pasar la mañana bordando flores con unas jóvenes a las que no conoce? Era una prueba, nada más.

—¿Una prueba de qué?

—Paciencia, aplicación, porte... ¡A saber qué busca para su hijo!

Esto explica la expresión desdeñosa de la soberana al ver mis bordados mediocres. Aunque se suponía que representaba un campo de lavanda, más bien parecía un charco poco definido. Sin proponérmelo, ya he conseguido perder puntos en la competición.

Satisfecha, termino de comer y me dirijo con Efia a la biblioteca, donde nos ha convocado el rey Vortimer. Si algunas actividades son, en realidad, pruebas, veo el programa de esta tarde con nuevos ojos. ¿Qué nos habrán preparado?

Poco a poco, van llegando las otras princesas y se emplazan frente a la puerta de roble. Oxanne de Jaspe sigue con su actitud presuntuosa, mientras que las princesas de Kapall charlan a voz en grito.

—¡Me parece que mi padre no aprobará que visitemos una biblioteca! —exclama una de ellas.

—No es que sea la primera vez —matiza Bédélia, la mayor.

—¡Sí, pero eso él no lo sabe!

—Ojos que no ven... —sueltan las dos más jóvenes al unísono.

Me acerco a Efia.

—¿Qué problema tienen con las bibliotecas? —le susurro.

—Las mujeres de Kapall no pueden consultar ninguna obra que no haya sido autorizada por el rey Cormag —responde una voz a mis espaldas.

Me doy la vuelta y veo a las Regnantes, aún ataviadas con sus vestidos pespuntados de blanco. La princesa heredera Sybil, tan segura de sí misma como en la ceremonia de bienvenida, examina al resto de las jóvenes princesas. ¿Qué hace aquí si no es una pretendiente? Sin duda habrá insistido en acompañar a sus hermanas, Garance e Ysolte, quienes me están sonriendo educadamente. Ambas parecen ser la dulzura personificada.

—Me pregunto si no llegará el día en que, simplemente, dejen de enseñarles a leer —añade Sybil.

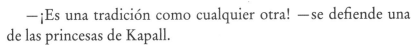

—¡Es una tradición como cualquier otra! —se defiende una de las princesas de Kapall.

—No fue mi intención ofenderos —responde la princesa heredera en tono serio—. Solo creo que prohibiros la lectura es una práctica absurda e injusta.

Acto seguido, se echa la larga trenza gris a la espalda y se aleja bajo la mirada estupefacta de las princesas de Kapall.

Unas voces procedentes del pasillo rompen el silencio.

—Son Naïa de Maorach y el rey Azariel —me informa Efia.

Aunque no llego a oír lo que dicen, veo que el rey empuja a su nieta hacia la biblioteca, pese a que la princesa no deja de resistirse.

—¡Está bien! ¡Iré! —exclama al cabo de un rato.

El rey se aleja y oímos el repiqueteo del bastón mientras avanza por el pasillo. Naïa llega hasta donde estamos con los puños apretados y, tras alisarse el vestido estampado con motivos que recuerdan a las olas, lanza un suspiro.

—¿A qué esperamos? —exclama con exasperación.

Las puertas de roble se abren antes de que reciba respuesta. El rey Vortimer acude a nuestro encuentro con su habitual aire refinado.

—¡Ah! ¡Ya estáis todas aquí! ¡Bienvenidas a la gran biblioteca de Primis!

Avanzamos unos pasos y entramos en una sala de techos altos con vidrieras que proyectan un resplandor en el que giran unas motas de polvo. Hay miles de libros en sólidas estanterías.

—¡Mira! —me susurra Efia, señalando una mesa de trabajo en el centro de la estancia cubierta de mapas y libros.

—No hay duda: a padre no le haría ni pizca de gracia —susurra la mayor de las princesas de Kapall, riendo.

Las Regnantes son las únicas que no parecen impresionarse: su biblioteca es célebre por contener todos los saberes y conocimientos de nuestros reinos. Pese a ello, Ysolte avanza hacia una estantería y pide permiso para tomar prestado un volumen.

—¿Te interesa el pasado de nuestro continente? —pregunta el rey al examinar la portada.

—¡Sí! Quiero ser historiadora —confiesa, lanzando una mirada hacia su hermana Sybil, que le posa una mano sobre el hombro con afecto.

—Ya veo... Bueno, será mejor que dejemos eso para después —responde Vortimer—. Ahora, acercaos a esta mesa.

Todas vamos hacia el centro de la sala, donde rodeamos los mapas de nuestros reinos. Se me encoge el corazón al mirar hacia Ramil.

—¿Qué veis en esta estancia? —pregunta el rey, sonriendo.

El silencio dura unos segundos.

—¿Libros? —aventura Orla, una de las princesas de Kapall.

—¿Qué más? —anima el rey.

—¿Libros... gordos? —añade.

A mí lado, Oxanne de Jaspe suelta una risita y tengo que morderme los labios para no hacer lo mismo.

—Sabiduría —interviene Sybil con su voz grave.

—¡Eso es! —exclama el rey—. Hay dos cosas esenciales para convertirse en un soberano: sabiduría y...

—Poder —añade Sybil.

—Gracias, princesa Sybil, aunque me gustaría oír a las demás.

De repente comprendo la prueba. La reina Alayne quiere que su futura nuera sea tranquila y educada, pero el rey Vortimer también pretende que sea instruida. Una lástima para las de Kapall.

—El poder —repite justamente una de ellas.

Sybil pone los ojos en blanco y se cruza de brazos.

—Así es —confirma Vortimer—. El poder sin sabiduría no es interesante en absoluto, y la sabiduría sin poder no te convierte en un líder. ¿Cuál de vosotras puede decirme cuántos territorios se han identificado en la actualidad?

—Trata de responder —le susurro a Efia.

Pero esta retrocede un paso. Las princesas de Kapall se estrujan el cerebro, mientras que Naïa de Maorach se sienta, sin deseos de participar. La Regnante Sybil tira de la manga de su hermana Garance, que responde con una sonrisa:

—Nueve, rey Vortimer. Nuestros seis reinos, el Gran Desierto, la región de Iskör al norte y la región de las rocas, aunque esta última nos sea desconocida.

Las dos trenzas, de un rubio claro, la hacen parecer una muñeca. Sus ojos son tan grandes como los de su hermana, y de un azul más profundo que el océano.

—Exacto, princesa Garance —confirma el rey—. Princesas de Kapall, ¿podríais decirme por qué no hemos mencionado las islas de las gemas?

Las cuatro intercambian miradas perplejas. Reprimo de nuevo las ganas de reír, pero mi desdén se desvanece al ver que Bédélia está al borde de las lágrimas. Debe de ser terrible que no te permitan instruirte.

—¿No? —continúa el rey—. Bien..., ¿princesa Alyhia?

Me quedo paralizada. Conozco la respuesta, pero no debo llamar la atención. He demostrado a la reina Alayne que carezco de talento para la costura y ahora debo fingir ignorancia.

—¿Porque son demasiado pequeñas? —balbuceo, apretando los puños.

Sybil frunce el ceño ante mi ridícula respuesta. Me invade tal vergüenza que bajo la cabeza.

Oxanne de Jaspe interviene de inmediato.

—Porque, aunque nuestras islas se benefician de cierta independencia y cuentan con soberanos a los que se denomina reyes y reinas, no tienen el estatus de otros reinos y están anexionadas a la isla de Maorach por tratados de varios siglos de antigüedad.

—Exacto —confirma el rey.

Consagramos la siguiente hora a preguntas similares. Las únicas que participan son Oxanne de Jaspe y Garance de Sciõ, en ocasiones acompañadas por las desastrosas tentativas de las princesas de Kapall. Pese a que Vortimer parece amable, detecto cierta condescendencia en él. Nos interroga como si fuéramos niñas. Me cuesta no abrir la boca, y eso que sé la respuesta a la mayoría de las preguntas.

Cuando Vortimer se marcha para asistir a una reunión en una de la salas de estudio adyacentes, ya es bien entrada la tarde. El sol brilla a través de las vidrieras e ilumina la mesa aún cubierta de mapas y libros. Mientras las princesas hablan de sus respectivos reinos, abordo a Oxanne.

—Vos que parecéis saber tanto, ¿podríais decirme cuándo está previsto que el príncipe haga su elección?

Antes de responder, suelta una carcajada y juguetea con el pequeño frasco que lleva colgado al cuello.

—La verdad es que prefiero no decíroslo.

—¿Quizá porque no lo sabéis?

—Quizá... O tal vez no deseo que lo sepáis.

Justo cuando me dispongo a insistir, entra el embajador general. Echa un vistazo a su alrededor con impaciencia, al parecer irritado porque no se le preste más atención y, acto seguido, se sobresalta ligeramente al verme.

—Princesa Alyhia —dice, acercándose a mí—. El príncipe Hadrian desea que lo acompañéis a pasear en sus nuevos purasangres.

Sorprendida, doy un paso atrás y tiro los mapas. El silencio se cierne sobre la biblioteca como si todas las presentes hubiesen enmudecido. Atónita, no sé cómo reaccionar.

—¿Y bien? —insiste el embajador general.

Considero rechazar la propuesta, pero me percato de que sería muy grosero por mi parte y acepto entre balbuceos. El embajador asiente con la cabeza con un gesto brusco que hace que le tiemble el bigote y, a continuación, abandona la estancia sin más. Siento que me sonrojo cuando la princesa Oxanne se aleja y todas me lanzan miradas acusatorias.

—Qué vergüenza —oigo que susurra una de las de Kapall a sus hermanas.

Me siento tentada a bajar la vista, pero cambio de opinión.

—Esos purasangres se los habéis regalado vosotras —les digo—. Debería haberos invitado en vez de a mí. Espero que lo haga en los próximos días.

Las tres más jóvenes guardan silencio, pero Bédélia asiente con amabilidad. Cuando sus hermanas se alejan, ella se retrasa y se me acerca.

—El príncipe hará su elección dentro de dos lunas.

—¿Cómo lo sabéis?

—Me gusta escuchar tras las puertas —suelta riendo antes de abandonar la biblioteca.

Mi corazón late con fuerza mientras pienso a toda velocidad. Dentro de dos lunas, esta mascarada habrá terminado. Entonces podré volver a ser yo.

Las princesas abandonan la estancia una tras otra mientras yo finjo estar absorta en la lectura de un libro. En realidad, no tengo ganas de enfrentarme a sus comentarios y miradas asesinas. Solo Efia me hace una señal con la mano antes de franquear el umbral.

Justo cuando estoy a punto de salir, oigo una voz grave que surge de una de las sala de estudio. Movida por la curiosidad, me acerco.

—¿Qué opináis de las princesas, mi rey? —dice una voz masculina.

—Ya sabéis que eso no tiene importancia —responde Vortimer en un tono que ya no es amable en absoluto.

Tras comprobar que estoy sola, me acerco para oír mejor. Las palabras del segundo hombre llegan amortiguadas, lo que indica que está lejos de la puerta.

—¿Y qué decía la carta de Iskör?

Siento un estremecimiento. Iskör es la región más septentrional de los reinos unificados, situada justo después de los árboles malditos del bosque de Tiugh. Circulan leyendas terribles sobre ese pueblo, sobre su uso de la nigromancia y su ausencia de moralidad y civismo. Sin embargo, se los tolera porque marcan la frontera con la región de las rocas y nos protegen de sus moradores: los röds. No sabía que nos relacionáramos con ellos.

—Algo que ya llevo sospechando desde hace tiempo... —dice el rey. Aguanto la respiración y él, con una voz cargada de cólera, añade—: Hay traidores entre nosotros.

6
Alyhia de Ramil

Dayena me prepara para el paseo a caballo con el príncipe, prodigándose en consejos que no escucho, puesto que estoy enfrascada en revivir la conversación que he oído por casualidad. Por desgracia, poco después ha llegado un guardia y me ha escoltado hasta la salida de la biblioteca.

Me dirijo sin dilación hacia el patio trasero, justo en los límites del bosque privado de la familia real, con muchas preguntas en la cabeza. ¿Por qué Vortimer se comunica con Iskör? Y ¿quiénes son esos traidores que ha mencionado? Sé que en la región del norte hay adivinos; ¿han visto algo sobre nuestros reinos?

La llegada del príncipe interrumpe mis reflexiones. Luce un atuendo con los colores de su reino. En lo que a mí respecta, he rechazado categóricamente montar como las mujeres locales, con vestido, y llevo mi indumentaria de equitación habitual. Más allá de una cuestión de principios, es también una manera de no llamar una atención no deseada mediante mi apariencia.

—Princesa Alyhia, os presento al caballero Darren —anuncia Hadrian, haciendo un ademán hacia un hombre que no reconozco—. Es uno de mis mejores amigos y será nuestra carabina durante el paseo.

Darren es un atractivo joven moreno de ojos azules que rondará los veinte años. Me saluda con una informalidad sorprendente y, acto seguido, me tiende las riendas de un magnífico caballo de pelaje negro. Empezamos a cabalgar entre los robles, por los senderos dispuestos para tal fin. El bosque es tan extenso que resulta imposible ver dónde termina incluso desde un punto elevado.

Me impregno un instante del olor a savia, intensificado por las lluvias de los últimos días. Los pájaros trinan en las ramas, disimulando nuestro silencio, que cada vez es más incómodo. Advierto que el caballero Darren se mantiene a cierta distancia de nosotros. Los cascos de los animales retumban, como si quisieran recordarnos que deberíamos charlar.

—Os agradezco que hayáis aceptado la invitación —me dice al fin el príncipe.

Aunque tiene una voz grave, resulta tan melodiosa como un acorde de piano. Al volverme hacia él, distingo unos matices de gris en sus ojos, como las nubes que avanzan por encima de nuestras cabezas. También vislumbro un destello de miedo, lo que encuentro enternecedor, aunque no debo permitirme sentir simpatía.

—Debo reconocer que me ha sorprendido.

No tengo interés alguno en halagarlo, y menos aún en mentir. No me gusta la tesitura en la que me ha puesto.

—¿Y eso por qué? ¿Acaso dudáis de ser lo suficientemente atractiva como para que os invite a dar un paseo?

De repente, la melodía de su voz me parece falsa.

—Por supuesto que no —replico—, pero la cortesía habría dictado que invitarais a una princesa de Kapall.

Durante un segundo, el príncipe se queda perplejo y, acto seguido, sus mejillas se tiñen del mismo rojo que el de las hojas otoñales.

—Tenéis razón —admite.

—Y estoy convencida de que lo sabíais tan bien como yo.

—En efecto, así es.

—Entonces ¿por qué no habéis hecho lo que os dictaba la educación? No me digáis que no os gustan: ¡son cuatro, y no las conocéis!

Suelta una carcajada sincera. Los dos hoyuelos que ya había advertido aparecen de nuevo en sus mejillas coloradas.

—No es eso...

—Entonces ¿qué es? —exclamo, reparando demasiado tarde en que una parte de mí lo ha preguntado por pura vanidad.

Acerca su caballo al mío y echa un vistazo por encima del hombro. Darren está a una decena de metros, a suficiente distancia como para no oírnos.

—La respuesta no os gustaría —susurra con aire travieso.

—Eso no importa, siempre y cuando sea la verdad.

Levanta una ceja y, tras un instante en el que parece sopesar los pros y los contras, se encoge de hombros.

—Perdí una apuesta contra vuestro hermano en una partida de cartas.

La sorpresa hace que tire de las riendas y detenga el caballo. Me esfuerzo por comportarme con educación e intento que los pensamientos que me cruzan la mente no se me reflejen en el rostro.

—¿Mi hermano apostó para que me invitarais?

El príncipe asiente y el silencio vuelve a apoderarse de nosotros. Me ha herido en mi amor propio. Pero, al pensar en mi hermano, no puedo evitar soltar una carcajada.

—¡Menudo imbécil!

—Pues a mí me pareció extremadamente simpático —lo defiende Hadrian.

—No lo conocéis lo suficiente. ¡Y pensar que se convertirá en rey! Me pregunto si no se jugará el reino a las cartas.

—Es buen jugador. Y os prometo que enmendaré esta invitación un tanto cuestionable. Si tenéis alguna petición, ¡adelante!

Le respondo que no tengo nada que pedirle y seguimos con el paseo. Llegamos a un punto elevado que nos permite admirar el castillo. Es tan colosal que resulta difícil concentrarse en otra cosa; parece querer hacerle la competencia al cielo.

—Vuestra morada es muy grande. Casi… excesiva.

—A la altura de mi padre —responde, apartándose unos mechones que le caen sobre los ojos.

El color de sus iris me recuerda a la arena mojada tras las escasísimas lluvias del desierto.

—¿Y de la vuestra no? —pregunto.

Hadrian baja la mirada hacia el caballo, desprovisto de repente de cualquier atisbo de descaro.

—Aún no… Pero espero que algún día.

Atónita ante su respuesta, veo que una ligera lluvia empieza a mojar los árboles sobre nuestras cabezas. El príncipe me pregunta si deseo regresar.

—¿No lo diréis en serio? El pueblo del desierto renegaría de mí si supieran que he huido ante el milagro del agua que mana del cielo.

—¿Cabalgáis a menudo en vuestro reino?

—Sí, pero a lomos de un camello.

Su expresión incrédula me obliga a aclarárselo, y suelta una carcajada al imaginarse a esos animales tan peculiares. Luego se echa el pelo empapado hacia atrás y mi mirada se pierde en una gota que baja desde su oreja hasta el hueco de su cuello.

—Debo admitir que no me disgusta haber perdido —dice con una voz tan cálida como una fogata—. Hablar con vos es de lo más agradable.

A lo lejos se oye un trueno que parece reverberar en mi interior. Debo guardar las distancias. Reanudo inocentemente la conversación sobre mi reino y charlamos sobre la vida en el desierto y las características de las poblaciones locales durante el resto de la tarde. Por su parte, el príncipe me habla de la vida en Primis, de los inminentes grandes festejos para celebrar el final de la primavera, de su educación, particularmente estricta, así como de sus deseos de demostrarle a su padre que está listo para asumir nuevas responsabilidades.

Cuando la lluvia arrecia, debo admitir que nos vemos obligados a dar media vuelta. No hay ni rastro del caballero Darren y, cuando llegamos a las caballerizas, Dayena me está esperando con los brazos en jarras y el ceño fruncido. Su conato de reverencia es una clara señal de impaciencia.

—¡Princesa! ¡Cómo se os ocurre deambular por ahí con este tiempo! ¿Es que habéis perdido la cabeza?

—La he retenido —se disculpa el príncipe con aire divertido.

De repente, Dayena se da cuenta de quién está ante ella y contiene, a duras penas, su enfado.

—Claro, alteza, no pasa nada. Pero debemos prepararos. ¡Esta noche se celebra un baile!

Nuestros pies hacen crujir la gravilla al desmontar del caballo. Dos mozos de cuadra llegan, protegiéndose de la lluvia, y nos refugiamos bajo el techo de las caballerizas. Durante unos instantes, me quedo maravillada ante este mundo en el que no hay un sol de plomo y que huele a lluvia, como si fuera un perfume delicioso.

—En efecto, hay un baile —confirma el príncipe—, y dudo de que mi madre apruebe el atuendo que lleváis ahora mismo.

—No me desafiéis, príncipe Hadrian.

Tras una exagerada reverencia, añade con picardía:

—En el futuro, evitaré aceptar cualquier desafío que me proponga un miembro de vuestra familia.

Nada más marcharse, Dayena me empuja por los pasillos hasta el cuarto de baño de mi dormitorio, donde me espera una bañera de madera llena de agua que, por extraño que parezca, aún está caliente. Me quito la ropa y me sumerjo con deleite. Unos troncos arden en la chimenea y, mientras los observo con la mirada perdida, mis músculos se relajan.

—¿Deseáis que apague el fuego? —pregunta Dayena, vertiendo un aceite de flor de azahar en el baño.

Advierto que los troncos se consumen dócilmente. Me tomo un momento para examinar mi reacción y me doy cuenta con alivio de que no es tan salvaje como de costumbre. Las llamas se insinúan en mi interior sin despertar el brutal deseo de huir de ellas o de utilizarlas.

—No, gracias —respondo con calma.

A continuación, me peina el pelo en una multitud de trenzas que se unen en la nuca y las adorna con pequeñas amapolas y pasadores dorados. Completan mi atuendo el consabido kohl, un poco de colorete en las mejillas y un vestido de manga larga de satén de color arena con una banda roja en el escote.

Cuando me reúno con mi familia, advierto que mi madre lleva un vestido de tafetán violeta, a la moda de Primis. Todos nos

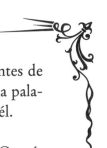

examinamos durante unos segundos en silencio, conscientes de nuestras diferencias, sin que ninguno se atreva a decir una palabra. Cuando llega mi hermano, me acerco rápidamente a él.

—¿Orgulloso de tu pequeña encerrona? —le susurro.

—¡Ni te lo imaginas! —suelta, muriéndose de risa—. Quería demostrarte que no hay motivo para estar asustada. Se trata de una ocasión única para divertirte. ¡No es necesario hacer caso a las rigurosas indicaciones de mamá!

Aunque mi hermano corre riesgos imprudentes, tiene razón en una cosa: pasar un rato con el príncipe me ha demostrado que podría gustarle mucho más de lo que pensaba. Yo también río y, al llegar al salón de baile, me cuesta recuperar la seriedad ante la corte y sus reverencias. He sido la primera en gozar del honor de recibir la invitación del príncipe, así que no es de extrañar que traten de complacerme. Mañana otra ocupará mi lugar, y así sucesivamente hasta que Hadrian tome una decisión.

Los estandartes de los seis reinos cuelgan de las vigas del techo, pendiendo sobre unas mesas repletas de exquisitos manjares. El olor a vino caliente se extiende por la sala, iluminada por docenas de velas. Su fuego me penetra, pero, de nuevo, solo me resulta agradable, al igual que el viento sobre la piel durante un paseo.

Vuelvo a pensar en las obligaciones que tengo para con mi reino y en la conversación que escuché por casualidad en la biblioteca. Si quiero entender lo que está pasando, tengo que participar en las celebraciones y aguzar el oído ante cualquier información que pueda serme de utilidad.

Esta resolución me empuja a entablar una conversación con el rey Kaleb, de la isla de Zafiro, que se encuentra junto a la estatua de Vortimer I. Con la mandíbula cuadrada y los puños apretados, bien podría pasar por una piedra tallada. Tiene menos de treinta años, pero parece haber vivido varias vidas. Además, su isla siempre ha sido la más independiente de todos los reinos. Si se está preparando una traición, con toda probabilidad se originará en las aguas de Zafiro.

—¿Cómo estáis, rey Kaleb? —le pregunto, tomando una copa de vino de ciruela.

Sus ojos oscuros están fijos en la pista de baile y parece inmerso en sus pensamientos.

—Como un hombre al que no le gusta bailar y debe asistir a un baile —responde lacónicamente—. ¿Y vos, princesa Alyhia?

—Como una mujer a la que le gusta bailar y debe asistir a un baile.

La ceja del ojo intacto se alza, indicando que he llamado su atención. Se cruza de brazos. Su cuerpo es tan anguloso que parece llevar una armadura invisible.

—Pues me temo que no voy a poder ayudaros —responde.

—No recuerdo haberos pedido ayuda.

No es que sea un primer intercambio muy cordial, pero percibo en él cierta antipatía hacia las falsedades y los fingimientos, y creo que la franqueza constituye mi mejor arma.

Lleva de nuevo la mirada hacia la pista, donde los bailarines se preparan para un vals. Nathair, uno de los príncipes de Kapall, se dirige hacia Efia, que abre los ojos como platos antes de aceptar su invitación. Al otro lado del salón, el príncipe Hadrian se acerca a la princesa Naïa, cuyos cabellos rojos refulgen a la luz de las velas. Lleva un colgante en forma de estrella de mar, y el tejido con el que está confeccionado su vestido recuerda a una marejada.

El rey Kaleb frunce el ceño y se vuelve hacia mí con determinación.

—¿Haríais el honor de concederme este baile?

Acepto, no sin arrepentirme por haberlo abordado, y nos situamos entre los demás bailarines, disponiéndonos para el vals. Es un baile con pasos estructurados, menos fresco que los de Ramil. Al pensar en mi reino, me embarga un gran deseo de regresar.

—¿Os sentís incómoda? —pregunta sin rodeos Kaleb.

—¡Oh, no! Solo estaba recordando.

Kaleb guarda silencio durante unos instantes.

—Yo también.

Aguardo a que continúe hablando, pero vuelve a caer en el mutismo. Se ha subido las mangas del jubón y ahora puedo apreciar sus cicatrices, que se asemejan a unos profundos rasguños. Entonces recuerdo las lecciones de mi profesora sobre la isla de Zafiro: el naufragio que causó la muerte de sus padres y de sus hermanos y lo dejó como único superviviente, su llegada al poder con apenas diecisiete años y sus esfuerzos por que la corte siguiera deseando zafiros pese a la competencia del jaspe. No es de extrañar que no le gusten los bailes.

El vals termina sin que haya logrado retomar la conversación. Sin más, me dirijo hacia mi hermano, que ocupa un lugar retirado en los límites de la pista. Su sonrisa es como un trago de agua en un día particularmente seco.

—Y bien, ¿no te ha gustado el zafiro con hielo? —pregunta.

—Al menos lo he intentado. Y tú, ¿qué haces solo?

Toma un sorbo de vino mientras examina con detenimiento las docenas de personas que nos rodean. El frufrú de los vestidos se mezcla con el tintineo de los brindis, conformando una extraña melodía.

—¿A qué princesa le corresponderá el honor de que la invite a bailar?

Echo un vistazo a la sala: todas van muy engalanadas. Oxanne de Jaspe lleva un vistoso vestido rojo que le realza el escote, mientras que Efia brilla con su belleza natural. Con sus vestidos marrones mal confeccionados, las princesas de Kapall no tienen ni punto de comparación. Mi mirada se posa entonces en las Regnantes, sentadas tranquilamente en un rincón sobre unos asientos acolchados. Una vez más, la princesa Sybil capta mi atención con su larga melena, tan gris como la plata, y su mirada penetrante. Aunque nunca diría de ella que es hermosa, su carisma es indiscutible.

—¿Y por qué no una princesa de Sciõ?

Mi hermano se ríe, negando con la cabeza como si estuviera ante un niño que acaba de decir una tontería.

—¿Qué, Darius? ¡A nuestro reino no le iría nada mal una reina inteligente y pragmática!

—¡Estoy hablando de bailar, Alyhia, no de política!

—Bailar es política —replico, zanjando la discusión.

Darius suelta una carcajada y, acto seguido, se encamina hacia la princesa Oxanne. Me quedo sola unos instantes, observando a los recién llegados tomar posiciones en la pista. Ahora Efia acompaña a Hadrian, bajo la mirada sombría de las cuatro princesas de Kapall. Detrás de ellas, sus hermanos charlan acaloradamente: Nathair, el mayor, de rasgos elegantes, discute con Duncan sobre algo que no consigo oír. Tan fuerte como un toro, bebe un sorbo de vino tras otro y eleva la voz. Atrapado entre ambos, Fewen, el pequeño, parece un niño que no sabe cómo escapar de allí. Cuando nuestras miradas se cruzan, sus mejillas pecosas se encienden como la hojarasca.

Incómoda, me doy la vuelta y me encamino hacia las Regnantes. Al principio, soy incapaz de pronunciar palabra ante estas mujeres que, con una calma total, me miran por encima del hombro. La reina Éléonore irradia una autoridad extraordinaria, a pesar de su mirada ciega perdida en el vacío. La princesa Sybil se mantiene erguida, con las manos entrelazadas sobre las rodillas. Un poco más allá, Garance e Ysolte conversan tranquilamente mientras beben jugo de arándanos rojos.

—¿Os gustaría uniros a nosotras? —me pregunta Sybil, indicándome un lugar vacío junto a ella.

Asiento con la cabeza en señal de respeto. Tras unos segundos de incómodo silencio que, evidentemente, ellas no tienen intención de romper, me obligo a hablar.

—Princesa Sybil, ¿estáis disfrutando de vuestra estancia?

Esta parece examinarme detenidamente. Sus ojos son inmensos, como dos piedras preciosas demasiado grandes para su rostro. De su cuello emana un olor a almendra que me hace cosquillas en las fosas nasales.

—Mis hermanas están encantadas. Garance tiene diecisiete años. Ya era hora de que participara en una celebración como esta. Y a Ysolte le gusta bailar.

—¿Y vos? ¡Al fin y al cabo, solo tenéis diecinueve años!

Sus cejas se levantan levemente, como si quisieran expresar algo antes que sus labios.

—Depende de qué estemos hablando. Las celebraciones no me gustan especialmente, pero durante los consejos que celebran los reyes y las reinas sale a la luz información relevante.

Veo a mi padre, a lo lejos, hablando animadamente con Vortimer. Tiene el rostro colorado debido al vino, lo que le da un aire menos soberbio.

—¿Creéis que podría asistir?

—Están reservadas a los soberanos y sus primogénitos, es decir, los que reinarán en un futuro.

No me parece que lo diga con intención de ofenderme, sino que, simplemente, expone un hecho. Suelto una estúpida maldición; la copa de vino se me habrá subido a la cabeza.

—Otra vez mi hermano y su ventaja de tres minutos. Tenéis suerte de no tener un hermano…

—Lo tengo. Se llama Allan y es uno de los mejores alquimistas de Sciõ.

—¿Y por qué no ha venido? Si es como el mío, no carecerá de interés por las princesas.

—Lo dudo: a mi hermano le gustan los hombres —responde simplemente.

—¡Ah! De todos modos, envidio vuestra condición de… primogénita.

—Sospecho que, si es vuestro deseo, encontraréis la manera de asistir a los consejos —nos interrumpe la reina Éléonore.

—¡Sí que lo es!

—Entonces, encontraréis la manera —repite, usando su tono de soberana.

Durante un instante vuelve a reinar el silencio, y después las carcajadas de Sybil retumban por toda la estancia. Es una risa tan contagiosa que no puedo evitar imitarla.

—Mi abuela es aficionada a pronunciar grandes verdades de forma enigmática —advierte, lanzando una mirada afectuosa hacia la reina.

—¿Y vos me aconsejáis que las escuche?

Se echa la trenza gris por encima del hombro y arquea una ceja con malicia.

—Atreveos a ignorarlas.

Por fin relajada, me permito conversar sin timidez y les formulo innumerables preguntas sobre su gran biblioteca y sus arqueras.

Las Regnantes no tienen un ejército como tal. Aisladas en el centro de nuestros reinos, no lo necesitan. Sin embargo, el tiro con arco se considera un arte y se dice que sus mujeres soldado son las más eficaces en el mundo conocido.

—Si yo no fuera la heredera, me habría unido al regimiento de arqueras de Sciõ —confiesa—. Y vos, ¿qué proyectos tenéis?

—Supongo que casaros —comenta la reina, con el mismo tono categórico que su nieta cuando expone un hecho.

La princesa Sybil no tendrá que casarse para asegurar la descendencia. En Sciõ, no importa la paternidad de la criatura, lo fundamental es que la reina tenga hijas. Imagino lo liberador que debe de resultar eso.

—¡Pues no! Me gustaría unirme al gobierno de mi hermano, en particular en el campo de la justicia; puede que incluso al ejército, si se declarara un conflicto en el futuro.

Las dos Regnantes me observan con un interés que, en Sciõ, generalmente se reserva a los libros. De repente, me siento muy orgullosa de haber nacido en un reino como Ramil. Pero, para participar de pleno derecho en el gobierno, tengo que asistir a las reuniones políticas. Quizá eso me permita averiguar quiénes son los traidores a los que se refería Vortimer.

—Y teníais razón, reina Éléonore —continúo diciendo—. Acabo de encontrar la manera de conseguir lo que deseo.

La anciana solo esboza una media sonrisa mientras me disculpo y me encamino hacia el príncipe Hadrian. Está hablando con la princesa Bédélia de Kapall, de la que se aleja nada más verme. Seguro que se van a enfadar conmigo, pero ahora no tengo tiempo para preocuparme de ello.

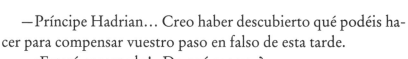

—Príncipe Hadrian... Creo haber descubierto qué podéis hacer para compensar vuestro paso en falso de esta tarde.
—¡Estaré encantado! ¿De qué se trata?
—Pedidme que baile con vos.

Suelta una carcajada y extiende la mano para conducirme a la pista. Al pasar junto a mi madre, casi puedo sentir su ira crepitando en el aire.

Nos colocamos en el centro y comenzamos un baile típico de la región que multiplica círculos lentos y que se revela perfecto para hablar. Darius baila con Oxanne de Jaspe, mientras que Efia vuelve a estar acompañada de Nathair de Kapall.

—Pensaba que me pediríais algo más importante. Con toda seguridad os habría invitado a bailar a lo largo de la velada.

—Perfecto, porque el servicio que debo pediros no es un baile —respondo, esbozando mi sonrisa más encantadora.

«Bailar es política», le dije a mi hermano. El príncipe alza las cejas con curiosidad, y sus ojos burbujean como la sidra. A su espalda, veo la sombra de mi madre cada vez más cerca.

—Mi petición es sencilla: me gustaría participar en los consejos reales.

Aunque estalla en una carcajada, su sonrisa enseguida se desvanece al advertir que hablo en serio.

—¿Y eso por qué? ¿No sabéis lo aburridos que son?
—Ah, ¿sí? Entonces ¿seríais tan amable de cederme vuestro lugar?

Cuando pasamos al lado de mi madre, esta hace un gesto para ordenarme que pare, pero trato de no prestarle atención.

—¡Claro que no! —responde con seriedad Hadrian, olvidando su tono encantador—. Tengo que enterarme de los acontecimientos que ocurren en los reinos.

—Exacto. Y por esa misma razón deseo asistir yo. Simplemente pido un puesto de oyente.

La amenaza de mi madre se desvanece de mi mente al notar que el príncipe me aprieta las manos. El baile se vuelve más lento y nos obliga a acercarnos. Un fino mechón de su pelo me barre la frente. Si me aproximara un poco más, se rozarían nuestras pieles.

—En cualquier caso, más bien se trata de una solicitud destinada a mi padre, ¿no creéis? ¿No preferís que disfrutemos plenamente de este baile?

Su tono es cálido como el fuego de un hogar y me provoca la misma sensación que unas llamas de verdad crepitando en mi interior. Como siempre, me veo obligada a alejarme de lo que me atrae. Pero no hasta que haya obtenido lo que deseo.

—Pero ¿no habíais dicho que deseabais ser más independiente?

El príncipe suspira, y me llega el aroma del vino de manzana que ha bebido.

—Muy bien, princesa del desierto, soy como un libro abierto para vos. Sin embargo, os pediré algo a cambio.

La crepitación que siento en las entrañas se acentúa.

—¿El qué?

Se inclina hacia mí, más de lo que requiere el paso de baile.

—Pronto lo descubriréis.

7
Sybil de Sciõ

La cámara del consejo retumba con las voces de los soberanos sentados alrededor de una gigantesca mesa redonda de granito. Desde el patio, a través de las ventanas, entra el ajetreo y el bullicio, y los miembros del gobierno van y vienen, dando portazos. Molesta, reprimo un bufido. Al contrario que en Sciõ, donde apreciamos la calma, aquí nunca hay tranquilidad.

Vortimer le está hablando al oído a su hijo, que asiente con la cabeza respetuosamente, como un niño que memoriza una serie de órdenes. Alrededor del rey están Cormag de Kapall y su heredero, Nathair, Gaenor y Darius de Ramil, el rey Azariel de la isla de Maorach, Gildas de Jaspe y el rey Kaleb. Me sitúo al lado de mi abuela, Regnante de Sciõ, y presto atención a todos los detalles.

Hay uno en concreto que me provoca una gran curiosidad: la presencia de Alyhia de Ramil, relegada a la pared del fondo, junto a los miembros del gobierno y el embajador de Miméa. Solo se me ocurre que ha llegado a obtener los favores del príncipe, pero que Vortimer no le ha permitido sentarse a la mesa, dado que no es heredera. Es una humillación, y, a juzgar por el color de sus mejillas, que son del mismo tono escarlata que su vestido bordado, ella lo sabe tan bien como yo. Su orgullo no me sorprende —es algo que ya advertí en nuestro primer encuentro—, pero me pregunto hasta dónde podría conducirla.

Vortimer alza la mano. Las conversaciones se convierten en murmullos y, después, en silencio. Tras saludar con cortesía a cada uno de los dignatarios y echar un rápido vistazo a la pared del fondo, toma la palabra.

—Hoy abordaremos la espinosa cuestión de los impíos del norte.

—Iskör —precisa el príncipe Hadrian.

Poso las palmas de las manos sobre las rodillas y acaricio la sedosa tela de mi vestido gris; solo las tejedoras de Sciõ saben obtener esta suavidad. Pero mi reino no solo es ducho en confeccionar telas. También posee una gran cantidad de información sobre Iskör, que compartimos únicamente si nos parece pertinente. No en vano nuestra divisa es «El saber lo puede todo».

—Sí, Iskör... —dice el rey con un ademán confiado—. Como ya sabéis, su relación siempre ha sido problemática. Durante la Edad de las Conquistas, tuvimos numerosos conflictos armados con ellos, que enseguida nos parecieron triviales comparados con el peligro que representaban las ermidas.

Todo el mundo conoce la historia: llegó la Edad del Fuego y, con ella, tres siglos de lucha encarnizada contra las poderosas ermidas. Una batalla con el fuego y las hogueras como armas, una guerra sin límites, de la que al final salimos victoriosos.

—La fuerza ofensiva del pueblo de Iskör también tuvo algo que ver —añade mi abuela.

—Así es —admite el rey—. Después, mi tatarabuelo, Vortimer I, firmó un tratado que definía los límites de nuestros territorios, surgido de una cuidadosa negociación, que fue puesto en entredicho por su anterior jefe, Verän, quien permitió que durante años penetraran en nuestras tierras hordas de röds.

—¿Con qué fin? —se interesa el príncipe Darius.

—Demostrarnos su importancia. Sin ellos, los ataques de esos salvajes mancillarían la Edad de la Paz, y una guerra abierta con Iskör es impensable.

—¿Por qué? —objeta el rey Cormag—. ¡Nuestro ejército es fuerte, y nuestros caballeros, eficaces!

Estoy tentada de poner los ojos en blanco, pero reprimo el impulso. Evidentemente, Kapall solo espera la ocasión oportuna para demostrar su poderío. El hecho de que su reino se beneficie de la única reserva de grifos del mundo conocido siempre me ha irritado. ¿Por qué el Fuego los ha bendecido con tal ventaja?

—¿Eficaces contra la nigromancia? ¿Y contra sus armas, que tienen fama de ser indestructibles? —replica el rey Kaleb, tensando la mandíbula.

—Hemos derrotado a las ermidas, ¿por qué no íbamos a vencerlos a ellos? —sugiere el príncipe Nathair con el mismo aire combativo que su padre.

Mis dedos se crispan sobre el vestido y las uñas se hunden en la tela.

—Sus armas no son indestructibles —intervengo—. Están hechas con las piedras de sus acantilados, mayormente de svärt, una roca negra extremadamente sólida, a la vez que maleable, pero no irrompible.

—¿Lo veis? Hasta las Regnantes están de acuerdo con nosotros —suelta Cormag riendo.

—Eso no es lo que he dicho.

Refunfuña entre dientes, aprieta los puños, pero no se atreve a replicar. Vortimer espera a que el silencio reine de nuevo en la sala.

—Ya hemos contemplado esa alternativa —señala—. ¡Creedme cuando os digo que soy el primero que desea la desaparición de esos infieles, igual que vosotros! Pero apenas disponemos de datos sobre su capacidad real.

«Una capacidad muy diferente a la nuestra», pienso para mis adentros. Hemos dado caza a la magia durante siglos, y ¿qué hemos conseguido? Acabar indefensos ante ella. Sciõ siempre se ha mostrado tolerante, pero la cautela parece haber abandonado los genes de Primis y Kapall hace mucho tiempo.

El príncipe Hadrian toma la palabra.

—Además, Syn, el jefe actual, no tiene nada que ver con Verän. Desea estrechar lazos e incluso propone comerciar con nosotros. Suscribo lo dicho por la princesa Sybil y añado que sus piedras nos serían de gran utilidad. También se comprometen a mantener al pueblo de las rocas alejado de nuestras fronteras.

—¿Y qué quiere a cambio? —pregunta el rey Gildas de Jaspe con aire inquieto.

Pese a que siempre suele mostrarse más orgulloso que un gallo, ahora no deja de retorcer la gema de su anillo como si eso fuera a infundirle fuerzas.

—Un trueque. Ha propuesto enviar a un emisario para discutir las condiciones. De momento, no hay nada en firme, pero Syn y su gobierno parecen particularmente interesados por las gemas de vuestras islas.

—¿Cuáles? —exclama de inmediato el rey Kaleb.

—Lo ignoramos —responde Hadrian, encogiéndose de hombros.

Esta circunstancia podría cambiar la situación entre los dos reinos: Jaspe y Zafiro, dos islas anexionadas a Maorach que sueñan con ganar influencia. La isla roja cuenta con una ventaja comercial desde hace años, para disgusto de la azul.

El rey Azariel, apoyado en su bastón con empuñadura en forma de ola, los mira con desprecio. Puede que doblegue el mar, pero no controla sus propias islas.

—Nosotros no tenemos interés alguno en entrar en guerra —asegura Gaenor de Ramil.

Cormag no parece compartir su opinión, pero su hijo Nathair le lanza una mirada elocuente que, al parecer, evita que replique. No me creo en absoluto la fachada de moderación que luce el príncipe heredero. Quizá sea más distinguido que su padre, pero en su corazón habita una furia intensa, una rabia dispuesta a desencadenarse a la mínima contradicción.

—Ese es también nuestro parecer —aprueba Vortimer—. ¿Acordamos, por tanto, dar comienzo a las negociaciones con los dirigentes de Iskör?

Todos asentimos con la cabeza y la conversación vira entonces hacia la necesidad de reforzar el ejército, así como de perfeccionar el entrenamiento de los hombres de Kapall. Informo sobre nuestros avances en medicina, en concreto con respecto a las diferentes epidemias que devastan las expediciones, y propongo enviar doctoras a cada reino para impartir formación. El príncipe Hadrian se muestra mucho más entusiasmado que su padre ante el ofrecimiento. Por último, el embajador de Miméa garantiza la fidelidad a Primis del rey Keba y de la reina Nihahsah, informando a la asamblea que la soberana saldrá de cuentas en las próximas semanas. Después de los acostumbrados deseos de felicidad, Vortimer levanta la sesión y se nos permite abandonar la sala.

Estoy recorriendo el pasillo con mi abuela del brazo cuando dos pequeñas siluetas de cabellos castaños corren en nuestra dirección. Elly y Ruby de Ramil pasan ante nosotras y saltan a los brazos de Alyhia, que las aúpa con alegría. Pese a que normalmente las criaturas me dejan indiferente, experimento una extraña ternura ante esta escena de amor familiar.

Cuando oigo que una de las gemelas se queja de no haber hecho ninguna amistad en el castillo, no dudo en proponerle que se unan a nosotras para un tentempié.

—¿Los príncipes también están invitados? —pregunta Darius, con una sonrisa pícara en los labios.

Lo miro de arriba abajo, preguntándome si habla en serio. Sus ojos brillan como los de un niño que está a punto de hacer una travesura.

—Los hombres tienen la entrada prohibida en los aposentos de las princesas Regnantes, a menos que todas las presentes estén de acuerdo con su presencia.

La sonrisa en su rostro se ensancha aún más.

—Y, obviamente, nunca lo estamos —añade mi abuela.

El príncipe se conforma con hacer una reverencia exagerada y se aleja silbando por el pasillo.

Varios minutos más tarde, entramos en la enorme sala de estar, elegantemente amueblada con mesas de madera, cómodos sofás y una gran chimenea. Alyhia observa con interés las altas pilas de libros en precario equilibrio que hay en las cuatro esquinas de la estancia. Mi hermana pequeña Ysolte, sentada en uno de los sillones, está leyendo un grueso volumen. Termina la página y, acto seguido, se levanta y nos saluda. Garance, ocupada en la redacción de una carta, interrumpe la tarea para dedicarnos una rápida reverencia. El olor a leche azucarada que flota en el aire me hace cosquillas en las fosas nasales.

Con un gesto de la mano, invito a nuestros huéspedes a sentarse a la mesa.

—Ysolte, ¿no estabas con la princesa Efia? —pregunto sorprendida.

—El príncipe Nathair la ha invitado a pasear por los jardines y ha preferido ir a engalanarse que quedarse conmigo —responde, encogiéndose de hombros.

Murmuro un «pobrecita» entre dientes, lo que no pasa desapercibido a Alyhia.

Nos sirven bollos rellenos de crema y las gemelas los devoran en un instante. Después de haberse tomado la leche, se sientan en la gran alfombra y ojean unos libros ilustrados que les ha prestado Ysolte. Alyhia las reprende por sentarse con tan poca gracia, pero le hago una señal para que las deje en paz.

—Los aposentos de las Regnantes son un espacio de libertad.

—Nuestra madre no lo vería con buenos ojos.

—Vuestra madre no está aquí —suelta mi abuela.

Al parecer, este comentario relaja a Alyhia, que, tras depositar los cubiertos sobre la mesa, saborea una pasta sosteniéndola entre el dedo índice y el pulgar. Ver cómo se deleita me hace reparar en su jovialidad, igual de desestabilizante que la de su hermano.

A continuación, hablamos de los actos previstos para el día siguiente y aprovecho para pedirle a Garance que trate de entablar conversación con el príncipe si tiene la ocasión. Esta accede dócilmente antes de retomar la escritura de su carta.

—Princesa Sybil, ¿puedo haceros una pregunta? —pregunta Alyhia, visiblemente incómoda.

Asiento con la cabeza y nos acercamos la una a la otra. Un embriagador aroma a cítricos, procedente de los aceites de Ramil, emana de su cuello.

—Vuestro reino no es conocido por los matrimonios concertados. Recuerdo que mi abuela decía que, para las Regnantes, el matrimonio era tan importante como buscar arena en el desierto. Así que me pregunto...
—¿Por qué participamos en esta ridícula competición? —la interrumpo, terminando su frase.
Ella asiente. Juzgo su capacidad para oír la verdad. Pese a las dudas, decido seguir mis instintos.
—¿Pensáis que nos llevamos bien con nuestros vecinos, los gobernantes de Kapall?
—Tengo la impresión de que eso es imposible.
—Y estáis en lo cierto. Su moral es completamente opuesta a la nuestra, pero conforman más de la mitad del ejército de los reinos.
—Esperáis ganar influencia.
—Protección —la corrijo.
Mira a mi abuela, que dormita en un sillón.
—¿Creéis que podrían atacaros? Estamos en la Edad de la Paz, los reinos están unidos, no deberían...
—Lo que sabemos es que la división de su reino en múltiples feudos no garantiza la estabilidad, y que su estado de ánimo es voluble. Si decidieran atacar, nuestro reino correría gran peligro.
La conversación se ve interrumpida por una doncella que entra con el té. Ysolte se acerca a la mesa, libro en mano, sin dejar de leer. Como de costumbre, lleva el pelo, tan gris como el mío, atado en un moño para que no le estorbe en la lectura.
—¿Qué leéis? —le pregunta Alyhia.
—Un tratado sobre las ermidas y los apires. Nuestros eruditos están buscando un vínculo entre estos dos seres.
—El vínculo es el Fuego que nos pone a prueba —responde la princesa ramiliana.
Advierto un lunar en forma de lágrima en la base de su cuello.
—¿De verdad creéis que es el único vínculo? —pregunto.
—Bueno, no sé...
—Nuestros eruditos estudian la llegada de los apires y se cuestionan su aparición tras el fin de las ermidas.

—¿Y qué interés hay en eso?

Frunzo el ceño ligeramente y voy a responder, pero Ysolte se me adelanta:

—El interés por el saber.

Alyhia guarda silencio, rascándose con tal ímpetu el lunar que este enrojece.

—Os lo puedo prestar cuando termine —ofrece Ysolte.

La princesa acepta a regañadientes y, a continuación, una de sus hermanas la invita a unirse a ella en las alfombras. El olor a azahar se aleja poco a poco, y empieza a leer un relato sobre la Regnante Allanah, una legendaria arquera de Sciõ.

Aprovecho para examinarla con atención. Con su larga cabellera rizada y su silueta, no carece de encantos para complacer al príncipe Hadrian. Sin embargo, ¿estaría él a la altura de su agudeza y de sus deseos de libertad? Apenas la conozco, pero ya advierto en ella el mismo espíritu vibrante e independiente que se oculta en lo más profundo de mi ser.

Ha debido de notar que la estoy observando porque sus dedos se aferran al libro y lo sostiene como si de un escudo se tratara. Durante un segundo, no puedo apartar la mirada de los destellos dorados que veo en sus ojos. Me aferro a la taza de té para recobrar la compostura, y su calidez me recuerda al calor que siento en el pecho. Desvío la mirada hacia el fuego, avivado en este momento por una sirvienta. Alyhia debe de sentir la misma agitación que yo, porque deja caer el libro.

—¿Qué ocurre? —exclama mi abuela, que despierta sobresaltada.

—Perdonad mi torpeza —balbucea Alyhia.

Me prodigo en frases educadas para calmarla, las cuales, en su confusión, no parece oír, pues me pide que se las repita.

—Decía que en realidad no debéis de ser tan torpe. He oído que sois particularmente ducha en el combate con la hoz.

Un destello de miedo en su mirada aviva mi curiosidad. En este instante, desearía saberlo todo de ella, entrar en su cabeza. Estoy a punto de interrogarla, pero mi abuela me interrumpe.

—Pero ¿qué ha ocurrido con ese fuego? ¡Ariane, no hace falta que lo atices tanto!

La criada se defiende: no sabe por qué arde así. Cuando Alyhia se levanta, yo también lo hago. Guardo silencio mientras ella mascula una excusa tras otra: debe irse por una razón que no comprendo. Agarra a sus hermanas del brazo y se encamina hacia la puerta. La abre sin tan siquiera esperar a que lo haga una sirvienta y sale dando un portazo.

—¡Ah, por fin! Parece que el fuego se ha calmado —suspira mi abuela, cerrando de nuevo los ojos.

A mí me ocurre todo lo contrario: estoy tan turbada que soy incapaz de definir lo que siento. Garance deja a un lado la carta y se me acerca.

—¿Crees que podría interesarle al príncipe?

—Si ella lo desea, es probable. Pero tú también tienes posibilidades, ya lo sabes —digo, acariciándole una de sus trenzas rubias.

Garance baja la mirada, con su rostro de porcelana un tono más claro que de costumbre.

—No ignoro lo importante que es este matrimonio para nuestro reino. Haré todo lo que esté en mis manos para que mi actitud sea la mejor posible, pero...

La hago callar con un gesto y envuelvo su rostro entre las manos con ternura.

—Este matrimonio es importante, pero no más que tú. Si no te gusta, ya encontraremos otra manera de protegernos.

—Pienso que es perfecto —responde con una sonrisa tímida—. Pero, en lo que respecta a la princesa Alyhia..., ¿crees que desea complacerlo?

Trago saliva, incómoda ante la pregunta.

—Espero que no —murmuro para mis adentros.

8
Alyhia de Ramil

En cuanto llego a mi dormitorio, le ordeno a Dayena que le comunique a Kamran mis deseos de entrenar de inmediato. Al ver los rastros de llamas que aún persisten en mi mirada, me obedece sin rechistar.

Apenas una hora después, estoy en la sala de entrenamiento, situada en la planta baja del castillo. Se parece a la de Ramil, pero es más grande y cuenta con armas más sofisticadas. De las paredes cuelgan escudos decorados con pinturas que recuerdan a los estandartes de los reinos, y la luz penetra a través de unas aspilleras que hay al fondo de la estancia. Al parecer, ha habido un entrenamiento hace poco; el aire aún huele a sudor y al polvo que se utiliza para evitar las ampollas.

—¿Cómo estáis? —pregunta Kamran nada más llegar.

—Alterada por un mero fuego en una chimenea. ¡Logré mantener la calma durante una ceremonia de las llamas y ahora pierdo el control ante unas pocas brasas!

Le cuento la charla con las Regnantes y mi salida precipitada.

—Princesa Alyhia, puede que haya llegado el momento de aceptar que siempre os encontraréis con este tipo de situaciones. La victoria no reside en no sentir nada, sino en experimentarlas sin consecuencias nefastas.

—¿Y dónde está la diferencia?

—La diferencia —responde con su paciencia infinita— radica en que, en el primer caso, os esforzáis por sofocar un fuego que no se puede apagar y, en el segundo, lo aceptáis y lo controláis para que no se transforme en hoguera.

Al igual que ocurrió en la ceremonia de las llamas, en la que logré controlarme. Sé que puedo hacerlo de nuevo, pero desconozco cómo. Sin mediar palabra, nos ponemos en posición y comenzamos a entrenar con la espada. Tras dar y esquivar varios golpes, cambiamos al combate con puñal, y, después, a una pelea a puñetazos. Kamran advierte rápidamente que necesito desfogarme y no me da tregua. Una hora más tarde, estoy bañada en sudor.

—¿Princesa de Ramil? —dice una voz a mis espaldas justo en el momento en el que intercepto una patada.

Sobresaltada, me vuelvo y veo al príncipe Hadrian, espada en ristre. Va vestido con elegancia y tiene algunos mechones sueltos. El caballero Darren está detrás de él, haciendo gala de la misma discreción que durante el paseo a caballo.

—Ignoraba que sabíais combatir —señala, dando un paso adelante.

Kamran lo saluda como es debido mientras yo trato de recobrar el aliento. El príncipe me examina de arriba abajo, seguramente sorprendido tanto por mi atuendo como por el estado en el que me encuentro.

—En el reino de Ramil es lo habitual —respondo satisfecha.

Su expresión me trae a la mente la que yo debí de mostrar el día que descubrí la belleza del desierto.

—Vuestro reino es, sin duda, muy interesante. —Hace una breve pausa, dudoso, pero, acto seguido, exclama con autoridad—: Caballeros, ¿podrían dejarnos solos?

Vuelvo a perder el control de la respiración. Kamran espera a que le indique si prefiero que se quede, pero el asombro me impide articular palabra. Los dos hombres abandonan la estancia. Cuando la puerta se cierra a sus espaldas, tengo la desagradable sensación de que se han llevado todo el aire que había en la sala.

—Príncipe Hadrian, ya sabéis que el protocolo exige que nos acompañe una carabina.

Tomo consciencia de mi cuerpo, demasiado expuesto bajo las finas capas de tela empapadas en sudor. Oigo los latidos de mi corazón, que me bombea desbocado en el pecho, tanto por el esfuerzo como por la situación.

—Esas reglas se aplican entre príncipes y princesas. Y aquí no sois una princesa...

Hace una pausa en la que me mira de arriba abajo de nuevo y, a continuación, extiende la mano como si deseara rozarme el brazo. Juraría que acaba de avivar unas brasas en mi pecho, y que estas empiezan a arder. Permanezco inmóvil, esperando nerviosa su siguiente paso. Dirige la mano hacia la mesa que está junto a mí y agarra una espada.

—Sois mi adversaria —remata, y me tiende el arma.

En sus ojos veo mi propio deseo, y una tempestad se desata en mi interior al comprender lo que significa. No solo encuentro atractivo al príncipe Hadrian, sino que le estoy permitiendo que me seduzca, algo que no debe ocurrir. A veces me gusta jugar al límite, pero ahora dicho límite separa la existencia de la ruina.

Acepto el arma y retrocedo varios pasos. No puedo combatir con esta turbación febril en las entrañas.

—¿Lista? —pregunta, y se pone en guardia.

Me obligo a concentrarme, invadida por el anhelo salvaje de acabar con él y con mi deseo.

—Lista.

Y el combate comienza. Aunque empezamos conservando las fuerzas, ambos nos damos cuenta enseguida de que luchamos contra un digno oponente. El príncipe se entrena desde la niñez y sus movimientos son extremadamente precisos. Sin embargo, mi nivel lo sorprende; se lo veo en los ojos. No me cabe duda de que esta situación es toda una novedad para él, lo que puede jugar a mi favor. Me obligo a concentrarme, a olvidar quién es y quién soy yo y a luchar igual que contra Kamran. Los intercambios se vuelven más duros y ambos nos quedamos sin aliento. Trata de acorralarme contra la pared, pero me aparto en el último instante.

Cuando se da la vuelta, cambio la espada de mano y lo ataco por la derecha para obligarlo a exponerse. Acto seguido, me abalanzo sobre él, bloqueándole la extremidad con la que sostiene el arma con la mano que tengo libre, y lo amenazo con el filo de la espada en el cuello. Está contra el muro, inmovilizado.

—Me habéis vencido —susurra.

Deja caer la espada y yo mantengo la posición mientras recobro el aliento. Nos observamos, con los cuerpos más cerca que nunca. Se aparta de la pared y su rostro se acerca a mi espada y a mí.

—Puede que hayáis ganado, pero no tengo la sensación de haber perdido —añade.

Si bajara el arma, nuestros cuerpos se unirían. La mera idea hace que un escalofrío me recorra la columna vertebral. Con gran esfuerzo, me enderezo y me separo unos centímetros de él. El príncipe, a su vez, avanza hacia mí, acariciándome la garganta con su cálido aliento de la misma manera que lo harían sus dedos.

—Os agradezco el combate, príncipe Hadrian —digo cortésmente, consumida por el deseo—. Sin embargo, debo retirarme.

Veo varias emociones pasar por su rostro, desde la incomprensión hasta la decepción. Retrocede un paso y yo aprieto los puños para no acercarme a él. Debo sofocar el fuego que desea tocar su cuerpo.

—Gracias a vos —dice con una ligera reverencia.

Y, sin más, abandona la sala de entrenamiento, dejándome sola. Sé que acabar con esta situación era la mejor opción, pero no me siento satisfecha en absoluto.

Bebo agua con avidez y me refresco el rostro, tratando de recuperar la calma, aunque nada logrará que lo haga, excepto quizá regresar a mi habitación e imaginar otro final para el combate. Justo cuando me dispongo a hacerlo, advierto que ha regresado Kamran. Tiene la expresión más preocupada que le he visto en la vida.

—He esperado para comprobar que estuvierais bien.

Avanza unos pasos y entonces advierte mi nerviosismo.

—Parecéis agitada. ¿Ha ocurrido algo?

Trago saliva con dificultad; tengo la sensación de que se me introduce una serpiente en el cuerpo y me susurra ideas que jamás habría creído posibles. Poco a poco, me invade la atracción que siento por él, mezclándose con la que experimento por el príncipe. Un nudo en el estómago me advierte del peligro, pero no tengo fuerzas para resistirme. De hecho, no me apetece. Quizá no pueda tener al príncipe, pero a él sí.

—¿Princesa? —pregunta, mientras le poso la mano sobre el brazo.

Aún tiene el torso mojado del entrenamiento, y sus ojos negros me inspiran el mismo deseo que cuando era una jovencita que descubría su propio cuerpo. Aunque desde entonces ya han pasado unos años.

—¿Alyhia? —susurra, dejando a un lado la etiqueta ante mi mirada llena de ardor.

Cuando lo comprende, en sus ojos se mezclan la duda y el deseo. Acariciándole el cuello, acerco mi rostro al suyo. Mi cuerpo está tenso, listo para entrar en acción a la mínima señal.

—¿Estáis segura?

Estoy segura de que es muy mala idea, pero el fuego que arde en mi interior no me da tregua.

—Más que segura —murmuro en su oído, haciendo caso omiso a lo que me dice la razón.

Durante un instante atroz, temo que me rechace y que mis mejillas se tiñan del rojo de la vergüenza. Sin embargo, Kamran deja escapar un gemido sin reservas y, atrayéndome hacia él, me besa el cuello. Un torrente de deseo me recorre el cuerpo; peinando sus cabellos, lo beso apasionadamente. Nuestros alientos se mezclan y, a través de la ropa, noto una dureza deliciosa que él aprieta contra mí sin ningún tipo de pudor.

—Déjame a mí —susurra, tuteándome por primera vez.

Me inmoviliza contra la pared y sus dedos bajan hasta mi entrepierna. Siento el mordisco del fuego en todos los lugares que reciben sus caricias. Soy incapaz de controlar mis gemidos, ni siquiera al pensar que alguien puede entrar y descubrirnos.

Kamran suelta un suspiro, se arrodilla ante mí y me baja los pantalones de un tirón. Antes de posar sus labios entre mis piernas, me mira, y en sus ojos distingo una avidez que me hace temblar.

—Princesa de Ramil —murmura, arropándome con su mirada oscura—. Sois una auténtica princesa de fuego.

9
Alyhia de Ramil

Cuando me despierto, Dayena ya está en mi habitación, preparándome el atuendo para los festejos en honor del cumpleaños del príncipe. Me invade una ráfaga de culpabilidad y me aparecen unas placas rojas en el pecho. Las imágenes desfilan ante mí: Kamran y yo, sus gemidos, mi placer. Pero, al mirar a Dayena, se pudren como un higo maduro al sol. Aunque trato de tranquilizarme pensando que no sé si ha pasado algo entre ellos, solo son mentiras. Lo sé muy bien.

—¿Kamran consiguió calmaros ayer? —pregunta de repente.

Tengo la sensación de que me engulle el vacío.

—¿Cómo? —balbuceo.

—En el entrenamiento —precisa.

—Ah, pues...

¿Debería contárselo todo? Busco una razón para no hacerlo, pero no encuentro ninguna.

—Dayena, he de decirte que Kamran y yo...

Me interrumpen dos golpes en la puerta, y Dayena regresa un minuto más tarde.

—Por el Fuego, era vuestra madre. ¡No he visto lo tarde que es!

Me trago la confesión, que se extingue en mis entrañas mientras ella me prepara. Ni siquiera los sentimientos pueden justificar mi actitud. Cuando pienso en Kamran, no tengo la impresión de alzar incontrolablemente el vuelo, tal como lo describe mi hermano. He obtenido lo que deseaba, ni más ni menos. Al pensar en él, durante un instante flota ante mis ojos la imagen de dos hoyuelos que no le pertenecen. La ahuyento con firmeza. Mi madre está en lo cierto: solo soy una mocosa mimada que no comprende lo que está en juego.

Me sumo en la amargura en la tienda que han dispuesto para mi familia en el patio central del castillo, donde tendrán lugar los juegos en honor a Hadrian. Llevo un vestido drapeado de color naranja y arena, y ni siquiera he protestado cuando Dayena me ha recogido el pelo en el tirante moño habitual de las mujeres aquí. Mis hermanas corretean enfundadas en unos vestidos azules y se nos sirven aperitivos y bebidas con regularidad.

Nos rodean las tiendas del resto de las familias, cada una con los colores de su respectivo reino. Además de las pruebas previstas, la reina Alayne ha hecho venir a un grupo de artistas para el divertimento de los asistentes. Malabaristas y acróbatas se pasean entre las tiendas agitando unos coloridos lazos. Mientras bebo un zumo de granada que me hace cosquillas en la lengua, me distraigo mirando a una funambulista particularmente impresionante.

—¡Por fin podemos pasar un momento juntos, hija mía! —exclama mi padre.

Mi madre, sentada en una silla, observa a los artistas. Aunque sus labios esbozan una sonrisa cortés, me recuerda a una centinela cuyo único objetivo es vigilarnos. Detrás de ella, mi hermano no para de moverse, probablemente buscando algo más divertido que hacer. El burbujeo de la copa que sostiene en la mano no deja lugar a dudas sobre su contenido alcohólico.

—Y debo decir que estoy tranquilo —continúa diciendo mi padre—. Creía que los intereses del rey Vortimer pasaban por un matrimonio de su hijo contigo, pero ni siquiera ha mencionado la cuestión.

Trago saliva al recordar la escena del día anterior.

—¡Mejor! —respondo en un tono algo exagerado—. Y ¿tenéis idea de qué planes alberga para su hijo?

—Nada en firme. Efia es demasiado tímida, pero Garance de Sciõ tiene muchas posibilidades. Sospecho que un matrimonio con Kapall aseguraría la fuerza del ejército, pero el príncipe se hace el difícil. Y después están las princesas de las islas.

—Son magníficas —elogio, pensando en la belleza de Naïa de Maorach y el evidente encanto de Oxanne de Jaspe.

—Naïa debería ser la elegida. Al fin y al cabo, la reina Alayne procede de allí. Pero la joven se opone vehementemente al matrimonio.

Observo un momento a la princesa, radiante, con su melena roja cayéndole como si fuera una cascada por la espalda y la mirada dirigida hacia la carpa de la isla de Zafiro, ante la que los acróbatas pedalean sobre unos ciclos de formas desproporcionadas.

Tras ella, el rey Azariel dormita en un sillón con el bastón en el suelo.

—Entonces, todo es posible.

—Excepto tú, claro —añade mi madre.

Se me borra la sonrisa al sentir que las placas rojas vuelven a asomar en mi pecho.

—Evidentemente.

Tomo una copa y me dirijo hacia mi hermano, que, con un ademán, me anima a que lo siga. Su expresión me recuerda a la que tenía de niño cuando hacía alguna travesura a espaldas de nuestros padres.

—Ayer el príncipe me habló de ti cuando jugábamos a las cartas —bromea.

Vuelvo la mirada hacia mi madre. Aliviada, veo que está charlando con mis hermanas y que no me presta atención.

—Dijo que desearía que todas las mujeres de su reino fueran tan libres como tú... ¿A qué se refería?

De repente, me llega el olor de la carne de cerdo en el asador y siento náuseas.

—Solo me vio combatir —respondo con aplomo.

Darius suelta una carcajada y me insta a contárselo todo. Aunque podría interrogarme hasta sonsacármelo, me libro gracias a la llegada de Sybil y Garance. La más joven lleva una sencilla túnica gris, mientras que la heredera va vestida con un atuendo de arquera que resalta sus caderas sinuosas.

—Princesa Sybil, ¿participaréis en el tiro con arco? —le pregunto, tras los saludos de rigor.

—Me avergonzaría no hacerlo.

—¿Sois buena? —se interesa mi hermano.

Ella, como ya es habitual, lo mira por encima del hombro y esboza una sonrisa confiada. Como en un acto reflejo, se lleva la mano a la insignia que luce en el pecho: un arco y un libro sobre un fondo gris, los emblemas de Sciõ.

—Practico el tiro con arco desde que fui capaz de sostenerlo.

Ante el desafío, los ojos de mi hermano se avivan.

—Entonces veremos cuál de los dos es el mejor —exclama, tendiéndole el brazo.

Ella lo acepta y se alejan juntos. No debe de faltar mucho para que dé comienzo la prueba. Justo cuando Garance y yo nos disponemos a seguirlos, Hadrian se acerca a grandes zancadas y se une a nosotras.

—Princesa Alyhia, princesa Garance, ¡cuánto me alegra veros!

Ella esboza una sonrisa tan suave como la brisa. Ha vuelto a peinar su larga cabellera rubio platino en dos trenzas que la hacen parecer más joven de lo que es. Pese a ello, su encanto es innegable, tan delicado como el cristal.

Felicitamos al príncipe por su cumpleaños y charlamos de todo y de nada, aunque me abstengo de mencionar el combate de ayer. Sin embargo, el brillo de sus ojos me indica que piensa en ello tanto como yo.

—Veo que vuestro amigo el caballero Darren no os acompaña —digo cuando las trivialidades empiezan a escasear.

—Así es. Se ha ido de viaje —responde con un ademán despreocupado.

En su mirada aparece un destello malicioso.

—Hoy no lleváis el atuendo de lucha —observa—. ¡Estoy convencido de que podríais haber ganado el combate con espada!

Da un paso adelante y siento un vuelco en el estómago. Se me ocurren muchas maneras de responderle, cada una más sugerente que la anterior, pero miro a la princesa Garance y me reprimo.

Ella tiene un motivo de verdad para querer entablar conversación con el príncipe: a su reino le convendría esta unión; al mío, no.

—Príncipe Hadrian, ¿haríais el honor de ver las pruebas con mi amiga Garance? He prometido acompañar a mis hermanas.

Aunque lo coge desprevenido, sé que no puede permitirse el lujo de negarse. Mientras me alejo, puedo sentir que su mirada se clava en mi espalda como el sol del desierto. Una parte de mí espera que esa atracción no se desvanezca, aun sabiendo que debería desear lo contrario.

Sybil y Darius se colocan junto al rey Kaleb de Zafiro y Fewen de Kapall para presenciar la competición de tiro con arco. La primera prueba consiste en disparar a una diana normal y corriente desde unos cuantos metros de distancia. El ambiente es amistoso y los participantes tensan los arcos ante los aplausos del numeroso público. Todos aciertan.

A continuación, alejan la diana y vuelven a disparar. El príncipe Fewen efectúa un tiro mediocre y cae eliminado. Sus hermanos se burlan de él mientras se aleja cabizbajo. El rey Kaleb falla el tercer tiro con indiferencia, con lo que solo quedan Sybil y Darius para la ronda final. Mi hermano lanza a la princesa una mirada desafiante y esboza una sonrisa, mientras que ella se limita a mostrar una determinación serena que no es la primera vez que aprecio en su rostro Colocan una diana minúscula a varias decenas de metros de distancia.

—¡Vamos, Darius! —grita Ruby entusiasmada.

Sé que mi hermano es bueno. A mí me encantan los combates de hoces; él solo habla del tiro con arco. Sin embargo, no es un Regnante. La flecha de Darius cae a la derecha del blanco: un tiro notable. Sybil da un paso adelante y tensa la cuerda. La flecha vuela por el aire a una velocidad impresionante y aterriza justo en el centro de la diana.

—¡Bravo! —exclamo.

Sybil se limita a sonreír mientras mi hermano aplaude con aire divertido. La princesa recibe la cinta de la victoria, que lleva engarzadas unas gemas de jaspe, y debe elegir a quién se la entregará. Pienso por un instante que se la ofrecerá a Darius en señal de desafío, pero entonces se vuelve hacia su hermana Ysolte, a quien se la entrega, abrazándola con cariño.

—¡Qué princesa más maravillosa! —comenta Elly, con los ojos brillantes.

Asiento con entusiasmo, esperando que Sybil se convierta en un ejemplo para las gemelas. Cuando los dos contrincantes se unen a nosotros, casi puede palparse la energía crepitante que desprende mi hermano.

Está a punto de comenzar la carrera de obstáculos a caballo. En ella participa el príncipe Hadrian, quien, encima de su corcel bayo, me resulta irresistiblemente apuesto e imponente. Lo acompañan los príncipes Nathair, Duncan y Fewen de Kapall, que cabalgan con una naturalidad desconcertante. Las blancas túnicas de sus purasangres brillan al sol, y comprendo de inmediato por qué se los considera los mejores jinetes de todos los reinos. Cuando salen a la pista lo hacen como si, en lugar de cabalgar, caminaran sobre sus propios pies.

El ruido de los cascos se suma al estruendo de los numerosos artistas. A nuestras espaldas, los equilibristas forman una pirámide humana junto a un domador, que trata de controlar a un oso.

—¿Puedo sentarme junto a vos? —pregunta Oxanne de Jaspe, interrumpiendo mis pensamientos.

Asiento con un balbuceo mientras ella me mira con sus penetrantes ojos, como un águila a su presa. Su nariz afilada no hace más que acentuar dicha impresión. La princesa Oxanne es todo encanto y seducción, y, de entre nosotras, es la que más desea al príncipe. ¿Me considera una seria rival?

—¿Os gusta esto, príncipe Darius? —le pregunta a mi hermano.

—¡Por supuesto! ¿Cómo no iba a gustarme?

Oxanne ríe de forma poco natural y se enrosca un mechón de su melena negra entre los dedos. Detrás de ella, otro funambulista sube por la pirámide, que ya alcanza una altura considerable.

—Estoy de acuerdo con vos. Estamos conociendo a gente deliciosa. ¿Os imagináis vivir aquí, princesa Alyhia?

Me atraganto y toso un buen rato bajo su mirada descarada.

—¿Y vos? —contraataco cuando consigo respirar de nuevo.

En su rostro aparece una sonrisa maliciosa que hace estremecer el lunar que tiene sobre el labio superior.

—Supongo que el tiempo lo dirá. Tampoco me importaría vivir en el desierto.

Casi me atraganto de nuevo, mientras que mi hermano estalla en carcajadas. Durante unos instantes terribles, imagino que Darius sucumbe a sus insinuaciones, sabiendo muy bien que sería perfectamente capaz.

—¿Y qué os parece Kapall? —replico—. Allí hace mejor tiempo y el otro día pude apreciar que sois una amazona excelente.

Sybil reprime una carcajada. Oxanne procede de Jaspe, y los isleños no son muy hábiles con los caballos. El paseo fue un cruel ejemplo de ello: se esforzaba por controlar al animal bajo la mirada burlona de las princesas de Kapall.

—Ni hablar —responde, dejando de sonreír.

Pese a lo drástico de su respuesta, no puedo evitar continuar.

—¿Por qué? El príncipe Nathair es muy agradable.

Miro de reojo a Efia, que permanece en silencio cerca de la empalizada y cuyos ojos se iluminan al ver al heredero. El oso suelta un rugido a mi espalda y trago saliva.

—Nunca viviré en Kapall —dice Oxanne amargamente, jugueteando con su colgante.

—¿No está vuestra hermana prometida al príncipe Duncan? —pregunta Sybil.

Oxanne echa un vistazo a su alrededor y, acto seguido, suelta el colgante, que le cae pesadamente sobre el pecho.

—Hace meses que no veo a Adèle. La tradición de Kapall dicta que la futura novia debe permanecer encerrada durante un año, alejada de toda distracción, para evitar cualquier posible embarazo.

—Creía que habían abandonado esa costumbre —dice Sybil.

—Así es, pero los nuevos príncipes la han reinstaurado.

Echo un vistazo a los príncipes de Kapall, que montan con orgullo sus purasangres. No puedo ni imaginar lo que Oxanne debe de estar sintiendo al verlos disfrutar mientras tienen a su hermana recluida. Por un instante, me imagino a Ruby y a Elly ocupando el lugar de Adèle y me invade una ira glacial.

—Es espantoso —espeto sin reservas.

Los ojos de Oxanne se posan en mí y, por primera vez, intercambiamos una mirada sincera. Ahora comprendo por qué pretende asegurarse una unión con un príncipe de cualquier otro reino: quiere evitar correr el mismo destino que su hermana.

—Os deseo una vida lejos de los caballos —añade Sybil, esbozando una sonrisa.

Justo en ese momento, uno de los equilibristas da un paso en falso y la pirámide se derrumba. Oxanne no puede evitar soltar una carcajada y la animosidad que había entre nosotras se desvanece cuando volvemos a prestar atención a la competición.

Los tres príncipes de Kapall van codo con codo hasta los últimos obstáculos, pero Nathair supera a sus hermanos con un salto impresionante. Con los brazos en alto, cruza la línea de meta burlándose de ellos. No carece de encanto, con ese pelo castaño corto y los ojos color avellana. A diferencia de su hermano Duncan, desprende cierta gracia y parece más instruido. Sin embargo, no puedo dejar de advertir cierta fealdad en él, que no guarda relación alguna con su apariencia.

El embajador general lo obsequia con una cinta engastada con zafiros, y Nathair se pasea ante los espectadores fingiendo no saber a quién ofrecérsela. Efia esboza una amplia sonrisa cuando se arrodilla ante ella y le hace entrega del trofeo. Hasta los equilibristas, que aún no se han recuperado de la caída, aplauden entre risas.

Me acerco a ella en cuanto vuelve a quedarse sola. Lleva un exquisito vestido verde y su belleza nunca me había parecido tan natural.

—Efia, os debo una disculpa. Apenas nos hemos visto desde que llegamos.

—¡Oh, no os preocupéis! Yo también tenía la obligación de conocer a otras personas. Tampoco está tan mal.

Parece un poco menos tímida que durante el viaje, aunque sigue siendo una jovencita de dieciséis años fácil de impresionar.

—Veo que el príncipe Nathair ha sido una de ellas.

Su sonrisita despierta en mí un impulso protector similar al que suelo experimentar por mis hermanas.

—Bueno, podría decirse que sí...

No sé muy bien qué hacer. No pertenece a mi familia, ni tampoco tenemos una conexión oficial, pero sus padres la enviaron aquí sola, y el embajador de Miméa parece ser un pésimo consejero.

—Os pido me disculpéis si os resulto entrometida, princesa Efia, pero me preocupo por vos y me gustaría advertiros. El príncipe Nathair tiene veintitrés años y aún no ha elegido esposa, así que me temo que pueda estar buscando un corazón disponible. —Su desconcierto me empuja a seguir—: Solo deseo informaros de que tal vez lo que esté buscando no sea una relación de amistad con vos, sino seduciros. Ya que vuestra madre no está presente, me permito aconsejaros que...

—Princesa Alyhia —me interrumpe—, os lo agradezco mucho, pero ¿qué mal habría en eso? Yo también estoy en edad de casarme.

Me quedo muda. No llego a imaginar a la joven y distinguida Efia con un príncipe de Kapall.

—Sus costumbres son..., ¿cómo decirlo?, muy diferentes a las vuestras. Quedaríais relegada a un segundo plano, las mujeres son... Las mujeres no gobiernan.

—En Miméa tampoco.

Aunque tiene razón, sus reinos no se pueden comparar. Oficialmente, Nihahsah no es jefa de estado, pero todo el mundo sabe que es tan importante como el rey, o más.

—Además, princesa Alyhia, ¿por qué sería eso algo tan malo? No todo el mundo aspira a elaborar estrategias militares y gestionar víveres.

—No, por supuesto. En ningún momento he pretendido juzgar...
—Princesa Alyhia, sois mi amiga, ¿verdad?
—Por supuesto, pero...
—Entonces, confiad en mí.

Su expresión es más decidida que nunca. Siento un impulso furioso de gritarle lo que estoy pensando, de hacerle entender que lo que le espera si se casa con Nathair no es una vida en la que se sentirá realizada, pero sé que estaría sobrepasando los límites del decoro y me limito a asentir cortésmente.

—Es elección vuestra —claudico, conteniéndome con un sabor amargo en la boca.

Efia endereza sus frágiles hombros y se aleja sin responder. Lentamente, recupero la compostura y me encamino hacia la zona en la que se llevará a cabo el combate con espadas.

El rey Cormag de Kapall está practicando con su hijo mayor, mientras que Gildas de Jaspe permanece erguido, con la mano en el pomo de su arma, jalonado de piedras preciosas. El rey Vortimer y la reina Alayne están cómodamente sentados en unos grandes sillones de madera.

Al ver al soberano, recuerdo la conversación que oí por casualidad en la biblioteca. Ahora entiendo por qué Iskör envió la carta, pero ¿quiénes son esos traidores que se mencionaban en ella? Cierro los ojos y rezo para que sean los príncipes de Kapall, así podrán recibir su merecido antes de que Efia caiga rendida ante el príncipe Nathair.

Como las gradas están repletas de gente, me quedo en los límites del campo, cerca de los artistas, que agitan sus lazos. Me sorprendo al ver que mi hermano sigue en pie junto a la princesa Sybil.

—¿No participas en los combates? —pregunto, olvidándome de la etiqueta que le debo en presencia de extraños.

—La espada es tu especialidad —responde, encogiéndose de hombros—. ¡Participa tú!

—Me temo que no tiene derecho —señala Sybil—. En los

combates de espada solo participan los reyes y los herederos directos.

—¡Menuda tontería! ¡Mi hermana podría ganarlos a todos!

De repente, me siento invadida por una ola de afecto y me cuelgo de su brazo. Sybil también lo observa, con una vaga sonrisa flotando en los labios.

Empiezan los combates: son tantos que seguirlos ya es una prueba en sí misma. El príncipe Nathair gana a Cormag, que se pasa un rato gritando y despotricando, mientras que el rey Gildas de Jaspe no aguanta ni dos minutos ante la habilidad de Kaleb.

Cuando Nathair se dispone a enfrentarse a Hadrian, rezo para que este último lo venza. Ojalá borre esa expresión desdeñosa del rostro del príncipe heredero de Kapall. Se me concede el deseo, y Nathair se retira, refunfuñando igual que su padre.

—Vaya, ¡la final será Kaleb el Distante contra Hadrian el Afable! —bromea mi hermano.

Me asalta un terrible presentimiento: si el príncipe Hadrian gana, tendrá que ofrecer su cinta a una de las princesas. ¿Qué haré si me elige a mí? ¿Y si no?

Resulta difícil adivinar quién se alzará con la victoria. Hadrian lleva años entrenando, pero Kaleb tiene más fuerza y cada golpe que le asesta hace flaquear el brazo del príncipe. En un ataque particularmente violento, lo derriba y mi corazón deja de latir. Hadrian se levanta con esfuerzo y se apresura a ponerse en guardia. Su expresión no es la misma, distorsionada como está por la concentración, que ilumina su rostro con un encanto singular. Oigo sus jadeos, que, pese a la distancia que nos separa, siento como una caricia. Por un instante, me entrego a la idea prohibida de que nuestras manos se toquen, de que nuestras bocas se encuentren, de que nuestros cuerpos se unan. Noto calor en las mejillas, pero veo que es el tragafuegos, que se ha acercado a nosotros. Me aparto unos pasos, alejándome de su ardor y del peligro de las llamas.

El príncipe ataca de nuevo, y no sé si quiero que gane o no. Sin embargo, la respuesta no tarda en llegar: Kaleb golpea tan fuerte que desestabiliza a Hadrian. El rey de Zafiro gana, y ya nunca sabré si el príncipe me habría ofrecido su cinta, lo que, sin duda, es lo mejor.

Kaleb recoge su premio y se dirige sin vacilar hacia Naïa de Maorach, ante la que se arrodilla. El rostro de la joven se tiñe de un color rojo tan vivo como el de la estrella de mar que pende de su collar. Detrás de ella, su abuelo agarra el bastón como si estuviera conteniéndose para no golpear a Kaleb.

Con el final de la tarde cada vez más cerca, los asistentes estallan en una ovación. Tal como le había solicitado, el príncipe Hadrian acompaña a Garance, que no deja de mirar alrededor, sorprendida de encontrarse en esta tesitura. Cuando el rey Vortimer se levanta solemnemente de su silla, los espectadores recobran la calma.

—¡Qué hermosos combates! ¡Sois el mayor orgullo de nuestros reinos! ¡Gracias una vez más a todos los valientes que se han atrevido a participar!

El rey continúa con su discurso, pero yo ya no lo escucho. Mis ojos están clavados en Hadrian y Garance, y una amarga neblina vela gradualmente mis pensamientos. Me envuelve con una sensación pegajosa, como un barro difícil de quitar. Garance no aparta los ojos del príncipe, atenta a todas sus palabras. De repente, la encuentro a la vez hermosa e irritante, aunque sé perfectamente que no ha hecho nada para merecerlo. Envidio su inocencia, que pueda fantasear con aquello que a mí me está prohibido.

De repente, Hadrian desvía la mirada hacia mí, y tengo la impresión de que me clavan una estaca en el pecho. Un instante después, sé que debo retirarme. El olor a sudor y vino me molesta y los aplausos me provocan dolor de oídos. Al llegar al pasillo interior, una mano me agarra del brazo.

—¿Dónde vais? —pregunta el príncipe Hadrian.

Me apresuro a zafarme de él, mirando a mi alrededor y comprobando que nadie nos haya visto. Aunque las ropas del príncipe están cubiertas de polvo y su frente perlada de sudor, su encanto permanece intacto. Me seco las manos húmedas en el vestido, esperando que desaparezca ese estremecimiento que parece no querer abandonarme.

—Estoy muy cansada. Lamento que no ganarais el último combate.

Las palabras de Vortimer aún se oyen en la distancia, pero estamos solos, algo que me he jurado evitar a toda costa. Hago una reverencia con la cabeza a modo de despedida, pero él continúa:

—¿Recordáis que prometisteis hacerme un favor?

Su sonrisa se ensancha cuando asiento con la cabeza.

—¿Sabéis que se acerca la luna llena? —me pregunta con voz entusiasmada.

Con un escalofrío, me obligo a asentir con la cabeza.

—Sois inteligente, ya sabéis qué os voy a pedir...

Así es, lo sé, pero soy incapaz de articular palabra. Siento la necesidad urgente de escapar y me odio por haber jugado inconscientemente con los límites. Si no lo hubiera hecho, el príncipe Hadrian no estaría frente a mí, retorciendo los pies con impaciencia.

—¡Os ruego que seáis mi dama de honor en la ceremonia de las llamas! —exclama.

10
Alyhia de Ramil

Al alba, he buscado refugio en la sala de entrenamiento. Kamran y yo no hemos dejado de combatir, para intentar canalizar mi energía devastadora. Cuando el embajador general ha venido a quejarse de que monopolizábamos la sala, Kamran ha tenido que detenerme para que no me pusiera a insultarlo. Ahora, sentados cara a cara, practicamos ejercicios de respiración. Hoy no hay deseo entre nosotros. No es el momento, y ambos lo sabemos.

—Esta noche, cuando veáis el fuego, recordad la tranquilidad de esta sala e imaginaos que estáis ante mí —me aconseja en voz baja.

Esto funcionó en Ramil, pero en Primis la ceremonia es muy diferente. Se encenderán unas hogueras gigantescas y, como dama de honor del príncipe, tendré que lanzar una antorcha al fuego. ¿Cómo voy a conseguir no traicionarme a mí misma? La ceremonia dará comienzo en unas pocas horas y ya siento que me estoy consumiendo.

—¿Habéis tenido los mismos sueños de siempre esta noche?
—No he dormido para no soñar.

Ante mi respuesta, frunce el ceño. Me adelanto antes de que pueda decir algo.

—Lo sé. No debo huir, sino aceptar mi condición y controlarla.

Kamran asiente. Hace años que me lo repite.

—Pero no es fácil —añado.
—Nunca he dicho que lo fuera.

Desde que el príncipe me pidió que fuese su dama de honor, he tratado por todos los medios de eludir la ceremonia. Le he sugerido a mi padre fingir que estoy enferma, pero él lo ha rechazado bajo el argumento de que, si he podido contenerme una vez, debo ser capaz de hacerlo de nuevo. No tiene ni idea de lo que me corroe.

—Voy a contaros una historia, princesa. Acomodaos.

De niña, me encantaban sus cuentos. Me hacían olvidar mis preocupaciones y las amenazas a las que me enfrentaba a diario. Me tumbo sobre la alfombra, cierro los ojos y él se sienta a mi lado.

—Como digna descendiente de la reina Fiona, conocéis el desierto —comienza—. Ella misma os pidió que lo visitarais y os relacionarais con nuestra gente como única manera de coexistir. Pero el desierto es vasto y alberga muchas leyendas.

Me imagino en nuestro reino, lejos de Primis, él y yo a lomos de unos camellos a través de las interminables dunas. Casi puedo sentir el calor del sol en el rostro. Busco el suelo con la mano esperando encontrar arena.

—Hace mucho tiempo, existió un pueblo de mujeres con ojos verdes, una auténtica rareza en nuestro desierto —continúa Kamran con su voz de narrador—. Vivían en comunidad y acudíamos a ellas por diversas dolencias. Tenían fama de sanar heridas incurables y enfermedades desconocidas. Pero eso no es todo.

Sé que se refiere a las ermidas, y que no mencionará su nombre porque conoce la aversión que provocan estos seres en los reinos. Debería hacerlo callar de inmediato, pero no lo hago.

—Se decía que, en las frías noches del desierto, encendían hogueras tan imponentes como la duna más alta y bailaban a su alrededor para conservar el calor de sus cuerpos. En todas nuestras tierras se veía el resplandor de sus llamas, que asustaba tanto a niños como a ancianos.

—¿Y no temían al fuego?

—¡Claro que sí! Podía lastimarlas, pero ellas lo dejaban arder y lo utilizaban para realizar encantamientos y transmitir su magia.

Aunque aprieto los puños, dejo que continúe.

—Una de ellas se llamaba Masheal. Se decía que era la más poderosa de todas y que, bajo ciertas condiciones, el fuego respondía a su llamada. Podía avivarlo, hacerlo crecer y, a veces, extinguirlo. Sin embargo, no lo controlaba; solo le sugería que la siguiera. Se decía que en las noches de luna llena la arena ardía donde ella ponía los pies.

Imagino a esta mujer, una ermida poderosa y aterradora. Fue la última bruja conocida, la última en arder en los reinos unificados. Mi abuela aún no gobernaba en ese momento. ¿Asistió a su suplicio?

—Como ya sabéis, fue ejecutada. No resistía al fuego. En aquella época nadie podía.

De repente, se me cierra la garganta. Si me lanzaran al fuego, no sentiría dolor alguno.

—La leyenda —continúa Kamran, con la voz convertida en un susurro— dice que, mientras se consumía en la hoguera, gritó estas palabras: «El fuego puede matarme, pero no destruirme».

—¿Por qué me cuentas todo esto? —pregunto, incorporándome.

Me acaricia suavemente la mejilla. Su tacto me tranquiliza, como una leve brisa en un día caluroso.

—Porque hubo un tiempo en que las mujeres avivaban los fuegos pese a saber que era exactamente lo que se utilizaría para destruirlas. Alyhia, ¿por qué tenéis tanto miedo a las llamas, cuando no pueden haceros nada? Quizá no deberíais huir del fuego; tal vez lo que tenéis que hacer es convertirlo en vuestro aliado.

Sus palabras se abren paso en mí, iluminando las sombras con un débil rayo de esperanza.

—Siempre has sido un buen consejero, Kamran. Lamento haberte escuchado tan poco. —Me sonríe con los ojos llenos de afecto, y añado—: Y lamento haber…

—No hay nada de lo que disculparse, princesa. Lo que ocurrió solo tiene la importancia que queramos darle. En mi caso,

prefiero pensar en ese momento como un paréntesis único en una relación mucho más profunda.

Emocionada, estrecho su mano con nerviosismo. Unas lágrimas que no intento ocultar me humedecen los ojos. Kamran seca una de ellas con delicadeza y deja que se deslice por su dedo.

—Sois una princesa de fuego, Alyhia, y debéis seguir vuestro propio camino. No lo olvidéis.

Se levanta y me ayuda a ponerme en pie.

—Y creo que ha llegado la hora de que empecéis a recorrerlo —añade, mirando hacia la puerta.

Río entre lágrimas y me arrojo a sus brazos para abrazarlo durante unos segundos.

—Gracias...

Al regresar a mi habitación, la certeza de que debo soñar me late en las venas. Dejo de luchar contra el cansancio y me tumbo en el diván que hay junto a la ventana. Me quedo dormida y me despierto en medio de una espesa niebla, perdida. Es la primera vez que mi sueño es tan claro; los olores, tan fuertes; los gritos a mi alrededor, tan potentes.

Tengo las manos atadas a la espalda. Me sangran las muñecas al tratar de liberarme de las cuerdas. Cada movimiento agrava las heridas, pero lucho como un animal enjaulado.

«No he desaparecido», susurra una voz desconocida.

De repente, el dolor se apodera de mí y me quema las entrañas. Es tan fuerte que me muerdo la lengua y se me anega la boca de sangre como si fuera veneno. Por extraño que parezca, el sufrimiento disminuye gradualmente y el fuego a mi alrededor arde sin afectarme.

«Ya no temo al fuego», dice la voz.

Las llamas titilan ante mis ojos, aumentan de tamaño, pero no me alcanzan. Puedo extinguirlas si lo deseo, o hacer que se propaguen hacia los que intentan destruirme.

«Baila con el fuego —grita la voz—. ¡Baila con el fuego, Alyhia!».

—¡Princesa Alyhia! —exclama una voz a mi lado.

Me despierto sobresaltada, empapada en sudor. El corazón me late desbocado y jadeo para recuperar el aliento. Tardo unos instantes en recordar que estoy tumbada en el diván. Dayena se encuentra en pie frente a mí.

—Siento despertaros, pero es tarde.

Al bajar la mirada, advierto que me ha llegado la menstruación. Me levanto para que Dayena limpie la tela del diván y tomo el baño que me ha preparado. Mientras mi doncella me acicala en silencio, la voz del sueño resuena de nuevo en mis oídos. Aunque me estremezco ligeramente, no tengo miedo. Siento un poder singular que lo único que pide es que lo alimenten las llamas.

Cuando salgo de la estancia, apenas oigo los consejos de Dayena. No los necesito. «Confiad en vos, princesa», eso es lo que me dice siempre. Me reúno con mi familia en el pasillo. Todos me miran con inquietud. Solo Elly y Ruby juegan inocentemente sin preocuparse por mí.

—Si no puedes controlarte, hazme una señal y te sacaré de allí —me asegura mi hermano.

—Podré controlarme.

Mi madre parece sorprenderse ante mi tono confiado. ¿Qué creía? No tengo alternativa. No voy a ser la causa de la perdición de mis seres queridos.

Nos encontramos con la familia real ante las puertas del castillo. Hadrian me saluda con amabilidad; sus padres, en cambio, guardan silencio. Los míos se quedan detrás de nosotros. Me entregan una antorcha, que cojo sin miedo, y avanzamos por los senderos que han habilitado hasta el lugar reservado para la ceremonia. Aunque evito mirar las llamas para que no se reflejen en mis ojos, no rehúyo el calor del fuego. Penetra en mi interior, como siempre, y dejo que fluya por mi cuerpo. A cada paso que doy, mi poder se hace más fuerte.

Pasamos junto a cientos de aldeanos, reunidos para la ocasión. A medida que avanzo, ya no reconozco a nadie. Los murmullos de la gente me acompañan y se mezclan con los de las llamas. No somos más que una masa informe que teme al Fuego. Menos yo. A mí no puede hacerme nada.

Un hombre ataviado con la capa escarlata de los capellanes ocupa su lugar frente a la hoguera principal. El rojo de su hábito es más oscuro que los de Ramil, más similar al color de la sangre. Los bordados dorados forman una inmensa llama que el resplandor de las antorchas ilumina. Hay seis piras, una por cada reino, separadas por unos metros. La de mi familia está a mi derecha. Ni siquiera miro a los míos; mi intuición me dice que soy más fuerte sola. Los murmullos de la multitud se apagan cuando el capellán empieza a hablar.

—Majestades, caballeros, nobles, aldeanos, hay luna llena. ¡Que comience la ceremonia de las llamas!

Pequeño y con el rostro enrojecido, no se parece en nada a la imagen que tengo de un protector. Aunque tampoco es que los capellanes nos protejan mucho: nadie teme al Fuego más que ellos.

El príncipe Hadrian está a mi lado, con el rostro iluminado por la antorcha que sostengo. Su aspecto es particularmente noble e inocente. Cuando nuestros ojos se encuentran, en sus labios aparece una leve sonrisa. Desvío la mirada de inmediato. Tengo un fuego con el que lidiar, y no es el que me provoca su presencia.

—¡Nos hemos reunido para recordar las pruebas a las que nos ha sometido el Fuego! ¡Durante tres siglos, nos ha salvado de las ermidas!

Recuerdo la historia de Kamran y ante mis ojos aparece la imagen de las dunas. Veo a la ermida caminando por el desierto, con la arena ardiendo bajo sus pies.

—Pero entonces llegaron los apires, y con ellos, una nueva amenaza. El Fuego quería que lo temiéramos. ¡Y lo tememos!

—¡Lo tememos! —repiten a coro los aldeanos.

Yo no despego los labios. Los niños agarran las manos de sus padres y varios espectadores ocultan sus rostros de las hogueras. Los observo fijamente y su parecido me sorprende: la misma mirada preocupada, los mismos labios temblorosos, la misma devoción teñida de miedo.

—Lo tememos porque nos protege a la vez que nos pone a prueba. Nos señala a los impíos, y nosotros los eliminamos. Hoy la paz por fin es una realidad en nuestros reinos, pero ¡no debemos olvidar!

Con gesto solemne, lanza su antorcha al fuego, seguido por los demás capellanes. Las llamas prenden de inmediato y pronto estamos rodeados por seis hogueras monstruosas. Mientras varios aldeanos gritan, la mirada de la gente del desierto flota ante mis ojos. Una mirada desprovista de miedo.

Siento que me atraviesa un torrente poderoso, pero no hago nada para detenerlo. Dejo que fluya hacia mi pecho y, acto seguido, por los brazos hasta la punta de los dedos. Embriagada de su intensidad, me tambaleo y doy un paso adelante. Enseguida recobro la compostura y vuelvo a mi lugar sin prestar atención a la mirada interrogante de Hadrian.

—Llamas temidas y veneradas, ¡compadeceos de nosotros! —exclama el capellán, sin aliento.

—¡Compadeceos de nosotros! —grita a coro toda la asamblea.

—¡Compadeceos de nosotros! —me obligo a susurrar al advertir que el príncipe no me quita el ojo de encima.

Su mano se apoya ligeramente en mi espalda para indicarme que ha llegado el momento de tirar la antorcha. Me acerco, un paso tras otro, pero mis pensamientos están lejos: no en la sala de entrenamiento, como Kamran me ha aconsejado, sino en el desierto, donde bailo alrededor de las llamas.

—¡Dama de honor, bajad vuestra antorcha! ¡Compadeceos de nosotros!

—Compadeceos de nosotros —repiten los asistentes.

Si toda esta gente supiera quién soy, huirían despavoridos. Lanzo la antorcha al fuego, avivando la hoguera. Las llamas bailan con el viento y me acarician, pero no retrocedo. Dejo que se acerquen a mí, que me laman la piel.

—¡Cuidado, princesa! —exclama Hadrian, agarrándome del brazo y alejándome del fuego.

Me doy la vuelta, evitando mirar el fuego, y advierto que el rey Vortimer me está observando. Seguramente esté molesto porque no contaba con que su hijo me elegiría como dama de honor. Sin embargo, eso ya no importa, porque, cuando los aldeanos se arrodillan ante la hoguera, comprendo que lo he conseguido. He salvado a mi familia.

Rechazo la proposición de Hadrian de acercarnos al fuego. No hay razón para hacerlo. Cabizbaja, me alejo, dejando atrás las hogueras de las familias, una tras otra. Efia está sola frente a la suya, mientras que la de Maorach y sus islas anexas no puede ser más discordante. El rey Kaleb está tan erguido que parece hecho de mármol, mientras que Oxanne reza, aferrada al pequeño frasco de cera cerca de su corazón. Cuando llego a la pira de Kapall, las miradas de todos los miembros de la familia real me siguen como fantasmas, pero no me importa.

Atravieso la multitud hasta alcanzar las murallas. Solo entonces, en completa soledad, me permito alzar la vista hacia la luna, con la cabeza llena de las leyendas del desierto. Sé que mis ojos están ardiendo, y eso me hace sonreír porque ahora comprendo que mis padres me han mentido. No debo alejarme del fuego. Al contrario, debo sumergirme en él, alimentarme de su poder, deleitarme con su fuerza. Para ser libre, debo controlarlo.

11
Efia de Miméa

«Reúnete conmigo en mis aposentos de inmediato», decía el mensaje que me hizo llegar mi doncella. Me apresuro a acudir a la cita, apretando el papel contra el pecho. Pese a todas sus promesas, sigo sin creer que me haya elegido a mí. Y ¿qué será eso que desea decirme que no puede esperar? Tengo tanto miedo de la respuesta que ni siquiera miro por dónde voy y, al doblar una esquina, casi tropiezo con un hombre.

—Oh, mil disculpas, caballero... —balbuceo, tratando de recordar el nombre de la persona que tengo ante mí—. Caballero Darren. Os ruego que me disculpéis.

Este se peina con los dedos y esboza esa sonrisa encantadora que ya le he visto antes. Su saludo parece fingido, como si fuera yo la que tuviera que hacerle una reverencia. Reprimo con todas mis fuerzas el impulso de hacerlo.

—Princesa Efia, no os preocupéis. ¡Sois demasiado menuda para hacerme caer!

Sin saber qué decir, río cortésmente ante lo que, al parecer, él considera una broma.

—En cualquier caso, ¡la coincidencia es bienvenida! Os estaba buscando para transmitiros el saludo de vuestro padre.

—¿A qué os referís?

Se le ilumina la cara; al parecer, le complace mi extrañeza.

—¡Ah, claro, no lo sabéis! Acabo de llegar de Sciõ. Hemos compartido almuerzos y cenas e incluso algunos libros de la gran biblioteca.

Cambio el peso del cuerpo de un pie a otro, desconcertada

ante su aplomo. Nadie osaría comportarse así ante mi madre. Aunque ella nunca actuaría como yo.

—Ah, muy bien —digo, tratando de recuperar la compostura—. ¿Habéis disfrutado de vuestra estancia entre las Regnantes?

—Aunque fue muy instructiva, debo admitir que no me divertí demasiado.

—Cuánto lo siento…

Estoy a punto de balbucear otro comentario cortés, pero, sin más preámbulos, se despide con una reverencia tan discreta que bien podría haberse creído que solo echaba un vistazo a mis zapatos. Me pongo de nuevo en marcha, turbada por la información que acaba de compartir conmigo. ¿Por qué iban a enviar a Sciõ a un caballero, a un consejero cercano al príncipe, durante unas festividades tan importantes? Además, si se ha desplazado hasta allí para consultar los mismos libros que mi padre, ¿quiere eso decir que está investigando a los apires?

Las preguntas terminan aquí porque llego ante la puerta de los aposentos de Nathair. Respiro hondo varias veces, temerosa de lo que pueda esperarme en el interior. Una sirvienta, que probablemente ha oído mis pasos, me hace pasar antes de que llame a la puerta. Una vez dentro, descubro una visión inesperada. En lugar de Nathair, en el enorme salón del heredero está reunida toda la familia de Kapall, y ninguno de sus miembros se molesta en darme la bienvenida. La estancia está pobremente amueblada con algunas piezas de madera, aunque han colocado varios cuadros de jinetes aquí y allá, probablemente en referencia a su reino de origen.

Sentadas en unos divanes marrones y rodeadas de unos cojines de color rojo sangre están las cuatro princesas, ataviadas con vestidos del mismo marrón apagado. Sus madres están de pie a sus espaldas, con la cabeza alta y una expresión algo irritada. Frente a las mujeres se encuentran los hombres, acomodados en unos sillones. Cormag y Duncan se hunden perezosamente en ellos, mientras que Fewen mantiene la espalda recta y las manos sobre las rodillas. No hay rastro de Nathair.

—¿Qué tenéis que decir en vuestra defensa? —pregunta la reina Magda a su marido.

Jamás pensé que oiría a una mujer de Kapall expresarse así. En cierto modo, me tranquiliza.

—¿En mi defensa? —refunfuña Cormag en un tono de voz aún más elevado—. ¡Yo no tengo que defenderme ante ti! ¡Ni ante ninguna de vosotras!

La sirvienta desaparece sin darme indicación alguna. No sé qué debo hacer y, por lo que parece, nadie ha reparado en mi presencia.

—Pero nos lo habíais prometido —gimotea Ornola, secándose unas lágrimas que son fruto de la cólera.

—¡Es cierto! —replica Orla, que abraza un cojín.

—¡Y seguimos manteniendo la promesa! —se justifica Duncan—. ¡No hacéis más que quejaros y no tenéis ni idea de lo que decís!

Cormag le lanza una mirada que indica que él tampoco tiene ni idea de lo que dice.

—Si eso es cierto, ¿por qué no ha pasado nada todavía? —pregunta una de las reinas.

—¿Se ha prometido ya el príncipe? ¡No! Así que dejad de molestarnos y tened paciencia —determina el rey Cormag con su voz grave.

Están hablando de Hadrian y de la elección de su futura esposa. Recorro con la mirada todos los rincones de la habitación en busca de Nathair, pero no lo veo.

—¿Qué está haciendo ella aquí? —exclama de repente la hermana menor, señalándome con el dedo índice.

Todos los ojos se clavan en mí, amenazantes como lanzas. Se me forma un nudo en la garganta y no consigo pronunciar palabra.

—¡Princesa Efia! —me saluda Fewen con amabilidad—. ¿A qué debemos el placer de vuestra visita?

Tranquilizada por su tono, avanzo unos pasos y le entrego el mensaje. Su rostro se ensombrece.

—¿Qué ocurre? —pregunta Bédélia.
—¡Menudo disparate! —declara Duncan.

Todos empiezan a comentar el motivo de mi presencia a gritos, y me veo incapaz de seguir la conversación. El príncipe Fewen me lleva al pasillo que conduce a una puerta de madera clara de doble hoja.

—Mi hermano está en su habitación. No sé si deseáis entrar, aunque sospecho que eso es lo que él quiere... Os dejo tomar la decisión a vos —me dice antes de regresar al salón y cerrar la puerta.

El vocerío aún se oye, aunque amortiguado. No hay espejos a mi alrededor, pero sé que tengo las mejillas rojas de vergüenza. ¿Cómo ha podido Nathair citarme en sus aposentos con su familia presente? Por primera vez desde que nos conocimos, su comportamiento me hace sentir molesta. Entro sin llamar, decidida a encararlo.

Está sentado bajo la ventana, en un sofá color crema, leyendo tranquilamente un grueso libro con la cubierta escarlata. Levanta la mirada y, al verme, su rostro parece iluminarse. Los gritos procedentes del salón se cuelan en el dormitorio.

—¿Está aquí mi familia? —exclama—. ¿Qué les pasa ahora?
—Pues... no lo sé.

Se me acerca y me acaricia suavemente el pelo.

—Espero que no os hayan molestado.

Le digo que no mientras cierra la puerta. Y así vuelve a reinar un silencio perfecto, solo interrumpido por los trinos que se cuelan por la ventana abierta. Se sitúa ante mí y me agarra las manos con un fervor que me hace estremecer. Su sonrisa es tan radiante que me veo obligada a bajar la mirada.

—Efia, estaba desesperado por veros... Necesito hablaros. Ya no puedo esperar más.

Me sudan las palmas de las manos. Sé que no debería estar aquí, en el dormitorio de un príncipe de otro reino. Es algo que no se hace y, sin embargo, soy incapaz de moverme.

—Princesa, os amo —prosigue, con más vehemencia si cabe—.

Os he amado desde el primer día, y no hay nada que desee más que a vos. Quiero que os convirtáis en mi esposa y futura reina de Kapall.

Tengo la sensación de que las dos hojas de la puerta y la ventana se hacen añicos y que el suelo desaparece bajo mis pies. Si no fuera porque el príncipe me sujeta, me desplomaría.

—Efia, ¿estáis bien?

—Esperad, Nathair, esperad.

Apenas puedo creerlo: acaba de declararse. A mí, la frágil Efia. Me parece tan increíble que no deja de darme vueltas la cabeza. ¿Es así como se sintió mi madre cuando la eligió mi padre? No consigo imaginarla sometida a tantas emociones.

—¿Qué decís? ¿Os convertiréis en mi esposa?

—Es solo que...

—¡No digáis más! Sé lo que teméis. Pero os prometo que seréis mi única mujer. ¡No pienso hacer como mi padre!

Tomo la palabra antes de que me haga perder el hilo de mis pensamientos.

—Hum..., muy bien, sí. Pero también necesitaréis el consentimiento de mis padres. Ya sabéis que los tengo en gran estima.

—¡Por supuesto, lo que digáis! Entonces ¿es un sí? ¿Os casaréis conmigo?

—Si mis padres dan su consentimiento...

—¡Una mera formalidad!

Suspiro, obligándome a reflexionar durante unos instantes. ¿Quiero casarme con Nathair?, ¿convertirme algún día en reina de Kapall? Estoy segura de que mi madre no había considerado esta posibilidad. Aunque no la culpo; yo tampoco pensaba que se me presentaría.

—¡Sí, Nathair, sí!

—¡Oh, Efia! —murmura, y me abraza.

Sus brazos, que no tenía por tan recios y firmes, me impiden respirar. Igual que los besos que deposita en mis mejillas, cuello y labios. Estoy tan confusa que me parece estar sumida en un sueño particularmente desconcertante.

—Eres tan hermosa, Efia, tan dulce... Eres la única que merece mi atención.

Me acaricia el cuello con la mano y luego desciende hasta mi vientre.

—¿Quieres tumbarte en el sofá? —me susurra al oído.

Un sonido mudo escapa de mis labios al recostarme. Durante un segundo, desvío los ojos hacia una manta roja que me recuerda los cojines del salón.

—Nathair, quería preguntaros...

Sin embargo, él, ocupado en besarme el cuello, no parece oírme. Aun así, digo:

—¿Os preocupan el príncipe Hadrian y la princesa Alyhia?

Nathair levanta la cabeza, frunciendo ligeramente el ceño.

—¿Por qué me hacéis esta pregunta?

—Mera curiosidad. Sé que esperáis que una de vuestras hermanas se siente en el trono supremo.

—No os preocupéis, Efia —contesta Nathair, sin el menor rastro de ternura en la expresión—. Alyhia no gozará de los favores del príncipe por mucho tiempo. Tarde o temprano, cometerá un error. Y, si no, nosotros sabremos provocar uno...

12
Alyhia de Ramil

Unas ligeras gotas de lluvia se deslizan por la ventana de mi dormitorio este frío día de primavera. Estoy sentada en una silla, envuelta en una manta y leyendo con interés el libro sobre las ermidas que me prestó Ysolte. Las descripciones de sus hechizos son precisas, sin referencias al Fuego o al peligro que representaban. El libro se limita a describir quiénes eran y a relatar su huida hacia el sur en los primeros años de la Edad del Fuego, para después describir su lenta desaparición.

Aunque mis manos se aferran a la cubierta al llegar al pasaje sobre los apires, aquí tampoco se explica la persecución que sufrieron o la amenaza que suponían. En cambio, la autora se cuestiona su origen, su excepcional resistencia al fuego y sus habilidades desconocidas. Concluye con un posible vínculo entre ermidas y apires, y se muestra convencida de que estos últimos quizá no hayan desaparecido del todo, lo que me llena de entusiasmo.

Un siseo me obliga a levantar la cabeza. El fuego sigue ardiendo en la chimenea, aunque lucha por no apagarse. Con los dedos, recorro la vela que hay ante mí y rozo la llama, buscando el poder que esconde. Al principio, por mis venas viajan unas ligeras sacudidas, que después se convierten en oleadas que me agitan el pecho. Tomo aliento y tiendo la mano hacia el hogar. El calor me sube por el brazo y siento lo que debe de ser el dolor de una quemadura. Una chispa se enciende y hace temblar los troncos. El fuego se propaga, y su luz ilumina mi rostro satisfecho.

—¿Por qué sonreís? —pregunta Dayena, al entrar en la estancia.

Al distinguir los restos de llamas en mis pupilas, sus ojos se abren como platos, igual que los de una lechuza.

—¡Princesa! ¿En qué estáis pensando? ¡Ya os he advertido más de una vez que es peligroso!

—Estoy aprendiendo a controlar lo que necesita ser controlado. ¿No es eso lo que llevas años aconsejándome que haga?

—Pero así no. El fuego se alimenta de sí mismo —continúa con gravedad—. Creéis que lo controláis, pero es posible que las llamas os consuman.

Nerviosa, empieza a pasearse por la estancia moviendo objetos al azar.

El fuego chisporrotea frente a mí. Desde que empecé a practicar para dominarlo, el vínculo que existe entre nosotros se ha fortalecido. A veces siento como si me susurrara palabras tranquilizadoras, como si, mientras lo tenga cerca, no me pudiera pasar nada.

Sin embargo, también tiene su propia voluntad, y es difícil de amansar. En este momento, una llama se separa del fuego, como si tuviera intención de escapar de la chimenea. Extiendo el brazo para calmarla, pero se me resiste. Miro a Dayena, que, por suerte, está de espaldas al fuego. Una gota de sudor brota de mi frente y me tiembla la mano. «Vete», le ordeno, rechinando los dientes. La llama da un último coletazo antes de regresar con docilidad al hogar.

Comprendo la inquietud de Dayena, pero no puedo cargar con sus miedos. Por fin he encontrado una manera de no arriesgar mi vida y la de mi familia cada día, y no pienso abandonarla a causa de suposiciones absurdas.

—No se me da mal, ¿verdad? —bromeo, después de asegurarme de que el fuego está bajo control.

No puedo evitar que mi mirada se desvíe hacia el arcón que contiene mis efectos personales. En su interior hay decenas de objetos quemados en los experimentos fallidos de los últimos días. La primera vez que intenté encender fuego chamusqué la alfombra, y estropeé un candelabro al tratar de apagar la llama de una vela. Ardió con tal intensidad que aún se distinguen las marcas negras en la pared. Por suerte, recoloqué la estantería para que ocultase el estropicio.

—Lo que deberíais hacer es salir de vuestros aposentos —me reprende Dayena.

Aunque los actos previstos para hoy se han cancelado debido al mal tiempo, no puedo quedarme encerrada todo el día en mis aposentos sin parecer maleducada. Le pido que me ayude a arreglarme a toda prisa y salgo del dormitorio con un grueso vestido de color crema y un chal rojo.

Durante unos pocos segundos, me planteo ir a visitar a mis padres, pero no me apetece discutir con mi madre. Ella me ordenará que me aleje del príncipe, y no puedo explicarle que esa cautela quizá ya no sea necesaria, ahora que estoy aprendiendo a controlar mi poder. Me dirijo hacia el saloncito, una confortable estancia destinada a la reunión, la conversación y el relax de los invitados. En este preciso momento están sirviendo un aperitivo. El olor a vino caliente flota en el aire y la lluvia golpea las ventanas.

Sentados en unas amplias butacas, el emisario de Iskör, llegado el día anterior, conversa con el rey Kaleb. Alto y extremadamente delgado, el mensajero tiene la piel demasiado blanca y unos ojos azules casi translúcidos, así como una melena morena, que lleva atada con unos hilos dorados y blancos. Su atuendo está confeccionado con un material que jamás había visto. De no ser tan fino, se diría que es una armadura. De color negro, brilla como el metal; sin embargo, parece tan ligero como el satén. «Svärt», dijo Sybil en la reunión del consejo; un material muy maleable y prácticamente indestructible. La prenda se ciñe al cuerpo del hombre revelando sin pudor unos músculos esbeltos. En la calidez del salón, su silueta parece tan incongruente como la nieve en el desierto.

Veo a las Regnantes en una esquina, cerca del fuego. Les sonrío. Nos hemos hecho tan amigas que hasta descuidamos la etiqueta en nuestros saludos. Todos los días tomo el té en sus aposentos, y hablamos y nos reímos hasta no poder más. Creo que incluso he encontrado en Sybil a la buena amiga que nunca he tenido. A veces desearía que Efia nos acompañara. Quizá entre todas podríamos convencerla de que se alejara de Nathair. Por desgracia, está más unida a él que nunca.

Las Regnantes hablan sobre el emisario. Aprovecho la oportunidad para preguntarles qué saben de la región de Iskör.

—Como de costumbre, más que nadie —suelta la reina Éléonore.

—Lo que, por desgracia, no es mucho —añade Ysolte—. Sabemos que sus piedras les permiten confeccionar objetos y armas con propiedades inigualables, pero ignoramos cómo las emplean en concreto. No rinden culto al Fuego, por supuesto, y sus costumbres difieren mucho de las nuestras. Por ejemplo, no tienen rey, sino que eligen a un jefe.

—¿Y la nigromancia?

Me criaron con cuentos en los que las gentes de Iskör hablaban con los muertos. Dayena temblaba de miedo cuando me los leía, pero yo siempre le insistía para que continuara.

—Su relación con la muerte parece diferente de la nuestra. Como ya he dicho, solo podemos hacer suposiciones sobre sus costumbres. Espero aprovechar la visita del emisario para averiguar más.

—Serás una historiadora excelente, hermanita —elogia Sybil, esbozando una sonrisa afectuosa—. De hecho, ¡deberías ir a verlo!

—¡Sí, Ysolte! No vas a pasarte el día siguiéndolo a todos lados sin dirigirle la palabra... —la anima Garance.

—No me atrevo. Es frío como el hielo.

—No me extraña que se lleve tan bien con el rey de Zafiro —bromea la heredera.

Ysolte devora un pastelito como si fuera un píldora para los nervios. Me recuerda tanto a mis hermanas cuando me piden un favor que me ofrezco a acompañarla. Al acercarnos a los dos hombres, ella se esconde detrás de mí, con el plato de dulces en la mano, y murmura algo.

—Rey Kaleb, emisario Radelian, soy la princesa Alyhia de Ramil, y estaría encantada de unirme a vosotros con mi amiga, la princesa Ysolte de Sciõ.

—Me preguntaba cuándo osaría acercarse —responde Radelian con un fuerte acento.

A mis espaldas, Ysolte suelta un gritito.

—Sois bienvenidas —añade el emisario.

Mientras nos acomodamos en los sillones frente a ellos, advierto que el soberano de Zafiro aprieta los puños, lo que resalta las cicatrices de sus antebrazos.

—Rey Kaleb, disculpadnos si hemos interrumpido una conversación importante.

—No hay necesidad de disculparse. Tengo intención de reunirme con todas las princesas —responde Radelian por él.

Frunzo ligeramente el ceño ante lo extraño de su comentario. Ysolte halla por fin las fuerzas para abrir la boca.

—¿Cuánto tiempo os quedaréis entre nosotros?

Sorprendida ante su propia audacia, toma otro pastelito y lo muerde con avidez.

—Partiré antes de la luna llena.

—No podréis asistir a la ceremonia de las llamas —señala Ysolte.

«Ni a la revelación de la elección del príncipe Hadrian», pienso, con un pálpito. Pronto habrán pasado dos lunas y el príncipe Hadrian tendrá que escoger a una de las princesas. Ahora mismo, me niego a analizar el pánico que me embarga solo de pensarlo.

—Cierto, pero no es esa la razón de mi visita —responde Radelian, encogiéndose de hombros.

A pesar de su piel blanca y su complexión delgada, tiene un encanto frío que me perturba.

—Desde el fin de los apires, aquí las ceremonias son muy importantes. ¿Cómo...? ¿Cómo gestionasteis la aparición de dichas criaturas en vuestra región? —continúa Ysolte con curiosidad.

Un escalofrío me recorre la espalda al oír el término «criatura». El fuego, no muy lejos, parece sisear un insulto que solo yo comprendo.

—No tuvimos apires.
—¿De verdad? Y ¿conocéis el motivo?
—No dimos caza a las ermidas.

Los ojos de la futura historiadora lanzan un destello. Alguien menciona una vez más una posible relación entre ermidas y apires.

—¿De verdad? ¿Y no tuvisteis problemas con ellas?
—Ese asunto carece de importancia —corta en seco Radelian—. Mejor hablemos de vos, princesa Alyhia.
—¿Qué deseáis saber?
—Lo que queráis desvelar, aunque solo con observaros ya se obtienen respuestas —suelta, clavando sus ojos glaciales en los míos.

Mis mejillas se inflaman. Por suerte, entra un sirviente en la sala y me tiende una nota: una invitación a cenar de parte de mis padres. Mi madre aclara que mi hermano también está invitado y que nuestra presencia es obligatoria.

—Disculpadme, debo irme.

La cena no es hasta dentro de una hora, pero quiero alejarme de Radelian. Abandono cobardemente a Ysolte, pero a esta, en vistas de su mirada llena de interés, no parece importarle.

Aún turbada, me dirijo a las galerías del patio central para tomar el aire. La lluvia cae copiosamente sobre la hierba y el cielo está gris, pero el viento fresco me sienta bien. Durante unos instantes, el sol de Ramil invade mis pensamientos y me conforta el corazón. Tras varios días de mal tiempo, empiezo a dudar de que la lluvia sea un milagro.

El ruido de unas botas me saca de mis pensamientos y casi me desvanezco cuando advierto que el príncipe Hadrian viene directamente hacia mí. Apenas nos hemos visto desde la ceremonia de las llamas. Aunque he asistido con diligencia a todos los actos, he evitado encontrarme a solas con él y me he concentrado en dominar mi poder.

—Princesa Alyhia, ¡qué alegría veros! —Echa un vistazo a nuestro alrededor, antes de añadir en voz baja—: Desearía invitaros a cenar esta noche, en mis aposentos. Acompañados, por supuesto.

Reprimo una carcajada. En Ramil no se necesitan carabinas a menos que la situación suponga un peligro real. Pese a que me apetece aceptar, sé que no es posible. No temo a mi madre, pero prefiero no cruzar ciertos límites.

—Ruego que me disculpéis, príncipe Hadrian, pero no podré acompañaros.

—¡Oh! Me apetecía mucho cenar con vos. Queda tan poco tiempo…

Su frase muere engullida por la lluvia, pero sé exactamente de qué está hablando. De repente, me entran unas ganas locas de correr hacia mis padres para suplicarles que me liberen de mis obligaciones. ¿Me permitirían tomar mis propias decisiones si vieran de lo que soy capaz?

—Entonces supongo que tendré que invitar a una princesa de Kapall —añade con aire triste.

Al instante, la bestia de los celos se apodera de mí, despertando sentimientos oscuros y peligrosos. En el cielo se oye un estruendo lejano, aunque juraría que proviene de mi vientre.

—¿Y por qué no a Oxanne de Jaspe o Garance de Sciõ?

—¿Por qué iba a hacer eso?

—Porque merecen vuestra consideración.

La verdad es que me niego a dar a la familia de Kapall la satisfacción de una cena privada con el príncipe. Ya que no puedo gobernar, prefiero apoyar a un reino que se lo merezca.

Se rasca la cabeza, indeciso, pero al fin acepta mi sugerencia. Cuando se aleja, se apodera de mí una extraña sensación de urgencia, que me acompaña cuando me dirijo a toda prisa hacia los aposentos de mis padres.

Como soberanos de un reino importante, disponen de varias estancias, entre las que se incluye un salón para recibir invitados. Es bastante grande, está decorado con tapices de colores cálidos que representan escenas de caza poco o nada elegantes. La mesa que lo preside tiene unos arabescos con forma de hiedra tallados, aunque a mí me parecen serpientes.

—¡Gracias por venir! —exclama mi padre, y me abraza.

—La invitación precisaba que no había alternativa —refunfuño.

Mi madre pone los ojos en blanco. Justo en el momento en el que iba a replicar, llega mi hermano y los cuatro nos sentamos a la mesa, donde nos sirven dátiles y pan especiado, como en Ramil. Reencontrarme con los sabores de mi reino mejora mi estado de ánimo de inmediato. Hablamos del tiempo y de otras cosas sin importancia que me hacen temer el momento en el que revelen sus verdaderas intenciones.

—Probablemente os preguntéis por qué os hemos hecho venir —dice mi madre cuando llega el postre.

—Pues la verdad es que no —responde mi hermano, devorando la crema de frutas.

—Hemos gozado de pocas ocasiones de vernos —continúa ella, ignorando su sarcasmo—. Solo queríamos asegurarnos de que recordáis que representáis a Ramil.

Aunque estoy convencida de que estas palabras van dirigidas a mí, mi madre se vuelve hacia Darius y lo mira con los ojos que suele poner cuando está a punto de regañarnos.

—Darius, me han dicho que pasas las noches jugando a las cartas con los otros príncipes y bebiendo hasta el amanecer. ¿Es eso cierto?

—¿Y qué si lo es?

—Pues que eres el futuro rey.

—¿Y? Tejo vínculos políticos —se defiende con poca pericia.

Mi madre suspira, pero sé que no irá más lejos. Sus peores accesos de ira los reserva para mí.

—Solo te pedimos que tengas cuidado —continúa—. Sabemos que, cuando bebes, te vuelves muy hablador…

Darius guarda silencio y se termina la comida bajo la mirada preocupada de mis padres. ¡Como si el futuro rey de Ramil no pudiera sobrevivir a una reprimenda tan leve!

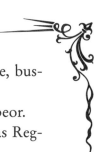

—¿Y las princesas? ¿Te gusta alguna? —dice mi padre, buscando distender el ambiente.

El brillo en los ojos de mi hermano me hace temer lo peor.

—Bueno, puede que... Digamos que la heredera de las Regnantes no me deja indiferente.

—¿Sybil? —exclamo—. Pero ¡eso es imposible!

Mi madre me interroga con la mirada.

—Es la futura Regnante. ¡No puedes casarte con ella!

—¿Por qué? —pregunta Darius.

—¡Porque tendría que renunciar al trono!

—¿Y? Quizá sea eso lo que desea...

—¿Tú renunciarías al trono por ella?

Frunce el ceño, perplejo, como si fuera la pregunta más estúpida que hubiera oído en la vida. Estoy molesta, pero, por lo visto, soy la única. Claro, ¡para ellos no tiene ninguna importancia que Sybil no se convierta en reina! Si yo hubiese tenido la oportunidad de ser la heredera de Ramil, nunca habría aceptado renunciar a la corona.

Sin embargo, no tengo tiempo para aclararle todo esto a Darius porque mi madre me mira con hosquedad.

—Alyhia, eres la menos indicada para darle consejos a tu hermano sobre esta cuestión. Me he dado cuenta de cómo miras al príncipe. ¿O es que me tomas por tonta?

—Serás muchas cosas, pero tonta no.

—No vayas por ahí. Algunas personas están hartas de que el heredero no les preste atención.

—Sé que hablas de los dignatarios de Kapall. ¿Los defiendes solo porque es tu reino?

—¡Mi reino es Ramil, igual que el tuyo! —sisea entre dientes, roja de ira—. ¡No me faltes al respeto!

Sé que lo que he dicho es injusto. El rey Cormag es tío suyo y, sin embargo, no la he visto dirigirle la palabra desde que llegamos.

—El príncipe no debería ser tan frívolo —continúa ella, con voz más calmada—. No los conoce como yo. Y tú, tampoco.

—Puede que el príncipe acabe obrando según sus deseos. En lo que a mí respecta, eso es precisamente lo que pretendo hacer. Y ya que os preocupáis, que sepáis que he controlado mi poder.

—¿Tu poder? —dice mi madre en tono ofendido.

Estamos acostumbrados a usar el término «maldición», o incluso «enfermedad», pero jamás «poder». Aunque trato de mantener la calma, agarro los cubiertos con tanta fuerza que tiemblo.

—Alyhia, no sé qué esperas, pero los planes no han cambiado —dice mi padre con expresión compungida.

—Y se aprecian nuevas manchas doradas en tus ojos —añade mi madre en un tono que no me gusta.

Su comentario me obliga a bajar la mirada. Cuando uso el fuego o pierdo el control, me aparecen motas doradas en los iris. No sabemos si el color verde de mis ojos acabará por desvanecerse, y mi madre sabe muy bien que ese es uno de los motivos que me impiden plantearme abandonar mi casa.

—Mi comportamiento fue ejemplar durante la ceremonia, ¡os digo que puedo controlarme!

—Eso no cambia nada.

Tiro la silla al ponerme en pie, furiosa. Esta cae contra el suelo con un golpe que retumba como un trueno.

—¡Claro que sí!

El silencio se cierne sobre la estancia. Me quedo paralizada un momento entre la mirada triste de mi padre y la expresión glacial de mi madre, y, acto seguido, abandono el salón sin añadir palabra. Salgo corriendo de los aposentos de mis padres, luchando por retener las lágrimas que se me agolpan en los ojos. Después de todos mis esfuerzos, ¿cómo se atreven a decir que no cambia nada?

Camino sin pensar y golpeo las paredes con el puño, igual que hacía de niña durante mis rabietas. Estoy tan enfadada que entro en el ala de la familia real sin darme cuenta. Estoy a punto de dar media vuelta cuando oigo la voz de Vortimer. Su tono bajo y confidencial me anima a aproximarme. ¿Quizá al fin llegue a comprender qué ocurre en este castillo?

Me acerco a una puerta entornada que da a una pequeña sala llena de libros y archivos. Al fondo hay otra, que, con toda probabilidad, conduce a un estudio. De ahí proviene la voz. Tras asegurarme de que no hay nadie en el pasillo, entro y avanzo lo suficiente para discernir las palabras que se intercambian y, al mismo tiempo, salir de inmediato si me veo en la necesidad de hacerlo. No hay luces encendidas, salvo un candelabro sobre un mueble. Quienquiera que esté hablando con Vortimer debe de haberlo dejado allí al entrar en el estudio.

—Ahora que ha llegado el emisario, es solo cuestión de tiempo —dice Vortimer.

—No estoy seguro de que tengamos tanto tiempo —responde una voz masculina que parece más joven.

Me recuerda a alguien, pero, pese a mis esfuerzos, no logro reconocerlo.

—Pero haréis todo lo que esté en vuestras manos para evitar que ocurra lo peor, ¿verdad?

—Haría cualquier cosa por mi reino.

Estoy convencida de que conozco esa voz, pero ¿por qué no logro recordar a quién pertenece? Me acerco a la rendija de la puerta para tratar de distinguir al hombre y, al hacerlo, choco con el mueble sobre el que está el candelabro. Lo atrapo al vuelo, evitando por poco que caiga. Al colocarlo de nuevo en su sitio, la llama me acaricia la piel y mi suspiro de alivio se convierte en miedo al instante. La vela se extasía, satisfecha de haberme tocado, y yo me horrorizo al ver que me tiemblan las manos.

Aunque me he vanagloriado de controlarlo, puedo sentir el infierno en mi pecho y su deseo de extenderse. Mi poder es tan fuerte que tengo que cubrirme la boca con una mano para no gritar. Alterada, retrocedo un paso y apoyo la mano sobre una pila de papeles, los cuales empiezan a arder de inmediato. Las hojas revolotean hasta el suelo como una lluvia de llamas. Me arrodillo para intentar recogerlas, pero el fuego se extiende a la alfombra. Si Vortimer entra en la habitación, ¡estoy acabada!

Sin embargo, no oigo nada. ¿Por qué no vienen a ver qué está ocurriendo? ¿Han salido por otra puerta? De ser así, dispongo de unos segundos para intentar contener las llamas. Por desgracia, estoy demasiado agitada y no consigo recuperar el control de mi poder. El fuego comienza a devorar la madera y el humo invade la pequeña estancia. Va a destruirlo todo a su paso.

—¡Vete, te lo ruego! —susurro mientras veo cómo se regodea.

Llega hasta la cortina, que cae con un ruido sordo. A mi alrededor todo son llamas y humo. Grito de impotencia y decido salir de allí. En ese momento, la puerta se abre de par en par y vislumbro una silueta masculina. Cuando reconozco al príncipe Hadrian, se me hiela la sangre. Si me ve en medio del incendio, no tardará en darse cuenta de lo que soy.

Por suerte, el humo es muy denso y apenas deja ver. En un acto desesperado, me tiro al suelo.

—¡Socorro! —empiezo a gritar.

—¿Princesa Alyhia? ¡Por el Fuego!

El príncipe entra y yo rezo para que no sufra daño alguno. Sé que mis ojos están llenos de llamas: los cierro y finjo desmayarme. Se arrodilla a mi lado, pasa sus brazos por mi espalda y mis piernas y me levanta. Me acurruco contra su pecho, ocultando la mirada.

—Todo va a salir bien, Alyhia. Estoy aquí —me susurra mientras atraviesa las llamas.

Estas se curvan hacia mí, atrayéndome hacia ellas como si quisieran atraparme, pero el príncipe consigue sacarme y se pone a gritar pidiendo ayuda. Mientras se abre paso por los pasillos hacia mi dormitorio, mantengo los ojos cerrados. Todavía me tiemblan las manos, y aprieto con fuerza los puños para evitar que surja una llamarada de ellas.

—¡Princesa! —grita otra voz, la de Dayena, al abrirnos la puerta.

—No os preocupéis, el médico ya está de camino —la tranquiliza Hadrian, tumbándome en la cama.

—Pero ¿qué ha ocurrido?

—Un incendio, pero he conseguido sacarla.

El silencio que sigue es tan clamoroso que casi siento cómo Dayena me fulmina con la mirada.

—Gracias, mi señor —dice, sin embargo—. ¿Estáis seguro de que el médico viene de camino? ¿No sería mejor ir a buscarlo?

—Tenéis razón. Voy ahora mismo.

Al oír que se alejan los pasos del príncipe, abro los ojos de inmediato, aunque, al ver la expresión de Dayena, preferiría haberlos mantenido cerrados.

—¿Qué os he dicho esta mañana? —exclama.

«El fuego se alimenta de sí mismo». No puedo decir que esté equivocada. Sin embargo, sé que esta catástrofe ha ocurrido porque estaba alterada. ¿Seré capaz de controlar las llamas alguna vez?

—No importa —continúa ante mi silencio—. El príncipe regresará en cualquier momento con el médico. —De repente, las lágrimas se agolpan en sus ojos y, entre sollozos, añade—: Si descubren lo que sois…

—No lo descubrirán.

Llevo años interpretando el papel de princesa inofensiva. El príncipe Hadrian no sospechará nada, está demasiado ocupado imaginando que me salvó de las llamas cual héroe legendario. Al oír sus pasos en el pasillo, me obligo a llorar. Como siempre, no tengo elección: debo esconderme tras la máscara de una jovencita temerosa del fuego para que jamás descubran que soy yo quien lo propaga.

13
Alyhia de Ramil

Transcurren dos días durante los cuales finjo que estoy recuperándome del incendio. Es, sobre todo, una manera de evitar a mis padres y su cólera. ¡Provoqué un incendio minutos después de haber proclamado que controlaba mi poder! Además, la vergüenza no me permite pensar con claridad y prefiero quedarme encerrada. Sin embargo, me consuela el hecho de que nadie haya salido herido. Unos sirvientes apagaron las llamas antes de que se propagaran. Dayena me ha contado que los creyentes rezan sin descanso, turnándose, ante los escombros.

Mi encierro también me permite entrenarme con más fervor. Debo evitar a toda costa que se produzca un accidente similar. Paso horas delante del fuego, tratando de doblegarlo. Ya soy capaz de avivarlo, atraerlo hacia mí, e incluso llego a sostener una bola incandescente entre las manos. A mitad de la tarde, me he puesto a dar saltos de alegría cuando le he ordenado que se apagara y lo ha hecho.

Aunque me gustaría seguir entrenando, no puedo quedarme encerrada para siempre. Ahora todo el mundo sabe que he salido ilesa. «¡Un milagro!», ha gritado el doctor al examinarme la garganta en busca de posibles lesiones causadas por el humo. Si no salgo pronto, todos empezarán a hacerse preguntas.

Decido dar un paseo nocturno por el castillo. La cena ya debe de haber terminado hace unas horas, nadie me molestará y los sirvientes me verán y correrán la voz de que estoy mejor.

Me topo con varios miembros de la corte, que me saludan y se llevan su pequeño frasco de cera al pecho para dar gracias al Fuego por haberme salvado. Aunque se lo agradezco con efusividad, la angustia me revuelve las entrañas. Estoy tan turbada que ni siquiera advierto que Hadrian dobla la esquina del pasillo. Me quedo petrificada, pero ya es demasiado tarde para dar media vuelta.

—¡Princesa Alyhia, por fin salís de vuestra alcoba! —exclama, acelerando el paso—. He tratado de visitaros varias veces, pero vuestra doncella me ha dicho que no os encontrabais bien.

Sonrío al imaginar a Dayena prohibiéndole categóricamente la entrada a mis aposentos. El príncipe juguetea con el botón de su elegante jubón azul de medianoche, un atuendo oficial que implica que acaba de asistir a una cena de cierta importancia.

—Quedé conmocionada por el incendio, pero ya estoy bien.

—¡Demos gracias al Fuego! ¿Sabéis? En el castillo os llaman la Milagrosa. La habitación quedó destruida, ¡y vos salisteis sin tan siquiera un arañazo!

—Gracias a vos —respondo, tratando de disimular la incomodidad que siento—. Si no hubierais llegado a tiempo, no sé qué habría ocurrido.

Se le borra la sonrisa del rostro. Se me forma un nudo en la garganta cuando añade con voz seria:

—A propósito, necesito hablaros.

—¿De verdad? ¿No os esperan en algún sitio? ¡Vais tan elegante!

—Acabo de cenar con Garance de Sciõ —responde, con un ademán desenvuelto—. Tengo todo el tiempo del mundo, y debo hablaros sin falta. Desde el incendio, no dejo de pensar en lo que podría haber ocurrido, y… creo que ha llegado la hora de que os lo confiese todo.

—¿Qué queréis decir?

Esboza una sonrisita, tan fugaz como una ráfaga de viento, y, acto seguido, acerca su rostro al mío. Estamos solos. Sé que mi madre me gritaría que pusiera fin a la situación, pero soy incapaz de mover ni un músculo.

—Creo que sabéis perfectamente a qué me refiero —murmura.

Ahora que está a pocos centímetros de mí, nos vuelvo a ver en la sala de entrenamiento, y el deseo que sentí entonces surge de nuevo. Clava sus ojos en los míos mientras las llamas de las antorchas se agitan de un lado a otro.

—No hablemos aquí, príncipe Hadrian.

—Tenéis razón.

Me coge de la mano y todas las luces que nos rodean se ponen a temblar. Mientras avanzamos con sigilo, una multitud de preguntas me cruza la mente. ¿Qué estoy haciendo? ¿Debería guardar las distancias? Sea lo que sea lo que vaya a decirme, tendré que reflexionar antes de responder. Al menos, si nos escondemos, nadie nos verá juntos. Mi corazón late al ritmo de nuestros pasos por el sombrío pavimento. La lluvia sigue cortando la negra noche y una tormenta ruge en la distancia. Me prometo que tendré mucho cuidado.

—Vayamos al saloncito —susurra el príncipe—. A esta hora no hay nadie.

Su voz es tan dulce como la miel y me contempla como si fuera una obra de arte. Posa la mano sobre el pomo de la puerta mientras, con la otra, me acaricia el brazo con delicadeza.

—Princesa, sois tan… —murmura.

El aire crepita, lleno de secretos y peligros. Me inclino hacia él, pero un ruido procedente del saloncito me deja petrificada. Reconozco de inmediato a Efia, que exclama con voz dócil:

—¡Nathair, por favor, un poco de formalidad!

Pese a que me llega amortiguada, en su voz se refleja el deseo y la sensualidad. Me llevo el dedo a los labios para indicarle a Hadrian que sea discreto. Las antorchas que hay a nuestras espaldas también me obedecen; su llama se debilita y atenúan su resplandor.

Oigo el sonido de unos besos rápidos.

—¿Por qué? ¡Pronto seréis mi mujer! —objeta Nathair.

—Aún no hemos obtenido el consentimiento de mis padres —protesta Efia, con una voz risueña que me pone la piel de gallina.

—¡No lo necesitamos! Con una de mis hermanas en el trono de Primis, pronto seremos la familia más poderosa de los reinos.

Incluso sin verlo, imagino el aire arrogante del príncipe de Kapall. La llama de las antorchas palpita, dispuesta a crecer y desatarse, como la que se agazapa en el hueco de mi vientre.

—¡No hay nada en firme, Nathair! Y además…

—Además, ¿qué? ¿Dudáis de mí? ¡Una mujer de Kapall gobernará Primis, ya está decidido! Todo esto de las celebraciones es una farsa. Pero no he venido a hablar de eso…

—¿Es que nunca tenéis suficiente? —dice, con la voz suavizada por los besos.

Una sirvienta se acerca y nos vemos obligados a ocultarnos en un rincón del pasillo, donde el silencio nos rodea como un velo pegajoso. Aprieto los puños, presa de emociones encontradas. Hadrian se acerca a mí, pero lo detengo poniéndole la mano en el pecho.

—¿Qué ha querido decir Nathair?

El rostro del príncipe se vuelve blanco como la pared.

—He descubierto que los gobernantes de Kapall están convencidos de que tienen prioridad. Al parecer, creen que se decidió mucho antes de las festividades…

—¿Y es así?

—Me temo que mi padre se ha tomado algunas libertades —admite amargamente.

Entonces ¿por qué me corteja? ¿No ve lo peligroso de la situación? ¡No es de extrañar que su padre me haya fulminado con la mirada tantas veces!

Dejo escapar un gruñido furioso, le doy la espalda y empiezo a alejarme de allí. Pronto llego a la galería abierta, donde la lluvia sigue cayendo con fuerza. Estoy tan furiosa que no me he dado cuenta de que me ha seguido.

—Por favor, Alyhia, debemos hablar.

Me mira preocupado. La admiración que había en sus ojos ha desaparecido y ahora solo hay temor.

—Decid algo… —murmura.

—¡Vuestras atenciones hacia mí no son bienvenidas! —suelto, con una amargura que no consigo ocultar.

—¡No digáis eso! ¡Creed en mi honestidad!

—¡Estáis prometido con otra! La honestidad habría requerido que me informarais de ese hecho. Y no solo a mí: ¡muchas princesas se juegan más de lo que os imagináis!

Pienso en Garance de Sciõ y en Oxanne de Jaspe, unas mujeres que ven en él redención, protección y futuro. Que no tienen alternativa.

—Creen que conseguirán imponerme su punto de vista, pero me negaré —apunta Hadrian—. Seré yo quien elija, os lo prometo. Y vos...

—¿Por esa razón me pedisteis que fuera vuestra dama de honor en la ceremonia?

Traga saliva tan sonoramente que parece a punto de ahogarse.

—A decir verdad, fue mi padre el que...

Deja la frase sin terminar, indeciso, y yo le ruego que la acabe.

—Fue él quien me pidió que os invitara a la ceremonia de las llamas.

En ese momento, caigo en la cuenta: me propuso el primer paseo a raíz de una apuesta con mi hermano, y resulta que me invitó a la ceremonia porque se lo había ordenado su padre.

—Pero os lo aseguro: mi padre no decidirá por mí —continúa diciendo—. Siempre he deseado mostrarle de qué soy capaz, y con vos quizá sea la ocasión perfecta...

—¿A qué os referís con eso?

—Es precisamente de lo que quería hablaros. Después del incendio, solo pienso en vos. Podríais haber muerto, y he comprendido que os tengo más aprecio del que imaginaba.

El corazón me late desbocado en el pecho, tan fuerte que me pregunto si no lo oirá. ¿De verdad acaba de decir lo que creo que acaba de decir? Y, de ser así, ¿qué debo hacer?

—Alyhia, sois todo lo que siempre he deseado —añade, dando un paso adelante.

Apoya su frente contra la mía mientras yo trato de calmarme

y ordenar las ideas. Las exigencias de mis padres se mezclan con los consejos de Dayena, pero el aliento cálido del príncipe sobre mi rostro es tan delicioso que soy incapaz de pensar. Me coge de la mano. Un relámpago lejano le ilumina el rostro: el ceño fruncido, en señal de preocupación; la mueca de su boca, ávida por encontrar la mía; un mechón de sus cabellos, como siempre, sobre la frente. Lo aparto con la mano, con la sensación de correr el riesgo más grande de mi vida.

—Tenéis unos ojos preciosos, Alyhia —susurra, antes de inclinarse para besarme.

Me atrevería a jurar que el cielo y la tierra desaparecen cuando nuestros labios se unen. Los suyos son como la sidra: chispeantes y llenos de vida. Mueve su mano a la parte baja de mi espalda y me atrae hacia él. Apoyo la cabeza en su torso, como la noche en la que me llevó en brazos pensando que me salvaba de las llamas. Cuando un nuevo relámpago rasga el cielo, lo aparto de mí. ¿Qué estoy haciendo?

—Marchaos...

—No, Alyhia, por favor.

—Es tarde. Os ruego que os vayáis.

Al mismo tiempo deseo que se marche y que se quede conmigo para prometerme todo eso que anhelo en lo más profundo de mi ser. Sin embargo, el príncipe ha recibido la mejor de las educaciones y se aleja con un suspiro.

—Os demostraré que mis intenciones son honestas —murmura—. Os lo prometo.

Le doy la espalda sin responderle. Unos pasos más allá, oigo que Nathair lo invita a una partida de cartas. Ha debido de cansarse de Efia y la habrá dejado tan sola como lo estoy yo. En este momento, todos los príncipes se juntan sin tan siquiera sospechar del caos que siembran a su paso. ¿Forma parte Hadrian de este tipo de príncipes destructores? ¿Puedo confiar en él? Las posibilidades se enredan como una tela de araña, lista para atraparme. Incapaz de ver con claridad el camino que he de seguir, me sumerjo a tientas en la noche.

14
Sybil de Sciõ

Estoy en mi dormitorio, peinándome, cuando Ariane me informa de que un príncipe desea verme. Es tan tarde que le pido que me lo repita, lo cual hace antes de retirarse. Me ato la trenza con la cinta de color marfil y después me visto con una sencilla túnica gris antes de dirigirme hacia la puerta de mis aposentos. Al ver a Darius de Ramil, todo sonrisas, me quedo atónita.

—Príncipe, ¿qué hacéis aquí?

Por un instante, una sombra de duda asoma a su sonrisa.

—Tengo una proposición que haceros, princesa Sybil.

Lleva un jubón de color burdeos que realza su tez bronceada. Pese a la elegancia de su atuendo, parece, como siempre, tan gentil como un comerciante en un mercado. Lo invito a entrar con un ademán de la cabeza.

—¿Deseáis acompañarme a casa del caballero Darren para nuestra habitual partida de cartas? Disculpadme que no os haya invitado antes, no sabía que teníais derecho a asistir...

Reprimo una carcajada ante su expresión avergonzada.

—No os preocupéis, aunque dudo que me divierta en una reunión de ese tipo...

—¿No os gusta jugar a las cartas?

—Sí, pero no con todo el mundo.

—Pues entonces tenéis suerte de que vaya yo —suelta, y me guiña un ojo.

Río, con franqueza esta vez, y después me obligo a reflexionar sobre su propuesta. Todos conocen las veladas entre príncipes, y no solamente por sus borracheras. En ellas también se intercambian confidencias imposibles de obtener en otro lugar.

—Muy bien, me habéis convencido.

De camino, me habla de sus visitas a las aldeas que hay alrededor del castillo. Lo hace con tal entusiasmo que sus charlas con los vendedores poco a poco se convierten en una especie de crónica burlesca. Cuando recrea al panadero y su pan demasiado hecho, mi carcajada es tan estruendosa que tengo que taparme la boca con la mano para no despertar a los curiosos. Y, aunque parezca imposible, la sonrisa de Darius se hace aún más grande.

Llegamos a los aposentos del caballero Darren muertos de risa. Este nos abre la puerta y, al verme, se queda boquiabierto.

—Y bien, ¿algún problema? —dice Darius—. ¡Es una princesa heredera!

El alcohol y el humo que saturan el ambiente me embargan de golpe. En el salón, han dispuesto unas grandes mesas de juego, a las que están sentados los príncipes. Los sirvientes dan vueltas con bandejas repletas de licores mientras que dos jóvenes interpretan una alegre melodía con los laúdes. Las llamas de las velas no dejan de agitarse con los suspiros y bufidos de los príncipes y proyectan en los muros unas sombras que, al moverse, recuerdan a los muñecos articulados de las ferias.

Distingo de inmediato al rey Kaleb, al fondo de la estancia, de espaldas al muro. A su lado está sentado Radelian de Iskör, que parece casi amical, teniendo en cuenta la frialdad de la que siempre hace gala el zafiriano. Hadrian sostiene sin mucho entusiasmo su mano de cartas con la punta de los dedos.

—Ah, no, ellos no —me susurra Darius.

Me conduce hasta la mesa de los príncipes de Kapall. «Ah, no, ellos no», pienso yo, pero ya estamos demasiado cerca como para echarnos atrás. Aunque vengan del mismo reino, los tres príncipes son tan diferentes que resultan desconcertantes. Nathair, como digno heredero, es el más elegante. Siempre va con la cabeza alta, lo que también certifica su arrogancia. Por otra parte, los reinos pueden agradecer al Fuego que Duncan no sea el

hermano mayor. Por último, el joven Fewen tiene los rasgos más finos y un comportamiento más dócil. Es el único que nos saluda respetuosamente cuando nos unimos a ellos, e incluso se forma una sonrisa en su rostro cubierto de pecas, mientras que los otros dos intercambian una mueca sarcástica.

—¿Queréis vino? —pregunta Nathair en un tono demasiado cortés y desprovisto de sinceridad.

—Me conocéis bien —exclama Darius mientras llena su copa hasta el borde.

Yo rechazo el ofrecimiento con un ademán. Jamás he probado el alcohol, ni una gota, y no pienso hacerlo en una noche en la que me rodean tantas miradas poco amistosas. Por alguna razón, Duncan suelta una carcajada y se apresura a repartir las cartas.

—¡Menuda sorpresa que una princesa se atreva a asistir a nuestras partidas! —dice, arrastrando las palabras.

En su voz se refleja un tono reprobatorio. Me aflojo ligeramente el cuello del vestido; el ambiente está tan cargado que resulta sofocante.

—¿Y quién iba a impedírmelo? —respondo desafiante.

Darius estalla en carcajadas mientras bebe otro trago, e incluso Fewen sonríe con discreción.

—Nuestros reinos son muy diferentes, ¿verdad, princesa Sybil? —interviene Nathair.

—Eso no es motivo para ser grosero —murmura Fewen, bajando la cabeza.

—Tienes razón, hermano. Juguemos.

No hay nada especialmente épico en el juego. Me doy cuenta desde el principio de que tengo una mano mediocre y, pese a los desplantes de Duncan, no me interesa ganar. Lanzo varias miradas a la mesa que tenemos detrás; Radelian y Darren ríen, mientras que Hadrian juguetea nerviosamente con la manga del jubón.

—¿Qué le pasa a ese? —pregunta Darius en voz baja.

Los tres hermanos miran hacia la otra mesa.

—Se estará preguntando cuál de mis hermanas será mejor esposa —dice Nathair, encogiéndose de hombros.

—Pobre muchacho —comenta Duncan, y se termina la copa de un trago.
—¿Creéis que ya habéis ganado? —objeto.
—Estoy convencido —responde Nathair.
—Sin embargo, hay otras princesas por las que parece sentir aprecio. Esta noche ha cenado con mi hermana, bailó con Naïa de Maorach, por no mencionar a Alyhia de Ramil...
—¡Ah, no! Mi hermana no será reina suprema, ¡os lo aseguro! —interviene Darius, ahogando un hipo.
—¿Y eso por qué? Vuestra hermana podría seducir a quien quisiera, estoy convencida.
—¿La elegiríais vos si fuerais un hombre? —bromea Duncan.
Durante un segundo, el aroma cítrico de la princesa vuelve a mi mente.
—En cualquier caso, ella no alberga interés alguno en dejar Ramil, creedme —añade Darius antes de que pueda responder—. Y a mí lo que me interesa es ¡ganar!
Juega su última carta y se lleva la victoria sin discusión.
Suspiro. ¿Por qué Nathair está tan seguro de que una de sus hermanas será la elegida? ¿Y por qué Alyhia no querría casarse con el príncipe Hadrian? Una idea me viene a la mente, aunque deben de ser imaginaciones mías. No he de confundir fantasía con realidad.
De repente, Hadrian se levanta y abandona la estancia. Los príncipes de Kapall intercambian una mirada de sorpresa y los músicos dejan de tocar.
—¡Hadrian, espera! —exclama Darren, y lo sigue hacia el pasillo.
Unos segundos más tarde, en la estancia reina el silencio.
—Nathair, ¿tú que crees? ¿Será Bédélia la afortunada? —bromea Duncan, rompiendo el silencio al cabo de unos instantes.
—Me sorprendería. Probablemente será Hisolda, u Orla...
—¿A quién elegirías tú en su lugar?
—No seas idiota —suelta Nathair.
«Algo imposible», pienso. Duncan aleja un poco la silla y

apoya las botas sobre la mesa. Me llegan los terrones de barro que se desprenden de ellas.

—Yo elegiría a Naïa de Maorach.

—Te recuerdo que tu boda está a la vuelta de la esquina —interviene Fewen.

—Mi primer matrimonio, sí —responde el otro—. ¿Y tú, hermanito? ¿Qué princesa ha captado tu interés? ¡Se diría que no te gustan las mujeres!

El príncipe más joven se endereza.

—Menos que a ti, seguro —dice entre dientes.

—Bueno, hay que cumplir con el deber. Y vos, príncipe Darius, ¿tenéis alguna preferencia?

Darius desvía su mirada hacia mí durante un breve instante, y me observa con tal intensidad que desearía que se me tragara la tierra. Me abanico con las cartas, tratando de aliviar la incomodidad que siento.

—Yo...

—¡Príncipes! —interrumpe Radelian—. ¡Mis compañeros de mesa me han abandonado, así que me uno a vosotros!

Toma asiento y, sin más dilación, empieza a charlar sobre los actos de mañana. Busco al rey Kaleb para hablar con él, pero debe de haber aprovechado la salida del príncipe para esfumarse él también.

—Voy a retirarme. ¿Deseáis quedaros? —le susurro a Darius.

Un brillo peculiar baila en sus iris.

—No, os acompaño —murmura.

Anuncia nuestra marcha a los otros príncipes, pero están tan absortos en una nueva partida que apenas nos hacen caso.

—¡Toquen, caballeros! —grita Duncan a los músicos cuando franqueamos la puerta.

En el pasillo, me envuelve por completo un intenso silencio. Caminamos uno al lado del otro, pero las risas de antes nos han abandonado. Noto que Darius se pone rígido; por primera vez, parece cohibido.

—Princesa Sybil, desearía preguntaros... —empieza con aire tímido.

Arrastra las palabras, seguramente a causa del alcohol. Temo lo que pretenda decirme, pero no puedo hacer nada por evitarlo.

—Bueno, pues... ¿Habéis...? Es decir...

—Por favor, Darius, expresaos con simpleza.

—Sí, claro, bien, allá voy: ¿habéis considerado alguna vez dejar vuestro reino? Me refiero a... ¿Sois como mi hermana, que no pretende irse de Ramil? Cuando uno quiere quedarse, el otro tiene que irse...

No he bebido nada, pero de repente me siento ebria. Llegamos ante la puerta de mis aposentos y sé que tengo que dar una respuesta. Darius ladea la cabeza, expectante.

—Creo que podría planteármelo por alguien que mereciera la pena —susurro, como en un sueño.

Rápidamente, recobro la compostura y me despido de él sin tan siquiera una reverencia. Abro la puerta, entro y vuelvo a cerrar, aunque tengo intención de salir de nuevo en cuanto Darius se haya marchado porque esta noche he descubierto algo que antes me negaba a aceptar. Si mis dudas son ciertas, la verdad retumbará como un trueno entre los dignatarios del reino.

Una vez que me he asegurado de que el príncipe ramiliano se ha ido, corro por los pasillos antes de que me abandone la determinación. Es tarde, pero necesito ver al rey Vortimer de inmediato. No hay alternativa: tengo que hacer lo que es mejor para Sciõ y para mis hermanas.

Para mi sorpresa, él mismo abre la puerta. Al parecer, está furioso, hasta el punto de que la profunda arruga que tiene entre las cejas le divide la frente. Detrás de él se encuentra el príncipe Hadrian, con la expresión de un niño al que acaban de regañar. Vortimer me interroga con la mirada.

—Necesito hablar con vos de un asunto de la mayor importancia —digo.

15
Alyhia de Ramil

Cuando me despierto el sol brilla con tal fuerza que tengo que taparme los ojos con la mano. Miro por la ventana y constato que no hay ni una sola nube en el horizonte. Albergaba la esperanza de que los actos del día quedaran anulados para poder reflexionar sobre mis siguientes pasos, pero no será así. Con un suspiro, me levanto y dejo que Dayena me prepare en silencio para el gran pícnic.

Cuando llego al patio central, la gran mayoría de los invitados ya se han instalado bajo unas tiendas que nos protegen del sol. Unos narcisos amarillos lucen sobre las mesas vestidas con manteles blancos y en el aire flota el aroma del vino caliente y del azúcar moreno. Las personalidades me saludan con cortesía y me felicitan por mi rápida recuperación. Mientras trato de librarme de un caballero que no deja de llamarme la Milagrosa, distingo al príncipe. Nuestras miradas se cruzan, y tengo la sensación simultánea de flotar y de hundirme en un pozo sin fondo. La culpa me invade, puesto que debería haber sido más clara con él ayer por la noche. Debería haberle dicho que lo nuestro no era posible. Porque no lo es, ¿verdad?

—Parecéis turbada —comenta Sybil cuando me uno a ella—. ¿Alguna razón en particular?

—Hace demasiado calor —miento.

Unos músicos suben a una tarima e interpretan una alegre melodía que debería poner a todo el mundo de buen humor. Mis hermanas devoran unas manzanas con miel, mientras Ysolte y Garance se ríen de un chiste que acaba de contar mi hermano.

A pesar de este ambiente idílico, tengo la impresión de que algo va mal, como si, en cualquier momento, alguien fuese a quitar el velo que revelara la horrible verdad que se esconde tras esta escena.

—Darius es siempre tan simpático... —murmura Sybil para sus adentros.

Me invade una extraña sensación cuando me doy cuenta de que no ha utilizado la palabra «príncipe».

—Sabed que puede ser agotador.

—¿De verdad? —pregunta, mirándome fijamente.

—No sé... Puede que yo no tenga sentido del humor.

—¡Eso sí que no es cierto!

La verdad es que una parte oscura de mí no puede soportar imaginarla con mi hermano. No quiero que renuncie a su trono. A diferencia de ella, yo no tuve opción de reinar, y quiero que se aferre a esa oportunidad.

Me da un vuelco el corazón cuando reparo en que la posibilidad de convertirme en reina no es tan remota. Hadrian, tan encantador como siempre con su atuendo gris perfectamente entallado, está conversando con mi padre. Por lo interesado que parece este último en la conversación, sé que no están hablando de mí; de lo contrario, se mostraría más preocupado. Me gustaría dar rienda suelta a mis fantasías, pero una sombra parece acecharme, lista para aparecer.

Voy a servirme algo de beber y tengo la sensación de que todos a mi alrededor se han contagiado de mi malestar. Aunque al llegar no lo había notado, el aire vibra con el frenesí de los secretos y las murmuraciones. Orla de Kapall susurra al oído de su hermana Ornola mientras el rey Gildas de Jaspe parece aún más altivo que de costumbre. Detrás de la mesa de las bebidas, las princesas Oxanne e Hisolda charlan animadamente. Doy unos pasos para tratar de oír lo que dicen.

—¿Estás segura? —pregunta Oxanne con aire preocupado.

—Mi doncella jura que se han besado.

Me bebo el vino de un trago, esperando desaparecer detrás de la copa.

—Si es verdad, ¡eso lo cambia todo! Pero ¿cómo podemos averiguarlo?

Los ojos de Oxanne se clavan de repente en mí con tal intensidad que creo que voy a desmayarme.

—¡Princesa Alyhia! ¡Venid! ¡Acompañadnos!

Me uno a ellas, rezando para que se abra un agujero en el suelo y la tierra me trague. Para evitar mirarlas a los ojos, me concentro en la gran piedra de Oxanne, tan impresionante como siempre.

—¡Hisolda me ha contado una historia increíble! —dice.

—Ah, ¿sí?

—¡Sí! ¡Anoche su doncella vio al príncipe besándose con alguien!

Me limito a fingir sorpresa, sin entender por qué no ha mencionado mi nombre.

—Sí, pero la muy tonta no vio con quién, a causa de la lluvia —añade Hisolda—. Me he pasado toda la noche interrogándola, y no ha habido manera.

El corazón vuelve a latirme con más calma.

—Por cierto, ¿dónde estuvisteis anoche? —pregunta Oxanne, cruzándose de brazos.

Las dos me observan, listas para abalanzarse sobre mí.

—Me quedé con mi doncella. Sabed que, desde el incendio, prefiero pasar las noches en mis aposentos.

Asienten, complacidas al saber que no soy yo la que ha cometido la falta. Nathair se acerca a nosotras con paso decidido.

—El príncipe cenó ayer con la princesa Garance —informa a su hermana.

Me fulmina con la mirada, como si pudiera hacerme desaparecer si quisiera.

—¿De verdad? ¡Pero si no había ninguna señal de cercanía entre ellos! —protesta la princesa de Kapall.

—Vieron juntos los juegos —argumenta Nathair—. ¡Y han bailado varias veces!

Debería decir algo, defender a Garance para que no se convierta en la enemiga de todas estas familias soberanas, pero se me forma un nudo en la garganta. Mis mejillas se sonrojan de vergüenza porque sé que no haré nada.

—No te preocupes, Hisolda. Al fin y al cabo, solo es un beso —la tranquiliza Oxanne.

—No os equivoquéis, princesa —replica Nathair—. Esta mañana, uno de nuestros dignatarios ha oído por casualidad una conversación: el príncipe ha anunciado su elección a su padre. Y, por lo que ha dicho, Vortimer no estaba nada contento.

—Entonces ¡es verdad! ¿Cómo iba a alegrarse de una unión con las Regnantes! —exclama Hisolda horrorizada.

Aunque Oxanne guarda silencio, sé que por dentro llora la muerte de sus grandiosos planes. Incluso ella, más madura que las de Kapall, no puede evitar dirigir una mirada glacial a la heredera de Sciõ. Debería actuar, pero sigo petrificada por la revelación de Nathair. ¿Por qué ha hablado Hadrian con su padre sin comentarlo antes conmigo? Es tan poco realista que dudo de que sea yo, y no llego a saber si lo prefiero o no.

Cuando poso los ojos en los de mi madre, me siento desfallecer y rápidamente me dirijo entre tambaleos a tomar asiento.

—Vaya, hermanita, ¿no te encuentras bien? —me pregunta Darius, acercándose—. ¿Fue la cena del otro día?

Ante mi silencio, se agacha y me observa atentamente.

—Creo que me he metido en un buen lío, Darius.

Me agarra del brazo, obligándome a levantarme, y me conduce al interior del castillo. Allí, en un pasillo desierto, me ordena que se lo cuente todo, cosa que hago sin vacilar. Cuando he terminado, el tiempo se detiene durante unos instantes, como si mantuviéramos el equilibrio sobre una cuerda que está a punto de romperse.

—Bueno, no haremos nada hasta saber con certeza que se trata de ti. ¿Estás segura de que el beso significó lo mismo para él?

—Temo que significara aún más para el príncipe...

Su aire jovial se esfuma, algo tan poco usual que tengo la impresión de que el mundo acaba de sufrir un vuelco incomprensible.

—Muy bien, entonces estamos ante una situación delicada —continúa—. Tenemos que hacer todo lo posible para confirmar la versión que circula de boca en boca. Garance estaba con él y es a ella a quien besó. Eso te concede tiempo para impedir que se te declare, y nadie se enterará de nada, sobre todo madre.

Guardo silencio un momento, lo suficiente para que se dé cuenta de mis dudas.

—¿Alyhia? ¿Qué ocurre?

Aunque las piernas me flojean, mis labios son incapaces de contener la verdad.

—No... No estoy segura de querer rechazar su petición.

—¿Cómo?

No puedo repetirlo y no necesito hacerlo. No es necesario. Mi hermano, desolado, se lleva las manos al rostro y, acto seguido, me empuja contra la pared y me habla con más seriedad que nunca.

—Alyhia, no, ¡es una locura! ¿Me oyes? Padre y madre tienen razón. Diviértete tanto como quieras, pero ¡no juegues con algo tan serio! Además, te conozco; te cansarás de él en un par de semanas. No puedes arriesgar tanto por un capricho.

—¡Y qué sabrás tú!

—Lo que sí sé, hermanita, es que eres fuerte, impresionante, pero también egoísta, vanidosa y colérica. Te lo ruego, ¡no nos hagas pagar caros tus errores!

Me cuesta respirar, y sé que tiene razón. Dayena siempre me ha dicho que tengo tantos defectos como cualidades, tanta oscuridad como luz. No quiero que mis tinieblas aniquilen el destino de toda mi familia.

—Prométeme que no tomarás ninguna decisión precipitada, ¿de acuerdo? —añade Darius en un tono más dulce.

—Te lo prometo.

—De acuerdo. Y, por lo demás, sigamos con mi plan. La princesa Garance estuvo con él, eso es todo lo que sabemos. Y ni una palabra a las Regnantes, ¿entendido?

Asiento a regañadientes, y él me coge del brazo para llevarme de vuelta al patio, donde se han formado unos corrillos. Las Regnantes están en el centro, aisladas del resto. Solo Hadrian parece no darse cuenta de la gran agitación que sacude a los asistentes. Se mueve de un grupo a otro, todo sonrisas. Cuando llega al de las Regnantes y saluda a la princesa Garance, percibo el resentimiento de la corte en cada fibra de mi cuerpo. Cabizbaja, me siento a la mesa sin decir palabra.

Paso la comida bebiendo, mirando de vez en cuando a Hadrian, que parece estar de muy buen humor. Entre un sorbo y otro, intento reflexionar sobre qué hacer a continuación, pero mis pensamientos se confunden. ¿Qué le digo si se me declara esta noche? ¿Qué quiero decirle? ¿Podría aceptar su propuesta, oponiéndome al consejo de mi familia y de toda razón?

Cuando termina la comida, ya avanzada la tarde, el rey Cormag exige una entrevista con Vortimer y, mientras entran juntos en el castillo, el miedo me hiela la sangre. Siento unas náuseas repentinas y me escabullo con la excusa de prepararme para el gran baile que se celebrará esta noche. Una vez en mi habitación, no dejo de pasearme arriba y abajo, tratando de controlar el pánico. Dayena me observa un momento y, sin pronunciar palabra, me prepara un baño. En la bañera, meto la cabeza bajo el agua y la imagen borrosa que aparece ante mí me recuerda con crueldad mi propia situación. Tras varios minutos, Dayena se atreve por fin a decir algo.

—¿Queréis contármelo?

—¿Lo sabes ya?

Ella asiente lentamente con la cabeza.

—¿Y qué te parece?

Vierte en la bañera un aceite de cítricos con propiedades calmantes. Por desgracia, ningún remedio es lo suficientemente fuerte como para arreglar la situación.

—Sabía que le gustaríais —murmura—. Pero no pensaba que él a vos también.

—¿Qué debo hacer?

Se arrodilla y posa su mano en mi hombro.

—Creo que tenéis que ser vos quien decida vuestra propia vida —declara con voz temblorosa y llena de ternura.

Le agarro la mano y mi mirada se desvía hacia la chimenea.

—Pero el fuego...

Soy incapaz de terminar la frase. Aunque hago todo lo que puedo por controlarlo, el fuego sigue siendo un peligro. Dayena me tiende un paño y me insta a salir de la bañera.

—A mí la magia no me da miedo. Quizá el príncipe Hadrian sea tan valiente como yo.

Abandono los convencionalismos y le doy un abrazo.

—Si aceptáis, me quedaré con vos —susurra en mi oído.

Contengo las lágrimas. Con más dulzura que de costumbre, desliza un vestido rojo de tafetán de manga larga sobre mi cuerpo y me recoge el pelo en un moño apretado. Nada de kohl en los ojos, y sé por qué: aunque no me reconozco, este atuendo debería agradar al rey Vortimer y a la reina Alayne.

La asamblea parece más tranquila cuando llego al salón de baile. La determinación ha seguido a la sorpresa: todos parecen creer que la situación puede cambiar. Cuando el príncipe hace su entrada, en el ambiente se percibe una mezcla de resentimiento y esperanza. Confío en que Hadrian haya sido discreto, porque no podría soportar que se supiera que soy la elegida.

A medida que avanza la velada, lo noto más distante. Su padre me mira con desdén y sospecho que deben de haber tenido una charla en la que le ha ordenado que se mantenga alejado de mí esta noche por razones de decoro. Aunque lo entiendo, la idea me provoca una extraña sensación de ansiedad. Cuando dan comienzo los bailes, Hadrian invita en primer lugar a Bédélia, bajo la mirada satisfecha de los gobernantes de Kapall, y, por extraño que parezca, Nathair se acerca a la princesa Garance. Se me revuelven las entrañas, como si me acabaran de dar un puñetazo. No sé qué está ocurriendo, pero se me escapa algo. Me apresuro a llegar junto a Sybil.

—¿Por qué dejáis que Garance baile con Nathair?

Un destello de sorpresa aparece en sus ojos.

—Es solo un baile, Alyhia. No nos llevamos bien con los príncipes de Kapall, pero podemos bailar con ellos.
—Pero...
—Princesa Sybil, ¿aceptaríais bailar conmigo? —dice Darius, extendiendo una mano hacia ella.
Ella la toma, y ambos se alejan. Durante un momento, observo cómo bailan Nathair y Garance, y no sé qué pensar. Al verla entre sus brazos, tengo la desagradable sensación de que parece una muñeca de trapo. Cojo otra copa para calmar los nervios y me acerco a mi madre.
—Me advertiste de que los príncipes de Kapall eran capaces de cosas terribles... ¿A qué te referías exactamente?
Mi madre clava sus ojos en los míos con una expresión peculiar que nunca le había visto.
—Me refería a que son capaces de cualquier cosa con tal de lograr su objetivo. ¿Por qué me lo preguntas?
Me gustaría pedirle consejo, pero no puedo decirle la verdad. Su ira ahogaría mis palabras tan rápido como si apagara una vela. Igual que siempre.
—Por nada...

A medida que avanza la noche, Sybil permanece al lado de mi hermano y yo me quedo en un segundo plano. Garance pasa mucho tiempo con el príncipe Nathair, que muestra un claro interés en ella. Quizá solo trate de confirmar la elección de Hadrian, ya que estoy segura de que el rey Vortimer no ha desvelado el nombre de la escogida después de su conversación con Cormag. Si así fuera, las miradas de odio que le dedica la familia de Kapall a Garance irían dirigidas a mí.
—Princesa Alyhia, ¡cuánto tiempo sin veros! —exclama una voz a mis espaldas.
Estoy tan turbada que ni siquiera reconozco al caballero Darren, tan despreocupado e informal como siempre.
—¿Cómo ha ido vuestro viaje? —pregunto, sin mucho interés.

—Aunque fue muy instructivo, debo admitir que no me divertí demasiado. El reino de Sciõ no tiene mucho que ofrecer, aparte de su gran biblioteca.

—¿Estabais en Sciõ? ¿Cuándo habéis regresado?

—Oh, hace unos días, pero mis ocupaciones me han privado de participar en los festejos. Ya sabéis que haría cualquier cosa por mi reino.

«Haría cualquier cosa por mi reino». Estas palabras empiezan a darme vueltas en la mente y por fin reconozco la voz de la persona que hablaba con el rey Vortimer en el estudio. Era Darren, y lo que eso implica me provoca náuseas. Mientras busco una respuesta, Darren se marcha. Me quedo inmóvil, incapaz de comprender qué ocurre.

—Princesa Alyhia… —susurra una voz que reconozco como la de Efia.

Está a cierta distancia, fingiendo observar un cuadro, pero lo suficientemente cerca para que pueda oírla.

—Tened cuidado —dice rápidamente—. No todos los que os rodean son aliados.

Antes de que pueda responder, se aleja. Con el corazón desbocado, miro a mi alrededor, tratando de encontrarle sentido a sus palabras. Pero ¿de verdad puedo confiar en ella? Y, si lo hago, ¿quién de los que me rodean constituye una amenaza? No albergo duda alguna sobre los miembros de mi familia, pero quizá Efia no se refiera a ellos. ¿Se tratará de las Regnantes?

Llamo con un ademán a mi hermano, ansiosa por compartir mis miedos, pero Darius me rechaza con un gesto, negándose a alejarse de Sybil. Me siento perdida, y el vino que he tomado era demasiado fuerte. Cuando regresan las náuseas, abandono el baile y me encamino hacia mi dormitorio, donde me desplomo sobre el colchón con las ideas nebulosas.

16
Alyhia de Ramil

Me despierto con la sensación de que una bruma me ha invadido el cerebro. Ya debe de ser tarde, pero no puedo asegurarlo porque unas nubes espesas cubren el cielo. En el suelo se encuentra el vestido que me he quitado a toda prisa antes de acurrucarme en la cama. Las imágenes de la víspera regresan poco a poco a mi mente, pero las ahuyento. Tengo la boca muy pastosa, como si hubiese pasado muchos días en el desierto.

Me levanto y me miro en el espejo de metal pulido, que me devuelve la imagen de una joven desaliñada. Tengo el pelo enredado, la tez pálida y, por lo que dicen unos moratones en mis rodillas, me he caído de camino a mis aposentos.

—Deberíais salir a tomar el aire —me aconseja Dayena.

No encuentro las fuerzas para negarme. Dejo que me vista con un sencillo atuendo marrón y que me haga un moño, y salgo de la estancia. Durante unos instantes, me devano los sesos tratando de recordar los actos programados para hoy, pero cada pensamiento parece arañarme y desmenuzarme el cerebro.

Cuando llego al patio central, el viento me azota el rostro. Doy varios pasos y estoy a punto de desmayarme. Sin embargo, Dayena tenía razón: el aire fresco me sienta bien. Me cruzo con las princesas Orla y Ornola de Kapall, que me miran con una expresión peculiar.

—¿Crees que deberíamos decírselo? —susurra Orla a su hermana.

—Ni hablar, ¡es amiga suya!

Una pizca de inquietud gotea en mis entrañas y se expande

por todo mi ser como tinta vertida sobre el agua. Me dispongo a dirigirme al bosque cuando veo a Darius, que sale del castillo. El corazón me da un vuelco al contemplar su expresión preocupada.

—¡Alyhia! Te he estado buscando por todas partes. Ha ocurrido algo...

—¿El qué?

—Corren rumores... No sé si es cierto, pero dicen que el príncipe Nathair y la princesa Garance se han... —balbucea, buscando las palabras.

—¡Dilo sin más, Darius!

Mira a lo lejos, tratando de infundirse valor.

—Que se han acostado.

Se me cierra el estómago mientras trato de asimilar la noticia. Durante unos segundos, ambos somos incapaces de articular palabra.

—Yo tampoco lo comprendo. Me parece... —balbucea al cabo de un rato, negando con la cabeza.

—... imposible —termino por él con voz glacial.

Me alejo en silencio y regreso con grandes zancadas al castillo, donde, abandonando el decoro, empiezo a correr por las galerías. La princesa Garance no se ha acostado con Nathair. Son mentiras, y la verdad que intuyo hace que se me retuerzan las entrañas. Empapada en sudor, llego a los aposentos de las Regnantes y abro la puerta sin esperar a los criados.

La reina Éléonore está sentada en un gran sillón cerca del fuego, cabizbaja pero con una clara expresión resuelta en el rostro. Sybil está en pie tras ella, con el rostro lívido y los ojos vidriosos. En cuanto llego, la princesa Ysolte sale llorando del pasillo que da a los dormitorios.

—¡Sybil! ¡Ysolte! —exclamo—. Me he enterado de que... Me han dicho que...

—¿Qué os han dicho, princesa Alyhia? —pregunta la reina, que ha reconocido mi voz.

Niego categóricamente con la cabeza.

—Soy incapaz de repetirlo.

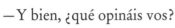

—Y bien, ¿qué opináis vos?

—¡Que son mentiras! ¡Es imposible! Pero, si no es cierto, ¿qué ha ocurrido?

Sybil cierra los ojos con expresión dolida mientras Ysolte rompe a llorar de nuevo. Comprendo lo que ha pasado, pero estoy estupefacta y soy incapaz de creerlo.

—El príncipe Nathair ha violado a Garance —suelta la reina en tono tranquilo.

De mis labios sale una exclamación de dolor, e Ysolte se desploma en una silla, conmocionada y llorando desconsoladamente. Sybil sigue en pie, con la mirada perdida. Empiezo a pasearme por la estancia, tratando de contener lo que siento.

—¡Debemos avisar al rey…, a todo el mundo! ¡Nathair es un monstruo! ¡Hay que delatarlo!

—Nadie nos creerá.

—¿Por qué?

—Porque las Regnantes son conocidas por no dar importancia a su virginidad. Todos saben que el príncipe Nathair cortejaba a Efia. Dirá que Garance lo sedujo y que él cedió. Todo el mundo preferirá creer que es una seductora. Sin ir más lejos, la historia del beso con el príncipe…

—Pero ¡no fue ella!

—Eso no importa, ya se han formado una idea de su personalidad que no podemos borrar.

—Además, Garance no desea que hagamos nada —añade la reina Éléonore.

—¡Es lógico, está conmocionada! Pero ¡esta fechoría no puede quedar impune!

Sybil se acerca a mí.

—Anoche Garance perdió una parte de sí, que no recuperará jamás. Lo mínimo que podemos hacer es respetar sus deseos —me dice con rotundidad.

Ysolte sale corriendo para refugiarse en su dormitorio.

—¿Por qué? —pregunto horrorizada—. ¿Por qué ha hecho eso Nathair?

Sybil, en un mar de lágrimas, es incapaz de contestarme. La reina Éléonore toma la palabra.

—Ha pensado que el príncipe Hadrian la había escogido como esposa. Deseaba arruinar sus opciones, mostrándola como una mujer frívola.

—Y eso que yo misma previne al rey Vortimer —añade Sybil—. Le revelé mis miedos sobre los príncipes de Kapall y su certeza de que Hadrian elegiría a una de sus hermanas. Le quitó hierro al asunto, asegurándome que no había nada decidido. Ahora me doy cuenta de que mentía.

Me dejo caer en una silla, tratando de controlar la respiración, que sale de mí como si un gigante me comprimiera la caja torácica. Un silencio sepulcral invade la estancia mientras Garance sigue en su habitación. La reina se retira sin añadir nada más, y Sybil y yo nos quedamos a solas. La culpa me asalta poco a poco, como si fuera una humareda insoportable que me nubla la vista. El príncipe Nathair se ha comportado de este modo porque creía que Garance se había comprometido con el príncipe. Pero no era ella, sino yo. Debería haberles dicho la verdad ayer. Debería haber prevenido a las Regnantes. Sybil se sienta en el sillón y yo me lanzo a sus pies.

—Sybil, es culpa mía. ¡Todo es culpa mía!

Esta abre los ojos sorprendida.

—¡Fui yo! Yo besé al príncipe, y no dije nada cuando todo el mundo aseguró que había sido Garance. Y tampoco hablé ayer, ¡y eso que sabía lo que pensaban! Si os hubiera advertido, si hubiese dicho la verdad…

Me pongo a llorar, incapaz de seguir. Sybil posa su mano en mi mejilla. Su gesto es dulce y firme a partes iguales.

—No es culpa vuestra.

—¡Claro que lo es! ¿Cómo he podido poneros en peligro? ¡Sybil, perdonadme!

—¡No es culpa tuya, Alyhia! —repite, esta vez más fuerte y tuteándome.

Se arrodilla ante mí y me mira. Soy incapaz de articular palabra.

—Solo hay un culpable en esta historia, un único responsable

de la angustia de mi hermana y de mi familia. Todos quieren que nos sintamos culpables, pero solo hay un abusador, un hombre que ha..., que ha violado a mi hermana.

Las lágrimas resbalan por mis mejillas cuando me acerco a ella y la abrazo. Permanecemos así varios minutos, llorando desconsoladamente. Cuando recupera la compostura, se despide de mí y se retira a descansar.

Abandono los aposentos de las Regnantes y me apresuro a llegar a mi dormitorio lo antes posible, pero, al final del pasillo, veo al rey Cormag acompañado de sus hijas, que charlan animadamente sin ningún tipo de decoro, como si estuvieran en su casa. Busco refugio en el saloncito, donde me asomo a la ventana y tomo aliento, tratando de calmarme. Un ruido a mis espaldas me advierte de que no estoy sola.

—Princesa Efia.

Está sentada en un sillón, con las manos juntas y una expresión peculiar en el rostro. Tengo la impresión de que no piensa dirigirme la palabra y me dispongo a salir de la estancia.

—Guardaos el discursito, por favor, princesa Alyhia —suelta de repente con brusquedad.

Una semilla amarga parece echar raíces en mí.

—¿Qué discursito?

Efia baja la mirada y titubea. Aunque contrae el rostro, le tiemblan ligeramente las manos.

—Acerca del príncipe Nathair.

La mera mención de su nombre me provoca una ola de rabia en el pecho.

—No tengo nada que decir sobre ese hombre.

—Mejor, porque vuestra amiga lo manipuló.

Aprieto tanto los puños que me tiemblan los brazos. Me gustaría gritar, pero no tengo fuerzas. En cambio, me arrodillo a su lado, igual que hago a veces con mis hermanas.

—Pero ¿acaso no veis que eso es mentira?

En su mirada asoma un destello de duda, que desaparece al instante.

—No puedo creerlo.

—¡No queréis creerlo, mejor dicho! Efia, ¿no comprendéis lo que ocurre? Os habéis juntado con una familia que lo destruye todo a su paso. Nathair no es un buen hombre, solo piensa en sí mismo, solo...

—No lo conocéis como yo —me corta secamente.

Sus rasgos, que antes eran los de una amiga, ahora me parecen poco definidos, como si estuviera detrás de un velo de niebla. Es en este momento cuando me doy cuenta de que no podré convencerla. Deberá descubrir la verdad por sí misma, por mucho que le cueste.

—Espero que no os arrepintáis de vuestra elección —le digo, alejándome.

Ya en la puerta, me vuelvo una última vez.

—¿Contra quién tratabais de prevenirme en el baile?

Sus ojos se humedecen y vuelven a temblarle las manos.

—Se consigue mucha información escuchando tras las puertas de este castillo. Si valoráis vuestra vida, deberíais iros de aquí de inmediato.

Justo cuando voy a pedirle que me lo aclare, Nathair aparece en el umbral de la puerta. Efia se pone en pie de un brinco, como un animal acorralado. Él le ordena que lo siga y yo me quedo petrificada mientras ambos se alejan por el pasillo.

Debería regresar a mi habitación, pero no lo hago. La injusticia me oprime el pecho y me dirijo con grandes pasos hasta el ala de la familia real. De camino, hago de tripas corazón, pues necesitaré ser valiente. Aunque no puedo decirle la verdad a Hadrian, debo hablarle. Quizá podría hacerle ver que Nathair no es como él cree. Tal vez podría hablarle del dolor que ha sembrado a su paso. Y, después, tendré que rechazar su propuesta. Por mucho que lo desee con todo mi ser, no puedo poner a mi familia en peligro. Ante la puerta de sus aposentos, anuncio a los guardias que deseo hablar con el príncipe.

Intercambian una mirada perpleja y uno de ellos va a informar al heredero. Tras un buen rato esperando, cuando regresa,

no lo acompaña el príncipe, sino la reina Alayne, con su actitud de soberana y aire glacial de siempre.
—¿Qué queréis? —dice sin tan siquiera saludarme.
Aunque no es mucho más alta que yo, parece sacarme varios metros.
—Me gustaría hablar con el príncipe Hadrian. Es importante.
La reina inclina la cabeza y me fulmina con sus ojos azules. Son iguales que los de su hijo, pero llenos de desprecio.
—Es imposible.
Da un paso hacia mí, y yo retrocedo. Distingo movimiento a sus espaldas y, por un instante, albergo la esperanza de que sea él. Sin embargo, ella se queda en pie ante mí, entorpeciendo mi visión.
—Es imposible, princesa Alyhia. Os pido que os marchéis.
Esta vez, su tono me hace enfurecer.
—¿Cómo osáis hablarme…?
—Escuchadme bien —me interrumpe descortésmente—. ¡El príncipe no os recibirá, y yo os ordeno que regreséis a vuestros aposentos!
Me quedo sin aliento. Se acerca aún más, con el rostro ensombrecido por una agresividad que no comprendo.
—Y dad una cosa por segura: jamás os casaréis con mi hijo.

17
Alyhia de Ramil

Siento que la situación se me escapa como arena entre los dedos. ¿Por qué la reina Alayne se permite hablarme así? Y ¿qué ocurre con Hadrian? Recorro las galerías del castillo a toda prisa en busca de aire. Encuentro refugio en el patio central, donde trato de calmar los latidos de mi corazón. Sigue haciendo mal tiempo, y sospecho que pasarán días antes de que volvamos a ver el sol. Pese a que unas ligeras gotas de lluvia caen sobre la hierba, doy un paso adelante. Sigo dándole vueltas al asunto, pero no encuentro solución. La advertencia de Efia me ha dejado un sabor rancio en la boca. Debo hablar con mis padres sin falta y contárselo todo.

—¿Os gusta la lluvia?

Me percato de que me ha seguido Radelian de Iskör. Esta en pie, con un atuendo negro y dorado que se ciñe a cada detalle de su cuerpo. Tardo un instante en responder.

—Prefiero el sol del desierto.

—Qué pena —comenta, mirándome con sus ojos casi translúcidos antes de encogerse de hombros.

No comprendo qué quiere decir con eso, aunque tampoco me apetece conversar con un hombre de esas tierras. Le hago una reverencia y regreso al interior sin añadir ni una palabra más.

En un pasillo, me topo cara a cara con la última persona del mundo a la que deseo ver. El príncipe heredero de Kapall está apoyado contra la pared, con una ligera sonrisa de despreocupación flotando en sus labios demasiado finos.

—¡Princesa Alyhia, qué placer veros!

Trato de dar media vuelta y rehuir su presencia, pero él me agarra del brazo, inmovilizándome y lanzando unas descargas que van desde su mano hasta mi nuca.

—¿No me saludáis? ¡Menuda grosería!

—No tengo nada que deciros.

Al sentir su aliento en mi cuello se me hiela la sangre. Me retuerzo, tratando de zafarme como un animal herido, pero él me arrastra a un lado.

—Sé que erais vos. La elegida por el príncipe —escupe, acorralándome contra la pared—. Me lo ha dicho la reina Alayne. ¡Creedme, haréis bien en rechazarlo si ese idiota persiste en su locura!

¿Cómo puede asustarme tanto una persona que no debería inspirarme más que desprecio? Miro a mi alrededor, pero el pasillo está desierto. Las velas iluminan su rostro con un resplandor siniestro.

—Soltadme —le ordeno, tratando de mantener la calma.

Él me lanza una mirada desdeñosa y me agarra del brazo con más fuerza.

—Y pensar que habéis permitido que castigaran a vuestra amiga Garance en vuestro lugar...

Sus palabras me cortan la respiración igual que lo haría un puñetazo en el estómago. Trato de zafarme, pero no hay manera. Al ver que no hay escapatoria, me acerco a su rostro y, con todas las fuerzas que me quedan, digo:

—No es culpa mía. Sois vos el que la habéis...

Las palabras se me quedan trabadas en la garganta. Las Regnantes dicen que es esencial llamar a las cosas por su nombre, que es la manera de que la culpa recaiga en el único responsable. Pienso en Sybil y eso me infunde el coraje que me falta.

—Sois vos el que la habéis violado.

La palabra me da arcadas, pero también fuerza. Nathair ha violado a Garance, y lo odio. Me saca de quicio que me esté tocando siquiera.

—¡Y, ahora, soltadme! —grito.

Aunque titubea, su mirada se endurece. Me coge del cuello y me separa del muro para placarme contra una columna. El ángulo de la piedra se me clava en la espalda y suelto un grito. Sus labios se deforman en una mueca de rabia.

—Lo haré cuando me apetezca —escupe, cubriéndome de salpicaduras.

De repente, oigo unos susurros. Miro alrededor para ver de dónde proceden, pero en el pasillo no hay nadie. Trato de empujarlo de nuevo, pero es en vano.

—Es difícil haceros la valiente en esta posición, ¿verdad?

Los murmullos se intensifican y al fin comprendo su procedencia. Las llamas de las antorchas se agitan, temblorosas. Me invocan, exhortándome a emplearlas. No lo dudo ni un segundo e, invadida por el pánico, aspiro la fuerza del fuego. Todas las antorchas se apagan de golpe.

—¿Qué está...?

Lo empujo con todas mis fuerzas y cae al suelo. Su cabeza impacta contra las losas de piedra y, desconcertado, parpadea. Me subo encima de él a horcajadas, con un tornado en el vientre.

—¡Podría matarte!

Parece asustado, y no le faltan motivos. En un instante, podría quemarle la piel y hacer desaparecer al príncipe heredero de Kapall. Siento en las manos unas poderosas olas que no puedo retener.

—Pequeño miserable...

—¡Alyhia! —me interrumpe una voz a mis espaldas.

Me pongo en pie rápidamente mientras mi hermano me agarra del brazo por el codo.

—¡Sígueme! ¡De inmediato!

En nuestra huida, pasamos ante Efia, que, al ver a Nathair, se abalanza alarmada sobre él. Me lanza una mirada de soslayo y yo bajo los ojos para disimular las llamas que en ellos se desatan. Mientras Darius me conduce por el pasillo, rezo para que la princesa no haya visto nada.

—¡Alyhia, cálmate! ¡Retoma el control!

Darius me envuelve el rostro con las manos. Me tiembla todo el cuerpo y no llego a dominarme. Rozo un tapiz y se inflama al instante. Darius lo tira al suelo y lo patea antes de que las llamas lleguen a propagarse.

—¿Qué ocurre? —pregunta Sybil, avanzando hacia nosotros desde el otro extremo del pasillo.

—¡Tenemos que proteger a mi hermana!

Sin más dilación, nos conduce hacia sus aposentos, pese a que el fuego aún grita en mis oídos. Cuando llegamos a las estancias de las Regnantes, me obligo a inspirar profundamente. Horrorizada, me doy cuenta de que podría destruirlo todo a mi alrededor.

—¡Hay que apagar el fuego! —grita mi hermano al ver las llamas en la chimenea.

Sybil obedece y después se hace a un lado mientras mi hermano me habla en voz baja, tratando de calmarme. Ya lo hacía cuando éramos pequeños. Al parecer, también lo hizo aquí, diez años atrás, cuando provoqué un incendio en el dormitorio que compartíamos.

Me obligo a murmurar más fuerte que el fuego. Podría lastimar a mi hermano mellizo, a Sybil, destruir a mi familia. Podría aniquilarlo todo. Me concentro para que las llamas retrocedan en mi interior, para devolverlas al hueco de mis entrañas y hacerlas desaparecer. Aunque cada fragmento de poder que se evapora me arranca un grito de dolor, me obligo a continuar.

Después de un buen rato, consigo dominarlo. Pese a que me siento como si me hubieran amputado un miembro, soy inofensiva. Poco a poco recupero la consciencia de lo que sucede a mi alrededor. Mi hermano está en pie, a varios metros de mí, con los brazos colgando a ambos lados del cuerpo y observándome, considerando mi estado. Las lágrimas le perlan los ojos como si fuera un niño asustado.

—Gracias —murmuro.

Darius comprende que el peligro ha pasado y me besa la frente. Justo en ese momento, ambos nos damos cuenta de que los ojos inteligentes de Sybil nos están escrutando.

—Eres una apire —dice en voz baja.

Como siempre, se limita a manifestar un hecho. Asiento lentamente.

—Tu secreto está a salvo —susurra con dulzura.

—Yo no estaría tan segura —suelta una voz.

Garance está en pie, apoyada en el umbral de la puerta. Aunque da un paso atrás al percibir una presencia masculina, se relaja cuando ve que se trata de Darius. Lleva un camisón y tiene unas marcadas ojeras. Pese a ello, parece aún más joven que antes, más vulnerable.

—¿A qué te refieres?

Al parecer, la princesa reúne el valor necesario.

—Cuando yo estaba... Anoche, Nathair...

Al pronunciar su nombre, sufre un mareo y debe agarrarse a una silla para mantener el equilibrio. Tengo la impresión de que podría derrumbarse allí mismo, ante nuestros ojos.

—... dijo que Vortimer se oponía a la elección de su hijo porque la elegida estaba corrompida, pero que, aun así, quería asegurarse de que no iba a ser rival para sus hermanas. —Pese a que su mirada se nubla, continúa—: Él cree que el rey hablaba de mí, pero ¿tal vez se refería a vos?

Sybil me coge de las manos.

—¿Crees que se refería a esto? —pregunta.

Pienso a toda velocidad.

—«Corrompida» —repito—. ¡No puede ser! Tengo otra idea...

En ese instante, una doncella entra en la estancia y, con una voz llena de temor, nos anuncia que los guardias me esperan en el pasillo.

—Sé fuerte, Alyhia —murmura Darius, abrazándome.

Tras mirar a mi hermano y a mis amigas, me dirijo cabizbaja hacia el pasillo, donde los guardias me informan de que Vortimer requiere mi presencia de inmediato. Antes de seguirlos sin protestar, junto las manos para evitar que me tiemblen.

Cuando llegamos a la cámara del consejo, finjo una fachada de serenidad que puede venirse abajo en cualquier instante. El rey

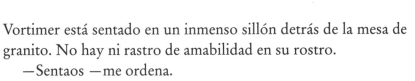

Vortimer está sentado en un inmenso sillón detrás de la mesa de granito. No hay ni rastro de amabilidad en su rostro.

—Sentaos —me ordena.

Aparto una silla y me dejo caer sobre ella; sigo con las manos juntas sobre el regazo. Entonces advierto la presencia de mis padres, en pie al fondo de la sala, entre las sombras. El rostro de mi padre está impregnado de un gran desasosiego, mientras que mi madre permanece fría como un témpano de hielo.

—Rey Vortimer...

—Seré yo quien hable, Alyhia.

Su falta de cortesía me recuerda a la de la reina. «Corrompida», ha dicho Garance. Quizá no sepa nada de mi peor secreto, tal vez haya oído algo sobre mi escarceo con Kamran. Aquí serían capaces de hacer una montaña de un grano de arena.

—¿Sabéis por qué os he hecho llamar?

Trago saliva, preparando en vano unos argumentos que justifiquen mi frívolo comportamiento. Una parte de mí se niega a creer que haya descubierto mi verdadera naturaleza. Asiento con la cabeza, incapaz de hablar.

—Estáis aquí porque sois una impía.

La expresión glacial de mi madre empieza a resquebrajarse. Guardo silencio, pues ignoro lo que sabe.

—Sois una apire, Alyhia —declara, poniéndose en pie y mirándome con desdén.

De repente se apodera de mí un temor atroz. Aprieto las manos con tanta fuerza que se me clavan las uñas en la piel. Busco con la mirada a mis padres, preguntándoles si debo negarlo. Parecen tan apenados que ya sé la respuesta. Por miedo a llorar, vuelvo a concentrarme en Vortimer.

—¡Y, pese a ello, habéis tenido la osadía de seducir a mi hijo!

Revivo los momentos que he pasado con el príncipe Hadrian y una terrible culpa me oprime el corazón como las garras de un águila.

—¡Perdonadme, rey Vortimer! Rechazaré la petición del príncipe, ¡lo prometo! No le hagáis nada a mi familia, os lo ruego...

—¡Callaos! ¿De verdad pensabais que os pediría en matrimonio?

Mi corazón se detiene y noto el sabor de la bilis en la garganta. Durante un instante, tengo la sensación de que voy a vomitar.

—¿Sabe él que...?

—¡No! Y no lo sabrá. Nadie más se enterará si me obedecéis. Y vuestra familia estará a salvo. Es eso lo que deseáis, ¿no es así?

Quiero arrojarme a los brazos de mis padres, pero no puedo. Asiento con la cabeza despacio.

—Bien. Si accedéis, todo será más fácil.

—¿Cómo...? ¿Cómo sabéis que...?

Me interrumpe con un gesto, probablemente para evitar oír la palabra «apire» después de haberse visto obligado a pronunciarla. Su rostro se ensombrece como el cielo antes de una tormenta.

—Para empezar, por el distanciamiento de vuestro padre, que era uno de mis amigos más leales —explica, lanzándole una mirada llena de amargura—. Luego, por vuestras continuas ausencias en las ceremonias de las llamas de vuestro reino, de las que fui debidamente informado. Aunque eso no fue todo. Una carta de los líderes de Iskör me informó de que había traidores entre nosotros. Al fin me confesaron la naturaleza de dicha traición cuando cedí a su solicitud de visitarnos, aunque no me dieron un nombre. No creía que uno de nuestros invitados pudiera ser culpable de tal ignominia hasta que mi hijo me habló del magnífico brillo dorado de vuestros ojos.

Bajo de inmediato la mirada.

—Sé que no lo teníais cuando vinisteis hace diez años. Y también sé que se desató un incendio en vuestros aposentos y nadie pudo encontrar el motivo. No hay muchos que sepan que en los ojos de los impíos aparecen unos reflejos al hacerse mayores; a la gran mayoría ya se los ha librado de su miseria antes de que eso ocurra. Un poco de investigación en Sciõ me bastó para comprender lo que no había querido ver durante todos estos años. Vuestra supervivencia al incendio que vos misma provocasteis

no hizo más que confirmármelo. Os llaman la Milagrosa, pero ¡no sois más que un monstruo!

Una lágrima me resbala por la mejilla. ¡Así que en eso consistía el viaje de Darren a Sciō! Vortimer lo sospechaba, y yo pensando en Hadrian. Él sospechaba, y yo me pasé las horas encerrada en mi habitación, practicando para controlar el fuego. Ahora ya no controlo nada de nada.

—¿Qué va a ser de mí? —pregunto con voz estrangulada.

—Todo va a salir bien, Alyhia —murmura mi padre.

—Silencio, Gaenor —interrumpe Vortimer antes de volver su mirada hacia mí—. Para ser justos, debería mandar que os ejecutaran. ¡Deberían haberos librado de vuestro propio mal hace mucho tiempo!

Veo que mi madre se apoya en la pared, tratando de no desfallecer.

—Sin embargo, hemos encontrado otra solución —continúa Vortimer—. Algunas personas pensarían que condenaros ahora sería una atrocidad, y no quiero correr el riesgo de que se desate una rebelión. Desapareceréis del ojo público, pero, además, nos seréis útil.

—¿En qué sentido?

—¿No pensaréis que los iskörianos nos han proporcionado información a cambio de nada?

En ese preciso momento, la puerta se abre a mis espaldas con un chirrido que me sobresalta. Aunque no me atrevo a mirar, pronto advierto que Radelian se ha unido a nosotros.

—¿Ha aceptado?

—¡Por supuesto! —exclama el rey Vortimer, fingiendo una sonrisa—. ¡Es un gran honor!

Mi mirada se pasea del emisario al rey sin comprender, y entonces recuerdo la escena en el patio central, cuando comentó que era una pena que me gustara tanto el sol del desierto; sabía que nunca volvería a verlo. Cuando me doy cuenta de lo que significa eso, me aferro a la mesa para no desplomarme.

—Así que ¿trato hecho? —pregunta.

Soy incapaz de articular palabra o de reaccionar; igual que mis padres, por lo que veo. Aunque tampoco necesitamos hacerlo, porque el rey habla en nuestro nombre.

—¡Por supuesto! ¡La princesa Alyhia se casará con el jefe de Iskör en cuanto lo deseéis!

18
Efia de Miméa

Leo una y otra vez la carta, como si eso pudiese cambiar lo que dice. A mis espaldas, la doncella que me fue asignada a mi llegada a Primis lleva un buen rato esperando. Debería pedirle que se retirara, pero soy incapaz de articular palabra. Cambia el peso del cuerpo de una pierna a otra, probablemente incómoda a causa de mi expresión asustada.

Mis aposentos están desiertos. Incluso el embajador, que siempre suele estar ocupado contestando innumerables cartas e invitaciones, hoy ha acudido a almorzar en el gran salón con los demás soberanos. Con toda probabilidad, estarán comentando alegremente el anuncio de la boda de Alyhia de Ramil con el jefe bárbaro de Iskör.

Ya intenté advertírselo, pero nadie me presta atención nunca: no es de extrañar que Vortimer no se percatara de que lo seguía cuando se lo comentaba al señor Darren. Alyhia no debería haber desatendido mi consejo de abandonar Primis de inmediato.

—Princesa, puedo…

Hago callar a la doncella con un gesto de mano y me desplomo en un bonito sillón tapizado con una tela de intenso color carmesí. En mi caso, no todo gira en torno a Alyhia, ni mucho menos, aunque la carta que sostengo sea un cruel recordatorio de todas sus palabras. Sin embargo, estas las ha escrito una mujer mucho más querida para mí que la princesa de Ramil: Nihahsah de Miméa. Mi madre.

Hemos recibido vuestra petición, querida hija, pero no podemos responder favorablemente. No quiero que Kapall, una tierra oscurecida por tradiciones más que cuestionables, se convierta en vuestro hogar. Vuestro papel allí sería insignificante, y vuestro camino, sembrado de sufrimiento. Me sorprende que lo hayáis considerado siquiera. Os deseo lo mejor. Volved a casa y hablaremos como solíamos hacer, bajo la secuoya del jardín.

Vuestra madre, que os quiere,

Nihahsah

Jamás habría pensado que me negaría el honor de convertirme en la esposa del príncipe heredero de Kapall, uno de los reinos más poderosos. ¿De verdad creía que lograría seducir a Hadrian? O, peor aún, ¿pensaría que no movería un dedo, que permanecería callada e inmóvil, como siempre?

—Princesa, debo preguntaros...

—¡He dicho que esperes!

Me levanto y miro las brasas que hay en la chimenea. Es imposible saber si están a punto de apagarse o de avivarse. ¿Y a mí? ¿Qué va a pasarme a mí?

«Quedaríais relegada a un segundo plano», afirmó Alyhia.

«Vuestro papel allí sería insignificante», opina ahora mi madre.

¡Cualquiera diría que soy yo la que está a punto de casarse con el jefe de Iskör, la que se ha metido en un aprieto por no poder controlarse!

«Volved a casa».

¿De verdad podría regresar a mi reino, lleno de olores y de comida a cual más deliciosa, a mi elegante y legendaria tierra? ¿Tocará mi madre el arpa para mí bajo la secuoya? ¿Me verá como antes, ella que se sorprende de que desee hacer una elección que no es la suya, de que no sea como ella desearía, de que no sea, en definitiva, igual que ella?

—Princesa...

—¿Y bien?

La criada retrocede un paso y murmura unas palabras ininteligibles.

—¡Habla! ¿Qué es eso tan importante?

—No… No me habéis pedido gasas este mes… No estoy segura, pero creo que deberíais haber tenido la menstruación el…

Ahogo un grito, y ella se interrumpe de nuevo, encogiéndose como si quisiera desaparecer. Es la primera vez que alguien me tiene miedo. Por desgracia, debo admitir que tiene razón. No he sangrado este mes. Con gestos torpes, enciendo mi vela de plegarias y me pongo de rodillas. Rezo por mi salvación y ruego al Fuego que me muestre el camino.

De repente, se abre la puerta y entra Nathair, luciendo su habitual confianza en sí mismo. No se hace anunciar, como si ya estuviéramos casados y esta fuese su casa. Me pongo en pie de un salto, tratando de ocultarle mi desasosiego.

—Efia, ¡estaba preocupado! ¿Por qué no habéis bajado a almorzar?

Frunce el ceño con preocupación. Mi criada no espera a que le dé permiso para retirarse.

—No tenía hambre…

El corazón me da un vuelco al recordar que llevo varios días con náuseas.

—¿Estáis bien? Si os preocupan las Regnantes, debéis saber que no asisten a las celebraciones ni a los actos, y que…

—¡No habléis de ellas! —exclamo.

Entorna los ojos, revelando una ira tan fugaz como una lluvia primaveral.

—¿Tengo que repetíroslo? ¡Fue ella la que me sedujo! ¡Es promiscua, como todas las mujeres de Sciõ! Sé que no debería haber cedido, pero, Efia, me gustaría recordaros que aún no habéis aceptado mi propuesta y que el compromiso no se ha formalizado…

—Estaba esperando noticias de mis padres, ¡como es debido!

Suspira, como tratando de contenerse. Yo arrugo la carta que tengo en la mano y la arrojo al fuego. Nathair no parece percatarse.

—Cierto, ¡y por eso os quiero! ¿Y bien? ¿Hay noticias? Puedo esperar, Efia, pero no para siempre...

Toma mis manos con las suyas, tan blancas como negras son las mías. Lo encuentro igual de atractivo, fuerte y seguro de sí mismo que cuando nos conocimos. No dudo de su amor ni por un segundo. Y esa es la razón de que haya querido entregarme a él. Sabía que su propuesta de matrimonio era real, ¡y así es! Está aquí, en mis aposentos, y no en los de Garance.

—Sí, he recibido noticias.

Tomo aliento, ignorando el ligero mareo que me embarga.

—¡Ah! ¿Y bien?

Las palabras escritas por mi madre se arremolinan en mi cabeza como insectos. Siempre he querido encajar, pero nunca he sabido cómo hacerlo. No soy Nihahsah de Miméa y nunca lo seré. No soportaría su mirada después de esto. No aguantaría vivir siempre a su sombra.

Con una mano sobre el vientre, me vuelvo hacia el príncipe.

—Acepto vuestra propuesta de matrimonio.

19
Alyhia de Ramil

Abro los ojos esperando que la situación en la que me encuentro no sea más que una pesadilla. Pero no es así: estoy en el castillo de Primis, prometida al jefe de una región impía que no conozco. Vortimer me ha informado de los términos del acuerdo con los iskörianos: a cambio de la información sobre la presencia de un apire entre las grandes personalidades, podían elegir a una princesa. Según Vortimer, Radelian ni siquiera se ha dado cuenta de que se aprovechaba de él al insistir en mí como posible candidata.

También ha dejado una cosa clara: no volveré a pisar Ramil. Sus hombres me han obligado a firmar un papel de renuncia a mis derechos al trono, incluso en el caso de que mi hermano sufra una desgracia. Después de hacerlo, me he pasado horas llorando sin parar.

Tras la tristeza ha llegado la determinación. He tratado de buscar una solución por todos los medios, y la única que he podido encontrar entre esta espesa niebla es fingir que estoy enferma para retrasar lo inevitable. Aunque el rey Vortimer dijo que deseaba mi partida inmediata, el emisario del norte demostró más compasión y ha aceptado retrasar el viaje varias semanas.

La luna llena ha pasado, poniendo fin al esperado plazo de la peor de las maneras. La princesa Hisolda de Kapall fue la dama de honor del príncipe. Vi su vestido marrón, iluminado por la antorcha de camino a la hoguera. Sentí deseos de incendiar todo el castillo, y he soñado con dunas en llamas varios días. Por suerte, los esfuerzos conjuntos de Kamran y Dayena han logrado calmarme.

La única buena noticia de entre todo este horror es que mi familia está sana y salva. Nadie pondrá en peligro su reino ni su vida. Es lo único que me impide sumirme por completo en la desesperación.

Evidentemente, no he podido ver al príncipe; ni siquiera lo he intentado. ¡Y pensar que quería casarse conmigo! A veces me devano los sesos pensando cómo ha vivido él esta situación, pero solo acabo por sentir una angustia inútil. Eso ya no existe. Me he sacrificado y debería estar agradecida y feliz de seguir con vida.

—Hoy vais a comer —anuncia Dayena convencida al entrar en el dormitorio con una cesta de fruta.

Por única respuesta, me recuesto en la cama con desgana. Ella me tira de la mano y me obliga a levantarme.

—No era un consejo, sino una orden.

Aunque me fuerzo a tragar una uva, esta parece convertirse en piedra. Le suplico que me deje sola.

Igual que todos los días, me paso las horas llorando y durmiendo. Mis únicos momentos de alivio vienen en forma de ensoñaciones en las que me imagino en el desierto, bailando alrededor de una hoguera con otras personas como yo. Pero ya no quedan apires; los han matado a todos.

—Vuestra madre espera. Quiere veros —me informa Dayena cuando estoy a punto de volver a conciliar el sueño.

No es la primera vez que me visita. Se sienta frente a mí, y yo no abro la boca. No sé de dónde viene ese resentimiento. Probablemente de que no encuentro a nadie más a quien culpar.

Dayena la hace entrar y ella toma asiento a unos metros de mí. Yo no me muevo de la cama y me encierro en mi silencio.

—Alyhia, por favor, háblame.

Dayena abandona la estancia con discreción. Ni siquiera me digno a mirar a mi madre, sino que me distraigo contemplando un muro como si ocultara algo formidable.

—Tu partida se aproxima y tenemos que hablar.

Se levanta y se arrodilla junto a la cama. Es la primera vez que se acerca tanto a mi tristeza. Vuelvo la mirada hacia ella y la desolación que advierto en sus ojos me hace estremecer.

—¿Qué quieres de mí? ¡Dímelo! ¿Qué quieres? —repite.

Posa la mano sobre mi brazo y el contacto me provoca un escalofrío que no puedo soportar. Abandono bruscamente la cama, y el libro de Ysolte cae al suelo con un ruido sordo. Me paseo por la habitación bajo su mirada perpleja.

—¡Quiero que me ayudes!, ¿lo entiendes? —exclamo.

Se sienta en el borde de la cama y, de pronto, me recuerda a una niña indefensa.

—Eso es imposible. No se puede hacer nada.

Lo sé, pero no consigo evitar culparla. Me acerco hasta la ventana y dirijo la mirada hacia las colinas, de manera que no logre verme la cara. El sol brilla un poco, pero no me importa.

—Todo es culpa mía —dice después de un largo rato.

Me vuelvo hacia ella, atónita. Mi madre nunca admite sus errores.

—¿A qué te refieres?

Puedo estar muy enfadada con ella, pero en el fondo sé que no ha hecho nada malo. Una lágrima le resbala por la mejilla y reparo en que nunca la he visto llorar. Lentamente, se levanta el vestido y me muestra la pantorrilla. Durante un instante, enmudezco y, acto seguido, reparo en que tiene la piel cubierta de quemaduras.

—¿Qué es eso?

—¿Has oído hablar de la prueba del cuchillo?

Me la explicó mi abuela. Consistía en calentar un cuchillo al rojo vivo y después pegarlo a la pierna de un bebé para asegurarse de que no era un apire. Era una costumbre que no todos los reinos aplicaban y que se abandonó al cabo de unos años.

—Pensé que solo se hacía una vez…

—Mi madre se llamaba Meredith —me interrumpe con una voz en la que no se distingue emoción alguna.

Sus rasgos me recuerdan a esos autómatas inexpresivos que cuentan historias en las ferias de Ramil.

—Era amable y vivaracha, siempre dispuesta a ayudar a los demás. Yo la quería mucho, pero tenía un secreto... —Hace una pausa y tengo la sensación de que está muy lejos de Primis y de mí, en un pasado caótico que desconozco—. Era una apire —confiesa con amargura, como si la palabra le dejara la lengua en carne viva—. Se casó con Kane, un príncipe de Kapall, y me tuvo a mí. Cuando él se dio cuenta de lo que era, la repudió, dejándome sin madre. Ya tenía otras dos esposas, así que no le importó perder a una. Y yo, bueno..., era solo una mujer.

—¿Qué le pasó a tu madre?

—Puso fin a su vida. Nadie supo nunca que era una apire, excepto mi padre y su hermano, Cormag.

—¿Y tú? ¿Cómo has podido...?

—¿Cómo he podido convertirme en reina? Un verano, los soberanos de Ramil vinieron a visitar al rey de Kapall. Era mi última oportunidad. Seduje a tu padre y, antes de que mi familia pudiera hacer algo al respecto, ya me había casado y os llevaba a ti y a tu hermano en mi vientre. Kane y Cormag enfurecieron, pero no podían hacer nada sin exponer su secreto.

Guardo silencio, imaginando a mi madre como una joven de dieciocho años que debe luchar para forjarse un destino. La distancia entre ella y mi padre adquiere ahora todo su significado. No se casó con él por amor, ni siquiera por conveniencia. Lo hizo para sobrevivir.

—Pero ¿por qué tienes esas marcas en la pantorrilla?

—Quise asegurarme de que no era una apire. Viví de cerca la desesperación de mi madre y fui testigo de su destrucción cuando perdía el control. Me apliqué el cuchillo, una y otra vez, para cerciorarme de que no acabaría como ella, para asegurarme de que no engendraría a otros...

De repente, se interrumpe.

—A otros monstruos —termino por ella.

—Debería haber sido más precavida, haber sabido que lo llevaba en la sangre. ¡Lo siento!

En el libro de Ysolte no se menciona nada sobre un posible

vínculo genético entre apires. Evidentemente, no resulta fácil investigarlo cuando los han matado a todos en la niñez. Casi a todos, porque, por lo visto, no soy la única que ha pasado inadvertida. Esta revelación me llena de cierta esperanza.

—Madre, ¿piensas de verdad que soy un monstruo?

—¡Claro que no! Pero tienes esta monstruosidad dentro de ti, y yo soy la única responsable. Por favor, perdóname.

Se lanza a mis brazos y, justo cuando debería estar disfrutando del momento, una bola de ira comienza a formarse en mi estómago y se convierte en un torrente de amargura. Por suerte, el fuego de la chimenea no está encendido.

—¡Te equivocas!

La empujo con más violencia de la que pretendía. Ella se tambalea y se apoya en una cómoda para no caerse.

—Este poder forma parte integral de mí —digo, ahogando las lágrimas—. Si no os empeñarais todos en hacer que desaparezca, ¡podría haber aprendido a controlarlo hace años! ¡Lo único que es una monstruosidad es haber asesinado a todos esos niños!

Aunque me gustaría mencionar también a las ermidas, el vínculo que siento con ellas aún no es lo suficientemente claro, y sé a ciencia cierta que mi madre no lo entendería.

—Alyhia, ¿qué estás diciendo?

—¡Estoy diciendo que no deberíamos perseguir a los apires! ¡No eres responsable de nada, este poder forma parte de mí!

—No lo llames así.

—¡Lo llamo como lo que creo que es! ¡Voy a alejarme de vosotros, pero el fuego me acompañará siempre!

Nuestras diferencias nunca me han parecido tan palpables. Es inútil esperar que ella me entienda, como lo es imaginar que somos iguales. Es una verdad que tendré que aceptar.

—No tenéis nada de qué disculparos —le digo en un tono más calmado—. Ahora os rogaría que me dejarais sola.

Mi madre guarda silencio, pero finalmente baja la mirada y abandona la estancia sin despedirse. Cuando la puerta se cierra, me quedo inmóvil durante un largo momento, con la respiración agitada. Dayena entra cautelosamente para ofrecerme algo de comer, pero lo rechazo.

—¡Debéis coger fuerzas! —exclama.

Recoge el libro del suelo y lo acaricia con la punta de los dedos. Lee el título y su rostro se ilumina con determinación.

—Estaré bastante ocupada preparando nuestro viaje a Iskör. Confío en vos para que os alimentéis sola.

El tiempo se detiene. Nunca hemos hablado de que me acompañe al norte. Nunca me he atrevido a preguntárselo por miedo a que se negara.

—Dayena, no estás obligada...

—Lo sé.

Se me llenan los ojos de lágrimas, y entonces la culpa se apodera de mí como un atacante despiadado, formando un nudo en mi garganta. No sabe lo mío con Kamran. No es correcto ocultárselo cuando está a punto de hacer tal sacrificio.

—Dayena, yo... Debo decirte que Kamran y yo... hemos...

—No digáis más. Lo sé, princesa. Me lo contó él.

—Lo siento, estaba... No, no tengo excusa... Lo siento.

—No hay nada que perdonar. No estoy casada con él, y vos sois más importante que cualquier hombre, incluso que uno que me gustaba.

—¿Lo dices porque soy una princesa?

—No; para mí, vos sois más importante, seáis princesa o no.

—¿Crees que puedes perdonarlo? ¿Reanudar vuestra relación donde la dejasteis?

—No sirve de nada hacerse esa pregunta. Yo me marcho a Iskör con vos, y él regresará a Ramil con vuestro hermano.

Me gustaría decirle que vuelva a nuestro reino, pero sé que es en vano. Si Dayena ha decidido venir conmigo, nada la hará cambiar de opinión. Me invade un gran alivio ante esta certeza.

En ese preciso momento, mi hermano entra en el dormitorio sin llamar. Se tumba a mi lado, con una sonrisa que sé que es falsa. Separarme de él para siempre me encoge el estómago.

—¿Cómo estás?

—No muy bien.

Su sonrisa falsa desaparece y nos quedamos tumbados durante unos instantes sin decir nada. Cuando éramos niños y hacía mucho calor, solíamos hacer lo mismo sobre las losas del castillo, mirando el techo y esperando a refrescarnos para volver a nuestras travesuras habituales. Pero ahora ya no hay trastadas. Solo queda soportar el castigo.

—La reina Nihahsah ha dado a luz a un varón —me informa—. El príncipe Edem, futuro rey de Miméa.

Asiento con la cabeza, aunque la noticia me es irrelevante. Los soberanos de Miméa deberían haber acompañado a Efia a Primis. De haberlo hecho, quizá ahora no estaría en las garras de ese monstruo.

—Ayer se celebró una fiesta en su honor. Aunque fue bastante triste, claro, contigo indispuesta y las Regnantes ausentes.

Finge que mi enfermedad es cierta, como si fuera a volver con ellos a Ramil en unos días. Yo no lo contradigo, feliz de compartir su fantasía.

—El príncipe me ha preguntado por ti —continúa con voz más grave.

Me quedo sin habla. Pensar en Hadrian me llena de confusión y amargura.

—No entiende por qué accediste a una unión con Iskör, igual que la mayoría...

—¿Qué le dijiste?

—Lo que me ordenaron: que comprendías la importancia de establecer un vínculo con los iskörianos. No es estúpido, sabe que hay algo más, pero fingió creerme.

—¿Le ha...? ¿Le ha propuesto matrimonio a alguien?

Todas las princesas desfilan ante mis ojos. El encanto de Oxanne, la dulzura de Naïa... Pero las cartas estaban marcadas desde el principio. Solo competían las princesas de Kapall.

—No parece interesarse mucho por la cuestión. A veces oímos que discute con su padre, y la situación parece tensa.

Sus palabras hacen germinar la semilla de la esperanza en mi corazón, pero la arranco de cuajo. No puedo vivir negando la realidad. Además, acabo de reparar en algo que al principio he pasado por alto.

—Has dicho que las Regnantes no asistían a los actos —apunto, incorporándome—. ¿Cómo es eso? ¿Ya se han marchado?

Darius se pone en pie, incómodo. Con miedo de no volver a verlas, lo azuzo para que me diga la verdad. Cuando me mira de nuevo, sé que lo que tiene que anunciar es mucho peor.

—No quería decírtelo, pero... Garance está embarazada.

20
Alyhia de Ramil

En los aposentos de las Regnantes reina una agitación febril. Han encendido velas y el fuego arde en la chimenea, mientras que por las ventanas solo se vislumbra la oscuridad de la noche. La reina Éléonore está hundida en su gran sillón, con una sombra de preocupación en su rostro normalmente sereno. Las princesas Sybil e Ysolte, sentadas en unas sillas a su lado, entrelazan las manos para mostrar un dominio de sí mismas del que probablemente carecen. A su alrededor, se afana una doctora de Sciõ, preparando diferentes ungüentos y elixires que huelen a azufre.

—Me alegra mucho que hayas podido venir —susurra Sybil, antes de retomar el mutismo causado por los nervios.

Me limito a asentir con la cabeza, contagiada de su ansiedad. Es mi última noche en el castillo, pero no hay otro lugar que requiera más mi presencia que este. La doctora retira un largo instrumento del fuego y lo sumerge en un barreño de agua. El siseo que provoca la diferencia de temperatura y el vapor que se eleva en el aire me provocan un cosquilleo en la nuca.

—Podemos comenzar —declara la mujer, volviéndose hacia la reina, en cuyo rostro se aprecia una angustia que nunca le había visto.

—Sybil, me temo que no tengo fuerzas. ¿Puedes ocupar mi lugar?

Haciendo de tripas corazón y con las manos temblorosas, la heredera acepta.

—¿Me acompañas? —me pide.

Respiro hondo y la sigo, como si estuviera a punto de zambullirme en las turbulentas aguas del Deora. Recorremos el pasillo de habitaciones hasta llegar a la del fondo, dejando los sollozos de Ysolte a nuestras espaldas.

Garance está tumbada en su cama, en camisón. Temblorosa, en este momento parece una niña, incluso más que su hermana pequeña. Sybil se pone rígida, pero se obliga a avanzar y se arrodilla junto a la cabecera, mientras que yo me dirijo en silencio hacia el lado contrario.

—Todo va a salir bien —susurra a su hermana, acariciándole el pelo.

Los ojos de Garance se abren como platos al ver a la doctora. Miro su vientre, todavía plano. Solo las técnicas extremadamente avanzadas de las Regnantes son capaces de detectar un embarazo tan temprano. Aun así, no pueden evitarle el sufrimiento que le espera. La idea de que pueda perder la vida me paraliza y mi aparente calma se desvanece.

—¿Qué es eso? —pregunta Garance, en estado de pánico.

—Un elixir para atenuar el dolor —responde la mujer.

El olor a azufre invade la estancia. Con una mueca, Garance se bebe la poción.

—Tengo miedo —dice en un susurro.

—Lo sé —responde Sybil.

La doctora sale de la habitación. Cuando regresa, veo que lleva el instrumento que vi en el fuego hace un instante y ahogo un grito.

—¡Garance! —exclama Sybil—. Es un mal rato, pero todo saldrá bien, ¿de acuerdo?

Ella asiente con la cabeza con labios temblorosos. La doctora le pide que abra las piernas.

—Todo es culpa de Nathair —solloza, volviéndose hacia mí.

—Debéis relajaros, princesa —dice la mujer desde los pies de la cama.

Sin dudarlo, tomo a Garance de la mano.

—Mírame. Él no está aquí, y nunca lo estará. Tu hermana

Sybil está a tu lado, y yo también. Estás a salvo. No volverá a hacerte daño: este momento es el último de tu vida que tendrá algo que ver con él.

Probablemente no sea cierto. Nathair seguirá persiguiéndola, interfiriendo en sus recuerdos y en su futuro, pero no sé qué decir para tranquilizarla.

—No puedo...

—Sí que puedes. Eres más fuerte que él, mucho más. Y no estás sola. Mírame, concéntrate en mí.

La sangre ha abandonado el rostro de Sybil. Sus labios están pálidos, casi azulados. La doctora le pide de nuevo a la princesa que se relaje.

—Garance, mírame. Te dolerá, pero lo superaremos juntas, ¿de acuerdo?

Ella asiente lentamente, sin apartar sus ojos de los míos. Le hago un gesto a la doctora, que ocupa su posición. Garance me clava las uñas en el antebrazo mientras el instrumento penetra en ella para quitarle el mal que la corroe. Cuando empieza a gritar, advierto que Sybil está a punto de desmayarse.

—Ya casi ha terminado —la animo, pese a no saber si es realmente así.

Me asaltan unas náuseas violentas. Garance trata de mirar a la doctora, pero le envuelvo el rostro con las manos y lo giro en mi dirección.

—A mí, Garance. Solo a mí.

Su mirada refleja todo el sufrimiento que está soportando, toda la incomprensión que siente ante el hecho de encontrarse aquí postrada cuando lo único que deseaba era asistir a los bailes con sus hermanas. No pidió nada, y ahora está aquí, ante mí, esforzándose en reprimir las ganas de gritar. Aunque el padecimiento la obliga a cerrar los ojos y creo que va a desmayarse, poco a poco se va calmando. El dolor va desapareciendo de su rostro y empieza a jadear.

—Ya está —anuncia la mujer.

Solo entonces me permito llorar. Unos grandes sollozos salen de mí, pero no le suelto la mano a Garance, que parece desvariar, con los ojos fijos en el techo y una expresión extraña.

—Gracias —murmura por fin.

Baja los párpados y parece quedarse dormida. Sybil abandona la habitación sin pronunciar palabra, agarrándose el estómago con la mano como si estuviera conteniendo el vómito. Yo me quedo unos instantes arrodillada junto a la cama, recuperando con dificultad la compostura mientras la doctora guarda el material.

Cuando llego al salón, la reina e Ysolte no se han movido, como si en el dormitorio de la joven princesa no hubiera pasado nada. Pregunto dónde está Sybil, y la reina señala su habitación. Voy hasta allí y la encuentro sentada sobre la cama, cabizbaja y sollozando. Me acomodo a su lado y trato de tranquilizarla.

—La doctora dice que todo ha ido bien.

Noto la colcha suave bajo mis dedos. La acaricio para hacer desaparecer el miedo que Garance me ha dejado en la piel. El aroma almendrado de Sybil me envuelve y me calma un poco.

—¿Sabías que Garance quería tener hijos? —suelta, como si no me hubiera oído—. Lleva diciéndolo desde pequeña. A mí no me interesan, e Ysolte ni siquiera se lo plantea, pero Garance... Ella siempre... —Se calla de repente, intentando recuperar una semblanza de calma—. Pero no así no, así no...

—Entiendo.

Niega con la cabeza, como si tratara de resolver un problema de gran complejidad.

—He traído a mi familia aquí en busca de una alianza y de protección, ¡y mira el resultado! Garance está destrozada, puede que para siempre, Ysolte no cree en el futuro y Kapall ahora es un reino enemigo.

Por impulso, le tomo la mano. Es tan suave como la colcha, e igual de reconfortante.

—Yo no tengo ni reino ni título, Sybil, pero ten por seguro que en mí siempre encontraréis una aliada.

La futura Regnante me mira con aire peculiar y me aprieta la mano.

—Ay, Alyhia... Eso vale más que un reino.

Cuando se inclina hacia mí, tengo la certeza de que va a besarme. Nuestros labios se encuentran y se mezclan con nuestras lágrimas. Es un beso que contiene un afecto infinito, una promesa eterna. Y que también revela que mi hermano no tiene opción alguna de casarse con la princesa de Sciõ. Aunque no consigo concretar qué sentimientos me provoca, ahora mismo eso carece de importancia. Permanecemos abrazadas hasta que ambas nos calmamos.

Cuando regresamos al salón, vemos que varios sirvientes han traído unos grandes arcones, los cuales llenan de ropa y libros. La reina e Ysolte parecen más tranquilas.

—¿Os marcháis? —pregunto.

—En cuanto Garance pueda levantarse —indica la reina.

Sin poder controlarme, me desplomo sobre un sillón y rompo a llorar. Mañana emprenderé camino en la dirección opuesta a mi reino. Me iré para siempre, abandonando a mi familia y toda esperanza. Devastada por la pena, me convierto en un mar de lágrimas. Las Regnantes guardan silencio, esperando a que me calme.

—Lo siento —murmuro, al cabo de unos instantes.

—No pidáis disculpas —me ordena la reina Éléonore.

—No sé cómo lo voy a soportar.

Ysolte y Sybil miran a su abuela.

—Tenéis dos elecciones, princesa Alyhia —dice ella—. Podéis aferraros a vuestro pasado como si fuera un peñasco en medio del mar mientras la vida os deteriora, o podéis aceptar vuestro destino.

—Creo saber qué opción preferís...

—Solo hay una que os permitirá sobrevivir.

Asiento con la cabeza, aliviada por compartir con ellas un momento tan doloroso.

—Tengo un regalo para ti, Alyhia —anuncia Ysolte con incomodidad.

Me tiende un grueso volumen encuadernado en piel azul, en cuya tapa se lee «Iskör». Pesa tanto que tengo que asirlo con las dos manos.

—Recoge todo lo que sabemos sobre la región, así como sobre su idioma, el isköriano. No es gran cosa, pero quizá pueda serte de ayuda.

No podrían haberme regalado nada más útil. Lo aprieto contra el pecho y se lo agradezco efusivamente. Entonces, me doy cuenta de que ha llegado la hora de despedirme. Es tarde, y tenemos previsto partir mañana, con el amanecer. Nos abrazamos y, acto seguido, me alejo de ellas reprimiendo las lágrimas. Antes de cruzar el umbral, Sybil me coge del brazo.

—Sé que volveremos a vernos, princesa Alyhia de Ramil.

Reparo en que quizá esta sea la última vez que alguien me llama así.

Mientras recorro el pasillo, todo me parece irreal, como si mi cabeza estuviera sumergida bajo el agua. Solo deseo una cosa: llegar a mi dormitorio y permanecer ante el fuego de la chimenea, con Dayena a mi lado.

Cuando llego ante la puerta de mi habitación, el sonido de unos pasos agitados me saca de mis pensamientos. Darius aparece jadeando por el extremo contrario del pasillo.

—¡Alyhia! ¡Alyhia! ¡Tengo una noticia que lo podría cambiar todo!

—¿Qué sucede?

Darius toma aliento y anuncia:

—El príncipe Hadrian te acompañará a Iskör.

21
Alyhia de Ramil

Bosque de Tiugh

Hemos cabalgado a través de las colinas de Primis durante días antes de llegar al bosque de Tiugh. A pesar de que los aldeanos nos saludaban con efusividad, para mí el trayecto ha sido silencioso y desagradable. Por el contrario, los guardias que nos acompañan no podrían estar más orgullosos, al igual que el embajador general, que cabalga sobre una montura que le queda demasiado grande, pero que va con el poco pecho que tiene henchido. Formar parte de una de las primeras expediciones a Iskör después de un siglo es motivo suficiente para engrosar su amor propio.

Sin embargo, hasta ellos pierden la soberbia cuando entramos en el bosque. Los espesos robles cubiertos de musgo parecen rodearnos y crean una atmósfera tan lúgubre como la de un cementerio. Hay un sendero antiguo, pero su estado es lamentable. Tenemos que apearnos a menudo para franquear los troncos y las ramas que invaden el camino. Solo el grito de algunas cornejas rompe de vez en cuando el denso silencio del bosque. Pese a ello, lo último que deseo es atravesarlo. Pronto llegaremos a Iskör y toda esperanza estará perdida.

Se me rompió el corazón al verme obligada a despedirme de mi familia. Cuando Elly y Ruby preguntaron cuándo volveríamos a vernos, creí sumirme en la desesperación. Mientras mi hermano trataba de distraernos, conteniendo las lágrimas con dificultad, hice una reverencia a mi madre y abracé a mi padre. La pareja real estaba presente, impasibles pero con un destello de preocupación en la mirada. Darius tenía razón: el príncipe Hadrian me acompaña en el viaje. Oficialmente, ha pedido realizar una visita diplomática al jefe Syn. A juzgar por cómo miró a su padre antes de partir, se diría que más bien lo exigió. Aunque trato de no fantasear con lo que eso podría significar, albergo una absurda esperanza. A veces, podría jurar que me lanza miradas furtivas, aunque se encuentra lejos de mí, liderando la comitiva junto a su amigo, el caballero Darren.

Yo cabalgo tras ellos, a cierta distancia, acompañada por Dayena, que lleva las riendas de su caballo con poca confianza. A cada momento, considero la magnitud del sacrificio que está haciendo por mí. Si no estuviera tan asustada, le ordenaría que diera media vuelta de inmediato.

Radelian también nos acompaña, con aire decidido y glacial, pese a que esboza alguna sonrisa irónica de vez en cuando. Me pregunto si se ha percatado de que el rey se ha aprovechado de él al incitarlo a elegir a la apire como futura esposa para su líder. ¿Me veré obligada a esconder mi condición en Iskör? A veces, trato de imaginar que el jefe Syn es su vivo retrato, pero eso me provoca tal angustia que prefiero concentrarme en el camino.

—Hagamos un alto aquí —decide el príncipe, pese a que la tarde no está muy avanzada.

Reparo en que habla a sus hombres con seguridad, sin rastro de su habitual carácter afable. Me da la impresión de que ha envejecido desde aquel primer paseo a caballo por el bosque privado del castillo.

—Princesa Alyhia, debo informaros de que la unión oficial tendrá lugar nada más llegar a Iskör —me anuncia Radelian al desmontar.

—¿Y cuál es el motivo de tanta prisa?

—Exigencias del rey Vortimer —responde, encogiéndose de hombros.

Me invade la indignación, pero la impotencia la ahoga de inmediato. Evidentemente, el rey desea que nos casemos lo más pronto posible para asegurar de forma definitiva mi desaparición de su reino y del corazón de su hijo.

—¿Qué papel desempeña la mujer del jefe en Iskör? —pregunto.

—El mismo que todos los habitantes de nuestra región.

—Es decir...

—El que se crea para sí misma —suelta, con una mueca que se asemeja a una sonrisa.

Sin embargo, yo no quiero desempeñar ningún papel en Iskör; preferiría no haberme visto obligada a ir. Me alejo de él y del resto de la comitiva, y pronto me encuentro sola entre los árboles. Una corneja se posa en un roble y empieza a cantar sobre el musgo marrón. El pájaro ladea la cabeza, como si me examinara, sorprendida de verme allí.

—No te topas con muchos humanos por aquí, ¿eh?

Emite un graznido sin dejar de mirarme.

—Es comprensible.

Con varios aleteos, levanta el vuelo en busca del sol que no llega aquí abajo. Por un instante, me imagino que huyo como ella, que me escondo en la espesura para siempre, lejos de intrigas palaciegas y del peligro que comporta mi secreto. Una lluvia fina atraviesa las frondosas ramas y me baña el rostro. Permito que se confunda con mis lágrimas.

—¡Por fin os encuentro!

Me apresuro a secarme las mejillas al reconocer la voz del caballero Darren. Su actitud es altiva, fruto de ser el mejor amigo del príncipe. No me había dado cuenta de esa leve arrogancia que emana.

—Apenas hemos tenido ocasión de conocernos en Primis, princesa. Por suerte, un buen amigo me ha hablado muy bien de vos.

—Debéis de ser muy fiel para acompañarlo hasta Iskör —respondo, inmóvil, al comprender que está hablando de Hadrian.

Suelta una pequeña carcajada que resuena de una forma extraña en el bosque.

—Creo que sería más interesante que me convirtiera en amigo vuestro, Alyhia.

Nos llega el crujido de unas ramas y su mirada pasa de ser alegre a resuelta.

—Esperadme esta noche junto a vuestra tienda. Vendré a buscaros —se apresura a murmurarme al oído—. El príncipe quiere hablar con vos.

Se aleja antes de que pueda responder. Dayena aparece entre los árboles.

—¡Princesa! ¡Debemos reemprender la marcha! ¡Venid! —anuncia.

La sigo sin decir palabra, con el corazón latiéndome en el pecho como si estuviera a punto de desgarrarlo. Cuando monto de nuevo, miro a Hadrian, que me devuelve la mirada sin pestañear. De repente, solo deseo que pasen las horas, pero, por desgracia, el resto de la tarde es larga y tediosa. El embajador general me habla de protocolos y etiqueta en Iskör ante la mirada divertida de Radelian, que no disimula su satisfacción al contradecirlo cada vez que afirma saber algo de la región septentrional. Escucho a medias, sin dejar de pensar en Hadrian.

Cuando la oscuridad por fin comienza a extenderse entre los árboles, el príncipe anuncia que nos detendremos a pasar la noche. Rápidamente se monta el campamento, se enciende un fuego y Dayena me sirve carne y fruta, que como en silencio. Con cada minuto que pasa, siento que las entrañas se me constriñen en una combinación de impaciencia y angustia.

—Deberíais acostaros, princesa.

Entro en la tienda que me han reservado, pero rechazo su ayuda para desvestirme. Ante su extrañeza, le cuento con una voz llena de dudas mi conversación con Darren.

—Es sin duda muy mala idea…

—¿Cómo podría empeorar la situación?

No tiene nada que decir al respecto y le pido que se retire. Después de un momento, caigo en la cuenta de que el rey Vortimer nunca nos habría dejado ni a mí ni a su hijo sin vigilancia.

Me asomo al exterior y veo a dos soldados, montando guardia uno a cada lado de la tienda. Salgo sin vacilar, con la excusa de que deseo hablar con el embajador general. Al principio exigen acompañarme, pero el caballero Darren aparece justo en ese momento.

—Yo me ocupo, muchas gracias.

Está claro que entre las órdenes que han recibido no se cuenta mantenerlo alejado de mí, porque los soldados retoman sus posiciones.

—Pensé que no ibais a salir nunca —me dice Darren—. El rey ha prohibido que os paseéis por el campamento. Excepto conmigo, por supuesto.

Su tono indica que el soberano de Primis se ha equivocado.

Damos un rodeo por el bosque para llegar a la parte trasera de la tienda del príncipe y evitar así a los guardias que se encuentran apostados a la puerta. Caminamos en la oscuridad, entre troncos caídos y ramas que obstaculizan nuestros pasos. Tropiezo y Darren me agarra del brazo. Sin embargo, en lugar de soltarme de inmediato, como debería, me agarra con más fuerza.

—Caballero Darren, ¿qué...?

—No ignoráis lo que sé de vos, ¿verdad? —me interrumpe.

Se me hiela la sangre. Aunque no tengo claro que el rey lo haya informado de mi secreto, supongo que lo habrá descubierto por sí mismo después de su viaje a Sciõ. Tiene el rostro tan cerca del mío que noto su aliento en la piel. Incapaz de articular palabra, asiento con la cabeza.

—No debéis preocuparos, no le he dicho nada a Hadrian, y vos tampoco deberíais. Lo conozco desde hace mucho y no está listo para tal revelación. Tal vez más adelante...

—¿Por qué me aconsejáis?

—Ya os lo he dicho: deseo que seamos amigos. —Esboza una sonrisa ambiciosa y rapaz, y añade—: ¿Queréis ser mi amiga, Alyhia?

Sigue agarrándome del brazo y, de repente, su tono me hace estremecer. Asiento para confirmárselo, y al fin me suelta.

—Entrad por allí —me indica, antes de desaparecer.

Me tomo un momento para intentar reducir la ansiedad que experimento a una pequeña esfera sencilla de ocultar. Acto seguido, entro en la tienda con la desagradable sensación de que voy a enfrentarme a otra ceremonia de las llamas. La de Hadrian es considerablemente más grande que la mía. Pesadas alfombras de color burdeos cubren el suelo, y los candelabros descansan sobre unas mesas de madera clara. Nada más verme, el príncipe se levanta.

—¡Princesa Alyhia, por fin!

Parece que se haya empolvado las mejillas con carmín. Yo me apresuro a hacer una reverencia. Caigo en la cuenta de que estamos solos por primera vez en semanas. Han ocurrido tantas cosas desde aquel beso que no sé por dónde empezar. Me froto el brazo, sintiendo aún el fuerte agarre de la mano de Darren.

—¿Deseabais hablar conmigo? —digo sin más, al percatarme de que no será él quien dé el primer paso.

—Sí... Debo deciros que estos últimos días han sido muy difíciles.

Vuelve a sentarse y me invita a acomodarme frente a él. Se me forma un nudo en la garganta al pensar que todo depende de este preciso instante.

—No comprendo bien todo lo que sucedió —dice en voz baja—. La negativa de mi padre a nuestro matrimonio, vuestra conformidad con esta extraña unión...

—Debéis saber que no tuve alternativa.

—Así lo entendí, sí, aunque debo confesar que me gustaría conocer la razón...

Me quedo sin habla y junto las manos, tratando de ocultar un temblor. Las palabras de Darren se arremolinan en mi cabeza como bestias amenazantes.

—Aunque ahora eso no importa —continúa el príncipe—. Lo único relevante es que estáis aquí.

Es extraño saber que mi vida puede dar un vuelco según la voluntad de una persona. Pero así es, y tengo que dejar a un lado el orgullo si quiero salvarme. Se arrodilla frente a mí y me observa con una determinación que jamás había visto en sus ojos.

—No iréis a Iskör, Alyhia. No permitiré que os hagan eso.

—¿Qué...? ¿Qué queréis decir?

Me toma las manos con fervor. Las suyas son dulces, como las de un niño.

—Soy incapaz de olvidaros. Y ya os avisé: ¡mi padre no decidirá por mí!

Es como si, de repente, retiraran las tenazas que me aprisionaban el pecho. Me arrojo a sus brazos y rompo a llorar. Gracias a él, no iré a Iskör. Mis lágrimas, sin embargo, son amargas. ¿Por qué ha esperado tanto?

—Hadrian, por favor, ¡explicadme por qué no me habéis dirigido la palabra en todo este tiempo!

Cuando responde, parece hacerlo con un nudo en la garganta.

—Como ya imaginaréis, mi padre me lo prohibió... ¡Teme a Kapall más de lo que es capaz de admitir! Y con razón: su ejército podría arrollarnos.

Es evidente que todos temen al rey Cormag y a sus jinetes.

—Al principio pensé que tenía razón. Además, habíais accedido a casaros con Syn de Iskör, y me convencí de que no albergabais los mismos sentimientos que yo...

Así que ha preferido guardar silencio. Su falta de voluntad me parece evidente, y esta visión se convierte en terror al pensar en lo que tendrá que soportar si de verdad quiere casarse conmigo.

—Hadrian, si es realmente lo que deseáis, debo deciros que...

—¡Casémonos cuanto antes! —suelta, interrumpiéndome.

Enmudezco y él me desvela su plan. La unión solo puede celebrarse con un testigo, que también oficie la ceremonia, alrededor de una de las Piedras del Fuego del reino, unas grandes rocas talladas por los capellanes para asegurar nuestra protección. La más cercana está situada a unos treinta kilómetros montaña arriba, justo antes de la frontera. El caballero Darren ya ha aceptado oficiar la ceremonia y ser nuestro testigo. Después, piensa regresar a Primis e imponer nuestro matrimonio a su familia.

—Dentro de cuatro noches podremos casarnos al fin —me asegura, envolviéndome el rostro con las manos.

De repente, siento como si me partieran el corazón y cada una de sus mitades emprendiese uno de los dos caminos posibles. Uno de ellos es el de la sinceridad (confesar de inmediato mi condición a Hadrian a riesgo de que no me acepte y me envíe a Iskör con más crueldad y severidad si cabe). El otro es el de la supervivencia.

Solo necesito un segundo para decidirme. Regresaré con Hadrian, unida a él para siempre. Quizá un día encuentre la fuerza para desvelarle lo que soy, pero ahora, cuando mi vida pende de un hilo tan frágil que podría romperse en cualquier momento, no.

Cuando nos besamos, trato de encontrar esperanza en la suavidad de sus labios, la fe de que ahora todo irá mejor. Pronto, su beso se convierte en puro deseo. Aprieta el torso contra mi pecho mientras su mano desciende hasta la parte baja de mi espalda. Un escalofrío me recorre la columna vertebral, y soy incapaz de distinguir si es pasión o vergüenza. El tono amenazador de Darren y las miradas desdeñosas de Vortimer regresan a mi mente.

—¿No queréis? —pregunta Hadrian al advertir mi rigidez—. Podemos esperar hasta la ceremonia si así lo deseáis.

De repente pienso en mi madre, frustrando los planes de su padre para convertirse en reina y no en una paria. La única manera que tuvo de asegurar su destino fue quedándose embarazada. ¿Debería hacer igual que ella? Aunque me parezca repugnante, la idea toma forma en mi interior.

—Tenéis razón —me oigo responder—. Es mejor no esperar.

El rostro de Hadrian parece iluminarse y empieza a besarme el cuello. Deslizo la mano hacia su pantalón. Aunque al principio se sorprende, se excita de todos modos. Se apresura a besarme con igual pasión. Su mano baja desde mi mejilla hasta mi cuello y su respiración se acelera. Con timidez, me roza el pecho.

Cuando baja la mano hasta mi vientre, no espero más y me quito el pantalón. Pese a que mi actitud es la de una mujer que se

deja llevar por el deseo, cada gesto me parece orquestado. Tal vez en Primis lo deseara, pero ¿puede alguien sentir pasión con este miedo en las entrañas?

—He soñado con este momento tantas veces… —me susurra al oído cuando la parte superior de mi atuendo cae al suelo.

Yo también, aunque jamás pensé que haríamos el amor en estas condiciones.

Un instante más tarde, ambos estamos sobre una de las alfombras y suelto un pequeño grito cuando entra en mí. Es la primera vez que hago el amor así, con una voluntad en mente aparte del simple deseo. Sus movimientos se aceleran y yo los sigo, ondulándome al mismo ritmo. De repente, me embarga una pequeña náusea, pero la ignoro lo mejor que puedo mientras el príncipe me levanta las caderas, a punto de quedar satisfecho.

Cuando recobramos el aliento, no sé qué pensar. Hadrian, con una sonrisa radiante en el rostro, me abraza y me atrae hacia él. Sin embargo, se aparta de repente con aire inquieto. Confundida, oigo que dice con voz grave:

—No era vuestra primera vez.

Me quedo de piedra. Con el entusiasmo del momento, no se me ha ocurrido pensar que quizá una princesa tenía que ser pura. Aunque la virginidad no es tan fundamental en Primis como, por ejemplo, en Kapall, sí tiene importancia.

—Esto…

Sus manos se crispan sobre mi piel. Una expresión perpleja aparece en su rostro al darse cuenta de que no soy exactamente lo que había imaginado.

—¡Ninguna otra noche ha significado tanto como esta con vos! Y ya sabéis que las costumbres de mi reino son diferentes a las del vuestro…

—Por supuesto, por supuesto…

De repente, su mirada se vuelve amable y me abraza de nuevo con dulzura.

—Tenéis razón, princesa. Puedo aceptarlo. —Mis labios forman una mueca incómoda que intento hacer pasar por una sonrisa—. Sin embargo, ¿podéis decirme qué tenía mi padre en vuestra contra? ¡No puede ser solo eso!

La esfera que contenía la angustia estalla en mi corazón y se derrama como la lava de un volcán. Cuando dibujo círculos en su pecho, acariciándolo y haciéndolo estremecer, es como si ya no fuera realmente yo misma.

—Tal vez otro día, mi príncipe.

Acto seguido, lo beso, y, por más que busco en mi corazón un ápice de felicidad, solo encuentro terror ante las consecuencias de que descubra quién soy en realidad.

22
Alyhia de Ramil

—Deberíais regresar a vuestra tienda, princesa.

Llevamos horas en su catre. Una fina lluvia cae sobre la tela de la tienda y nos rodea un silencio absoluto. Las primeras luces del alba empiezan a teñir la negra noche, señal de que tengo que abandonar la tienda del príncipe para reunirme con Dayena. Hace tres días que Hadrian y yo nos encontramos y hacemos el amor una y otra vez en la oscuridad de la noche. Darren, mucho menos riguroso de lo que a Vortimer le gustaría, ha facilitado dichos encuentros a escondidas de los guardias.

—Ya os he dicho que me tutearais, príncipe Hadrian.

Le doy un beso en el cuello, y él me atrae cariñosamente.

—Antes de nuestra unión oficial no.

El príncipe tiene ciertos principios que no transgrediría por nada del mundo; otros, sin embargo, son más volátiles, como indica mi presencia en su lecho.

—¡Esta noche, entonces!

Cuando acabe el día, llegaremos a la Piedra del Fuego. Al anochecer, el caballero Darren nos unirá en matrimonio y el príncipe le anunciará a Radelian que no puedo continuar el viaje, puesto que me habré convertido en su esposa. Hemos decidido que nos alojaremos en casa del padre de Darren durante varias semanas a fin de entablar conversaciones con su familia mediante intermediarios. Fue idea mía; así, quizá durante este lapso de tiempo pueda reunir el coraje para confesarle lo que soy. Darren ha aceptado casarse con una princesa de Kapall, probablemente de las más jóvenes. Tal vez sea un pobre consuelo para el rey Cormag, pero esperemos que sirva para calmar su cólera.

—Esta noche —repite el príncipe.

Me obligo a separarme de él y nos besamos una última vez antes de que abandone su tienda y me adentre en la oscuridad. Dayena siempre deja una vela encendida que me guía en la noche, y el aroma a té me acoge a mi llegada.

—Regresáis muy tarde —me reprocha, nada más verme.

Tomo una taza de té y dejo que me prepare para el día que nos espera.

—¿Y qué importa?

Me cubre con una capa beis para protegerme del frío del bosque.

—No me gusta, ni siquiera estáis unidos en matrimonio —responde.

—Lo estaremos esta noche.

—Siempre y cuando Darren haga honor a su palabra.

Hago un gesto despreocupado con la mano. Por supuesto que hará honor a su palabra: es el mejor amigo del príncipe. E incluso si algo se torciera, ¡Hadrian me quiere! Estoy segura de que encontraríamos otra solución. Salgo de la tienda con esta certeza en mente y, bajo una lona que nos protege de la lluvia, espero a que desmonten el campamento junto al embajador general.

—Princesa, me gustaría daros las gracias por vuestra cooperación —exclama, con su habitual pomposidad—. Es bien cierto que este viaje me preocupaba, pero estáis a la altura de vuestra reputación.

Disimulo como puedo una sonrisa maliciosa. Si supiera que pronto me convertiré en la futura reina de Primis, se atragantaría con su propio bigote.

—Muchas gracias, embajador general.

—Deberéis mantener esta actitud durante vuestra estancia en Iskör para no perjudicar a nuestros maravillosos reinos.

Mi sonrisa se desvanece de inmediato.

—Oh, señor embajador general... ¡No esperéis que muestre esta fachada toda la vida!

El embajador enmudece ante mis palabras y, acto seguido, se marcha a incordiar a otra persona. Por fin el convoy está listo para partir y montamos los caballos. El príncipe me lanza una mirada que me envuelve como una suave manta. De nuevo, siento que las próximas horas no pasarán lo bastante rápido. Por desgracia, la lluvia azota los árboles y avanzamos con lentitud. Se ha derrumbado una rama enorme en medio del camino y, pese a que el príncipe no deja de repetir que la despejen cuanto antes, nos hace perder dos largas horas.

Hadrian insiste en que continuemos sin detenernos, lo que provoca los suspiros de los guardias, exhaustos. Aunque noto las piernas entumecidas por las horas de trayecto, sé que es vital que prosigamos.

—El príncipe se ha empecinado en llegar a una Piedra del Fuego esta noche. Pero ¡los caballos necesitan un descanso! —refunfuña Radelian.

—Las piedras nos protegen, y es tradición montar el campamento cerca de ellas siempre que sea posible.

—¡Es una costumbre muy extraña!

—¿A qué os referís?

Radelian suelta una carcajada y se inclina hacia mí, como si pretendiera revelarme un secreto.

—Con franqueza, ¿de verdad consideráis ingenioso que los potenciales atacantes conozcan nuestra posición durante la noche?

Me encojo de hombros.

—Hace tiempo que no suceden ataques por estos lares —objeto.

—Es cierto que no corremos grandes riesgos. Pero eso no significa que los caballos no necesiten descansar.

«Los caballos podrán descansar cuando esté casada con el príncipe», pienso, decidida a acelerar el paso para asegurarme de llegar a la piedra según lo planeado. Los guardias piden de nuevo que nos detengamos, pero el príncipe se niega y continuamos nuestro camino.

Después de muchas largas y agotadoras horas, por fin llegamos a nuestro destino y todo el convoy desmonta entre quejas. El príncipe insiste en acampar lejos de la piedra. Debemos despejar la zona para la ceremonia. La piedra es, de hecho, una enorme roca con una gran llama tallada por los capellanes. La observo con el corazón desbocado mientras me dirijo hacia mi tienda.

Allí, Dayena se esmera en prepararme. Llevo un sencillo vestido blanco de manga larga y el pelo atado en unas trenzas. Aunque no es el atuendo más apropiado para un bosque, quiero estar hermosa para la celebración, que determinará el resto de mi vida.

—¿No te alegras por mí? —le pregunto mientras esperamos a que todos se acuesten.

—¡Oh, sí! Pero no sé... No puedo alejar un mal presentimiento. ¿Y si a nuestro regreso el rey decidiera revelar vuestro secreto al príncipe?

—Entonces ya será demasiado tarde.

En ese preciso momento, Darren asoma la cabeza, apartando la tela que sirve de puerta a la tienda.

—¿Y los guardias? —le pregunto, sorprendida al ver que no están en sus puestos.

—Demasiado cansados para cumplir órdenes.

Salimos del campamento, en el que reina un extraño silencio, y nos dirigimos hacia la piedra.

—Caballero Darren, quería daros las gracias. Sois... Nos estáis salvando la vida.

De repente, se gira y me acorrala contra el tronco de un árbol. Su sonrisa vuelve a ser rapaz.

—No solo estoy salvando *vuestra* vida, Alyhia, y no creáis que lo hago a cambio de nada.

—¿Qué queréis decir con eso?

—A partir de ahora me pertenecéis. Haréis lo que yo os diga, me daréis lo que yo os pida y callaréis, ¿entendido?

El corazón se me encoge en el pecho tan de repente que me falta el aire.

—Y, si no me obedecéis —continúa—, Hadrian sabrá que sois una apire. Y, por si eso no bastara, se lo diré también a todos aquellos que ya están afilando sus armas para destruir el reino. ¿Creéis que el rey de Kapall y sus hijos dejarán pasar la oportunidad? Sin embargo, si hacéis lo que os digo, me convertiré en vuestro mejor aliado. Creo que hasta podría persuadir a Vortimer para que os dejara en paz. Como sabéis, es un hombre de costumbres. Una vez que estéis casada con Hadrian y sepa que vuestra unión se ha consumado, preferirá teneros bajo control a admitir públicamente que dejó escapar a una apire y que esta acabó casándose con su hijo.

Me suelta y su rostro recupera la serenidad, como si no hubiera pasado nada. Soy incapaz de responder, aturdida por sus palabras. ¿Cómo no reparé en su perfidia? Permanezco inmóvil mientras él retoma el camino hacia la piedra.

—¿No venís? —dice, dándose la vuelta—. ¿Debo recordaros que, en realidad, no tenéis elección?

Contengo un sollozo y doy un paso adelante. Deseo casarme con Hadrian y convertirme en reina suprema algún día. Quizá con el tiempo el príncipe llegue a suavizar sus creencias y yo pueda confesarle mi secreto. Pero, mientras tanto, Darren está en lo cierto. No tengo elección.

Llegamos a la piedra, que contrasta con el entorno primitivo del bosque: entre árboles milenarios, es el único signo de la existencia de humanos. Hadrian lleva los colores de su reino y va desprovisto de armas, como dicta la tradición. Sus ojos siguen siendo del mismo azul, pero me da la sensación de ver una llama en ellos. Una llama que brilla por mí.

—¡No puedo creer que por fin haya llegado este momento! —exclama.

Estoy demasiado nerviosa para hablar. El caballero Darren se coloca frente a la piedra, y el príncipe y yo nos miramos y unimos nuestras manos. A pesar del ambiente húmedo y pegajoso que se respira en el bosque, tengo la sensación de que en él crepita la chispa de algo nuevo. No me importa lo que me obligue a hacer Darren. Cuando sea la esposa de Hadrian, ya encontraré la manera de que guarde silencio.

—Bien… —empieza Darren tras aclararse la garganta—. Nos hemos reunido hoy aquí, ante el Fuego, para unir a estas dos personas de por vida.

Mis manos tiemblan en las del príncipe, que me las estrecha para tranquilizarme. En el campamento no hay actividad. Darren tiene razón: todos están demasiado agotados para mantener sus puestos. Lo único que se oye es el ulular de un búho.

—Princesa Alyhia del reino de Ramil, hija de Cordélia y Gaenor, ¿deseas uniros por el Fuego a este hombre?

Pienso en mis padres, que me prohibieron acercarme al príncipe. ¿Qué dirán cuando se enteren de que estamos casados? ¿Podré al fin demostrarles que sé lo que me hago?

—Me comprometo por el Fuego —digo con voz temblorosa.

—Príncipe Hadrian del reino de Primis, hijo de Vortimer y Alayne, ¿deseáis uniros por el Fuego a esta mujer?

El príncipe está a punto de llorar, y yo me siento desfallecer. Estoy tan alterada que el grito que oigo a lo lejos me parece el de un cuervo.

Al instante, la calma del bosque se ve desgarrada por unas brutales exclamaciones.

—Pero ¿qué…? —exclama Darren sorprendido.

Hadrian y yo nos soltamos las manos. Los tres nos quedamos inmóviles, sin comprender qué ocurre. Entonces oímos la voz de Radelian por encima del vocerío.

—¡Todos a sus puestos! —grita.

Al instante, lo entiendo.

—¡Nos atacan!

23
Alyhia de Ramil

Están asaltando el campamento, y yo me encuentro en el bosque, lejos de mi tienda, donde están mis armas. El grito de una mujer rasga la noche, y un estremecimiento me recorre de pies a cabeza.

—¡Dayena! ¡Tenemos que regresar!

Hadrian ha adoptado al instante su papel de jefe del ejército y se dirige hacia el campamento. Yo me apresuro a seguirlo, pero tropiezo varias veces y me raspo las rodillas.

—¡Mis armas! ¡Dadme mis armas! —grita el príncipe al llegar.

Horrorizada, me doy cuenta de que nos han acorralado los röds. Algunos ya han llegado a las lindes del campamento, y varios hombres a medio vestir tratan de contenerlos. Sus ojos rojos me aterrorizan, pero me obligo a regresar a la tienda. Radelian pasa ante mí, armado con unos puñales de relucientes hojas negras.

—¡Dayena! ¡Dayena!

Durante un momento creo que la tienda está vacía. Tengo la sensación de caer al abismo cuando imagino a mi doncella en medio del bosque, muerta. Pero entonces sale de su escondite debajo de la cama y, acto seguido, se apresura a abrir un gran arcón.

—¿Qué haces?

—Supongo que no pensáis esconderos aquí conmigo, así que... ¡tomad! Kamran me dio estas hoces antes de partir.

Agarro las armas por la empuñadura de jaspe mientras el estruendo de los combates se intensifica en el exterior. Le ordeno que regrese a su escondite, el cual disimulo lo mejor que puedo con unos troncos, y, acto seguido, salgo corriendo para unirme a la batalla.

Aunque los röds no tienen fama de ser buenos luchadores, parecen saber blandir las lanzas, y el elemento sorpresa está de su lado. Gracias a nosotros, casi todos los soldados estaban dormidos, agotados tras la larga jornada de viaje. Por suerte, la armadura de los atacantes es de cuero y ninguno lleva casco.

Casi tropiezo con una mujer röd con el cráneo destrozado mientras me dirijo hacia el lugar de donde proceden los gritos de uno de nuestros hombres. Está luchando desde el suelo contra las lanzas de dos atacantes. Voy hacia ellos y me interpongo en su camino, en posición de combate. Ambos me atacan, profiriendo un grito terrible. Desvío una lanza con una de las hoces y esquivo la otra dando un giro. Sin vacilar, me abalanzo sobre uno de ellos y le clavo una hoz en el flanco derecho. Esta penetra profundamente y me hace perder el equilibrio. El otro aprovecha el momento para saltar sobre mí. Me aplasta la mano y profiero un grito. Está a punto de clavarme la lanza en el corazón, pero le remacho la pierna con la otra hoz, haciéndolo aullar de dolor. El guardia lo remata con la espada y yo me levanto enseguida.

—¡Gracias! —grita, recobrando el aliento.

Un nudo en la garganta me impide responderle. Varios de nuestros hombres han muerto o están gravemente heridos, pero el ataque de los röds no cesa. No son muchos, menos de veinte, pero no estábamos preparados. Las sombras se arremolinan alrededor del fuego como una danza macabra. Radelian lucha con precisión y el impacto de su espada resuena a intervalos regulares. Darren y Hadrian se mantienen retrasados, dando órdenes a los guardias que quedan.

—¡Alyhia! —grita de repente una voz.

Cuando la veo, Dayena ya se encuentra en el suelo, y dos röds, un hombre y una mujer, la arrastran por el pelo. Mi corazón late desbocado cuando me abalanzo sobre ellos, tratando de desequilibrarlos sin ningún tipo de estrategia. La mujer suelta a Dayena para encararse conmigo. En un segundo, puedo ver su pelo blanco y su tez pálida, que amplifican la crueldad de sus ojos. Me recuerdan a dos esferas de sangre a punto de estallar.

Me golpea en la cara y caigo al suelo. Distingo el filo de su puñal y ruedo, aterrorizada. La röd se abalanza sobre mí y me embiste de nuevo. Consigo agarrarla de las manos, pero, como si fuera una mera principiante, al hacerlo dejo caer las hoces. Ella me inmoviliza los brazos con brusquedad y veo otra vez el brillante filo del puñal, iluminado por el fuego. Busco mis armas en el suelo, pero es en vano.

Justo cuando va a asestarme el golpe, arqueo la espalda y consigo liberar una de las manos. El puñal se detiene a pocos centímetros de mi pecho. Gruñendo por el esfuerzo, logra hacerme un corte en la mano y la sangre gotea sobre mi vestido blanco. Presa del pánico, miro a mi alrededor y reparo en que estamos junto a la hoguera. El fuego se agita en medio de la oscuridad, observando el espectáculo mortífero, feroz e inmutable.

En un último esfuerzo, sujeto la cintura de mi atacante con las piernas y las inclino hacia la hoguera. Grita de terror y trata de zafarse por todos los medios, pero no la suelto. Las llamas me penetran con más fuerza que nunca, embriagándome con su poder. El olor a carne quemada me llena las fosas nasales mientras la mujer me mira con incredulidad, tratando de arañarme el cuello. El fuego le perfora la piel y su grito rasga la noche. De un brinco, agarro el puñal y se lo clavo en el corazón. Al fin, tras unos segundos, deja de agitarse y cae inerte, mientras las llamas continúan devorándola.

Me levanto y corro hacia Dayena, que está en el suelo. Su agresor yace junto a ella, con una lanza clavada en el vientre.

—¿Has sido tú la que...?

—Sí —confirma sin dejar que termine la frase.

De repente, parece salir de su letargo y, angustiada, me zarandea.

—Princesa, vuestros ojos...

La onda de poder sigue extendiéndose en mi interior. Sé que

tengo los iris llenos de llamas. Trato de controlarme, pero me tiembla todo el cuerpo. Mi vestido está carbonizado.

—Debéis esconderos —dice, retomando su papel de protectora como si no acabara de matar a un hombre.

Antes de que pueda contradecirla, una flecha me roza la mejilla y oigo un gemido a mis espaldas. Al darme la vuelta, veo al caballero Darren. La sangre empieza a brotar de su boca y, como si fuera una marioneta, se desploma. El príncipe se precipita hacia él, gritando su nombre. Darren, con una flecha en la garganta, no se mueve. Me quedo paralizada ante la escena, sin apenas oír los consejos de Dayena y sus intentos desesperados por llevarme de vuelta a la tienda.

Ahogo un grito al ver que el príncipe está rodeado por tres röds. Su rostro está bañado en lágrimas. Ni siquiera se esfuerza por ponerse en guardia. Suelto un aullido y las llamas se propagan sin tan siquiera proponérmelo, interponiéndose entre Hadrian y sus atacantes. Estos retroceden rápidamente para protegerse, mientras que él mira a su alrededor, presa del pánico. Él también se ve obligado a escapar del fuego, que se extiende sin control.

Me esfuerzo por contener mi poder, pero me salen chispas de las manos en todas direcciones.

—Confiad en vos, princesa —me susurra Dayena, abrazándome.

El miedo a hacerle daño hace que el fuego que hay en mi interior se calme. Me tambaleo, incapaz de moverme. Por suerte, aparece Radelian y deja a los últimos atacantes fuera de combate. Varios röds se ponen en pie con dificultad y corren a internarse en el bosque sin que nadie intente detenerlos.

El caballero Darren ha muerto, y el príncipe contempla petrificado mis manos mientras las llamas se extinguen lentamente a nuestro alrededor. Aprieto los puños cubiertos de sangre porque conozco esa mirada. La he visto antes en mi madre, en el rey Vortimer y, a veces, en mí misma. Sé lo que significa. El príncipe Hadrian me mira con repugnancia.

De repente, viene hacia mí. Tengo la impresión de que mi corazón deja de latir cuando me agarra de la muñeca y me arrastra hasta mi tienda. Una vez allí, me tira de malos modos sobre el catre y luego empieza a dar vueltas, arrasando con mis pertenencias a su paso. Me froto la muñeca maltratada.

—Eres… —empieza a decir. Se seca una lágrima y se da cuenta de que su mano está cubierta de sangre. Tiene una marca roja en la mejilla. La sangre de un röd, o quizá la de su amigo—. Eres una apire.

Hunde el rostro entre las manos, balanceándose como un niño que ha tenido una pesadilla. Estoy paralizada, pero sé que tengo que hablar.

—Hadrian, quería decíroslo, pero…

—¿Cuándo? ¿Cuándo ibais a decírmelo? ¡Después de nuestra unión, no hay duda!

Miro al suelo, llena de remordimientos. La verdad es que en cada ocasión que me he imaginado anunciándole lo que soy, mi cuerpo me prevenía del peligro. Aunque desde un buen principio sabía cómo reaccionaría, me negaba a admitirlo.

—Eso era lo que sabía mi padre, ¿no es cierto?

Enmudezco ante sus rasgos deformados por la cólera. De repente, me recuerda a su madre, a esa belleza altiva que no tolera nada que estime por debajo de sus exigencias.

—¿No es cierto? —repite con violencia.

Bajo la cabeza, incapaz de articular palabra. Hadrian suelta un gruñido y después da una patada a uno de los arcones. Este se abre de repente y la decena de objetos quemados por mis experiencias pasadas ruedan por el suelo. Pero el príncipe, con la mirada perdida, no se da cuenta.

—Hadrian, sé que es difícil de imaginar, pero os prometo que controlo mi poder.

—¿Poder? ¿Así es cómo llamáis a esta maldición? El Fuego os ha señalado para que muráis, Alyhia, nos indica que sois impía, que sois…

Enmudeciendo, se seca de nuevo las lágrimas que le resbalan

por las mejillas, ahora cruzadas por dos manchas de sangre. Me arrodillo en la alfombra.

—Esto no debería cambiar vuestros sentimientos —suplico, con una voz que no reconozco—. No es nada, os lo prometo. Dadme la posibilidad de demostrároslo... Si me queréis, permitid que...

—¿Quereros? ¡Pero si ni siquiera os conozco! Pensaba que erais una mujer respetable, pura, pía...

Pese a la desesperación, me pregunto cómo ha podido ver eso en mí. Y ¿qué dice de mí que haya aceptado el amor de un hombre que me ve de tal modo?

—¿Y vos? —suelta—. ¿Cómo podéis pretender amarme ocultándome tal abominación?

Aprieto los puños desesperadamente, consciente de mi culpa. ¿Qué era lo que amaba de él? Ahora apenas lo veo. Su gentileza y hermosura, sí, pero no solo eso. Vi también un modo de salvarme, la única manera de escapar.

Espero la sentencia. Contrae la mandíbula, y una perla de sangre cae a pocos centímetros de mi rodilla.

—Mi padre tenía razón... Estás corrompida.

El tuteo que tanto deseaba ha llegado, pero está lleno de desprecio. Con esfuerzo, reprimo las lágrimas como si de eso dependiera el poco orgullo que me queda. Cuando da un paso atrás, siento que Ramil, mi familia y mi futuro se alejan.

—Nunca me casaré contigo, Alyhia.

24
Alyhia de Ramil

Región de Iskör

Los árboles del bosque de Tiugh se han hecho cada vez más extraños a medida que avanzamos como si fuéramos una procesión funeraria. A lo lejos han aparecido unos peñascos que han ido aumentando de tamaño, y después hemos vislumbrado los acantilados, con unos enormes picos negros, blancos y dorados que parecen sacados de un cuadro que representa un mundo imaginario. El cielo es igual de gris que mi ánimo, y cuando pisamos territorio de Iskör la atmósfera está cargada. Durante horas, todo a nuestro alrededor no es más que viento y desolación. Algunos árboles solitarios luchan contra las ráfagas y la llanura se asemeja a un mar de piedras.

—Todo saldrá bien —murmura Dayena.

—Seguro que no —respondo, acorde con mi estado de ánimo.

¿Cómo va a salir bien? Estamos en Iskör, encerradas para siempre bajo este cielo sombrío. La esperanza se desvaneció en el preciso momento en que las llamas escaparon de mis manos.

Cuando Radelian nos informa de que pronto llegaremos a la ciudadela, yo no puedo evitar desviar la mirada hacia Hadrian. En un instante, todo lo ocurrido pasa ante mis ojos: el entierro de los tres guardias muertos y de Darren, y el altercado con el príncipe. Su mirada llena de repugnancia se me ha quedado grabada en la piel.

Le he suplicado que me perdone por haberle ocultado mi condición, le he pedido que me acepte tal como soy. Me he rebajado a pronunciar palabras que jamás en mi vida habría imaginado que diría. Yo, Alyhia de Ramil, me he arrodillado para mendigar una segunda oportunidad. Me la ha negado. Dayena se equivocaba: el príncipe Hadrian no es tan valiente como ella.

—¡Qué paisaje más singular! —exclama el embajador general, atusándose el bigote—. ¡Bien, en marcha, Alyhia de Iskör!

Me trago una respuesta cortante y espoleo al caballo para hacerlo avanzar. Tras la pelea con el príncipe, guardé cama hasta que apareció Dayena. Fue entonces cuando, en medio de la desesperación, lloré durante horas, despidiéndome de mi vida. Lo peor fue darme cuenta de que ni siquiera pensaba en Hadrian. Lloré por mi futuro perdido, por la ausencia de mi familia, por haber quedado despojada de mis títulos. La mirada del príncipe me perseguía, pero, en lo más profundo de mi ser, yo ya sabía que era imposible que un hombre capaz de mirarme con tal repulsión me amara de verdad.

—Un emisario ha ido a informar al jefe Syn de vuestra llegada. La boda se celebrará lo más pronto posible —me explica Radelian en tono neutro.

Asiento dócilmente con la cabeza mientras franqueamos la gruesa muralla de svärt que rodea la ciudad. En el interior del inmenso recinto, se extienden algunas viviendas de piedra gris, a veces adornadas con otros materiales que desconozco. Aunque al principio son de poca altura y bastante modestas, se hacen más grandes y espaciosas a medida que avanzamos. Algunas están recubiertas casi por completo de svärt negro y otras parecen haber sido talladas en la roca. Los habitantes presentan el mismo aire glacial que Radelian, y nos escrutan cuando pasamos a su lado.

Algunos soldados se unen a nuestra comitiva y conversan con el emisario en isköriano. Todos llevan el pelo largo recogido en una coleta y ropa ajustada, y van armados con unas dagas negras. Miro a Dayena, que se esfuerza por no mostrar su preocupación ante este idioma que ninguna de las dos entiende. El libro que me regaló Ysolte contiene un diccionario. Está guardado en mi ar-

cón y ahora se revelará muy útil. Estaba tan ocupada seduciendo al príncipe que ni siquiera lo he abierto.

—¡Hemos llegado! ¡La ciudadela de Iskör! —exclama entusiasmado el embajador general.

La fortaleza está construida sobre una colina y domina por completo la ciudad. Sus numerosas torres se elevan hacia el cielo y parecen no tener fin. Sus muros, a veces negros, a veces blancos, brillan como piedras preciosas. Una niebla la envuelve como si fuera un gato que se retuerce contra las piernas de su amo.

—Además de svärt, está construida con vït, la roca blanca —aclara Radelian.

Bajamos del caballo y ascendemos una interminable escalera sinuosa, tallada en una roca tan clara que me veo obligada a entornar los ojos.

Arriba nos esperan dos mujeres, en una explanada cuyo suelo es un espectacular damero en blanco y negro. Se dirigen a Radelian en un tono desprovisto de calidez. De nuevo, no entiendo una sola palabra de lo que dicen. Una, la que parece más joven, tiene el pelo negro y corto, mientras que la otra luce una trenza tan larga que roza el suelo. Después de un momento, se vuelven hacia mí y me escrutan con esos ojos azules casi translúcidos. En un gesto inconsciente, aprieto los puños, despertando el dolor causado por el puñal de la röd.

—Estas son las hermanas del jefe, Mylj y Lennie —anuncia Radelian cuando vuelve junto a nosotros—. Me han informado de que todo está listo. La ceremonia se llevará a cabo en unas horas. Os acompañaré a vuestros aposentos.

Una vez más, no puedo evitar desviar los ojos hacia el príncipe, cuyo rostro, en este instante, refleja una profunda tristeza. Aparto la mirada antes de que la desesperación se adueñe nuevamente de mí.

Nadie sale a recibirnos cuando llegamos al vestíbulo. El suelo es igual que el de la explanada exterior. Unas enormes vidrieras bañan la estancia de luz. Cuando le pregunto a Radelian sobre esta cortés bienvenida mientras subimos una escalera infinita, me contesta que aquí no hay costumbre de hacer reverencias.

—¿Ni siquiera al jefe? Y ¿cómo le mostráis vuestro respeto?
—No nos hace falta —replica, encogiéndose de hombros.
Recorremos un largo pasillo flanqueado por muchas puertas. Las paredes son negras, pero no está oscuro. El svärt parece absorber la luz de las antorchas y reflejar su luz. El aire huele a eucalipto y a cera derretida. Llegamos frente a una enorme puerta blanca y lisa, la cual, según informa Radelian, conduce a mis aposentos.
—¿Serán también los del jefe? —osa preguntar Dayena al abrirla.
—No tengo ni idea. Las parejas suelen compartir lecho. Honestamente, esta es la primera vez que se lleva a cabo una unión de este tipo. ¡A saber qué hay previsto!
Cruzo el umbral con un nudo en la garganta. La habitación es grande, de suelos blancos. En el centro, entre otros muebles, destaca una cama que parece cómoda. En la gran chimenea de piedra, también blanca, arde un fuego al que me acerco de inmediato. Llevo un abrigo grueso que me protege del frío, pero quiero absorber el poder del fuego para que me infunda coraje. Justo cuando reparo en que ya han llegado mis arcones, aparece una mujercita con la cabeza rasurada dispuesta a vestirme para la ceremonia.
—¿Ya? ¡La princesa necesita descansar! —protesta Dayena.
—Ella no habla vuestro idioma y yo tengo que irme. No podemos retrasar los esponsales —sentencia Radelian, tras lo que desaparece por el pasillo.
Dayena y yo intercambiamos una mirada nerviosa mientras la mujer coloca el material que ha traído sobre el tocador. Me miro al espejo y me quedo atónita. Aquí no son de metal pulido, y en esta superficie que parece estar hecha de agua puedo verme con más claridad que nunca. El golpe de la mujer röd me dejó un hematoma rojizo en la mejilla y distingo el rastro de sus rasguños a lo largo del cuello. Desvío la mirada, temblando.
—¿Deseáis que me siente? —le pregunto a la criada.
Ella me mira sin comprenderme. Con un suspiro, le pido a Dayena que me traiga el libro de Ysolte. Mientras la mujer me desnu-

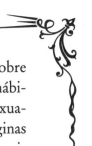

da, lo ojeo rápidamente sin entender nada. La información sobre la nigromancia se mezcla con la descripción del paisaje y los hábitos alimenticios. Cuando me encuentro con las costumbres sexuales, supuestamente muy abiertas, trago saliva y paso las páginas hasta llegar al diccionario. Después de buscar durante varios minutos, encuentro la palabra «nombre», y la pronuncio en voz alta.

—Svenia —responde la mujer.

—Alyhia —indico, señalándome a mí misma.

Ella asiente y continúa con su labor. Acto seguido, me conduce con amabilidad a una habitación contigua, con paredes y suelo negros y brillantes. Al fondo hay un tanque que parece estar tallado directamente en la piedra. La mujer se acerca, acciona una palanca, y un potente chorro de agua empieza a llenarlo.

—¡Vaya mecanismo! —exclama Dayena—. ¿Crees que es magia?

Observo un momento la tubería de la que sale el agua en la pared, y después me encojo de hombros. Svenia deja una pastilla de jabón y regresa al dormitorio. Entiendo que no tiene intención de lavarme. Dayena se adelanta y lo hace por ella.

—No se comporta como una doncella —comenta.

De hecho, Svenia hace su trabajo sin mucha ceremonia ni excesiva cortesía. Me trae un paño para que me seque y, acto seguido, me indica que me acomode frente al tocador. Dayena toma asiento y observa en silencio cómo la mujer me peina el cabello en una larga trenza, que adorna con multitud de hilos plateados y dorados. Me pinta los párpados con una sencilla sombra dorada, y Dayena añade el típico kohl de Ramil. Después, unta una pasta sobre mis heridas, que se vuelven casi invisibles.

Cuando me indica con un gesto que tengo que vestirme, me pregunto cómo lograré embutirme el vestido que me tiende. Parece extremadamente ceñido, y no tengo el pecho plano, como el de las lugareñas. Sin embargo, al ponérmelo, advierto que me sienta como un guante. Y es ligero como una pluma. De color dorado, refulge de manera extraordinaria. Muy escotado, también deja al descubierto buena parte de mi espalda.

—Es güld —señalo en voz alta mientras observo su brillo.

Svenia asiente al reconocer la palabra. Luego se retira, dando a entender que su trabajo ha terminado. Dayena me observa durante un instante con una expresión peculiar.

—Por favor, no me digas que estoy hermosa —susurro.

—Iba a desearte buena suerte.

La necesitaré. Estoy a punto de responder cuando alguien llama a la puerta. Aunque espero unos instantes a que la abran los guardias o algún sirviente, enseguida comprendo que no será así y lo hago yo misma. Me encuentro con Radelian, en pie ante mí, y dos soldados a su espalda. Intercambio una última mirada con Dayena antes de seguirlos escaleras abajo.

—La boda se celebrará en la explanada. Asistirá mucha gente —me advierte al llegar a las enormes puertas blancas que conducen al vestíbulo.

Nunca lo había visto tan incómodo.

—Se suponía que el príncipe Hadrian iba a oficiar de padrino, pero se ha negado. Yo ocuparé su lugar.

Siento una nueva punzada en el pecho, pero me niego a rememorar lo que habría podido convertirse en mi destino. En unos segundos, caminaré hacia el líder de Iskör para unirme a él; eso es lo único de lo que tengo que preocuparme.

—En marcha —declara Radelian cuando se abren las puertas.

Es una suerte que me haya avisado, porque la sala en sí ya está abarrotada. Todas las miradas se vuelven hacia mí cuando doy un paso hacia el camino en forma de semicírculo que trazan unas velas colocadas en el suelo. Sorprendida, reparo en que las nubes se han dispersado: los rayos del atardecer penetran a través de las numerosas vidrieras y tiñen el ambiente de un naranja brillante.

Cuando llego a la entrada a la ciudadela, me marea ver a miles de iskörianos agolpados en la plaza donde nos detuvimos antes. En una tarima, distingo a las hermanas del jefe. También hay un hombre, más fornido que los lugareños. Parece mayor, y lleva la cabeza rasurada y adornada con unos tatuajes negros con formas extrañas. Por un instante, pienso que se trata del jefe Syn, pero

advierto que está detrás de otro hombre. Es alto, más delgado que Radelian incluso, con una piel blanca e inmaculada. Sus ojos son tan translúcidos que parece que el azul que los habita esté a punto de desaparecer, y lleva una larga melena morena peinada en una trenza. Todo su atuendo está confeccionado con svärt; la tela se le ciñe al cuerpo, sin pasar por alto ningún detalle. Parece rondar la treintena, y no sabría decir si me resulta atractivo o no.

Al llegar al pie de la tarima, reprimo mis deseos de volverme hacia el príncipe y miro al jefe con descaro mientras él me escruta, impasible. Todos guardan silencio cuando empieza a bajar lentamente los escalones que nos separan.

—Bienvenida —se limita a decir en mi idioma antes de estrecharme la mano.

Hago lo propio y ambos subimos al estrado. Su mano es demasiado áspera y el contraste con la de Hadrian es tan evidente que contengo las ganas de llorar.

—No solemos celebrar matrimonios —murmura—. Hemos improvisado.

Su acento es fuerte, pero menos que el de Radelian. Al menos, podremos comunicarnos. El hombre más mayor da un paso al frente y empieza a hablar en su idioma. No comprendo una palabra y permanezco inmóvil, perdida.

La ceremonia es rápida y carente de emoción. Llega un momento en el que Radelian me dice que debo arrodillarme. Obedezco y advierto, enojada, que soy la única que lo hace. Los testigos se acercan y musitan unas palabras mientras yo permanezco en esta actitud humillante, ofendida por la sumisión que se me impone. Al fin, se me permite ponerme en pie, y Syn se inclina hacia mí con aire divertido.

—Creo que vuestras costumbres requieren que nos besemos.

Estoy a punto de hacerlo, pero doy un paso atrás.

—Mis costumbres no requerían ponerme de rodillas.

—¿En serio? Pues fue una de las peticiones del rey Vortimer...

Aprieto los puños y Syn parece cambiar de opinión. El hombre de los tatuajes retoma la palabra y la multitud estalla en ovaciones. Parecen benévolas, pero no puedo asegurarlo, ya que el isköriano es estridente y parco en palabras.

El jefe Syn me tiende la mano de nuevo y damos un paso adelante para que el público nos vea. Los últimos rayos del día nos iluminan, cogidos de la mano.

—Estáis radiante —me dice.

Aunque es un cumplido, lo dice en un tono desprovisto de emoción. Miro el vestido y advierto que el güld absorbe la luz del sol y se ilumina, haciéndome parecer una auténtica antorcha viviente. Los espectadores me observan con curiosidad e intercambian comentarios que no entiendo.

—¿Debería saludar?

—Vos decidís —responde, como si no tuviera la menor importancia.

Me suelto y saludo a la multitud. Los niños me devuelven el gesto; los adultos se conforman con esbozar una sonrisa petulante. Me doy cuenta de que ahora ellos serán mi pueblo, lo que me provoca un nudo en la garganta.

Permanecemos allí hasta que el público se dispersa: él, perfectamente tranquilo, yo, igual de nerviosa que al principio.

—Pensaba que aquí no se veía nunca el sol —señalo para romper el silencio.

—A veces sale —dice, y enmudece de nuevo.

Ya ha anochecido cuando la explanada queda desierta al fin. Radelian me explica, en voz baja, que gran parte de los espectadores se dirigen al comedor donde se llevará a cabo el banquete.

—Sin vos, por desgracia —agrega.

—¿A qué os referís?

Parece incómodo de nuevo.

—Debéis ir al dormitorio. Es una petición del…

—Del rey Vortimer —interrumpo colérica.

Me alejo del jefe en silencio y, escoltada por Radelian, entro en la ciudadela a grandes zancadas. El embajador general me aborda, ridículamente emocionado.

—¡Alyhia, muchas felicidades por esta unión tan ventajosa! ¡Ha sido una ceremonia magnífica!

—¡No digáis tonterías!

Palidece ante mi comentario, lo que provoca una risotada sincera a Radelian. En ese preciso momento, aparece el príncipe Hadrian y se planta ante mí con aire impasible.

—Supongo que debo agradeceros que me hayáis acompañado —digo amargamente.

—Os... Os deseo que seáis feliz aquí.

Estoy tan furiosa que me veo obligada a apretar los dientes para no perder los estribos. Luego hace una reverencia perfecta que me saca de quicio. De repente, lo único que anhelo es alejarme de él, de todos ellos y de sus falsas apariencias.

—¡Que tengáis un buen viaje de regreso al reencuentro de vuestro padre y de la esposa que ha elegido para vos! —suelto, antes de darle la espalda.

Acto seguido, me encamino hacia mis aposentos mientras los invitados se disponen a celebrar el banquete sin mí. Dayena no está en la habitación, pero el fuego sigue ardiendo en la chimenea. Absorbo su fuerza y pienso a toda velocidad. En unos minutos, vendrá el jefe Syn, dispuesto a consumar la unión. ¿Qué debo hacer? ¿Ceder al mandato de Vortimer? ¿O resistir, a riesgo de provocar más consecuencias desastrosas?

De repente, mis ojos se posan en el libro azul y recuerdo lo que he leído sobre las costumbres de este pueblo. Aunque desearía tener más tiempo, ya puedo usar lo que sé. Radelian me dijo que la esposa del jefe desempeñaba el papel que creaba para sí misma, y la reina Éléonore me aconsejó que no me aferrara al pasado. Estoy en una nueva región y he abandonado mi tierra, en la que se cazaba a las ermidas y se mataba a los apires. El rey Vortimer ha obtenido su venganza definitiva y ya no puede hacerme más daño.

Cuando se abre la puerta, sé exactamente lo que tengo que hacer. Aprieto los puños cuando el jefe se acerca a mí con un aire tan ligero como la brisa.

—Espero que os gusten vuestros aposentos —dice.

Contemplo su delgadez y la negrura de su melena estirada. No se parece mucho a Radelian. Su figura es más esbelta, y la sagacidad que se refleja en su rostro es conmovedora.

—Bien, si no deseáis hablar —dice ante mi silencio—, imagino que ahora podemos...

—No mantendremos relaciones sexuales.

Frunce el ceño ligeramente por encima de sus ojos translúcidos.

—¿Y eso por qué?

—Porque no me apetece.

Una expresión divertida se refleja en su rostro mientras da un paso más hacia mí.

—Me habían dicho que las mujeres de Primis eran obedientes. Y mucho, a decir verdad.

—No soy una mujer de Primis.

—Cierto... Sois de Ramil, ¿verdad? ¡El reino de la arena!

Aunque la mención de mi tierra me turba, me obligo a seguir con la cabeza bien alta mientras él empieza a dar vueltas a mi alrededor.

—No me obligaréis a hacerlo —declaro.

Súbitamente, se detiene frente a mí, como si dudara de su siguiente paso. Clava sus fríos ojos en los míos, despertando en mi estómago un temor peculiar.

—¿Qué haréis si trato de forzaros?

El miedo se apodera de mí. Desvío la atención hacia las llamas que tengo a la espalda y su fuerza me invade. Siento cómo se agitan, deseando penetrar en mi interior.

—No me forzaréis —balbuceo.

—Os he preguntado qué haréis si trato de hacerlo.

Lleva la mano a mi cuello y acaricia con un dedo los arañazos que dejó la röd. Es un gesto amable que puede convertirse en violento en cualquier instante. Mis manos empiezan a temblar, sacudidas por el fuego que prende en mi interior.

—Decidme la verdad —me ordena con vehemencia—. ¿Qué haréis?

El fuego emite un chisporroteo, rogándome que lo use. Me clavo las uñas en las palmas de las manos con tal violencia que puedo sentir cómo se me acumula la sangre en las puntas de los dedos.

—¿Qué haréis? —repite, alzando la voz.

—¡Os quemaré!

Me nacen unas chispas de luz en las manos, listas para convertirse en llamas si lo deseo. Syn muestra una sonrisa triunfal que no comprendo. Durante un instante, pienso que no me cree y eso convierte mi miedo en furia.

—¡No juguéis conmigo! ¡Podría lastimaros!

Me zafo de su mano, que sigue sobre mi cuello, y siento que las llamas me llenan los ojos. En lugar de retroceder, Syn contempla mis pupilas con algo parecido a la admiración. Su risa resuena por toda la estancia mientras niega con la cabeza al ver que no lo entiendo.

—¿De qué os reís? ¡No me creéis! Pero si soy… Soy…

Enmudezco, incapaz de pronunciar la palabra.

—Una apire —dice él, sin más.

Sorprendida, me quedo inmóvil mientras él sigue mirándome fijamente sin pestañear.

—Cómo… ¿Cómo lo sabéis?

Me posa la mano en la mejilla.

—A ver, Alyhia… Estáis aquí por eso.

Una luna llena preside el cielo mientras trato de conciliar el sueño, pero ya no la temo. Incluso la esperaba con impaciencia, deseando volver a soñar y reencontrarme con la voz que me habla como una amiga.

Igual que siempre, me encuentro perdida en medio de la niebla, que, en realidad, es humo. Siento el calor de las antorchas mientras todos me insultan con un odio visible. Tengo las manos atadas, como lo han estado durante toda mi vida.

«Sabes quién soy», me susurra la voz.

No exactamente, pero sí sé lo que eres. En cuanto a mí, ya no soy una princesa y ya no tengo un reino. Soy simplemente Alyhia, esposa del jefe Syn de Iskör. Pero me estoy preparando para ser mucho más.

«Soy una ermida», confirma la voz.

Y yo soy una apire. Pero no soy la única. He tardado años en cerciorarme de que no estoy sola. Los apires sobreviven en los reinos, con miedo, como las ermidas antes que ellos. En Iskör, según me ha asegurado Syn, no corro peligro. No ha querido decirme más, pero descubriré la verdad tarde o temprano.

Las voces de mi sueño no dejan de insultarme mientras las llamas me rodean. Lo que no sospechan es que me están dando mi arma más preciada. Me deleito con el calor del fuego que baila a mi alrededor.

«Gracias a ti, ya no temo al fuego», me susurra la voz.

El dolor se apodera de mis entrañas, pero no son las llamas las que lo causan. Es sangre, que me resbala por los muslos y me indica que no estoy embarazada del príncipe Hadrian, así como tampoco de Syn. No hemos consumado nuestra unión, y no lo haremos hasta que yo lo decida.

He necesitado perderlo todo para volver a ser la dueña de mi destino, y ahora puedo afirmarlo sin miedo: soy una apire.

«Y yo soy una ermida».

Juntas, podemos vencer al Fuego con fuego.

SEGUNDA PARTE

Seis lunas más tarde...

25
Sybil de Sciõ

Reino de Sciõ

Subo a toda prisa los escalones con zafiros incrustados hasta el vestíbulo del castillo, una enorme sala oval cuyo suelo adorna una majestuosa rosa de los vientos con contornos grises. Me rodean unos soberbios tapices con los emblemas de mi reino: el libro y el arco. Unas grandes puertas de roble comunican con las cuatro torres de estudio de Sciõ: Ciencias, Letras, Historia y Medicina.

En las paredes de granito también cuelgan los retratos de las Regnantes. Mi abuela, sabia e imponente, parece querer transmitirme su fuerza, cuando, en realidad está cada vez más impedida. En el lado contrario, la Regnante Allanah escruta el horizonte con el arco en la mano. Es con la que siempre me he sentido más identificada. Independiente y decidida, gobernó durante más de setenta años, consolidando relaciones con los otros reinos sin olvidar nunca nuestros valores. ¿Estaré a su altura cuando me convierta en la Regnante Sybil?

Durante un segundo, pienso en mi madre, que falleció antes de tener la oportunidad de ascender al trono. ¿Qué clase de reina habría sido? ¿Qué clase de soberana habría querido que fuera yo? La recuerdo estudiando durante horas en la gran biblioteca, como hace ahora Ysolte. Le profesaba un respeto sin límites a mi abuela, veneración que, sin embargo, se teñía de una sumisión ciega que obstaculizaba sus facultades como reina. Yo no soy como ella, ni siquiera me parezco a mi abuela. Tengo un poco de todas las Regnantes, y mucho más. Habré de enfrentarme a obstáculos que ellas nunca han conocido.

—¡Sybil, Margaret me ha dicho que puedes ir a verla!

Me giro hacia mi hermana Garance, una silueta frágil en el cuadro de la enorme puerta. El viento hace ondear su vestido y azota sus dos trenzas, de un rubio tan claro que casi parecen blancas.

—Gracias —digo, y aparto a la fuerza los ojos de la imagen de Allanah.

—¿Puedo acompañarte?

Pese a todas las vicisitudes por las que ha pasado, sigue teniendo el rostro de una niña. A veces olvido que ya tiene dieciocho años. Accedo a su petición y, juntas, nos encaminamos hacia la gran biblioteca por la larga galería de columnas esculpidas con hojas de hiedra. Esta, también oval, es la más grande de todos los reinos. Las estanterías llegan al techo, como si quisieran tocar el cielo. Para mí, siempre han representado el conjunto de saberes que sirve de protección a mi reino: inmutables, más sólidas que un ejército. Acelero el paso, tratando de no pensar en que no son tan resistentes como me gustaría creer.

Entre volúmenes más gruesos que mi brazo se afanan varias decenas de archivistas. El sonido de las plumas arañando el papel me resulta tan familiar que me da la impresión de que nunca se extinguirá.

—¿Quieres que llame a Ysolte? —pregunta Garance, señalando con la cabeza hacia el otro extremo de la sala.

Nuestra hermana pequeña está inmersa en algo parecido a una enciclopedia. Incluso a esta distancia, distingo unas bolsas debajo de sus ojos inyectados en sangre, fruto de su frecuente lectura. No ha sido la misma desde que volvimos. Se ha rapado la larga melena y ya no conserva las tiernas formas de la infancia. Y lo mismo ha sucedido con su carácter: la alegría y la dulzura se han vuelto inestables como el tiempo primaveral. Parece haber pagado las consecuencias de lo que le ocurrió a su hermana, quizá hasta con más vehemencia que ella.

—No, dejémosla.

Seguimos avanzando y cruzamos el patio antes de dirigirnos hacia el cuartel de las arqueras, un edificio de madera de impresionantes dimensiones. Al llegar, nos topamos con varias combatientes, que nos saludan con deferencia. Verlas siempre ejerce en mí un poder calmante, y hoy más que nunca. La jefa de las arqueras está ocupada dando indicaciones a unos jóvenes que cortan flechas, que se inclinan al advertir nuestra presencia. La mujer les pide que se retiren y nos quedamos solas.

—Margaret, ¿qué noticias hay? —pregunto.

Esta, alta y delgada como la cuerda de su arco, tiene el pelo de un ardiente color rojo y unos ojos tan penetrantes como su mente. Mira de soslayo a Garance, probablemente dudando si debe abordar ciertos temas ante ella. La tranquilizo con un asentimiento.

—Seguimos con los entrenamientos y el reclutamiento, princesa Sybil, pero no alcanzaremos las cifras deseadas en tan poco tiempo.

—Y ¿qué se sabe de Kapall?

—No hay movimiento.

Recuerdo demasiado tarde que tengo a mi hermana junto a mí. Sin embargo, la pregunta no parece haberla perturbado.

—¿Y las flechas?

—Como ya habréis advertido, hemos tenido que contratar a cortadores cada vez más jóvenes para mantener el ritmo.

—Y ¿lo habéis conseguido?

Su silencio me indica que no. Me dispongo a exigir una explicación, pero mi hermana se me adelanta.

—Tenéis toda nuestra confianza, Margaret. Continuad esforzándoos tanto como podáis.

Esta esboza una sonrisa agradecida que calma mi mal humor. Me acerco a ella para que nadie más pueda oír lo que le digo.

—Y sobre el otro tema…

—Tampoco hay noticias. Pero en breve recibiré un informe. Os lo haré saber de inmediato.

Asiento con la cabeza antes de decirle a mi hermana que me siga. Muestra cierta irritación que no llego a comprender.

—Lamento haberte herido al mencionar a Kapall —me disculpo.

Ella suspira y acelera. La alcanzo en unos pocos pasos y la agarro del brazo.

—¿Qué ocurre? Lo siento de veras, no sabía que...

—¡Para de disculparte! —grita, encarándome—. ¡Y deja de mirarme así!

—¿Cómo?

—¡Como si fuera a romperme! Lo que pasó con Nathair fue... injusto. A veces me invade la desesperación. Otras, solo siento ira. Pero ¡aquí estoy! ¡Sana y salva! ¡Viva! Y más convencida que nunca de seguir adelante.

Jamás había visto tal resolución en mi hermana. Sorprendida, guardo silencio. De repente, la veo más madura.

—¿Podemos reanudar nuestras vidas sin que ese acontecimiento se convierta en el centro de todo? ¿Puedo ser yo misma otra vez? Deja de preocuparte por mí. He sobrevivido.

Incapaz de articular palabra, la estrecho entre mis brazos. Ella me devuelve el gesto, aunque me da la impresión de que yo lo necesito más que ella.

—Vamos a cenar —sugiere, como si, de repente, hubiéramos intercambiado los papeles.

La sigo hasta el comedor, una gigantesca sala abovedada que cuenta con una larga mesa capaz de acomodar a más de una decena de comensales. El fuego que arde en la chimenea otorga a la estancia una calidez que, en realidad, no tiene.

Como siempre, mi abuela preside la mesa, aferrándose a su bastón aun pese a estar sentada. Tiene la mirada vidriosa y perdida, como si sus ojos estuvieran cansados de no ver. Junto a ella, Allan juguetea con los cubiertos, a pesar de que aún no nos han servido, mientras que, con la otra mano, se aparta unos rebeldes mechones grises. Manchas de tinta y de otras sustancias cubren sus manos de alquimista. Me alegra ver también a Ysolte, con la mirada clavada en un pergamino.

Aunque nos sirven rebozuelos espolvoreados con bayas, que es uno de mis platos favoritos, ni siquiera eso consigue abrirme el apetito.

—Sybil, mañana desearía que asistieras en mi lugar a la reunión sobre las infraestructuras —dice mi abuela.

Come despacio, y no solo a causa de su ceguera. Parece que le han ido mermando las fuerzas desde que regresamos de Primis.

—Muy bien —respondo, esforzándome por engullir una cucharada.

—¿Has tenido oportunidad de revisar el informe sobre la situación de los campesinos? —continúa.

—No me ha dado tiempo.

Bebo un sorbo de agua para reducir la incomodidad, pero lo único que consigo es que se acentúen las náuseas. Ella me asegura que no pasa nada y el silencio vuelve a reinar, con el peso de una losa sobre mis hombros.

—Podría hacerlo yo —interviene Garance.

Mi abuela frunce el ceño, sorprendida, como si no reconociera la voz que acaba de pronunciar estas palabras.

—¿El qué? —pregunta.

—¡Leer el informe! No sé, ayudar a Sybil.

—Ese no es tu papel, querida Garance —suelta mi abuela en voz baja.

—Ya lo sé, pero podría...

Se ve interrumpida por unos golpes en la puerta que dan paso a Margaret. Su mirada de preocupación hace que me ponga en pie enseguida y abandone la estancia.

—¿Y bien? —pregunto con inquietud.

Apenas llego a distinguir sus facciones en la oscuridad del pasillo.

—Nada nuevo. Me temo que... no tenemos noticias de ella. Nadie parece tenerlas. Ya sabéis que no es fácil saber qué ocurre en Iskör... Sin embargo, habéis recibido otra carta de Darius de Ramil.

Me tiende la misiva, que yo introduzco en el bolsillo sin tan siquiera dignarme a mirarla. No necesito leerla para saber lo que dice. Seguramente, él se lamenta de que lo sucedido no nos haya permitido conocernos mejor. Su calidez y su cordialidad se reflejan incluso en su caligrafía.

No tiene ni idea de lo que está en juego en este preciso momento. Lo han protegido demasiado, o quizá sea de naturaleza optimista y crea que lo mejor está por venir. En cualquier caso, debería haberle hecho comprender mucho antes que lo nuestro no tenía futuro. Me vienen a la cabeza la noche de la partida de cartas y mi comentario inapropiado sobre la posibilidad de abandonar el reino por la persona adecuada. Fue una estupidez, una idea nacida de unos sentimientos tan intensos que aún me dominan. No debería haberlo permitido. El príncipe Darius creyó que hablaba de él, mientras que yo llevaba en el corazón el perfume de su hermana.

—¿Y lo que comentamos?

A pesar de la oscuridad, no se me escapa la expresión dudosa del rostro de Margaret.

—Hacerle llegar una carta a la princesa Alyhia me parece difícil, por no decir peligroso...

—Pero ¿es factible?

—Bueno, puede que...

—Hazlo —interrumpo—. Déjame sola, Margaret.

Sé que tiene intención de disuadirme, pero le doy la espalda y ella desaparece como una sombra en la noche.

Me apoyo contra la pared y aprieto los puños hasta que me duelen. Es lo que hago cada vez que Margaret me anuncia que no hay noticias. Con el tiempo, la sensación se ha vuelto familiar. Ninguna noticia de Alyhia, ningún movimiento en Kapall. Igual que en los últimos seis meses. Este silencio me hará perder la razón, porque estoy convencida de que no hay paz en él. Se está fraguando una tormenta engendrada en las ruinas de nuestra estancia en Primis.

26
Alyhia de Iskör

Región de Iskör

Me despierta un estruendo repentino. Abro un ojo y distingo a Dayena, ocupada en encender la chimenea. Una ojeada por la ventana me revela que unas espesas nubes cubren el cielo por completo. Suelto un gruñido y hundo la cabeza bajo la almohada para seguir durmiendo, pero es en vano. Si Dayena ha decidido que es hora de levantarme, estará dispuesta a hacer lo que sea, incluido lanzarme una jarra de agua «sin querer». Como no me apetece mucho resfriarme, aparto las mantas y me siento con las piernas cruzadas.

Tomo una pera de la canasta de frutas que hay a mi lado y la muerdo sin mucha convicción mientras Dayena continúa apilando los troncos diligentemente.

—Empiezo a creer que jamás volveremos a ver el sol… —murmuro entre un mordisco y otro.

Esto va más allá del mal tiempo. La niebla rodea la ciudadela como si quisiera asediarla.

—El día de vuestra unión lucía un sol magnífico —replica Dayena.

Enseguida recuerdo cómo los rayos nos iluminaban a Syn y a mí, cogidos de la mano ante los miles de habitantes de Iskör. Mi mente viaja a la ruta desde Primis y al príncipe Hadrian.

—¡Eso fue hace seis meses! —protesto, con más vehemencia de la necesaria.

Desde entonces, me despierto cada mañana quejándome del tiempo, y después asisto a clases de isköriano. A continuación, almuerzo con Dayena y me paso la tarde leyendo, tratando de dominar el fuego o soñando despierta con la vista clavada en los acantilados que se vislumbran desde la ventana del dormitorio.

El tiempo parece transcurrir como un reloj de arena que funciona al ralentí. Sigo sintiéndome como una forastera en este reino que debería ser mi hogar. Todas las mañanas, cuando pongo los pies sobre el suelo blanco, espero que me acojan las cálidas losas de mi habitación de Ramil. Mi desarraigo es cada vez más difícil de reprimir.

—Vais a llegar tarde —señala Dayena, mientras lucha por encender el fuego sin éxito.

Con un suspiro, me levanto y me pongo una túnica larga de svärt. Solo en Iskör la calificarían de sencilla, porque el material con el que está hecha brilla como ningún otro y se ciñe a mi cuerpo a la perfección. Me ato la larga melena en una coleta bien tensa y me dispongo a salir de mis aposentos.

—¿Sería mucho pedir un poco de ayuda? —refunfuña Dayena, señalando la chimenea con el dedo.

Echo un vistazo a mi alrededor, en busca de una llama.

—Ya sabes que no puedo usar el fuego si no está presente.

—Pues entonces es un poder que no sirve de nada —murmura para sus adentros, y vuelve a concentrarse en los troncos.

Franqueo la puerta blanca, reprimiendo un comentario acerbo. Es inútil conversar con Dayena cuando se pone así. Aunque nunca hablamos del tema, sé que le está costando adaptarse. Y más teniendo en cuenta que, a diferencia de mí, podría haber elegido un camino completamente opuesto.

No me cruzo con nadie al bajar la escalera en espiral que da al enorme salón con el suelo de damero. Me resulta imponente y, por muchas veces que lo vea, no consigo familiarizarme con él. Casi he llegado a la torre de los nigromantes cuando me topo con Lennie, la hermana menor de Syn. Lleva un atuendo similar al de los soldados: pantalones y una parte superior de manga larga de svärt.

—¡Alyhia! ¿Vendrás a cenar con nosotros esta noche? Mi hermano apreciaría tu presencia.

Es poco más joven que yo y, después de cierta frialdad en la primera impresión, enseguida descubrí su desbordante simpatía. Su mirada brillante y traviesa me recuerda a la de Darius. Incluso se esfuerza por expresarse en mi idioma, muy al contrario que su hermana mayor, que sostiene que ya debería saber hablar isköriano con fluidez.

Acepto su ofrecimiento con cortesía y entro en la torre reservada a los nigromantes. Hecha enteramente de svärt negro, no cuenta con los cálidos detalles de la torre de la familia del jefe. En cada esquina se amontonan papeles y grimorios, y decenas de hombres y mujeres con la cabeza rapada y tatuada con extraños patrones van de aquí para allá. Me apresuro a encaminarme hacia el primer piso, donde se encuentra el estudio de mi profesor. Desprende un constante olor a pergaminos viejos y a polvo.

—Buenos días, Kormän —saludo al entrar.

Se trata del hombre que me unió a Syn. Aunque es más bajito y corpulento que la media, tiene los mismos ojos azules translúcidos que todos sus compatriotas. En este preciso momento, baja las manos de la cabeza a un papel lleno de palabras, con lo que veo claramente los tatuajes de su cráneo: varios escritos y símbolos que, como siempre, me resultan incomprensibles y ajenos.

Después de unos segundos, deja de leer y me invita a sentarme con un gesto.

—¿Cómo estás? —dice en isköriano.

—Bien.

Aunque no es gran cosa, me aprendí esta fórmula de memoria al llegar a la ciudadela. Tampoco es que sepa decir que estoy mal en este idioma. En cualquier caso, a nadie le interesaría oírlo.

A continuación, abro mi libro, el de la cubierta azul que me regaló Ysolte de Sciõ cuando aún era la princesa Alyhia de Ramil y albergaba alguna esperanza de no acabar condenada a vagar por aquí para siempre. Sentir su grosor entre los dedos me tranquiliza y me entristece al mismo tiempo.

—Revisemos algunas palabras útiles —continúa Kormän.

Su ceño fruncido me indica que ya está aburrido. Lleva meses dándome lecciones y mi nivel es, como mucho, aceptable. Tampoco es que sea el más paciente de los maestros, aunque eso no es culpa suya: yo no tengo ganas de aprender.

—Agua, fuego, comida, ropa, sol, cielo, ayuda, herida... —recito, de forma aleatoria, algunas palabras que he memorizado.

Con un gesto, me interrumpe y suspira.

—¿Sabías que el pueblo de las rocas pronuncia estas palabras de manera similar?

—¿De verdad? ¿Habláis el mismo idioma?

—¡Oh, no! El isköriano es una versión más compleja y mejorada de su lengua, que es más bien... rústica —responde en mi idioma, convencido de que, de otro modo, no podré entenderlo.

—Entonces ¿admites que el isköriano es complejo?

Kormän suspira de nuevo, pero en sus ojos brilla una chispa de diversión.

—No diría tanto. Yo bien que he aprendido tu idioma.

—Seguramente tenías una buena razón para hacerlo.

Levanta una ceja con altivez.

—¿Y tú no? El simple hecho de tener que vivir aquí para siempre ya debería servirte de motivación...

Guardo silencio. Aún no he asumido lo de «vivir aquí para siempre». Los días pasan, y yo me contento con esperar.

Se aleja del escritorio y examina los grimorios que hay a su alrededor.

—Y, en lo que a mí respecta, aprendí tu idioma por mero amor al saber y al conocimiento —añade.

Su comentario me recuerda a las Regnantes. En mi lugar, Ysolte tendría los ojos bien abiertos, para tratar de descubrirlo todo sobre la cultura de Iskör. ¿Qué pensaría si se enterara de que aún no he franqueado las murallas de svärt que rodean la ciudad? Al pensar en Sybil, se me encoge el corazón de tal manera que me obligo a concentrarme de nuevo en Kormän.

—Es una noble razón —respondo en isköriano tras un instante de reflexión.

—¡Bien! —Su rostro adusto se ilumina con una sonrisa—. Tal vez tu manera de aprender sea hablando y no leyendo manuscritos...

—Es posible.

Me observa durante un instante, al parecer dudando sobre qué camino tomar a continuación.

—Pronto nos visitará alguien a quien conoces —dice en voz baja.

—¿Cómo?

Las comisuras de sus labios se contraen en un amago de sonrisa.

—Una persona de tus reinos..., de tus antiguos reinos, mejor dicho.

—¿De cuál? —exclamo, con el corazón desbocado.

—No sabría decirte.

—¿Hombre o mujer? ¿Un rey, una reina? ¿Sabes cómo se llama? ¿Es de mi familia?

Kormän esboza una ligera sonrisa ante mi impaciencia.

—Formula frases completas —me ordena con amabilidad—. Y solo responderé si no cometes errores.

Aunque me invade un furioso deseo de levantarme y obligarlo a responder, sé que no servirá de nada. No me teme, como ningún isköriano, y mi estatus de esposa del jefe tiene menos valor que el de responsable de cocinas.

Me concentro.

—¿Es un hombre o una mujer?

—Un hombre.

Por mi cabeza desfilan los hombres a los que conozco al ritmo de los latidos de mi corazón.

—¿Se trata de un rey?

—Lo ignoro, pero sé que tiene sangre real.

—¿Su nombre?

Niega con la cabeza, exigiendo que formule mejor la frase.

—¿Sabes su nombre?

—No.

Hago una pausa y siento que unas lágrimas me empañan la mirada. Él me observa sin decir palabra, con su expresión habitual de intensa concentración. Cuando vuelvo a hablar, mi voz es un susurro.

—¿Sabes si es un miembro de mi familia?

—Tu familia está aquí —dice, inclinándose con dulzura hacia mí.

Doy un respingo y casi me caigo.

—¡Eso no es cierto!

Su expresión amable desaparece.

—¡Y no lo es porque no te esfuerzas! —exclama, poniéndose en pie, de repente enojado—. Los iskörianos están dispuestos a acogerte como si fueras de los suyos.

Sé que eso no es del todo falso. Cuando llegué, no esperaba recibir más que desdén, sin embargo los habitantes de Iskör resultaron ser más amables de lo que pensaba. Su frialdad es, básicamente, una fachada, y son capaces de grandes demostraciones de alegría y de amor. Si entendiera lo que dicen, quizá hasta llegaría a encajar en su mundo. Pero, por desgracia, llevo el sol del desierto en el corazón. ¿Cómo podría renunciar a él?

—¿Puedo marcharme? —pregunto en tono glacial.

Chasquea la lengua con rabia, se dirige hacia la estantería que hay al fondo de la estancia y saca un libro, que me tiende con gesto despreocupado.

—Tengo el volumen que me pediste —anuncia.

Lo cojo con avidez. Leo el título en isköriano: *Leyendas del Gran Desierto*. Kormän me lo quita de las manos y me obliga a mirarlo a los ojos.

—No podrás vivir en el pasado para siempre —suelta.

Con una sonrisa, le arrebato el libro de nuevo.

—¿A qué te refieres? Está escrito en isköriano: ¡es una muestra de mi voluntad de aprender!

Él niega con la cabeza, decepcionado, y me despide con un

ademán. Llego a mi habitación a grandes zancadas, saludando a la gente que conozco sin tan siquiera detenerme.

—¿Qué tal ha ido la clase, princesa? —pregunta Dayena nada más cruzo la puerta blanca.

Es la única que aún emplea mi antiguo título al dirigirse a mí. Me encojo de hombros y me tumbo sobre el colchón, con el libro contra el pecho. Ella me agarra del brazo y me obliga a levantarme.

—¡Ah, no! ¡No pienso dejarte dormir antes de comer! —exclama.

Iskör ha cambiado nuestra relación. Aquí, a diferencia de los otros reinos, los sirvientes no son tan sumisos, y Dayena se ha acostumbrado. A veces me tutea y se comporta como si fuera mi igual.

Nos instalamos ante una minúscula mesa pensada para ser un escritorio junto a la que hay dos taburetes cojos. Con la mirada perdida, contemplo la niebla por la ventana y apenas distingo el gusto de las gachas que me ha servido.

—Algún día podríamos comer en la sala principal con todo el mundo —se queja mientras recoge.

—¿Tú también quieres que nos integremos?

—¿Tú no? —replica.

—Sí, sí, pero... No lo sé.

Se acerca a mí y me coloca un mechón detrás de la oreja. Al instante, soy de nuevo una niña de diez años y ella me duerme con sus cuentos.

—Pero tienes miedo —suelta.

Como siempre, Dayena interpreta lo que siento a la perfección. Si acepto Iskör, me despido de Ramil para siempre, y eso es superior a mis fuerzas. Aún albergo cierta esperanza en el corazón, la ilusión de que no todo haya acabado. Jamás he hecho el amor con Syn: nuestra unión es meramente ficticia. Volver atrás aún es posible.

Dayena me observa con cariño y, a continuación, me sugiere que me acueste antes de marcharse a su habitación, contigua a la mía.

La niebla se espesa de tal manera que el horizonte se vuelve tan blanco como el suelo. Por suerte, nos hemos esforzado en darle cierta calidez a la estancia. La cama está cubierta de cojines de color arena, y en los estantes hemos colocado bocetos que representan a Ramil. Dayena incluso encargó un retrato de mis padres y mi hermano. Por desgracia, tras una descripción física fragmentada, el artista no logró acertar del todo. A veces me gusta imaginar que las personas a las que dibujó son otra familia, la mía propia, que vive en Iskör y con los que desayuno una vez por semana.

Me siento frente al fuego para practicar. Aunque tratar de controlarlo me supone una cantidad colosal de energía, probablemente sean los únicos momentos en los que me siento viva. Nada más me sitúo ante él, este se estremece y se agita con impaciencia. Absorbo su fuerza durante unos segundos y después me concentro para que me obedezca. Y lo hace, reduciéndose a una pequeña bola escarlata en el centro del hogar y después creciendo de repente cuando se lo ordeno. Esto ya basta para que me tiemblen las manos. Luego trato de crear olas, pero se muestra más reacio. Se ha cansado de obedecerme. Una gota de sudor me perla la frente mientras una llamarada se separa de las otras, como tratando de escapar de la chimenea. Serpentea alrededor de mi brazo, como una cinta de raso incandescente capaz de destruirlo todo. Acto seguido, sube hacia mi cara y la acaricia. Suelto un gruñido y me esfuerzo por hacerla regresar, pero no lo consigo. Cierro los párpados para evitar su hechizo.

—¡Ya basta! —grito, y la obligo a retroceder haciendo uso de todas mis fuerzas.

La llamarada se repliega abruptamente, emitiendo un silbido de despecho. Corto el vínculo y le doy la espalda al fuego. Agotada, me tumbo sobre la cama y me pongo a hojear el libro acerca de mi reino. Solo entiendo una palabra de cada dos, pero mis pensamientos se pierden entre las dunas y las grandes hogueras de las ceremonias. De repente, estoy recorriendo el desierto en camello con Kamran, al encuentro de los pueblos que en él moran. Si cierro los ojos, casi puedo sentir que el sol me quema la piel.

—Despertad —me insta Dayena al cabo de un rato.

Un rápido vistazo al exterior me dice que la tarde se acerca a su fin. Evidentemente, la niebla no se ha levantado. Aunque refunfuño unos segundos, Dayena me advierte de que no tenemos tiempo y me empuja hacia el baño.

Cuando tira de la palanca, el agua comienza a fluir por sí sola. A nuestra llegada, ambas pensamos que era arte de magia, pero no es así. Los arquitectos de Iskör son, sencillamente, más ingeniosos que los nuestros. Aunque aún no he descubierto cómo consiguen que el agua siempre esté a la temperatura ideal, me alegro de que así sea y disfruto de dicha comodidad.

—¿Este? —propone Dayena, mostrándome un vestido de güld dorado.

—No, el sencillo.

Se detiene y guarda silencio, con una clara muestra de desaprobación.

—¿Estáis segura?

Sé que le gustaría que me arreglara para presentarme ante Syn.

—¡Sí, estoy segura! ¿Por qué quieres que me ponga guapa para él? —digo, agarrando yo misma el paño para secarme.

—Bueno, es vuestro esposo, y algún día tendréis que...

—¿Qué? ¿Qué, Dayena?

—¡Lo sabéis muy bien! Seguro que él desea tener linaje.

Acabo de secarme en silencio, dándole vueltas a la idea, enojada. Vuelvo al dormitorio y me siento al tocador, frente al espejo.

—En Iskör no hay herederos, y no me han traído para eso —replico con voz calmada, cuando Dayena comienza a desenredarme el pelo—. Estoy aquí porque soy una apire. Eso fue lo que me dijo Syn la noche de nuestra boda, y no ha añadido nada más desde entonces. No le importa la consumación; no me necesita para eso, y mejor así. También es curioso que no tenga hijos, dada la cantidad de amantes que parece tener.

—Como prefiráis, princesa —responde Dayena.

Me peina con un moño y después me pone la misma túnica negra que llevaba antes y me maquilla los ojos con kohl, una costumbre de Ramil que hemos conservado.

Sin más dilación, me apresuro a bajar por las escaleras de la torre hasta la sala principal. Estrecha y enorme, durante el día está bañada de luz gracias a los gigantescos ventanales que horadan la pared a la derecha. Esta noche, la estancia está salpicada de velas. Como siempre, la presencia del fuego me tranquiliza.

La sala está hecha íntegramente de vït blanco, y las losas tienen un reborde dorado de güld, lo que le concede una belleza especial. Hay varias docenas de mesas dispuestas y todo el mundo puede venir a comer cuando le plazca. Me dirijo hacia la mesa del jefe, donde tomo asiento sin decir una palabra bajo la mirada inquisitiva de Mylj.

—Podemos empezar —dice Syn.

Desde que llegué, requiere mi presencia en prácticamente todas las cenas. En cada ocasión, los invitados me esperan para empezar, y mientras comen mantienen conversaciones en isköriano, que logro seguir a retazos. Aunque mi oído está mejorando poco a poco, sigo sin albergar deseos de participar. A veces Syn se dirige a mí en mi idioma, pero la charla pronto se apaga. Ya no temo sus ojos translúcidos ni su sonrisa a veces feroz. Hasta podría fantasear con que me gusta, pero un velo sombrío se ha posado sobre mí desde que llegué, y no me veo capaz de retirarlo.

—Kormän me ha dicho que has mejorado mucho con el isköriano —afirma Lennie mientras nos sirven las aves de corral.

Tardo unos segundos en entender sus palabras, lo que provoca la burla de Mylj. Las llamas de las velas que tengo alrededor se estremecen, como si verme agitada las hubiera perturbado.

—Ah, ¿sí?

—A mí me ha dicho lo mismo —añade Syn.

—Bueno, pues entonces debe de ser verdad —farfullo.

Es cierto que he entendido una buena parte de lo que se ha dicho desde que hemos empezado a cenar. Algo de invitados y de banquetes que hay que organizar. De repente, recuerdo el extraño comentario de mi profesor sobre una visita.

—¿Quién nos visitará en unos días? —pregunto con avidez.

De inmediato, Mylj frunce el ceño, indicándome que he hablado en mi idioma. Tardo unos pocos segundos en repetirlo en isköriano.

—Ah, sí... Esa es la razón por la que quería que vinieras esta noche —responde Syn.

Reprimo una carcajada. Siempre encuentra alguna excusa para justificar mi presencia.

—Dentro de poco llegará un monarca procedente de los reinos unificados. Tenemos que hablar de negocios con él. Pensé que tu compañía satisfaría a su corte, y a él mismo, si se diera el caso...

—Radelian me ha comentado que no es de los que se espantan fácilmente... —comenta Mylj.

Se echa la larga trenza a la espalda sin dejar de mirarme. Aparte de por mi condición de forastera, no encuentro motivo alguno para su hostilidad. Sospecho que no soy la esposa que esperaba para su hermano, pero ella tampoco es nada de lo que yo deseaba, y no me parece estar comportándome con tanta condescendencia.

—La presencia de Alyhia podría ser muy útil —replica Lennie, esbozando una sonrisa.

Aprieto los puños, tratando de contener mi impaciencia. El susurro de las llamas es cada vez más fuerte; sin embargo, soy la única que parece darse cuenta. Cuando pregunto de quién se trata, no puedo reprimir un ligero tono de súplica en la voz.

Syn hace un ademán despreocupado.

—¡Oh, lo conoces! Es el rey de Zafiro.

—¿Kaleb? —suelto, sin apenas ocultar la decepción.

—Así es.

Pues claro. Él fue el que más interesado se mostró en comerciar con Iskör. El zafiro no se cotiza muy bien en el mercado, y la competencia de Jaspe es demasiado fuerte. Eso por no mencionar su singular enemistad con los gobernantes de la isla de Maorach. Sin embargo, me desconcierta que haya decidido desplazarse hasta aquí.

—¿Por qué desea venir él mismo?

—Tenemos varias cuestiones que tratar —responde Syn.

—¿Solo temas comerciales? —pregunta Mylj, con su seriedad habitual.

—No lo sé.

Trato de ahogar la decepción que siento en una copa de licor rosado. No deseo encontrarme con el rey Kaleb. No lo odio, pero tener a una persona fría como un témpano de hielo a mi lado no me reconforta en absoluto.

De repente, me doy cuenta de lo que acaba de decir Mylj.

—¿A qué te refieres? ¿De qué más querría hablar, aparte de negocios?

Los tres intercambian una mirada perpleja. Pese a que llevo meses viviendo entre estas paredes, no formo parte de su familia. Aunque no puedo quejarme, siento una pizca de decepción.

—Ya sabes la posición que ocupa Jaspe en estos momentos... —me aclara Lennie despreocupadamente—. Lograron dos golpes políticos de cierta importancia, ¡y el pobre rey Kaleb se ha quedado sin aliados!

Me enderezo tan rápido que derramo licor sobre mi vestido.

—¿Dos golpes políticos de cierta importancia?

Mylj pone los ojos en blanco.

—Bueno —responde—. Adèle de Jaspe está embarazada del príncipe Duncan de Kapall.

—Sí, ¿y?

Agarro la copa con tanta fuerza que temo romperla. Aunque no hay motivo, mi corazón se prepara para recibir un fuerte golpe.

—Y Oxanne de Jaspe ahora es esposa del príncipe Hadrian de Primis.

27
Alyhia de Iskör

En mi dormitorio, hecha un ovillo ante el fuego, trato de descifrar una frase del libro sobre el Gran Desierto por tercera vez. Las llamas, en calma, se acurrucan como si desearan que me concentrara. Solo se oye a Dayena, que dobla ropa a mi espalda. Cierro los ojos, pero mi atención no deja de desviarse como si fuera un carro que avanza por un camino de piedras.

—¡Estoy harta! —grito, y mando el libro a paseo.

El fuego se reaviva, perturbado por mi ira.

—¿Y ahora qué ocurre? —pregunta Dayena, recogiéndolo.

—¡No soy capaz de hacer nada!

—Estás preocupada, es normal…

Respondo con un gruñido y clavo los ojos en el fuego. Este se inclina hacia mí como si quisiera apoyarme en la adversidad. Reacciona de este modo desde que me enteré del matrimonio de Hadrian, pese a que le di la espalda a la posibilidad de nuestra unión el día que me casé con Syn. Lo único que quería en ese momento era verlo desaparecer, a él y a su odio a los apires. Pero en el fondo de mi ser, en un lugar muy profundo que no osaría mostrar a nadie, fantaseo con el futuro que habría tenido de haber sido una mera princesa del desierto y no una apire. Habría podido gobernar junto con mi hermano. Habría gozado de la compañía de mis hermanas y de mis padres, y habría pasado el resto de mi vida recorriendo las dunas del Gran Desierto. O quizá —una posibilidad que siempre me revuelve el estómago— me habría podido convertir en soberana de Primis y de todos los reinos junto con Hadrian, más mesurado y reflexivo que su padre. En cambio, soy la esposa del jefe de un lugar que ni siquiera reconoce el matrimonio.

—No estaría de más que salieses a dar un paseo —aconseja Dayena.

—¿Y adónde quieres que vaya?

—Me da igual, mientras despejes la mente.

Aunque suspiro al mismo tiempo que las llamas, me obligo a levantarme.

—¿Desde cuándo me das órdenes? —digo ante la puerta.

—Desde siempre. Lo que pasa es que ahora ya no me molesto en hacerlo con educación.

Salgo riendo y me encamino sin pensar hacia la biblioteca, que se encuentra en la última planta de la torre, no con la intención de repetir el fracaso de la lectura, sino con el fin de encontrar un rincón desierto en el que tumbarme un rato para que, al volver, Dayena crea que he estado activa y sociable.

Cuando me adentro en la estancia circular, el silencio es igual de impenetrable que los manuscritos que lo rodean. Solo se oye el repiqueteo de la lluvia, así como el susurro de las llamas de las velas en unos altos candelabros. En el techo hay una abertura redonda por la que se cuela una agradable luz. Está hecha de vït, la piedra blanca, y la han pulido una y otra vez hasta convertirla en reflectante a la vez que permite el paso de la luz. Como siempre, me deslumbra la destreza de los iskörianos. Vortimer tenía razón: los reinos unificados podrían beneficiarse de sus piedras.

Tan enfrascada estoy en mi contemplación que no reparo en que hay un hombre en pie, apoyado sobre la mesa de madera oscura. Me sobresalto al reconocer a Syn y pido disculpas de inmediato. Como ya es habitual, lleva los cabellos morenos trenzados y el atuendo de svärt se ciñe a su delgada silueta.

—No te preocupes —dice en mi idioma, señalando que, como de costumbre, he olvidado hablar en isköriano.

Se sumerge en su lectura de nuevo, como si yo no estuviera allí. Aunque mi primera intención es irme, me acerco a él rodeando la mesa y reparo en que está examinando un mapa de los reinos. Por encima de Iskör veo la región de las rocas, territorio de los röds y de otros pueblos desconocidos. Localizo el bosque de Tiugh, ilustrado con unos árboles altos y de ramas retorcidas. Más abajo están los reinos que consideraba míos hasta hace poco. Desvío la mirada al ver las tierras de Ramil. Advierto que me he aproximado tanto al jefe que nuestros brazos se rozan. Pese a ser oficialmente mi esposo, nunca hemos estado tan cerca.

—¿Echas de menos tu reino? —pregunta de repente.

Su tono es tan íntimo que me provoca un aleteo en el estómago. Estoy tentada a mentir, pero no lo hago.

—Terriblemente —respondo, apartando la mirada.

Asiente con la cabeza, como si ya lo supiera de antemano. Sus ojos son de un azul tan pálido que resulta difícil adivinar lo que piensa. Aunque en su atuendo no se ve ni una arruga, a menudo unos mechones negros se escapan de su trenza despeinada. Desde que llegué, conmigo muestra una inteligente mezcla de interés e indiferencia.

Cuando señala el reino de Ramil, se aproxima tanto a mí que noto su aliento en la nuca y, por un momento, me recuerda al cálido viento del desierto.

—Ya sabes que sentir añoranza de esto... —Recorre con el dedo el río Deora antes de llegar a Iskör— no significa que no puedas apreciar esto otro.

—Yo nunca he dicho que...

—No hace falta —me interrumpe, y lanza un suspiro—. Supongo que has venido a anunciarme que declinas mi ofrecimiento.

—¿Qué ofrecimiento?

—El mensaje que te acabo de enviar...

Desconcertada, le digo que no he recibido ningún aviso.

—Entonces ¿tu presencia aquí es casual? Muy bien, supongo que es mejor que te lo diga directamente... —Su tez se sonroja un poco, lo que no hace más que aumentar mi incomodidad—. Te he organizado algo.

—¿El qué?

Syn da un paso atrás, y la distancia entre nosotros se vuelve bastante más aceptable. Sus mejillas tardan unos segundos en recuperar el tono natural.

—Me han hablado de tus habilidades para el combate, pero, desde que llegaste a la ciudadela, no has entrenado —aclara.

Asiento con la cabeza para confirmar lo que acaba de decir. No he sentido la necesidad de experimentar el ardor de un entrenamiento desde hace meses. A decir verdad, no he sentido necesidad de nada en absoluto.

—Así que le he pedido a Radelian que te dé una lección —continúa—. Te está esperando en la sala de entrenamiento. Si te apetece, claro.

Preferiría volver a la cama, pero su tono es tan amable que no puedo negarme. Mi incomodidad se agrava aún más cuando se ofrece a acompañarme a la sala de entrenamiento, situada en el sótano de la torre.

Me devano los sesos en busca de un tema de conversación mientras bajamos las escaleras que unen las numerosas plantas. Cuando nos topamos con Mylj, esta se muestra tan irritada al vernos juntos que descarto cualquier tentativa de charla. Nada más llegar, Syn desaparece por el pasillo sin tan siquiera mirar atrás.

Dispuesta a regresar a mi dormitorio cuanto antes si no encuentro a nadie, entro de puntillas en la estancia. Huele a humedad, y sus paredes de piedra rezuman. También circular, la sala está llena de armas de svärt alineadas en los estantes. En el centro, unas gruesas esteras de batalla cubren el suelo.

—Me han dicho que alguien necesita desahogarse y sacar su rabia… —exclama Radelian, que emerge de detrás de un estante.

Aunque siempre va vestido de soldado con el uniforme negro de svärt, he aprendido a reconocerlo desde nuestro primer encuentro. A menudo es demasiado directo y distante, casi brusco, pero aquí me resulta una de las personas más cariñosas.

—¿Quién te ha dicho eso?

—Tu expresión, tu comportamiento, tu voz, tu…

—¡Está bien, entendido!

Suelta una carcajada y me lanza dos objetos, que atrapo al vuelo. Desenvaino las armas y descubro que son un par de hoces negras ligeramente curvadas. En la empuñadura, engastada en güld, hay unas palabras grabadas en isköriano.

—Regalo del jefe —me indica, desenfundando un puñal—. ¡Y, ahora, a calentar!

No me da ninguna indicación, así que hago lo de siempre. Empiezo por correr en círculos a su alrededor y después realizo unos movimientos para desentumecer los músculos de brazos y piernas. Nada más eso ya me hace sudar. A continuación, me pide que me coloque ante él y efectuamos unos pasos sencillos. Poco a poco, experimento sensaciones familiares, las de los entrenamientos con Kamran. Estoy feliz y emocionada al mismo tiempo, y reprimo las lágrimas para no perder la concentración.

—Muy bien. Ahora cuéntame las razones de tu rabia —exige, cambiando el puñal por una espada impresionante.

—¿Y si no quiero?

En lugar de responderme, me ataca con fuerza. Bloqueo el filo de su arma, aunque el golpe se transmite por todo mi brazo. Puede que su silueta sea desgarbada, pero es puro músculo.

—Tú decides —suelta.

Ataca de nuevo, con tal violencia que noto un ligero crujido en la muñeca.

—¡Echo de menos a mi familia! —grito, tratando de alcanzarlo en el vientre.

Radelian me bloquea retrocediendo un paso.

—Eso no es una razón para estar enojada, sino triste. Aprende a diferenciar entre lo uno y lo otro.

Vuelve a atacar. Esta vez, detengo su golpe con un gruñido y contraataco de inmediato. Le rozo el hombro con el filo del arma.

—Otra razón —ordena.

—¡Odio a Vortimer por haberme enviado aquí! —Una cólera sorda me golpea las costillas, retumbando como si fueran los pasos de cien soldados—. ¡Odio a Hadrian por haberme abandonado!

Ataco, pero me bloquea con la espada.

—¡Odio a mi madre por haberme hecho sentir repugnancia hacia mí misma!

Cuando él ataca, ya no siento dolor. Soy solo un cuerpo lleno de resentimiento.

—¡Y a mi padre por no haber hecho nada!

Deja de atacarme y se dedica a parar los golpes que le lanzo sin técnica alguna. Mis hoces se ensañan con su espada, provocando unos chirridos igual de discordantes que mi estado de ánimo.

—¡Me odio a mí misma por haber sido tan inconsciente! —grito de nuevo.

Él retrocede y clava sus ojos en los míos mientras me enjugo las lágrimas que resbalan por mis mejillas con un gesto furioso y brusco.

—No se puede estar tan furiosa —dice—. ¿Crees que sirve de algo?

—¡Yo no he elegido estar furiosa!

—¿En serio?

—¡No entiendes nada!

—Muy bien —añade simplemente, antes de volver a entrar en acción.

Sus movimientos son tan rápidos que apenas llego a contrarrestarlo. Su espada toca mi brazo, dejando un fino rastro de sangre, y luego me da una patada en el estómago que me estrella contra la pared. Aprovechando mi situación de vulnerabilidad, me roza el cuello con la punta de la espada.

—¿Sabes lo que le dije a Syn cuando llegamos de Primis? —suelta, también visiblemente enfurecido.

Me tiemblan tanto las manos que suelto las hoces. Solo consigo negar con la cabeza mientras él se acerca a mí.

—«Iskör podría gustarle, pero probablemente sea demasiado obtusa».

De repente, retrocede y abandona la sala refunfuñando en isköriano unas palabras que no comprendo. El portazo me sobresalta y me dejo caer sobre el frío suelo, donde me hago un ovillo. Rompo a llorar de nuevo, pero sería incapaz de decir por qué.

28
Alyhia de Iskör

Hoy llegan el rey Kaleb y su séquito. Dayena lleva una hora arreglándome, y no sé qué pensar. Aún me duele el estómago por la patada que me dio Radelian durante el entrenamiento. Con cada espasmo que me sacude, sus palabras rugen en mis oídos. Debería sentirme furiosa porque se haya dirigido a mí en ese tono, pero no lo estoy. Sencillamente, estoy confusa, y también avergonzada, aunque soy incapaz de explicar el motivo.

—Parecéis sumida en vuestros pensamientos —murmura Dayena mientras me trenza el pelo.

—Así es.

—¿Son felices?

—Me temo que no.

Tiene una expresión triste, y me observa en el espejo, como si la imagen que en él se refleja no fuera la de mi rostro.

—¡En cualquier caso, estás muy hermosa!

En honor al rey Kaleb, llevo un vestido blanco de vït, en el que se han engastado unas piedras azules que nos envió desde su isla. Sin embargo, no me parezco en nada a una isköriana: mi piel no es tan blanca, mi cabello es demasiado claro y tengo las caderas y el vientre de mi abuela, con unas curvas más pronunciadas de lo que es habitual por aquí. Dayena me sujeta una tiara tachonada de zafiros en la cabeza y anuncia que estoy lista para bajar al vestíbulo.

Unos minutos más tarde, me encuentro en pie junto a la familia del jefe en lo alto de la escalinata, ante el suelo de damero que tanto me impresionó a mi llegada. La delegación de la isla de

Zafiro sube lentamente los escalones blancos mientras los sonidos de la ciudad se elevan hasta nosotros. Me parece distinguir un entrenamiento de soldados, con el ruido característico de los filos de svärt al entrechocar. Se ha levantado una espesa niebla, y da la impresión de que vivimos en una isla oculta para todos.

Reconozco enseguida al rey Kaleb entre la veintena de soldados vestidos con un grueso atuendo azul oscuro. Sus músculos se tensan por el esfuerzo de la subida, aunque su porte erguido es tal como lo recordaba. Es curioso que pueda parecer tan viejo y tan joven al mismo tiempo. Incluso a esta distancia, su voluntad de hierro electrifica el ambiente.

—Ese hombre es muy atractivo —me dice Lennie al oído.

Me río al imaginar a una persona tan amable como ella con un hombre tan frío como Kaleb.

—Espera a hablar con él…

—¿Lo conoces bien? —me pregunta Syn en mi idioma.

Rememoro los momentos que pasé con el rey de Zafiro en Primis, y lo veo entrar en la cámara del consejo con determinación y negociar fervorosamente con Radelian a su llegada.

—Bailé una vez con él —respondo, riendo.

Cuando el rey Kaleb llega ante nosotros, Syn inclina ligeramente la cabeza, respetando la etiqueta de los reinos en lo referente al saludo entre soberanos.

—Ya conocéis a Alyhia —dice al momento, con un ademán en mi dirección.

«Alyhia», simplemente «Alyhia». Ni título ni reino. Me trago la amargura y saludo cortésmente al rey Kaleb, a lo que él responde con su frialdad habitual. Al igual que la primera vez que lo vi, su ojo, cruzado por la cicatriz, me provoca un estremecimiento. Cuando Radelian da un paso adelante, el tono se vuelve menos tenso. Durante la estancia en Primis, no reparé en que se hubiesen hecho tan amigos. Debo admitir que tenía otras cosas en la cabeza.

Ya ha anochecido cuando entramos en el salón principal, donde los sirvientes se apresuran a encender las velas de la larga mesa dispuesta para recibir a los invitados. En el aire flota un olor agradable, una combinación de sidra caliente y cera derretida.

—Comeremos rápido para dejaros descansar —anuncia Mylj con una notable ausencia de acento.

No soporto que me impresione, pero así es. Me siento ante el rey.

—Rey Kaleb, os alegrará saber que aquí no bailamos —bromeo.

Durante un instante me observa fijamente y, acto seguido, parece recordar y reprime una carcajada.

—¡Ah, sí! Sois la mujer a la que le gusta bailar en los bailes.

—Y vos, justo lo contrario —respondo, sirviéndome una copa de licor.

Un peculiar sentimiento me embarga el corazón: la felicidad de tener ante mí a alguien que me recuerda mi vida anterior, aunque sea el rey Kaleb. Lennie se sienta junto a él con una sonrisa encantadora, muy parecida a la de Oxanne de Jaspe.

Charlamos de cuestiones triviales durante la cena; aún no es momento de negociar. Cuando aparecen las bandejas de queso, el rey Kaleb adopta su aire serio de soberano.

—Me gustaría acompañaros en vuestros viajes mañana, jefe Syn, y todos los días siguientes, si lo consideráis aceptable. Tengo mucha curiosidad por descubrir vuestra región.

—Por fin alguien curioso —comenta Mylj, mirándome de reojo.

Estoy a punto de atragantarme. Después de que Syn acceda a la petición, el rey Kaleb me pregunta:

—¿Y a vos, Alyhia? ¿Qué es lo que más os sorprendió cuando llegasteis?

Mylj esboza una sonrisa de oreja a oreja, como la de un enemigo que sabe que estás perdido.

—Las... piedras, supongo —balbuceo.

El silencio que sigue es tan espeso como la niebla de la región. Carraspeo, tratando de encontrar otro ejemplo, pero no se me ocurre nada.

Por suerte, la atención se desvía hacia los soldados de la isla de Zafiro. Algunos sacan cartas y dados y animan a los isköríanos a participar, la única manera de comunicarse con ellos. Syn sugiere que me una a ellos, pero lo rechazo con cortesía.

Cuando su mirada se detiene en mí unos instantes de más, noto que algo parecido al arrepentimiento me encoge el corazón. Lo ignoro lo mejor que puedo y abandono la estancia. En cuanto cruzo la puerta de mis aposentos, Dayena me pregunta por qué he regresado tan pronto. Con un gruñido, le digo que me deje en paz y me acerco a la ventana.

Un segundo después, alguien llama a la puerta. Reconozco la voz de Syn e intercambio una mirada de incomprensión con Dayena. Esta se dirige a su habitación, mientras que yo me dispongo a enfrentarme a mi esposo. Pese a su porte erguido, nunca lo había visto con una actitud tan tímida. Advierto que sostiene una caja de dimensiones medianas.

—Disculpa que te moleste, pero tengo un regalo para ti y creo que es el momento oportuno para dártelo.

Voy a responderle cuando de la caja escapa un gorjeo. Desconcertada, me hago a un lado y lo dejo entrar. Deposita el regalo sobre una silla.

—Mis soldados lo encontraron en las montañas cercanas a la región de las rocas —me dice, mientras los gritos procedentes de la caja se hacen más fuertes—. Pensé que te gustaría, porque es un…

La caja se abre de repente y veo lo que hay en su interior. Aunque a primera vista se podría pensar que se trata de un simple pájaro, no es así. No es más grande que un cubilete, pero sus plumas ya son largas y de un rojo ardiente. El animal me observa con la cabeza ladeada y reparo en que sus ojos están llenos de unos puntitos dorados, como las chispas de una fogata a punto de encenderse.

—Es imposible, es un…

—Un fénix. Son extremadamente raros, tanto que se cree que llevan una existencia solitaria y que solo hay uno en todo el mundo.

Observo al pájaro, que no aparta sus ojos de mí. Parece frágil e indestructible al mismo tiempo.

—¿Acaba de nacer?

—Y de morir —responde Syn—. Estas aves renacen de sus cenizas. —De repente se me acerca y, con un tono de voz diferente, añade—: Como tú, Alyhia.

Alzo la mirada y contemplo sus rasgos, más vulnerables que nunca.

—¿A qué te refieres?

—Has perdido títulos, familia y reino. Eso es casi como morir. El problema es que has decidido vagar en el limbo. Con este regalo, quiero invitarte a renacer.

El fénix lanza un nuevo grito, como mostrando su conformidad. Tengo el corazón en un puño y las lágrimas me llenan los ojos cuando tomo la mano de Syn. No me parece tan áspera como el día de nuestra boda.

—Es el regalo más bonito que he recibido en mi vida —digo, y, obligándome a hablar en isköriano, añado—: Gracias.

El tamaño de su sonrisa hace que me nazcan unas chispas en el pecho. Alertada por los gritos del fénix, Dayena regresa y empieza a refunfuñar sobre las desventajas de tener un pájaro en nuestros aposentos. Syn se despide de nosotras y desaparece por el pasillo mientras yo me deleito observando a esta criaturita tan hermosa.

—Habrá que ponerle nombre —me dice Dayena, acariciando sus plumas con la yema de los dedos.

De repente, retrocede de un brinco y sacude la mano como si acabara de quemarse.

—Después —respondo, y me acerco a la ventana.

La niebla sigue siendo espesa y no me permite ver los acantilados negros, dorados y blancos. Solo se oye el aullido del viento. Feroz e impredecible, lleva meses congelándome el cuerpo. Es como si tratara en vano de plantarle cara para avanzar, luchando con todas mis fuerzas contra un enemigo invisible. Los iskörianos hacen exactamente lo contrario y, para protegerse del frío, construyen casas de piedra y trabajan el svärt. ¿Podría hacer como ellos? ¿Adaptarme y moverme con el viento de mi nueva región?

Una racha azota la alcoba y regreso al interior para no helarme. Me asaltan las nuevas ideas. El crepitar del fuego en la chimenea me llama la atención. Como siempre, las llamas bailan para mí. En mi vida anterior, lo odiaba por haberme convertido en lo que soy. Siempre estaba ahí, hasta en las dunas de Ramil, una amenaza permanente para mi familia y para mi existencia. Sin embargo, ahora ya no es mi enemigo. Está aquí para ayudarme.

Sin dudarlo, agarro el libro sobre el Gran Desierto y lo tiro al fuego, que lo devora con avaricia, rugiendo. Me arrodillo frente a él y contemplo cómo mordisquea la espesa encuadernación marrón hasta que no queda nada.

—Princesa, ¿estáis segura? —pregunta Dayena.

Me llevo las manos a las mejillas, constatando que están cubiertas de lágrimas.

—No me llames princesa, Dayena. De ahora en adelante, soy Alyhia de Iskör.

Ella parece sorprenderse, pero asiente con la cabeza. Acto seguido, me quito el vestido, deposito la tiara el tocador y me restriego el kohl de los ojos hasta hacerlo desaparecer. Me miro en el espejo, indecisa.

—Alyhia de Iskör... —susurro para mis adentros.

Aunque aún no consigo familiarizarme con el nombre, lo haré. Tendré que hacerlo.

29
Alyhia de Iskör

Cuando salgo de un brinco de la cama, el resplandor rosado de la aurora apenas araña el paisaje. Sin más dilación, me pongo unos pantalones y una camisa de svärt y me ato el pelo en una cola de caballo. Me detengo unos instantes ante el pájaro, que aún duerme en su percha. Me lavo rápidamente la cara y salgo sin responder a las preguntas de Dayena, alarmada por mi temprano despertar.

Al llegar al vestíbulo veo a Syn, que charla con Kaleb, Lennie y Radelian. Como siempre, su apariencia es tanto la de un noble como la de un comediante. Por su expresión se diría que es una persona razonable, aunque con un ápice de malicia enigmática. Acelero el paso cuando me percato de que están a punto de partir.

—¡Esperad! ¿Ya os marcháis?

Syn parece sorprenderse de verme despierta tan temprano, pero asiente con la cabeza.

—Me gustaría acompañaros.

De inmediato, Lennie me estrecha entre sus brazos afectuosamente.

—¡Oh, qué buena noticia!

Syn no me dice nada y ordena a un paje que prepare una montura adicional. Mientras tanto, Lennie me cuenta con todo detalle la velada anterior, lamentando sinceramente mi partida. Cuando se jacta de haberle ganado al rey Kaleb una ronda de un juego que no conocía, en sus ojos aparece un brillo inequívoco. Mientras dejamos atrás la ciudadela para ir en busca de nuestros caballos, sigue mofándose de él. Pese a su seriedad habitual, a Kaleb le tiemblan las comisuras de los labios, casi como si fuera a esbozar una sonrisa.

Se nos unen los soldados de Zafiro y cruzamos la ciudad al paso mientras Radelian va señalando a nuestros huéspedes algunas peculiaridades de los edificios y los hábitos de su pueblo. Me sorprendo al ver que entiendo todo lo que dice Syn cuando nos cruzamos con algún aldeano. A veces hasta me atrevo a saludarlos yo misma.

—¿Habláis su idioma? —me pregunta Kaleb, tras acercar su caballo al mío—. Me pareció que Mylj afirmaba lo contrario…

—Se equivocaba. De hecho, me encantará explicaros las costumbres de nuestra región durante el día de hoy, rey Kaleb.

Casi tengo la impresión de estar actuando. Cuando Syn posa sus ojos en los míos, siento una peculiar incomodidad que prefiero ignorar.

—Será un gran honor —responde Kaleb.

Franqueamos las murallas de la ciudad. El suelo ahora es rocoso, y en el paisaje solo destacan unos pocos arpendes de hierba y unos enjutos árboles solitarios. El viento empieza a silbar con fuerza y nos obliga a ceñirnos los abrigos. Al menos, la niebla, no tan espesa como de costumbre, nos permite distinguir los acantilados.

Le explico al rey la razón de que tengan esos colores: los negros por el svärt, los blancos por el vït y los dorados por el güld. Aunque finjo que ya lo he visto antes, la particularidad del paisaje isköriano me deja atónita. Durante un instante, me embarga la misma emoción que sentí al descubrir el desierto. Aunque Syn cabalga unos metros por delante, sé por la curvatura de su espalda que agudiza el oído hacia nuestra conversación.

—¿Estaba la princesa Sybil en lo cierto al sostener que estos materiales no son indestructibles? —pregunta el rey Kaleb.

Se me encoge el corazón al oír el nombre de mi amiga.

—Sybil suele tener razón. Su resistencia es excepcional, pero no son indestructibles.

Kaleb asiente y observa los acantilados como si fueran un enigma por resolver.

—Supongo que el ejército saca buen provecho de ellos —dice en voz baja.

Ignoro qué puedo desvelarle a un señor de los reinos unificados, así que me limito a responder con dos palabras.

—Por supuesto.

Nuestra charla termina cuando llegamos a las canteras. Visto de cerca, el acantilado es aún más impresionante. El svärt brilla al reflejar la luz del cielo, pese a que sigue encapotado. Es muy temprano, pero los iskörianos ya están trabajando para extraer esos bloques de piedra tan deseados. El estruendo de sus esfuerzos se mezcla con el viento y nos obliga a alzar la voz.

El encargado nos explica las diferentes etapas: extracción, limpieza, corte y posterior fundición de las piedras. Le cuento a Kaleb que estos materiales se usan para hacer tanto armas como muebles, y también prendas de ropa. Pese a que desconozco el proceso, su maleabilidad, que permite convertir una piedra en una camisa, me deja boquiabierta.

—Es bastante complejo —comenta Syn—. Por favor, seguidme. Me gustaría mostraros el ejército.

Nos dirigimos hacia un campamento, cerca de los acantilados grises. En estos últimos no hay piedras útiles, y unas vastas cuevas excavadas en las rocas sirven de refugio a los soldados. Todos van vestidos de svärt y llevan protecciones reforzadas por todo el cuerpo, así como un casco fino como una tela pero igual de sólido que un yelmo.

—Soy el capitán de esta unidad —informa Radelian—. Nos encargamos de la vigilancia para evitar un ataque del pueblo de las rocas. Hay un desfiladero en nuestros acantilados, justo ahí detrás, por el que realizan incursiones.

—¿Se producen muchos ataques? —pregunta Kaleb, observando a los cientos de soldados que hay en el campamento.

—En realidad, no. Carecen de organización y lo único que desean es robarnos el svärt.

—¿Y qué hay del vït y del güld?
—No saben cómo tallarlos. Solo el svärt es útil para los encantamientos.
Syn reacciona de inmediato.
—Radelian, ¿qué dijimos sobre esos temas?
En Iskör la magia no es un acto impío. Oigo hablar de ermidas y nigromancia tanto como del ejército y de las piedras. Sin embargo, el rey Kaleb no está acostumbrado a tales cuestiones. Syn no se equivoca al no querer resaltar este aspecto de la región.
—Al contrario —comenta Kaleb—. Me parecen muy interesantes.
—Lo entiendo, pero tenemos que regresar —responde Syn con la máxima educación posible.
Esta misma noche se ha organizado un gran banquete, y este hecho, por primera vez, me levanta el ánimo. Ya en mis aposentos, paso horas practicando el isköriano mientras juego con el fénix, y después le pido a Dayena que me prepare el vestido de güld. Aunque no hace comentario alguno, su sonrisita no oculta en absoluto la satisfacción que siente.
Cuando llego a la sala principal, el banquete aún no ha empezado. Han dispuesto una mesa enorme, con docenas de velas, pero no es eso lo que me deja boquiabierta. Al fondo de la sala, en pie, varios hombres y mujeres sostienen unos instrumentos, principalmente violines y tambores, frente a una pista de baile especialmente instalada para la velada. El viento hace estragos contra las grandes vidrieras, pero no consigue romperlas.
—Me ha parecido entender que te gusta bailar —susurra una voz a mi espalda.
Syn está detrás de mí, más seguro de sí mismo si cabe e insuflado de un fulgor que no consigo saber de dónde proviene. Asiento con la cabeza, incapaz de contener una carcajada. Él me toma de la mano y me conduce a la pista.
—Los iskörianos también bailan —me dice—. ¡No existe en el mundo un pueblo que no lo haga!
Los invitados aún no han llegado, así que estamos práctica-

mente solos, a excepción de los músicos y de algunos sirvientes que colocan los cubiertos. Syn se sitúa frente a mí. Pese a ser delgado, su cuerpo irradia una gracia difícil de describir.

—Imagina una docena de personas en fila junto a nosotros —me dice.

A su señal, los músicos se preparan de inmediato. Los violines tocan primero una música suave y melancólica, y después se les unen los tambores, marcando el ritmo.

—Copia mis gestos —me ordena, y empieza a moverse.

Da un paso a la derecha, luego otro la izquierda. Un paso atrás, un paso adelante. A continuación, dos pasos adelante, hasta que nos encontramos de nuevo, separados solo por medio paso.

Repetimos la misma combinación tres veces. Luego se desplaza dos pasos a la derecha y me dice que haga lo mismo hacia la izquierda. No se trata de un baile lento y poco dinámico, sino que se parece más a los movimientos de un ejército de maniobras. Pero sigue siendo un baile, y el hecho de aprenderlo me provoca una alegría que jamás habría pensado que podría sentir.

—Creo que lo has cogido —concluye cuando termina la canción—. ¡Esta noche podrás demostrarle al rey Kaleb tu talento en los bailes de Iskör!

—Es tu hermana la que se sorprenderá... —Suelta una carcajada y añado—: A cambio, ¡tendré que enseñarte los bailes de los reinos unificados!

Sus ojos brillan con picardía y hace un nuevo gesto hacia los músicos. Solo suenan los violines y ahogo un grito de sorpresa cuando Syn lleva la mano a la parte baja de mi espalda.

—Sé más de lo que crees —me susurra al oído, y me atrae hacia él.

Nuestros cuerpos están tan cerca que su olor a madera me cosquillea las fosas nasales. Soy incapaz de articular palabra cuando me toma de la mano y se prepara para un vals. Trago saliva y poso la otra mano sobre su hombro, retrocediendo ligeramente para contemplarlo.

Justo cuando me estoy dando cuenta de lo atractivo que me resulta, se eleva una voz a nuestra espalda.

—¿Syn?

Al reconocer a Mylj, suelto la mano del jefe y me alejo un paso. Los violines dejan de tocar abruptamente, con un chirrido.

—Hermana, llegas temprano —saluda él.

Ella clava sus ojos en mí y yo bajo la mirada, con las mejillas encendidas.

—Es evidente que no soy la única —responde ella—. Quería hablarte de un tema importante.

—Pues tendrá que esperar —responde de inmediato Syn—. Mi esposa y yo hemos de asistir a una fiesta.

Salva la distancia que nos separa, vuelve a posar su mano en la parte baja de mi espalda y empezamos a alejarnos bajo la mirada hipnotizada de Mylj. Un cosquilleo me recorre la espina dorsal mientras los primeros invitados llegan a la sala.

Unos minutos después, todos estamos sentados y comemos con apetito las doradas reales a las hierbas, acompañadas de un espeso vino, regalo del rey Kaleb. El ambiente es relajado y los iskörianos charlan con los soldados de Zafiro pese a que, en realidad, no se entienden.

Cuando Syn me hace un gesto de complicidad, me vuelvo hacia Kaleb.

—¡Rey Kaleb, lamento deciros que os mentí sobre el baile! Como ya debéis de saber, no existe en el mundo un pueblo que no dance.

Ante la sonrisa de Syn, me invade una extraña calidez. Kaleb levanta una ceja y le pido que me acompañe a la pista.

—Sabéis que no puedo negarme, pero ¡no lo disfrutaré! —suelta, tan enojado que no puedo evitar reírme.

—Ah, no os preocupéis. Todo el mundo verá lo poco que os gusta divertiros.

—Había olvidado lo franca que sois, Alyhia —responde, situándose frente a mí sin reprimir una sonrisa.

—Lo mismo digo.

Decenas de iskörianos y zafirinos se nos unen, formando dos filas, una delante de la otra. La música comienza y el baile pronto se vuelve caótico cuando todos tratan de reproducir, con dificultad, los movimientos de la persona que tienen delante. Los tambores no nos dejan oír las indicaciones que nos lanzamos, y terminamos riendo y con los brazos enlazados. Los soldados de Kaleb improvisan un baile, sin mucha gracia, y no puedo parar de reír. Sin aliento, me alejo de la pista hacia la ventana, con el rey Kaleb pisándome los talones. Me seco las lágrimas de risa y trato de concentrarme en el tema que me lleva inquietando desde su llegada.

—Rey Kaleb, vos que sois tan franco como yo, ¿podríais revelarme la verdadera razón de vuestra presencia aquí?

Pese a que las carcajadas continúan retumbando en la sala, he recobrado la seriedad, igual que el soberano, que se arremanga la camisa para desvelar unas sinuosas cicatrices. ¿Resultó herido en el accidente que mató a su familia? Se diría que el propio mar trató de retenerlo en sus profundidades.

—¿Conocéis la situación actual en los reinos? —pregunta.

Niego con la cabeza, tratando de ocultar lo mejor que puedo mi nerviosismo.

—Las cartas están a punto de repartirse de nuevo —continúa—. Todos tratan de establecer nuevas relaciones de poder. Por no hablar de la reciente obsesión de Vortimer, que lo único que consigue es alterar a la población.

—¿Qué obsesión? —pregunto con un hilillo de voz y un nudo en la garganta.

—Una nueva cacería de apires —responde con un ademán despreocupado—. Como si eso fuera lo que necesitamos ahora...

Los zafirinos siempre han odiado cumplir las órdenes de otros reinos, ya provengan de Primis o de Maorach. Pese a que no la han adquirido oficialmente, sienten mucho apego por su independencia.

—¿Y vos, rey Kaleb? ¿Qué opináis?

De repente, su mirada se vuelve tan agitada e inquieta como el mar de Oïr.

—¿De la cacería? ¡Pues que es una pérdida de tiempo! ¿Es esa nuestra prioridad, cuando llevamos años sin problemas? Estoy convencido de que esas criaturas ya no existen. Obviamente, jamás osaría hablar así en los reinos que temen al Fuego, pero aquí...

—Aquí podéis decir la verdad. Iskör no teme al Fuego.

—La verdad es que no soy el único que no ve con buenos ojos todo ese alboroto innecesario. Sé que las Regnantes se han mostrado particularmente reacias a las peticiones del rey Vortimer.

Me muero por seguir interrogándolo, pero nos interrumpe uno de sus hombres, que le hace señas a su rey. Mientras Kaleb se aleja, el corazón se me encoge como si estuviera a punto de implosionar. Huyo de la sala, con las preguntas palpitando en mi mente al ritmo de mis pasos. ¿Cuál es la situación real en los reinos? ¿A cuántos apires han encontrado? Y ¿por qué está Kaleb aquí? Lo único que sé es que esta nueva caza es culpa mía.

Ya en el exterior, tomo aliento, tratando de alejar las imágenes que me asaltan. Mi mente viaja hasta las Regnantes, que, por lo que ha dicho Kaleb, se oponen como pueden a este nuevo capricho de Vortimer. ¿Se acordará Sybil de mí cuando contradice al rey? ¿Pensará en mí como yo en ella cuando me siento sola y abandonada?

—¿Puedo hacerte una pregunta? —dice una voz a mi espalda.

Syn está en el rellano superior de la escalera de vït, con su silueta alargada recortada en la noche. Asiento con la cabeza, tratando de ocultar mi agitación.

—Te he visto conversando con el rey Kaleb... ¿Estás segura de que no lo conocías más de lo que afirmas?

La sonrisa que veo en sus labios es divertida, casi seductora.

—¿Estás celoso? —exclamo con sorpresa—. Eres el menos indicado, con todas esas amantes.

Echo un vistazo a la copa que sostengo y me doy cuenta de que probablemente haya bebido demasiado rápido. Mala suerte, al menos ahora tengo la oportunidad de mantener una conversación de verdad. Syn, por su parte, parece desconcertado, pero no ofendido.

—¿Te molesta?

Me encojo de hombros.

—En realidad, no. Tengo entendido que aquí es normal.

—Al menos, no es raro. Aunque no a todo el mundo le gusta tener varias parejas.

—Es decir, libertad... ¡Por fin algo que me gusta de este lugar!

Su sonrisa se desvanece y su rostro adopta una expresión glacial. De repente, siento que el viento penetra en todo mi ser.

—¿De verdad es lo único que te gusta? —pregunta sin rastro de malicia.

—Era una broma...

—No. Dime qué te gusta de Iskör, Alyhia. Llevas meses viviendo entre nosotros y tengo la sensación de que odias todo lo que somos.

El toque de amargura que percibo en su voz me hace sentir incómoda. De repente, me arrepiento de haber bebido demasiado, porque mi mente está tan espesa como la niebla que envuelve la ciudad. Al ver que no respondo, da media vuelta y se dispone a regresar al baile.

—¡Me gusta el agua del baño! —grito de repente.

—¿El agua del baño? —repite, volviéndose hacia mí.

—¡Sí, llega sola y siempre está caliente! Y también me gusta el suelo de damero de la explanada y del vestíbulo. Lo encuentro maravilloso.

Syn suelta una risita y yo empiezo a subir la escalera hacia él.

—¿Qué más? —susurra.

Su tono es tan íntimo que me provoca un escalofrío en la columna. Las ideas me vienen de repente, como el viento que se levanta después de un día despejado.

—Me gusta que no haya tratamientos en isköriano, y que

Kormän siga con las clases a pesar de que debo de ser su peor alumna. Y me gusta tu hermana. Lennie, evidentemente...

Syn estalla en carcajadas, pero no me interrumpe.

—También me gusta que encuentres pretextos para invitarme a cenar, aunque no sea la mejor compañía. Y que organizaras este evento cuando te enteraste de que me encantaba bailar.

—Solo deseo que no te sientas tan sola... —murmura.

Baja un escalón y nos encontramos cara a cara. De repente, los sonidos de la noche, y los de la ciudad, se desvanecen. Lo único que oigo es el estruendoso latido de mi corazón.

Syn me mira con tal intensidad que apenas puedo respirar. Se acerca más, tanto como en el vals que interrumpió Mylj.

—Aunque, si he de serte sincero —continúa—, no es todo lo que deseo.

La tensión que se percibe de repente entre nosotros me marea.

—¿Qué más deseas? —consigo balbucear.

—A ti. A ti y tu felicidad.

El viento aúlla a nuestro alrededor y yo ya no puedo respirar. Syn se inclina hacia mí y me doy cuenta de que sus labios están a un suspiro de los míos. Me pregunto si su sabor será tan perturbador como el propio Syn. Me acaricia la mejilla y noto una punzada en el pecho. Aparto el rostro.

—El problema es que yo no elegí venir. —Hago una pausa para contener las lágrimas mientras él frunce ligeramente el ceño—. Es... Es terriblemente difícil encontrar la felicidad en un lugar que nos han impuesto a la fuerza.

Retrocedo un paso. El silencio se cierne de nuevo sobre nosotros y parece distanciarnos, seguramente más que la separación que hay entre nuestros cuerpos. Syn alza la mano y, por un instante, creo que va a acariciarme la mejilla de nuevo. Un hormigueo se extiende por mi pecho mientras su brazo retrocede.

—Lo comprendo —manifiesta—. Y seré paciente... Yo y todos.

Sin darme tiempo a contestar, da media vuelta y se dirige al banquete, donde resuenan las carcajadas.

Yo me quedo allí, en pie en los peldaños blancos, con la copa aún en la mano. Al advertir un brillo peculiar en los escalones, miro hacia arriba y me doy cuenta de que la luna preside el cielo, blanca como la espuma. La niebla al fin se ha despejado. Pese a que una lágrima me resbala por la mejilla, le sonrío a la noche.

30
Efia de Kapall

Reino de Kapall

El enorme espejo de metal pulido que tengo en el tocador refleja una imagen confusa. Examino con incertidumbre mi largo vestido marrón con detalles de encaje que no llegan a darle un aspecto menos apagado. La única joya que llevo es un collar de plegarias de plata que me regaló Nathair el día de nuestra boda. Élise, mi dama de compañía, me tiende una cinta de color crema que debería darle vida a mi modesto moño. Me la anudo, pese a saber de antemano que el resultado será decepcionante. Mi barriga, redonda por mis ocho meses de embarazo, hace que el resultado sea aún menos elegante. No me queda otra que aceptarlo: los vestidos de Kapall no tienen nada que ver con los refinados atuendos de Miméa.

Resignada, me dirijo con pasos lentos hacia el salón de las damas, la estancia reservada a las mujeres de Kapall. Allí, disfrutamos de una espléndida vista de las grandes llanuras, aún cubiertas de las heladas de finales de invierno. Me instalo en uno de los amplios asientos acolchados y advierto que solo me acompaña Adèle, la exprincesa de Jaspe. Sentada con indolencia y con la mirada perdida, muestra, como es habitual en ella, un aire cansado y aburrido.

—Princesa Adèle, ¿cómo os encontráis? Si no recuerdo mal, ya es vuestro cuarto mes de embarazo, ¿verdad?

Me mira como si acabara de despertarse. Una sirvienta nos trae té de jazmín.

—Cuatro meses, sí. Más o menos —responde sin entusiasmo la princesa, tomando una taza.

Me deleito un momento con el calor del té entre las manos, y dudo si añadir algo más. Tratar de entablar conversación con Adèle no carece de dificultad.

—¿Tenéis planes para la jornada? Estaba considerando dar un paseo por los jardines.

—No hay nada interesante que hacer —responde ella, encogiéndose de hombros.

Aunque se parece a su hermana Oxanne, con ese pelo moreno, los ojos claros y la nariz ancha y arqueada, Adèle es menos voluptuosa y no posee ese encanto honesto tan singular. Desde mi llegada, la he visto sonreír en raras ocasiones, y cada día se comporta con mayor indolencia. Estoy haciendo todo lo posible para animarla, pero no parece querer sentirse mejor.

—¡No estoy de acuerdo! Alguien debe cuidar de las flores del jardín, así como de los muchos tapices del castillo. También hay que organizar las comidas, la limpieza de los establos... Incluso creo que...

Un suspiro me obliga a detenerme.

—Disculpadme, princesa Efia —dice, recobrando un tono de voz más educado—, pero esas tareas no me interesan en absoluto. Desde que estoy embarazada, ni siquiera puedo montar a caballo. En Jaspe pasaba la mayor parte del tiempo tocando algún instrumento con mi hermana o aprendiendo sobre nuestro mundo. Aquí no se nos permite hacer nada de eso. Y el príncipe Duncan es tan...

Poso mi mano sobre la suya antes de que pronuncie unas palabras de las que pueda arrepentirse.

—Princesa Adèle, sé que el príncipe Duncan no es el más dulce de los maridos, pero debéis tener confianza. El príncipe Nathair no se opone a los cambios, y llevo semanas tratando de convencerlo para que os permita acceder a los instrumentos musicales. Tengo la esperanza de lograrlo en breve.

—¿Y el aprendizaje, el estudio? Sé que lo hacéis por nuestro bien y os agradezco vuestra ayuda, pero ¿encontráis normal que tengamos que mendigar por algo tan fundamental?

Sopeso mis palabras antes de responder.

—Son las costumbres de este reino —digo al fin—, y debemos adaptarnos... No tenemos otra opción, ¿no creéis?

La llegada de Orla y Ornola pone fin a nuestra conversación. Exigen té y galletas y, acto seguido, se ponen a hablar a gritos sobre su salida a caballo del día anterior. Con catorce y dieciséis años, deberían ser amigas mías, pero no congeniamos. Al tratar de charlar con ellas, solo recibo respuestas sucintas, con lo que abandono la estancia, pesarosa.

Después de ponerme un grueso abrigo de piel, regreso a los jardines. El castillo tiene forma de rectángulo y está construido alrededor de dos grandes patios. Uno está dedicado a los establos reales y, en el otro, se encuentran los jardines, mi lugar favorito desde que llegué. No hay día que no los visite. Unos amplios senderos flanqueados por árboles perfectamente recortados y parterres de flores lo convierten en un lugar muy agradable para dar un paseo.

Camino lentamente, entorpecida por mi barriga, que cada vez es más imponente. Justo cuando entro en el sendero blanco dedicado a los crisantemos, oigo pasos sobre la gravilla, que me obligan a volverme.

—¡Efia, espérame!

Reconozco de inmediato a Fewen, que se acerca corriendo. Más pequeño que sus hermanas, se caracteriza por una nariz respingona y unas pecas que le salpican las mejillas. Tenemos la misma edad, algo que, al contrario de lo que ocurre con Orla y Ornola, nos ha acercado.

—Resulta extraño que alguien me pida que disminuya la velocidad estos días.

Su risa clara resuena en el patio, y me tiende dos libros en cuyas portadas hay unos motivos florales bordados.

—Te he traído esas historias de amor que tanto te gustan.

No tengo permitido el acceso a la biblioteca, y los libros autorizados por el rey Cormag son tan pocos que los terminé en unos días. El más joven de los príncipes de Kapall me brindó una ayuda inesperada y desde entonces se ha convertido en mi confidente.

—Fewen, ¿estás seguro de que no te molesta? Sé que tienes obligaciones mucho más importantes que la de prestarme libros a escondidas.

—¡Eso lo dirás tú! Mis hermanos quieren gobernar, y a mí me dejan las migajas. ¡Ni siquiera me piden opinión!

Como siempre, prometo para mis adentros que intentaré sacarle el tema a mi esposo, si encuentro el coraje.

—No deberías oponerte a ellos tan frontalmente —susurro.

—¡Y tú no deberías dejárselo pasar todo!

Guardo silencio, con una sonrisa educada en los labios. Está a punto de decir algo más cuando un guardia le trae una nota. La lee y lanza un suspiro.

—Una reunión de suma importancia con mis hermanos... Solo te envidio por una razón, Efia: ¡no tienes que pasar tanto tiempo con ellos!

Me río discretamente mientras él se aleja por el sendero. Acto seguido, me siento en un banco de piedra y abro sin dilación uno de los libros. Me pierdo en la historia de un gran caballero que se enfrenta a múltiples peligros para salvar a su amada antes de casarse con ella en un banquete sin igual.

Nathair y yo nos casamos nada más regresar de Primis, durante el solsticio de verano. Nuestros purasangres llevaban las banderas de nuestras respectivas tierras y hubo celebraciones en todo el reino. Lo único que me entristeció fue la ausencia de mis padres. Nunca entendí su oposición a nuestro enlace, pese a que Nathair es el príncipe heredero de uno de los reinos más importantes. No los he visto desde entonces y trato de aceptarlo lo mejor que puedo.

De repente, un estruendo me saca de mis pensamientos, y me pongo en pie de un brinco al ver que un grifo acaba de tomar tierra a unos pasos de mí. El impacto hace temblar el suelo durante unos instantes. Su cuerpo es mayor que el del caballo más grande y, con las alas extendidas, debe de medir varios metros. Las patas delanteras son como las de un águila; las traseras, como las de un león. Sus plumas son de un marrón vivo y contrastan con el color ocre del pico. He tenido la oportunidad de verlos sobrevolar el castillo, pero nunca había podido contemplar a uno tan de cerca.

—No tengáis miedo —me tranquiliza el jinete—. Estando yo aquí, no os hará nada.

Sé que los grifos están unidos a su jinete por un vínculo profundo. Una vez que han elegido al hombre que los montará, nada puede separarlos. Sin embargo, es difícil no temer a tales bestias.

—¿Cómo se llama? —pregunto, tratando de acallar el miedo que me embarga.

—Theodus —responde el hombre, acariciándole el cuello.

El animal se agita y da unos pasos.

—Disculpadme, pero me temo que desea volver a su elemento.

El grifo bate las alas y se eleva. En el camino de regreso, el cual recorro con cierta dificultad, comprendo por qué Nathair sueña con encontrar a su grifo. A pesar de los esfuerzos de los príncipes, de momento ninguno ha sabido seducir a una de estas bestias.

Al entrar en el castillo, mi dama de compañía me dice que la princesa Adèle se ha indispuesto y, con un susurro, me confiesa que ha escuchado que el doctor mencionaba un aborto espontáneo. Me dispongo a visitarla en sus aposentos, pero me informan de que la comida está servida y de que la princesa desea estar sola. Pido a la doncella que le haga llegar a Adèle mis saludos y todo mi ánimo, y me dirijo al comedor.

Pese a sus dimensiones, esta gran sala siempre bulle con la algarabía de las conversaciones que mantienen los muchos miembros de la familia. Como en la mayoría de las estancias del castillo, las murallas están desnudas, a excepción de unas pocas antorchas. Cormag, que preside la mesa, ya ha empezado a devorar el plato de carne, mientras que sus tres hijos esperan pacientemente a que lleguen todos. Como lo requiere la costumbre, paso las manos a través del humo de una vela, tomo asiento junto a mi esposo y después saludo con deferencia a las princesas, así como a las tres reinas. Una de estas últimas, Pénélope, ha quedado relegada al final de la mesa con la única hija que ha dado a la corona: la princesa Bédélia. Magda, madre de Nathair, de Duncan y de dos de las princesas, se encuentra junto a su hijo menor. Por último, Deirdre, la tercera esposa del rey, está en pie junto a ella. Ambas de pelo castaño muy rizado, serían mucho más parecidas si no fuera porque esta última tiene unas pecas marrones, las mismas que ha heredado su hijo Fewen.

—Me alegro de verte —me susurra Nathair, agarrándome la mano por debajo de la mesa.

Un afecto sin límites se extiende en mi pecho, como cada vez que se comporta de un modo agradable conmigo. Por desgracia, la conversación se desvía enseguida hacia el anuncio del aborto espontáneo de Adèle. La princesa Bédélia parece angustiada de verdad, aunque es la única. El resto suspira con incomodidad o discute la incapacidad de la princesa para tener hijos.

—¡Es el tercero! —brama el príncipe Duncan, lanzando los cubiertos sobre la mesa—. ¡Voy a tener que buscar otra esposa!

Su padre asiente con aprobación.

—Podrías esperar a que se recupere antes de planteártelo —protesta Fewen.

—Hermanito, debemos procurarnos descendencia. Así es como protegemos el reino.

—Duncan tiene razón —agrega Nathair—, necesitamos casarnos con mujeres que puedan llevar un embarazo a término, ¡como Efia!

La reina Magda hace un gesto de aprobación y yo me sonrojo ante el cumplido. Pénélope se encoge aún más en su silla.

—Te recuerdo que somos tres príncipes y que ya tenemos cuatro hermanas que casar —señala Fewen con aplomo.

—Y una de ellas debería haber sido la futura reina suprema, si ese idiota de Hadrian no fuera tan débil —gruñe Cormag.

—No rechazó el ofrecimiento por debilidad. Lo hizo para oponerse a su padre.

—Mejor no lo tomes como ejemplo.

El príncipe pone los ojos en blanco.

—Fewen está en lo cierto, padre. Tenéis que casarnos cuanto antes —indica Orla.

—¡Y todo por culpa de Garance! Por ella no nos hemos convertido en reinas —murmura Ornola.

Me quedo petrificada al oír el nombre de la princesa que compartió cama con Nathair.

—¡Idiota! —grita mi marido al ver que se me sonrojan las mejillas—. Ella no era la elegida. ¡Os lo hemos repetido más de veinte veces!

—Pues claro, era Alyhia, estúpida —añade Ornola.

Me concentro en el plato, del que picoteo en silencio unas alubias mientras los miembros de la familia siguen hablando acaloradamente. Por suerte, la entrada de un sirviente pone fin a la discusión. El rey lee la nota que le ha traído; poco a poco se yergue en su silla y la convierte en una pelotita.

—¡Mujeres, dejadnos!

Nathair carraspea levemente.

—Princesa Efia, ¿podéis retiraros? —rectifica el rey con fingida cortesía.

Nathair le pidió que se dirigiera a mí con más educación.

—Disculpadlos —me susurra Bédélia, ya en el pasillo—. Los miembros de esta familia a veces carecen de delicadeza.

—Cuando me casé con Nathair, acepté a toda su familia. No os preocupéis por mí.

Bédélia está a punto de irse, pero la detengo con un gesto.

—¿Sabéis algo sobre el mensaje que acaba de recibir el rey?

Una leve sonrisa aparece en su rostro y, tomándome de la mano, me conduce hasta una puerta que conozco bien, pese a que jamás la he franqueado.

—¡Es la biblioteca! Sabéis que no se nos permite entrar ahí —apunto sorprendida.

—Lo que no se nos permite es tomar libros prestados —me corrige ella, y se adentra en la estancia.

Me detengo en el umbral, pero unos pasos a mi espalda me obligan a entrar a toda prisa. Me quedo atónita ante los cientos de estantes sobrecargados de libros. El olor que desprenden me transporta a Miméa, a esos momentos en los que mi madre me conducía a nuestra biblioteca y elegíamos juntas la historia que ella me leería en el jardín.

—¡Venid, princesa Efia! —exclama Bédélia desde el otro extremo de la estancia.

—¿Efia está aquí? —pregunta una voz que reconozco como la de Hisolda.

—¡Pensaba que no se atrevería a entrar! —comenta otra voz.

Reparo en que todas las hermanas se encuentran frente a una puerta tapiada que parece no llevar a ningún sitio. Han empujado una estantería hacia un lado y ahora se apiñan las unas contra las otras, pegando las orejas a la puerta para escuchar lo que se dice en el comedor contiguo.

—¿Hacéis esto a menudo? —pregunto en voz baja.

—Cada vez que papá nos dice que nos marchemos —informa Ornola, y suelta un bufido.

—Así que sí, bastante a menudo —agrega Bédélia.

Me uno a ellas, incapaz de contener la risa. El sonido llega amortiguado, pero los gobernantes de Kapall no tienen la costumbre de expresarse en voz baja.

—¡Cállate, Fewen! —grita Duncan—. Han mandado una carta desde Sciõ con destino a Iskör. Eso lo cambia todo. ¡Si te hiciéramos caso, nunca haríamos nada!

—Lo que estás diciendo es injusto...

—No subestimes tu reino —lo reprende Nathair—. Si las Regnantes están conspirando con Alyhia, también lo hacen con Iskör. Cuando consigamos demostrar que esos salvajes están en Sciõ, ¡será el mismísimo Vortimer quien nos pedirá que las reduzcamos a cenizas!

—Por mucho que presuma de ser el rey supremo, ¡no tiene tanto poder sin nuestro apoyo! —replica Cormag—. ¿Su hijo no quiso saber nada de nosotros? Bien, pues ahora le demostraremos lo que valemos. Un solo ataque de Iskör sería fatal sin nuestros jinetes y grifos a su lado. Con Vortimer o sin él, ¡esta es una oportunidad para acabar con esas Regnantes!

Retrocedo ante el impacto de estas amenazas, pero luego vuelvo a pegar la oreja. Escucho un suspiro que puede venir de cualquiera de los hombres presentes en la estancia.

—Sin embargo, de momento, Alyhia no se encuentra en Sciõ, ¿verdad?

—Nuestros espías están alerta. Tarde o temprano, las Regnantes cometerán un error.

—Pero... ¿cómo vamos a secuestrar a una princesa? ¡Hasta tú debes admitir que es un disparate!

—Reconozco que es excesivo —responde Nathair—. Pero necesitamos que las Regnantes nos ataquen o que aparezcan los iskörianos que seguramente acompañen a Alyhia. Cualquiera de estos acontecimientos justificaría nuestra intervención.

—Y te recuerdo que ya no es una princesa, sino la esposa de un vulgar líder impío —murmura Cormag.

—Y ¿qué diréis cuando os pregunten qué estabais haciendo en sus tierras?

—¡Qué tonto eres! Argumentaremos que ha cruzado el puente y que no ha querido someterse al control de nuestros guardias.

—Además, no se trata de nuestra fortaleza. Podremos culpar a Kane si la situación empeora.

—¿Quién es Kane? —pregunto en un susurro.

—El hermano de nuestro padre —aclara Hisolda.

—Y no solo eso: es el padre de Cordélia de Ramil —murmura Bédélia.

—Entonces es...

—El abuelo de Alyhia, sí.

Me alejo, presa de sentimientos encontrados. Sé que las costumbres de las Regnantes son diametralmente opuestas a las de Kapall, pero esperaba que viviéramos en paz. Por no mencionar a Alyhia, que me prestó su ayuda de camino a Primis.

—Un placer escuchar a escondidas contigo. Espero poder repetir en breve —dice Hisolda entre risas cuando termina la reunión.

Las dejo y subo lentamente las escaleras, prometiéndome a mí misma que trataré de convencer a Nathair de que nuestras hijas reciban una educación más seria que la de sus hermanas. Ellas no han tenido la oportunidad de asistir a clases, excepto a las de decoro y equitación. Apenas saben leer y escribir, no conocen ni la música ni la geografía de nuestros reinos. Sus hermanos tienen razón al afirmar que no valen para nada; todo está hecho para que así sea.

Mi dama de compañía me sirve una infusión, y, mientras la saboreo, observo a través de la ventana las llanuras del país que ahora es el mío. A veces recuerdo con melancolía las secuoyas gigantes de Miméa y nuestros bailes, tan pegadizos. Nunca me atreví a participar en ellos, pero me gustaba ver danzar a los demás. También echo de menos a mis padres, así como a mis amigos. Pero soy la futura reina de Kapall, y me provoca una gran felicidad haberlo abandonado todo por una razón tan noble como el amor.

—¡Princesa! —exclama Élise—. El príncipe Nathair os honra de nuevo con su presencia esta noche.

Cuando mi esposo entra en la habitación, la criada apenas tiene tiempo de ponerme el camisón antes de esfumarse. El príncipe me saluda brevemente mientras se quita la ropa y me señala la cama con un ademán.

—¿Estás bien? ¿De qué discutías con tu padre y tus hermanos?

Entra en la cama y me pone la mano sobre el vientre.

—De nada de lo que quiera hablar ahora.

Se acerca y me abraza con ternura, y después su mano me empuja suavemente para que le dé la espalda.

—¿Otra vez? ¡Sabes que me aburro en esta posición!

—¡Es la única posible con ese vientre monumental! —replica, pegándose a mi espalda.

Lanzo un suspiro al notar que entra en mí.

—¡Qué ganas de que llegue el parto!

Noto cómo se mueve, pero esta postura solo me permite sentir un poco de placer.

—¡Pon de tu parte, por favor!

Tomándome la situación con paciencia, pruebo algunos movimientos, que surten efecto. Me vuelvo de nuevo hacia él y lo beso con cariño. Nathair cierra los ojos mientras recupera el aliento, y parece que se duerme. Al cabo de unos instantes, abre un ojo y suelta:

—¡Por cierto! No ha sido fácil, pero he conseguido un piano para tu amiga Adèle. Solo podrá usarlo en su dormitorio.

—¡Oh, Nathair! ¡Gracias, gracias! ¡Se pondrá muy contenta!

—Ya sabes que ella me da igual. Pero ¡mi maravillosa esposa puede pedirme lo que quiera!

Cuando se levanta para beber un vaso de agua, me distraigo contemplando los músculos de su cuerpo, fornidos a base de entrenamiento de lucha y equitación. Aunque estamos casados desde hace varios meses, cada día que pasa me resulta más atractivo. Al ver que la preocupación regresa a su rostro, aprovecho la oportunidad para interrogarlo de nuevo.

—Ya sabes que no debería informarte.

—Hay tantas cosas que no deberías hacer... Pero ¿a que las haces igual por mí?

Por un momento, estoy segura de que me lo contará todo, que podré compartir con él mi opinión y mis preocupaciones, pero su rostro se oscurece como el cielo en una noche de tormenta.

—¡Basta, Efia! No pidas demasiado.

—Pero...

—¡He dicho que basta!

Luego se acuesta en la cama y me da la espalda. Dos lágrimas me resbalan silenciosamente por las mejillas; me ahoga el remordimiento. En ocasiones creo que, haga lo que haga, por mucho que me esfuerce por contentarlo, mi mera presencia lo irrita. Otras veces es tan considerado y amable que me siento la mujer más preciosa del mundo. Pienso en Adèle y en la reacción de los miembros de la familia a su aborto espontáneo, en las mujeres de Kapall escuchando a escondidas en un lugar de conocimiento al que no tienen acceso, pero no sé cómo interpretarlo. Cuando mis pensamientos vuelan hasta la advertencia que me hizo mi madre meses atrás, me obligo a cerrar los ojos y me duermo con el corazón apesadumbrado.

31
Alyhia de Iskör

Como cada mañana, le doy de comer al fénix y juego un poco con él. Pese a su corta edad, ya casi es tan grande como un gatito. Pronto querrá volar y no habrá manera de que se quede en la alcoba. Lo he llamado Pheleol, nombre que he sacado de una antigua leyenda que leí en uno de los libros que me prestó Kormän. La historia dice que fue el fundador de Iskör, procedente de la región de las rocas con solo una antorcha y el svärt que encontró en el corazón de la montaña.

En cuanto el pájaro parece cansarse de mí, me dirijo al estudio de Kormän para la clase de isköriano. Desde que llegó el rey Kaleb, se acabó eso de implicarme poco. Cada noche repaso las lecciones y me preparo algunas preguntas sobre Iskör. Todos los días participo en las visitas organizadas y charlo con las personas con las que me encuentro en un isköriano cada vez menos desastroso.

La intimidad con Syn también va mejorando, y eso me permite ocupar el lugar que me corresponde como recién llegada a la familia. A veces me mira con tal intensidad que provoca una tormenta en mi interior. Sin embargo, mantiene su promesa de ser paciente y respeta las distancias. No sabría decir si lo lamento o no.

Despejo la mente y trato de concentrarme en el nigromante, sentado junto a mí ante el escritorio frente a una obra que lee con aire serio. Un sol pálido se filtra entre las nubes y le ilumina el rostro, haciendo que resplandezca y que resulte más atractivo de lo habitual. No va vestido de negro, sino de vït blanco. Su túnica está decorada con hilos dorados y aparta con incomodidad las partes de la capa que le dificultan la lectura.

—¿Por qué vas de blanco? —pregunto en un isköriano vacilante.

—Es el color con el que expresamos el luto —responde, sin apartar los ojos del libro.

En ese preciso momento, caigo en la cuenta de que todos con los que me he cruzado de camino a la torre iban vestidos de este color. Con una mueca, bajo la mirada hacia mi atuendo negro.

—No sabía que guardásemos luto. ¿Puedes decirme por quién?

Una ligera sonrisa llena de recuerdos flota hasta sus labios.

—Por la nigromante Minnën. Ocupaba un lugar importante en nuestra orden. La honraremos esta noche.

Trato de recordar si la he conocido, pero su nombre no me dice nada.

—¿En qué consiste la ceremonia?

Cierra el libro con tanta brusquedad que se eleva una nube de polvo en el aire.

—Llevas unos días muy habladora —refunfuña—. Empiezo a echar de menos la época en la que podía leer tranquilo durante la clase.

Guardo silencio, reprimiendo una carcajada. Al bajar la vista hacia el libro, veo que en la cubierta pone «Nigromancia». Un escalofrío me recorre la espalda.

—Lo has comprendido bien —dice Kormän, siguiendo mi mirada—. Esta noche se llevará a cabo la ceremonia de nigromancia. Como Minnën era una nigromante, será pública. He sido elegido para oficiarla, lo cual es un gran honor.

—¿Y en qué consiste el… ritual?

—Oh, es difícil de explicar… ¿Qué sabes sobre la nigromancia?

Pienso durante unos segundos en las leyendas que circulaban en los reinos, sobre iskörianos que saqueaban tumbas y revivían a los muertos para usar su sangre en poderosos hechizos. Con la absoluta certeza de que estas historias son falsas, me encojo de hombros para evidenciar mi ignorancia.

—En primer lugar, los nigromantes no resucitan a los muertos —aclara Kormän—. Eso es imposible. Esa idea surge de que les extraemos sus conocimientos y sus recuerdos.

—¿Se los… extraéis?

—Los asimilamos, si prefieres decirlo así. Es un arte complejo que puede resultar peligroso. En el caso de Minnën, solo un nigromante experimentado tendrá la fuerza suficiente para absorber todos los conocimientos que encontraremos.

—¿Como tú?

—Ahórrate los elogios; no conoces a ningún otro miembro de mi orden —responde con un ademán despreocupado.

—Es verdad. ¿Y es gracias a eso que podéis conocer el futuro?

Otra leyenda de los reinos afirma que los muertos susurran el futuro a los iskörianos que se atreven a preguntarles. Kormän me observa un instante y, acto seguido, estalla en carcajadas.

—¿Y cómo iban los muertos a conocer el futuro? No, no, ellos solo conocen el pasado y, gracias a nosotros, su saber nunca se pierde. ¡Los estás confundiendo con los adivinos!

—¿Los qué?

Reaparece la impaciencia.

—¡Los adivinos! Ellos son los que pueden ver el futuro. O, al menos, lo que ocurrirá si no hacen nada para evitarlo.

Tardo unos instantes en comprender sus palabras en isköriano.

—Y ¿no son nigromantes?

—¡En absoluto! Ya deberías saberlo…

—¿Por qué?

—Pues porque los adivinos pertenecen al linaje de los jefes de Iskör —suelta, como si se tratara de lo más evidente y banal del mundo.

Perpleja, trato de asimilar sus palabras gradualmente.

—El linaje de los jefes…

Me enderezo mientras las ideas zumban en mi cabeza como

insectos ruidosos. Se me había escapado durante todo este tiempo y acabo de caer en la cuenta: ¡Syn es un adivino! Me levanto a toda prisa y salgo de la sala de estudio de mi maestro sin tan siquiera disculparme. En medio de mi turbación, oigo con total claridad el suspiro de Kormän mientras me adentro en el pasillo. Con los puños cerrados, me encamino a paso seguro hacia la torre de la familia del jefe, en la que se encuentra mi alcoba, pero la dejo atrás. Subo al piso superior y no me detengo al llegar ante la puerta entornada que conduce a los aposentos de Syn. Me dispongo a seguir adelante cuando oigo que mi marido me dice que pase.

Abro la puerta y lo veo sentado en el suelo, mirando a través de los grandes ventanales. Al igual que en mi habitación, la vista da a los lejanos acantilados. Sin embargo, no se trata de un dormitorio, sino de una sala de estar. Syn disfruta de una planta entera. Aquí las paredes son negras, y el suelo, blanco, al igual que la chimenea. La estancia está amueblada con estanterías llenas de libros y unos sillones. Vistos los volúmenes que hay repartidos por las cuatro esquinas, hace mucho que nadie pasa por este lugar a poner algo de orden.

—¿Por qué estás en el suelo? —le pregunto en isköriano.

Al acercarme, advierto que tiene los ojos cerrados. Se ha soltado la trenza, y el pelo le cae libremente sobre los hombros. Cuando abre los párpados, el azul de su mirada parece más vívido.

—¡Alyhia! Jamás habría pensado que te vería en mis aposentos.

—Tengo que hablar contigo —digo, haciendo caso omiso a su comentario.

Se levanta y, con un gesto, me invita a continuar.

—Eres un adivino —suelto, sin saber por dónde empezar.

Esboza una sonrisa, que ilumina su rostro demasiado pálido.

—¡Pues sí!

—¿Cómo que «pues sí»? ¡Ni siquiera lo sabía! ¡Kormän habrá pensado que soy idiota!

Se pone en pie y se acerca a una mesa, donde se sirve una copa de algo que parece licor. Acto seguido, se sienta en un sillón y, con un ademán, me invita a acomodarme frente a él. Molesta, rechazo su ofrecimiento negando con la cabeza.

—Dudo mucho que puedas pasar por idiota ante nadie —dice al fin—. Y ¿cómo te atreves a reprochármelo? Prácticamente no sabes nada de mí... Nunca has hecho preguntas.

Reprimo un comentario mordaz y me sirvo una copa. Con un largo suspiro, me siento frente a él.

—Bien, pues te lo pregunto ahora.

Syn sonríe de nuevo y empieza a explicarme el papel de los adivinos y adivinas, los únicos que pueden convertirse en jefes de Iskör. Me dice que hay muchos, pero que son pocos los que consiguen aceptar completamente su don, tal como él parece haber hecho.

—Entonces, Verän, el anterior jefe, ¿era de tu familia?

—No. El jefe que ostenta el poder elige a su sucesor entre los adivinos. Aunque no vas desencaminada en tu razonamiento, porque el don a menudo se transmite por sangre.

—¿Lennie es...?

—No, solo Mylj. Para ser un adivino, necesitas prestar atención a tu voz interior. A mi hermanita le gusta demasiado la acción, por no hablar de la poca confianza que tiene en sí misma...

Mi cabeza bulle con docenas de preguntas. ¿Cómo sabe alguien que es adivino? ¿Es un don que requiere esfuerzo y trabajo? ¿Qué es lo que se ve?

—Así que ¿ves el futuro?

—Siento lo que podría ser —me corrige—. Es como... seguir tu instinto. Ser adivino es comprender que el instinto te da pistas sobre el futuro, que pueden...

—¿Qué sentiste sobre mí? —lo interrumpo.

Hace una pausa y después se acerca. El olor a madera de su cabello me envuelve poco a poco.

—¿Por qué crees que sentí algo?

El doble sentido de la frase me desconcierta, pero me obligo a mantener la calma.

—Tú mismo afirmaste que estoy aquí porque soy una apire. No me cabe duda de que eso tiene algo que ver con tu poder de adivinación.

Syn clava su mirada translúcida en mí, y sus ojos son ahora del mismo claro azul de siempre. ¿Estaba tratando de ver el futuro cuando he entrado en la habitación? Se inclina tanto que un mechón de su cabello me acaricia la frente.

—Las visiones no funcionan así. Sentí que una apire estaba presente entre las princesas de los reinos y comprendí que sería la causa de un cambio irremediable.

—¿Cuál?

—El que se está gestando ahora mismo. No percibo con claridad qué sucederá después. Lo único que sé es que, para Iskör, es mejor tenerte de nuestro lado. La misión de Radelian era traer a la apire.

Aunque busco en su mirada una señal de que está mintiendo, no la encuentro. Me pongo en pie, le doy la espalda y contemplo los acantilados desde uno de los ventanales.

—¿Cuál es la verdadera razón de la visita del rey Kaleb?

Oigo que se pone en pie y se aproxima, aunque no me toca. Sin embargo, cuando responde, noto su voz muy cerca.

—Desea contratarnos como mercenarios para proteger su isla.

Me rugen las entrañas como si me advirtieran de un peligro.

—Y ¿qué le pedimos nosotros a cambio?

—Sus zafiros —murmura en mi oído.

Cuando me giro, él ya está en la puerta. Su expresión es relajada y prudente, mientras que en mi rostro, con toda probabilidad, se refleja la agitación que siento.

—Justo me disponía a visitarlo. Puedes quedarte aquí si te apetece.

Se esfuma antes de que pueda responder. Me siento tan perdida que podría tumbarme en el suelo y no moverme nunca más. ¿Tan valioso es un puñado de zafiros como para enviar mercenarios a la isla de Kaleb? Como no encuentro respuesta, me sirvo otra copa y empiezo a pasearme por la estancia, leyendo distraídamente los títulos de los libros que hay en las estanterías. Tras unos minutos, un volumen de color negro con unos símbolos desconocidos capta mi atención. Lo saco y veo que tiene un nombre grabado con letras doradas en la cubierta: «Minnën».

Lo hojeo con avidez. Se trata de un manuscrito redactado por la nigromante, que también era alquimista. En él, describe sus conocimientos sobre las piedras de Iskör, así como las posibles transformaciones mediante encantamientos o mezclas. Por desgracia, mi isköriano no basta para entender el texto al detalle. Cierro el libro con un suspiro y lo devuelvo a su lugar, y después me dirijo hacia la puerta que hay al fondo de la estancia. La sensación de estar desafiando lo prohibido me provoca un hormigueo agradable y familiar. Empujo la hoja y me adentro en una gran habitación completamente negra a excepción de las sábanas. Allí yacen libros y ropa por doquier. Sobre una cómoda, arde débilmente una vela que con toda probabilidad Syn ha olvidado. La apago con un gesto de la mano.

Se me forma un nudo en la garganta al percatarme de que estoy en el dormitorio del jefe de Iskör, mi supuesto esposo. Acaricio con la punta de los dedos las sábanas desechas, aspirando su aroma, aún presente, esa mezcla indescriptible que me resulta agradable e inquietante a partes iguales. Durante un segundo, me imagino su aliento en mi cuello y sus dedos en mi cuerpo.

—Vaya, ¿qué estás haciendo aquí? —exclama una voz femenina desde la puerta.

Me alejo rápidamente de la cama antes de comprobar, aliviada, que solo se trata de Dayena. Sus brazos en jarras me indican que el próximo comentario será colérico.

—¡Llevo una hora buscándote! Svenia me ha dicho que tienes que asistir a una ceremonia fúnebre. ¡Vamos, date prisa!

Sin pronunciar palabra, la sigo por el pasillo hasta la escalera.

—¿Qué estabas haciendo en los aposentos de Syn? —pregunta de sopetón cuando llegamos al dormitorio.

—¡Te juro que solo leer y beber!

Dayena pone los ojos en blanco.

—En resumen, tus dos actividades favoritas.

A continuación, se apresura a vestirme, refunfuñando por el poco tiempo que le he dejado para hacerlo. Me pongo una túnica blanca de manga larga y ella me peina con un moño. Rechazo el maquillaje para poder unirme lo más pronto posible a la muchedumbre que ya se agolpa en la escalera de la torre de los nigromantes. Bajamos los peldaños; cada vez hace más frío. El vït reemplaza de pronto el svärt y penetramos en una inmensa cripta con columnas esculpidas. Todo es blanco, del suelo al techo, excepto por unas inscripciones en isköriano antiguo que adornan las paredes. La sala está repleta de efigies funerarias. El escultor las ha dotado de tal realismo que parece que vayan a cobrar vida.

Apenas hay espacio, pese a que la estancia tiene capacidad para unas cien personas. Me abro camino entre la multitud hasta el centro de la sala, donde Kormän está de pie frente a un cuerpo que no han cubierto con vït y que supongo que es el de Minnën. Me deslizo entre Syn y Mylj, sin prestar atención a la mirada de desprecio de esta.

—¿Has disfrutado del rato que has pasado en mis aposentos? —me susurra Syn al oído.

Noto que me sonrojo.

—He leído un libro.

—No es lo que suelen hacer mis visitas —señala, con una sonrisa socarrona.

Estoy a punto de responder, pero el silencio se cierne sobre la cripta y todos fijamos la atención en Kormän. Está en pie, concentrado, con los ojos cerrados y las dos manos envolviendo el rostro de la difunta, la cual parece una muñeca de cera, más fría y blanca que ninguno de los iskörianos presentes, que no es poco. En su cráneo lleva los tatuajes típicos de los nigromantes, símbolo de su importancia, a juzgar por su cantidad.

Tras un momento, Kormän recita algo que no consigo entender. Intuyo que se trata de isköriano antiguo, la lengua de los nigromantes. Sin darme cuenta, aguanto la respiración. Los conjuros invaden la cripta, y el resto de los nigromantes, abrazados los unos a los otros, los repiten. Pese a que tienen una sonoridad similar al isköriano, las palabras están impregnadas de tal pureza que un estremecimiento me recorre el cuerpo. Este idioma ancestral carga con un pasado que no llego a comprender.

De repente, una ráfaga de viento atraviesa la sala, pese a carecer de ventanas y estar bajo tierra. Unas sombras blancas rodean el rostro de la nigromante y flotan hasta las manos de Kormän como si fueran volutas de humo. El dolor le deforma el rostro, y le tiemblan los brazos ante la embestida de los recuerdos y conocimientos de la difunta mientras sigue recitando los encantamientos, con una voz tan fuerte que se diría que van a cobrar vida a modo de espectros. Cuando por fin enmudece, tengo la sensación de que alguien me ha puesto una losa sobre los hombros. Kormän se tambalea y retrocede un paso sin que nadie haga el más mínimo gesto para ayudarlo. Sin embargo, recupera el equilibrio y por fin abre los ojos. Durante un instante, le bailan unas sombras blancas en las pupilas.

—La nigromante Minnën me ha transmitido sus conocimientos —anuncia con voz potente, pese a que el dolor sigue impreso en su rostro.

Un largo suspiro de alivio recorre la cripta cuando en el cráneo de Kormän aparece una nueva inscripción. Al principio es casi translúcida, y va adquiriendo un color negro, uniéndose a los otros tatuajes que abarcan desde su oreja hasta el cuello. El trazo espeso me recuerda a una ola.

Una nigromante cubre el cuerpo de Minnën de vït líquido, que se solidifica rápidamente, convirtiéndola en estatua. En ese preciso momento, caigo en la cuenta de que las efigies que nos rodean no están hechas de piedra, sino que son los cuerpos de los nigromantes en su lugar de descanso eterno.

—Ven, debemos dejar que los suyos le rindan homenaje en privado —me susurra Syn, empujándome con dulzura.

Mientras subimos la escalera, pienso en Minnën, en su vida y en su trabajo como alquimista, que continuará gracias a Kormän. No sorprende que los iskörianos estén más avanzados que los otros reinos. Sus progresos y descubrimientos no se pierden. ¿Cómo me comportaría yo si albergara en mi interior los recuerdos de mi abuela? ¿Sería más prudente o actuaría con la misma libertad que ella?

Al llegar al vestíbulo con el suelo de damero, veo que está atardeciendo. Tiro de Syn hacia la explanada para saborear durante un instante la sensación de los rayos sol sobre mi rostro. Mis ideas se aclaran al igual que lo ha hecho el cielo, y veo lo que no había comprendido hasta entonces.

—Necesitáis los zafiros para los encantamientos.

Syn me observa con interés, como es habitual en él.

—Algo así, sí.

Permanecemos un momento en silencio, con las miradas fijas en el horizonte. Desde aquí podemos ver el bosque de Tiugh, que marca la frontera entre Iskör y los reinos que me vieron nacer. ¿Qué haría mi abuela si estuviera en mi lugar? Lo ignoro, y prefiero que sea así. Solo albergo mis propios recuerdos y solo cometo mis propios errores.

Cuando retomo la palabra, mi voz es solamente un murmullo.

—¿Partirás con ellos hacia la isla de Zafiro?

Syn asiente con la cabeza. Reparo en que estamos en el mismo lugar que el día de nuestra boda: el uno junto al otro ante la escalinata de vït de la ciudadela. Le cojo la mano.

—Te acompañaré.

32
Alyhia de Iskör

Con gestos decididos, Dayena cierra el último arcón del equipaje. He pedido la caja más grande para Pheleol, que está a punto de empezar a volar. Aunque ignoramos cuánto tiempo pasaremos fuera, tengo el presentimiento de que no regresaremos pronto. Al igual que yo, Dayena duda de si alegrarse o no por la partida.

—Deberíais despediros de la hermana del jefe —me aconseja con dulzura, justo lo contrario que transmiten sus gestos nerviosos.

Lennie nos acompañará a Zafiro, pero Mylj no. Ella se quedará en Iskör y sustituirá a Syn en sus funciones. Es una tarea exclusivamente para adivinos. Será un alivio alejarme de sus miradas mezquinas; aun así, debo presentarle mis respetos por última vez antes de irme.

Sin pronunciar palabra, salgo de mis aposentos y me dirijo a la planta de las hermanas del jefe. Al entrar, veo a Mylj sentada en un sillón ante la chimenea. Como siempre, su rostro perfecto está impasible y lleva el pelo peinado en una trenza que roza el suelo. Clava los ojos en las llamas y ni siquiera se digna a mirarme. El sol aún no ha salido y la noche se tiñe poco a poco del rosa pálido del alba. Doy unos pasos hacia ella.

—Mylj, he venido a despedirme. Partiremos en breve —digo en isköriano.

—¿Por qué? Si os veré marchar desde la escalinata de vït.

Junto las manos, tratando de medir las palabras. La verdad es que Syn mencionó que le gustaría que su hermana mayor y yo mantuviéramos una relación más estrecha, con el argumento de que era digna de aprecio. De repente, la poca cooperación que mostré durante los primeros meses me pareció inmadura, y he tratado de compensarlo.

—Desearía que fuéramos más amigas —digo con sinceridad.

Aparta los ojos de la chimenea y los posa en mí.

—No estoy segura de que eso sea posible.

El fuego empieza a crepitar, pero ella parece no percatarse. Mi ira lo ha activado. Pese al creciente control que tengo sobre mi poder, no puedo evitar que las llamas se expresen. Aprieto las manos para ocultar mi resentimiento.

—En ese caso, no te molestaré más.

Antes de darle la espalda, no puedo evitar observarla una última vez. Contempla las llamas de nuevo, con una expresión aún más dura si cabe. Entonces comprendo algo que se me ha escapado desde el principio.

—¿Qué has visto sobre mí?

—¿Disculpa?

Estoy convencida de que tengo razón. La inquina que demuestra solo puede originarse en algo que cree saber sobre mí.

—No me quieres, lo veo, y estoy segura de que es porque has tenido una visión sobre mí. Así que responde: ¿qué has visto?

Sus ojos me fulminan durante unos segundos, con la misma frialdad y altanería que el día que la conocí. Sin embargo, veo cómo el hielo de su mirada empieza a fragmentarse.

—Sentí que podrías llegar a traicionar a mi hermano. A Iskör.

—¿Cómo?

—No lo sé, pero atrévete a decirme que es imposible.

Aunque mi primer reflejo es negarlo, cambio de opinión. ¿Cómo voy a contradecirla? No deseo traicionar a mi nueva patria, pero ¿qué ocurriría si un día tengo que elegir entre Darius y Syn? ¿Entre Ramil e Iskör? Mi orgullo quiere asegurarle que les sería fiel, pero es la verdad la que escapa de mis labios.

—No es mi voluntad hacerlo. El futuro nos dirá si tienes razón.

Le doy la espalda y me dirijo hacia la puerta. Antes de cruzar el umbral, oigo que, con un hilillo de voz, dice:

—Espero equivocarme.

Ya en el pasillo, vuelvo a respirar con libertad. Aunque no sé si algún día llegaré a entenderla, me alejo de Mylj con cierto alivio.

En el vestíbulo, verifico por última vez el equipaje con Dayena. Al ver la cantidad de atuendos de svärt y la presencia de varios manuales de isköriano, siento un ligero vértigo. ¿De verdad estas son mis pertenencias? Cuando partí hacia Primis, en los arcones llevaba vestidos de colores, y en el corazón, las leyendas de Ramil.

—¡Qué sorpresa! —exclama Radelian al verme—. Jamás habría pensado que Vortimer te permitiría regresar a sus reinos.

En realidad, creía que me habían expulsado para siempre, pero el rey de Primis no me ha prohibido viajar. Me quitó los derechos sobre mi reino, me casó a la fuerza, me hizo prometer que no volvería a ver a mi familia, pero no precisó nada sobre potenciales idas y venidas. Con toda probabilidad, jamás imaginó que los iskörianos firmarían tratados con otros reinos sin su beneplácito.

—Pues yo no creo que vea con muy buenos ojos que los iskörianos jueguen a ser mercenarios de Zafiro —señalo con una sonrisa.

Radelian suelta una carcajada y me da una palmada en la espalda.

—No lo sabrá, siempre y cuando nadie ataque la isla.

Desvío la mirada hacia Syn, que está ocupado hablando con Kaleb. Su rostro parece muy delgado comparado con el del rey. Aunque el tratado de las dos islas de Maorach permite pisar Zafiro con invitación previa, no puedo evitar temer por nuestras vidas. Sé que Syn no me lo ha contado todo y que seguramente haya visto cosas que se me escapan. ¿Por qué si no aceptaría prestar sus soldados a una isla tan pequeña?

La llegada de Kormän pone fin a mis reflexiones. Evidentemente, el nigromante forma parte de la comitiva. Estudiará los zafiros, ayudado por los nuevos conocimientos alquímicos heredados de Minnën.

Llega el momento de partir. Después de que los miembros de la expedición se despidan de los consejeros y nigromantes que han venido para tal fin, descendemos los peldaños de vït y atravesamos la ciudad.

A las puertas de las murallas, Radelian se reúne con su unidad de soldados: un centenar de hombres y mujeres vestidos de negro. Todos llevan armas de svärt y empiezan a marchar tras el caballo de su jefe. Nosotros permanecemos a la cabeza de la expedición, con el rey Kaleb y su guardia, dispuestos a dar comienzo a las largas horas de trayecto que nos separan del puerto de Iskör.

Amanece, pero unas densas nubes cubren el sol. Más tarde, cuando hacemos un alto para desayunar, el paisaje es casi desértico, aunque muy diferente al de Ramil. Solo se perfilan una multitud de rocas blancas en el horizonte de la llanura de piedras. El río Kallä la atraviesa antes de desembocar en el mar de Oïr, nuestro destino.

—¿Estás nerviosa? —me pregunta Syn, al sentarse a mi lado en una roca.

Ahora me habla casi únicamente en isköriano. En sus labios, este idioma no me parece tan estridente y seco.

—De momento, solo temo a la travesía por mar —respondo, y doy un mordisco a una ciruela—. No he subido a un barco en mi vida.

—Lo sé, me lo ha dicho Dayena.

Extrae del bolsillo un frasco lleno de granos azules.

—Son sales para evitar el mareo. He pensado que podrían serte útiles.

Tomo el frasco, se lo agradezco, y él se pone en pie sin añadir nada más. No puedo evitar contemplarlo y admirar esa piel que me pareció demasiado blanca, ese cuerpo que juzgué demasiado delgado. Tengo que hacer un esfuerzo para desviar la mirada.

Guardo la botellita en la bolsa que llevo en bandolera y monto de nuevo.

Las horas van transcurriendo y atravesamos algunos pueblos ribereños. Las casas de piedra no están hechas de svärt, güld o vït, y los habitantes también visten de manera más sencilla. A veces, Syn charla con ellos sin bajarse del caballo. Como la mayoría de los iskörianos, se dirigen al jefe con cortesía, pero sin ninguna demostración particular de respeto.

—¡El puerto de Hamn! —declara Lennie, contenta de poder desmontar.

Solo he visto un puerto en mi vida: el de Marfa, al norte de Ramil. Recuerdo decenas de barcos y un ajetreo febril mientras los ramilianos cargaban especias y armas en las bodegas de las embarcaciones comerciales con destino a diferentes reinos.

Aquí no hay nada de eso. El mar de Oïr está calmado, al igual que los muelles. Cerca de los navíos solo se distinguen varios marineros que nos esperan para embarcar. Sin embargo, advierto que a lo lejos hay unos astilleros, donde decenas de hombres y mujeres construyen nuevas embarcaciones. Los martillazos resuenan por la llanura de piedras con la promesa de unas bonitas naves para los iskörianos.

Nos repartimos en los barcos de Kaleb. Detrás de estos, veo los de Iskör, los cuales no usaremos para ser más discretos. Es una sabia decisión: son impresionantes, con sus puntiagudos cascos de svärt, y, si entraran en un puerto extranjero, podría interpretarse como una declaración de guerra.

—Os he reservado mi carabela favorita —me dice Kaleb, subiendo al barco más hermoso de los tres—. Se llama Yena, en honor a mi madre.

Aunque bautizar una embarcación con ese nombre puede parecer excesivo, los habitantes de las islas son conocidos por el cariño que profesan al mar y a sus barcos. Kaleb está observando las olas en estos instantes.

—¡Ah! ¡Por fin hemos regresado a tus aguas, Oïr! —exclama en un tono dramático, poco habitual en él.

—¡Estoy impaciente por ver vuestras tierras, rey Kaleb! —dice Lennie, al subir a la embarcación.

—Y yo estaré encantado de mostrároslas.

Syn y yo intercambiamos una mirada cómplice ante este comportamiento.

Enseguida cargan nuestro equipaje y la tripulación se pone manos a la obra. Mientras observo esta organización perfecta, el miedo se adueña de mí poco a poco. Me asomo por la borda y contemplo con nerviosismo el chapoteo del agua contra el casco de madera oscura.

—¿Soy yo o el mar se ha agitado de repente? —le pregunto a Dayena, que está a mi lado.

—Sois vos, Alyhia. El océano está en calma.

—¿Cómo puedes estar tan serena y tranquila? ¡Que yo sepa, tú tampoco has subido nunca a un barco!

Ella se limita a encogerse de hombros.

—¿Y qué queréis que haga? ¡No temo a lo desconocido!

—¡No temes a nada!

—Sí, temo a la guerra.

El barco se pone en movimiento. Me agarro a la borda con todas mis fuerzas y me obligo a respirar hondo. Al alejarnos del puerto, caigo en la cuenta de que estamos abandonando Iskör. Dejo la mirada perdida en la llanura de piedras y en los acantilados, y se me forma un incomprensible nudo en la garganta. Me obligo a concentrarme en las aguas profundas que nos conducirán a la isla de Zafiro tras varios días de travesía.

—No hay nada como el hogar, ¿verdad? —le dice uno de los marineros a otro.

Trago saliva, embargada por la nostalgia de Ramil. Sin embargo, antes de que me llegue al corazón, recuerdo el consejo de la reina Éléonore. Me dijo que se me presentaban dos alternativas: aferrarme con todas mis fuerzas al pasado o aceptar mi destino. Con su exageración habitual, sostuvo que solo una me permitiría sobrevivir. Y es cierto que llevo meses sufriendo, tratando de retener un pasado que ya no existe.

Veo que Syn está en la proa del barco, solo. La noche ha empezado a caer sobre el mar, que se tiñe del naranja del atardecer. Pese a que parece fuera de lugar lejos de la ciudadela, su expresión no muestra ni un ápice de inquietud. Me acerco a él en silencio y paso ante Kaleb y Lennie, que charlan animadamente.

—Al parecer, tu hermana aprecia mucho al rey de Zafiro —digo para entablar conversación—. ¿Crees que ocurrirá algo entre ellos?

Syn sale de sus pensamientos, sin duda mucho más serios que mi comentario.

—¿Se lo preguntas al hermano o al adivino?

—¡A los dos!

En sus labios aparece una ligera sonrisa, y siento como si una flor eclosionara en mi pecho.

—El hermano le desea toda la felicidad del mundo, pero el adivino siente que el corazón de Kaleb no está disponible.

—¿De verdad?

—Nada es seguro, evidentemente. Pero sí, es lo que he sentido. Y un día dicha información será crucial, créeme.

No añado más, y mi mirada se pierde en el océano cobrizo. Unas gaviotas sobrevuelan la embarcación y rompen el silencio con sus gritos desgarradores.

—¿Has...? —digo con la garganta seca—. ¿Has sentido alguna cosa sobre nosotros?

Syn responde sin atreverse a mirarme.

—No puedo ver cosas que me atañen directamente. Y, cuando se trata de ti, mis visiones son borrosas.

—¿Por qué razón?

Su rostro, antes tranquilo, de repente parece agitado, como el mar.

—Porque la verdad se mezcla con los deseos.

Me agarro a la borda, tratando de armarme de valor.

—¿Y qué deseas? —susurro.

De repente, espero que no haya oído la pregunta. El sol ya casi ha desaparecido en el horizonte y estamos solos. Unos fragmentos de conversación llegan desde popa, resaltando nuestro silencio. En un instante, decenas de posibilidades desfilan ante mí.

—Me gustaría que estuviéramos unidos de verdad —dice Syn, posando su mano sobre la mía.

Jamás lo había visto tan poco seguro de sí mismo. Aunque mis pensamientos son confusos, sé qué respuesta debo darle. Sin embargo, mi corazón está lleno de angustia y las palabras se me quedan atascadas en la garganta.

—Lo siento —murmuro.

Le doy la espalda y me apoyo en la borda. Él guarda silencio, y no quiero ni imaginar la expresión de su rostro. Al tratar de respirar hondo, me asalta una náusea.

Mi estómago se revuelve cuando oigo los pasos de Syn alejarse hacia los camarotes. Me apresuro a sacar las sales, pero se me cae el frasco. Me arrodillo, lo recojo, lo abro deprisa y lo sitúo debajo de mis fosas nasales. Poco a poco, la sensación de mareo se esfuma y me quedo allí, con la fría botellita entre las manos, este remedio que me ha dado Syn porque no quería que me sintiera indispuesta durante mi primer viaje en barco.

La noche me envuelve y me obliga a reparar en la oscuridad de mis pensamientos. ¿Qué ocurriría si dejara ir el pasado? ¿Si aceptase enteramente lo que es, si no me aferrara en cuerpo y alma a lo que era? ¿Si me permitiese hablar con el corazón?

Siguiendo un impulso, me pongo en pie y me dirijo a grandes zancadas hacia los camarotes. Al llamar a la puerta, los nervios y la emoción han ocupado el lugar del miedo. Syn abre, sosteniendo una carta cuidadosamente manuscrita.

—Alyhia, ¿qué…?

—Te dije que era difícil ser feliz en el lugar que nos han impuesto a la fuerza. Aunque lo pensaba y sigo creyendo que es cierto, no te dije toda la verdad.

Syn guarda silencio, y el nudo que siento en la garganta parece querer obstaculizar mis palabras.

—La verdad es que no deseaba ser feliz en Iskör. No quería que alguien pensara que el rey Vortimer me había hecho un favor. Anhelaba sufrir para demostrarle a todo el mundo que es un monstruo.

—Lo comprendo —dice simplemente.

Me seco las lágrimas.

—No quiero vivir más en ese pasado. Aunque Vortimer me ha arrebatado mis títulos y mi reino, puedo seguir siendo yo misma. Simplemente Alyhia. ¿Crees que será suficiente para ti?

—La cuestión es más bien si será suficiente para ti. Yo ya comprendí lo notable que eras el día de nuestra boda.

Al acercarme a él me recorre el cuerpo un estremecimiento como nunca antes había sentido. Nuestras miradas se cruzan un instante. Esbozo una sonrisa y me pongo de puntillas para besarlo. Cuando nuestros labios se encuentran, todo mi cuerpo se sacude. Syn deja caer la carta y posa la mano en mi cintura, provocándome una ola de estremecimientos desde el vientre.

—¿Te gustaría entrar? —sugiere después del largo beso.

Yo lo empujo hacia el interior y cierro la puerta, contra la cual él me acorrala para seguir besándonos. Pega su cuerpo al mío y tengo la sensación de que podría quedarme aquí, así, para siempre. La euforia me invade con tal ímpetu que rompo a reír.

Sus carcajadas se unen a las mías y, acto seguido, me besa con más ternura. Por el rabillo del ojo, veo la cama deshecha y, tomándolo de la mano, lo dirijo hacia allí. Sigue sonriendo cuando se sienta en el borde y yo me subo sobre él a horcajadas para devorar sus labios.

De repente, un torrente de pasión contenida se derrama en mi interior. Sin embargo, me libro con calma de la parte superior del atuendo y de los pantalones mientras Syn me contempla en silencio. Después lo ayudo a desvestirse. Aunque no hablamos, tengo la sensación de que intercambiamos palabras esenciales.

Cuando nos deslizamos debajo de las sábanas, sé que esta vez será diferente. Este cuerpo no es solo un cuerpo, es el de Syn, y que sea mi esposo no tiene importancia alguna. La boca que beso me ha hablado muchas veces. Los dedos que ahora me acarician me tomaron de la mano para sacarme a bailar. Los brazos que me rodean me ofrecieron una botellita hace un rato. El resto, que ahora descubro, es solo una extensión de una intimidad que comenzó hace tiempo.

Y juntos, mientras el barco surca las olas en dirección a nuestro futuro, nos sumergimos en un mar de placer infinito.

33
Efia de Kapall

Cuando el frío me arranca del sueño, llevo la mano al otro lado del colchón y veo que Nathair se ha marchado. En el lugar donde estaba, todavía quedan rastros de su presencia: un ligero hueco en la cama que ahora está helada. Apenas ha amanecido, pero me levanto y, al llegar a la antecámara, advierto que por fin han traído el piano. Le pido a Élise que haga venir a los sirvientes. Cuando aparecen, les indico que lleven el instrumento a la habitación de Adèle.

—Es un regalo del príncipe Nathair —añado—. Me ha pedido que os ordene que no se entere nadie.

Se ponen manos a la obra sin pronunciar palabra mientras yo me adelanto. Por suerte, la habitación de Adèle no está muy lejos de la mía. Después de llamar, oigo unos pasos que se aproximan. Ella misma abre la puerta.

—¿Qué ocurre?

Va en camisón y parece exhausta. Tiene los ojos rojos e hinchados, señal de que probablemente se ha pasado toda la noche llorando. Lleva sin salir de sus aposentos desde el aborto.

—Princesa Adèle, vengo a ofreceros mi apoyo y amistad. Estoy muy apenada por vuestra pérdida y os he traído un objeto que espero que sea capaz de calmar la pena que os embarga.

Los hombres todavía están a varios metros y arrastran el imponente piano con dificultad. El más grande grita cuando le cae sobre el pie, lo que hace que la princesa se asome.

—¿No será...? —balbucea, palideciendo.

—Sí, princesa Adèle. El príncipe Nathair ha accedido a mi

petición. Ha sugerido instalarlo en vuestra alcoba para que podáis utilizarlo. Creo que…

Me interrumpe un cálido abrazo.

—¡Oh, gracias, gracias!

Le digo que no es nada, y ambas entramos en sus aposentos. Son bastante más pequeños que los míos: un estrecho saloncito para recibir visitas, un aseo y un dormitorio de tamaño modesto. Le indico que deberá hallar una manera de ocultarle el instrumento al príncipe Duncan, pero me informa de que es ella la que acude a sus aposentos cuando él la requiere.

La doncella se afana a nuestro alrededor, haciendo la cama y aireando la habitación. Adèle no parece percatarse de lo inapropiado que resulta que los criados entren en el dormitorio cuando ella aún va en camisón, pero estoy tan contenta por el efecto que le ha causado mi regalo que reprimo cualquier comentario.

—¡Es magnífico! —exclama una vez que los hombres se marchan tras colocar el piano en su lugar—. ¿Sabéis tocarlo?

—Solo sé tocar el arpa.

—¿Y no la echáis de menos? —pregunta, acariciando el instrumento con las yemas de los dedos.

—¡En absoluto! Ya sabéis que no me gusta llamar la atención. Sin embargo, me encantaba oír tocar a mi madre.

Con un gesto, le pido que interprete algo y ella baja la mirada hacia las teclas con nerviosismo. Acto seguido, interpreta una melodía que no reconozco, lenta y dulce, como las que acompañan los poemas melancólicos. Las notas resuenan en la estancia y me hacen estremecer, seguramente mucho más que el frío. Cuando retira los dedos después del último acorde, le resbala una lágrima por la mejilla.

—¿Es una lágrima de pena o de alegría?

—De esperanza —responde.

—¿De verdad no encontráis felicidad alguna aquí, princesa Adèle?

Con aire sombrío, dirige la mirada hacia la escarcha que se acumula en el alféizar de la ventana.

—No he venido aquí por amor, princesa Efia, y no soy la esposa de Nathair ni de Fewen, sino de Duncan. Echo de menos mi isla, y también a mi hermana. Pensaba que el hecho de tener hijos me daría una razón para vivir, pero ni siquiera parezco merecer ese consuelo… Sé que me echan la culpa. Hasta el médico lo dice. ¡Cómo deben de burlarse todos de mi incapacidad para procrear!

Guardo silencio, consciente de que lo que dice es cierto. Acaricia las teclas con los dedos y, acto seguido, observa la pared con la mirada perdida. Cuando vuelve a hablar, tengo la impresión de que la habitación se ha quedado sin aire.

—El príncipe Duncan es… No es buena persona, Efia.

Es la primera vez que omite mi título. Mi primera reacción es aconsejarle que se esfuerce, pero un destello en sus ojos me obliga a contenerme.

—Os creo. Y haré lo que esté en mis manos para ayudaros —digo al fin.

—Ya habéis sido de gran ayuda.

Acto seguido, interpreta una tonada todavía más melancólica. Me quedo unos minutos más, hasta que me percato de que debo dejar que disfrute de este momento sola. Ni siquiera me atrevo a proponerle que almuerce con el resto de la familia y abandono sus aposentos sin más dilación. En el pasillo, la melodía del piano me persigue como si se me hubiera grabado en la mente. Me detengo y aguzo el oído hacia ese sonido tan armonioso comparado con las discusiones incesantes que retumban entre estas paredes.

Al ponerme en marcha de nuevo, noto como si el abdomen se me partiera en dos y, después, una punzada de dolor. A punto de perder el equilibrio, me agarro a una cortina para no desplomarme. El dolor se vuelve insoportable y suelto un grito. Un fuerte ruido llega desde la habitación de Adèle, que irrumpe en el pasillo y se abalanza sobre mí.

—¡Efia! ¡Efia, ¿qué ocurre?!

Con su ayuda, me arrodillo e intento recuperar el aliento.

Siento como si una larga aguja se me clavara en el estómago y me lacerara por dentro. Advierto con horror que mis piernas están empapadas de un líquido viscoso.

—El bebé... Estoy... Estoy de parto.

Adèle retrocede, como petrificada.

—¡Llama al médico, por lo que más quieras! —grito.

El dolor es tan intenso que no veo nada. Unas sombras dan vueltas a mi alrededor, y el más mínimo ruido resuena estrepitosamente en mi corazón. Tras un buen rato, llega el médico. Parece molesto, como si lo hubiera importunado durante su delicioso almuerzo. Me ausculta sin pronunciar palabra y después me traslada a la habitación de Adèle, que es la más cercana. Me da un elixir para calmarme el dolor y, acto seguido, se pone a dar vueltas alrededor de la cama sin ofrecerme explicación alguna de qué es lo que ocurre. En ese momento, entran unos capellanes y purifican el dormitorio con velas de plegarias. Por suerte, se van tan rápido como han venido.

—Doctor, ¿qué necesitáis? —pregunta un joven, precipitándose en la alcoba casi sin aliento y con los brazos cargados.

—Instalad la sábana —ordena el obstetra.

Según comprendo, se trata de su ayudante, que abre un saco y extrae una sábana doblada, la cual extiende y sostiene por encima de mi vientre.

—¿Qué hacéis? —pregunto con voz débil.

El ayudante no responde y alza la tela para ocultarlos a los dos, que ahora se convierten en unas sombras que se mueven.

—¿Qué hacéis? —repito—. ¿Habéis avisado a mi esposo? ¿Qué ocurre?

Oigo que sacan instrumentos y que hablan sin prestarme atención. De nuevo, me embarga un dolor insoportable.

—¡Respondedme! —grito.

—Doctor —balbucea el ayudante—, creo que la princesa desea...

—¡Silencio! —lo corta el obstetra.

Asoma la cabeza por un lado de la sábana. Tiene los cabellos canos y una tez cerosa. Su nariz es fina y sus delgados labios parecen incapaces de esbozar una sonrisa. Sin embargo, el hecho de ver un rostro, incluso tan desagradable como el suyo, me tranquiliza.

—Princesa, estáis de parto, y creo que la posición del bebé no es la adecuada.

La angustia me atenaza el corazón.

—¿Y mi esposo?

—Ya han avisado al príncipe Nathair. Para ser francos, vuestros gritos han alertado a todo el castillo.

De repente, la puerta se abre y, con alivio, veo a Nathair. Adèle está tras él, lo que provoca las protestas del doctor.

—¡Nada de mujeres en los partos!

Adèle da un paso atrás, pero se queda bajo el umbral. Nathair se me acerca corriendo y me toma de la mano.

—Efia, ¿cómo estás? ¡Qué miedo he pasado!

—Esto no ha terminado, príncipe Nathair —interviene el doctor.

—Ha dicho que estoy de parto, pero no me encuentro muy bien...

—Es normal, es la primera vez —me tranquiliza mi esposo, acariciándome el cabello.

Con un ademán, le pido que se aproxime y le susurro al oído si puede entrar Adèle.

—Ya sabes que trae mala suerte...

En ese preciso instante, el doctor se vuelve hacia la princesa.

—¡La norma estipula que nada de mujeres! —exclama toscamente—. Como si supierais lo que es...

Adèle se queda lívida.

—Así que nada de mujeres en los partos..., pues bien que estoy yo aquí —protesto con una voz más fuerte de lo que es habitual en mí.

—Si pudiéramos hacerlo sin vos...

—Ya basta —corta Nathair—. La princesa Adèle se quedará unos minutos. Es una orden.

El hombre no replica y continúa dando vueltas alrededor de

la cama sin explicarme qué ocurre. Adèle se arrodilla junto a mí, frente a mi marido.

—Todo saldrá bien, Efia —me susurra—. Tú haz lo que diga el doctor y verás como todo va bien.

—Separad las piernas —ordena él en ese preciso momento.

Lo hago y esperamos en silencio su diagnóstico. No vemos nada, solo la sábana blanca, que a veces ondea con una brisa de origen desconocido. Durante unos instantes, aprieto con fuerza la mano de Nathair.

—No veo a la criatura —suelta con voz lúgubre.

Tengo la sensación de que el corazón se me para al mismo tiempo que le pregunto qué significa eso. No obstante, el médico habla con su ayudante sin prestarme atención.

—Nathair, por favor, a ti te escuchará… —le suplico.

—¿Qué significa eso? —pregunta con su voz de príncipe heredero.

Es el ayudante el que responde.

—Que tendremos que hacer bajar al bebé presionándole el vientre. Puede ser doloroso, os lo advierto.

Adèle me coge de la mano que tengo libre. Entonces veo que la sombra del doctor se agranda en la sábana antes de sentir un dolor terrible. Está presionando sin delicadeza alguna y, de repente, siento que algo se rompe. Empiezo a sangrar con tanta intensidad que el tejido queda salpicado de unas minúsculas manchas escarlatas.

—¿Qué ocurre? —exclama Adèle.

—Que traéis mala suerte, eso es lo que ocurre.

—Haced todo lo posible para que vuestra esposa no se desmaye —pide el ayudante a Nathair.

Apenas siento la parte inferior del cuerpo. Adèle me da un par de leves bofetadas.

—No te duermas, Efia, no te duermas.

—¿Por qué…? —balbuceo—. ¿Por qué las mujeres traen mala suerte en los partos?

—¡Habladle! ¡Respondedle!

—¡No lo sé! —suelta Adèle—. En Jaspe se les permite estar presentes. Incluso hay doctoras.

Oigo el suspiro desdeñoso del obstetra por encima de los latidos de mi corazón.

—Es a causa de las ermidas —informa Nathair—. Cuando vivían, eran ellas las que se encargaban de los partos.

—¡Con técnicas salvajes! —suelta el médico, presionando de nuevo mi vientre, lo que me hace soltar otro grito de dolor.

—Así es. Y, cuando pusimos fin a esas prácticas, mejoramos el sistema. Desde entonces, la creencia popular dice que las mujeres no deben estar presentes en…

Nathair me mira y deja la frase sin terminar.

—¡Doctor! ¡No está bien!

—El bebé tampoco —responde.

Sé que salvará a mi hijo antes que a mí. En este momento, lo único que deseo es cerrar los ojos para que cese el dolor.

—¡Fuera! ¡Todo el mundo fuera! —ordena de pronto el médico.

Aunque Nathair protesta, obedece ante la insistencia del hombre. En unos segundos, vuelvo a estar sola ante la sábana, con un dolor punzante en el vientre y un nudo en la garganta que me impide respirar.

—¡Empujad, princesa!

Trato de hacerlo, pero no debe de servir de nada, porque el hombre sigue presionándome el estómago.

—No puedo… —digo, ahogándome en mis propios sollozos.

—Debéis hacerlo. ¡Tú, dale ánimos! —le dice al ayudante.

El asistente se limita a apoyar la cabeza en el borde de la sábana y a darme unas sencillas instrucciones: «Empujad, aguantad, respirad», una y otra vez. Su tono es más agradable que el del médico, lo que me ayuda a recuperar el control de mí misma. De repente siento un peso que me oprime y la intensa sensación de que se me desprende una parte de mí.

—¡El bebé está llegando!

Sin poder evitarlo, cierro los ojos y me sumerjo en un estado de semiinconsciencia. Me rodean una serie de conversaciones indistintas y me asaltan unos sueños angustiosos mientras noto que me tiembla todo el cuerpo. En Miméa nunca tenía frío. Aquí trato de soportar el invierno glacial lo mejor que puedo, aunque a veces creo que acabará por matarme.

Entre las voces, reconozco la de Nathair, y después la del príncipe Duncan. ¡El piano! Adèle no ha tenido tiempo de esconderlo. ¿Qué dirá su marido cuando lo vea? Sin embargo, me doy cuenta de que eso no importa. He dado a luz. «¡El bebé está llegando!», ha gritado el médico. ¿Dónde está mi hijo? ¿Dónde? No oigo ningún llanto que me pueda indicar su presencia. Creo que es lo único que podría despabilarme. De lo contrario, cerraría los ojos para siempre. Oigo al médico, y su voz despierta en mí un miedo atroz. Llevo meses soñando con dar a luz. A veces con angustia, pero nunca con tanto pánico. Pienso en Adèle, sola con este hombre durante sus tres abortos. ¡Qué desesperación debió de sentir!

Me sumerjo en unos sueños confusos. Oigo un fuerte estruendo y, después, muchos gritos. Daría cualquier cosa por tener a mis padres conmigo. Me dirían que todo va bien y charlaríamos plácidamente en la paz y tranquilidad de nuestra casa.

—¿Efia? —susurra una voz a mi lado.

No quiero volver a la realidad, pero mi cuerpo se siente atraído por las circunstancias y sube a la superficie muy a mi pesar. Siento el tacto áspero de las sábanas y me abruma el olor a medicamentos. Aunque me llegan unas conversaciones procedentes del pasillo, la habitación parece tranquila. Lentamente, abro los ojos.

—Efia, por fin —murmura Adèle—. Me has tenido toda la noche muy preocupada.

Miro a mi alrededor y es como si no hubiera pasado nada. No hay ni rastro del médico ni de su ayudante ni de la sábana que me impedía ver nada. Las minúsculas manchas de color escarlata todavía revolotean ante mí.

Mis ojos se posan de repente en el piano, partido en dos. Las teclas yacen en el suelo como juguetes olvidados.

—Duncan no ha querido aceptar tu regalo...

Ni siquiera parece triste, solo resignada. Por un momento, imagino al príncipe destruyendo el instrumento conmigo a unos metros de distancia, y la imagen me parece tan absurda que casi me hace esbozar una sonrisa. Justo entonces, se me aviva el dolor en el vientre y advierto que sigue hinchado. De repente, lo recuerdo todo.

—¿Y mi bebé?

En ese momento, se abre la puerta y entra Nathair a toda prisa. Me coge de la mano, la cubre de besos y le pide a Adèle que nos deje solos.

—¿Es...? ¿Es niño o niña?

Traga saliva.

—Niña. Era una niña.

Trata de continuar, pero lo detengo con un ademán. Por un momento, me imagino que el bebé está en un moisés, junto a mí. Está llorando, lo que demuestra que goza de buena salud. La habría llamado Niha, como mi madre. Quizá eso la habría animado a venir a verme. Nathair también está ahí, sonriendo mientras observa a nuestra hija. No hay nadie en el pasillo, nadie cuchichea, nadie nos juzga.

—Efia...

—Lo sé —respondo con voz lúgubre.

Parece aliviado por no tener que comunicarme que nuestra hija ha muerto.

—La próxima vez lo harás mejor —me tranquiliza, y me da un beso en la frente.

34
Alyhia de Iskör

Isla de Zafiro

Me tumbo sobre la alfombra con una amplia sonrisa en los labios. El fuego crepita junto a mí mientras observo el cielo, que se tiñe poco a poco con los colores del alba. Una ligera brisa penetra en la estancia y provoca que mi cuerpo desnudo se estremezca. Syn me cubre hasta el vientre con la sábana y la colcha.

—Hemos olvidado dormir de nuevo… —murmura.

Suelto una carcajada y me acerco a él, para colmarlo de besos.

Desde que hemos llegado a Zafiro, aprovechamos cada momento juntos para descubrirnos un poco más. Una gran parte de esta exploración se desarrolla cuando la noche nos ofrece su intimidad y estamos desnudos.

—No deberían habernos dado una habitación tan cómoda —digo, acariciando la mullida alfombra.

La estancia es inmensa, adornada con cortinas azules y equipada con una gran chimenea. Sobre la cama, que esta noche no hemos utilizado, hay unas suaves colchas, y todas las bagatelas de las estanterías tienen zafiros. Desde la ventana se ve el cielo y el mar de Oïr, y la brisa llega cargada de olor a salitre.

—Lennie se puso muy contenta cuando vio que íbamos a compartir dormitorio —comenta Syn.

Su hermana me abrazó en el preciso instante en que comprendió que nuestra intimidad era máxima. Desde entonces, no cesa de mirarnos con un afecto sin límites.

—Sí, pero tendremos que levantarnos...
—La luna aún no se ha escondido —dice Syn.

Mi sonrisa se desvanece cuando veo el círculo casi perfecto que preside el cielo. Esta noche se celebrará la ceremonia de las llamas, a la que no he asistido desde hace meses. Pensaba que jamás volvería a hacerlo. Aunque Syn me ha sugerido evitarla, he rechazado su ofrecimiento. Si estoy aquí, quiero enfrentarme a la situación con todas sus consecuencias.

—¿Te queda elixir de infecundidad? —pregunto, cambiando de tema.

Después de hacer el amor por primera vez, Syn me tendió un cuenco con un brebaje de color azul. Ante mi mirada de incomprensión, me preguntó si quería tener hijos, a lo que respondí que no. Me explicó que los nigromantes habían elaborado esa poción casi infalible para evitar la procreación.

—Los reinos unificados llevan tanto retraso en tantas cuestiones... —digo, antes de dar un sorbo.

—Por lo que sé, solo las Regnantes han tratado de desarrollar métodos similares.

Sciõ es un reino gobernado por mujeres, así que no me sorprende que procuren mejorar su día a día. Siento un estremecimiento al pensar en Garance, que arriesgó la vida para interrumpir un embarazo que no deseaba. Este elixir le habría ahorrado una herida eterna.

—Ya amanece —señala Syn, poniéndose en pie—. ¿Quieres acompañarme? Voy a ver a Kormän.

Desde nuestra llegada, el nigromante se ha instalado en un taller en el sótano del castillo con el fin de investigar los zafiros. Aún pasará un tiempo antes de que domine la fórmula que busca sin descanso. Me tumbo de nuevo junto al fuego.

—Hoy no.

Me besa con ternura en la cabeza, se viste y abandona la habitación. Aún no es primavera, y mi cuerpo tiembla sin el calor del suyo. Como si lo hubiera notado, Pheleol aparece en la ventana. Aprendió a volar hace unos días y sale a menudo para ir quién

sabe dónde. Pero no me preocupa. Sé que siempre regresa. El pájaro se acerca, con sus plumas calientes como el fuego. Lo acaricio durante unos minutos antes de que el cansancio se adueñe de mí.

El calor se hace gradualmente más fuerte hasta volverse sofocante, como si las llamas de la chimenea se hubieran escapado y me cubrieran. Me asfixio, pero no puedo moverme. Me doy cuenta con horror de que tengo las manos atadas a la espalda. Trato de calmarme: es, de nuevo, un sueño. Una simple pesadilla. En Iskör no solían ser tan violentos: unas inocentes imágenes de fuego y ermidas. Pero hoy, con la ceremonia de esta noche, todo es más lúcido: la hoguera, las ataduras que me hacen sangrar las muñecas, los gritos que me rodean.

«La cacería ha empezado de nuevo», me susurra una voz al oído. Se me para el corazón. Llevaba meses sin oírla. Encontrarme de nuevo con ella me provoca un pánico atroz.

«¿Qué vas a hacer?», pregunta en tono acusador.

Las sombras se multiplican a mi alrededor mientras los insultos resuenan cada vez más fuerte en mis oídos. La hoguera se enciende, sus llamas me lamen las piernas, pero no llegan a quemarlas. Sé cómo usar el fuego, pero la muchedumbre lleva armas y me apunta con ellas. Cuando se den cuenta de que las llamas no me hacen nada, las lanzarán contra mí.

«¿Qué vas a hacer?», grita la voz.

No tengo tiempo de responder: un hombre me clava una lanza en el abdomen. El dolor se apodera de mí y suelto un grito que parece no tener fin.

Cuando despierto, el fuego de la chimenea crepita con gran estruendo. Ignoro cuánto tiempo he dormido, pero, pese a las nubes, hay suficiente luz y no veo a Pheleol por ninguna parte. Tardo un momento en reconocer el sonido de las olas y el graznido de las gaviotas en el exterior. Recupero el aliento con dificultad y me miro los muslos, cubiertos de sangre. Aún siento el horror de la pesadilla y rompo a llorar.

—¿Puedo entrar? —pregunta la voz de Dayena al otro lado de la puerta.

Al oír mis sollozos, empuja la hoja. Le basta con mirarme. Prepara un baño y me anima a levantarme y sumergirme en el agua. Mientras recupero las fuerzas, ella recoge las sábanas manchadas del suelo y pone orden en el dormitorio.

—¿Son los sueños tan poderosos como antes? —me pregunta, acercándose.

Pese a que el agua está hirviendo, no puedo evitar estremecerme.

—Peor aún.

Me ayuda a salir de la bañera y me envuelve con un paño. Me estrecha entre sus brazos y permanecemos así, entrelazadas.

—¿Qué locura habrá surgido ahora en los reinos? —murmura.

—Pronto lo sabremos.

Me separo de ella para ponerme unos pantalones y una camisa, y salgo de mis aposentos, dispuesta a dejar atrás el sueño y la angustia que ha provocado en mí. Les pregunto a los guardias de Zafiro si han visto a Lennie y me señalan el punto más alto de la atalaya.

El castillo se parece al de Ramil, salvo porque sus piedras son más oscuras y porque carece de la escasez que impone el desierto. Emplazado sobre la única colina de la isla, la domina. Mire adonde mire, solo veo mar, y da la impresión de que podemos sufrir un ataque en cualquier momento. Desde aquí se ve el puerto, con los buques de guerra listos para zarpar.

Cuando llego a la atalaya, diviso a Lennie charlando con un soldado isköriano, que se aleja después de saludarme. Ella es la persona más agradable que conozco, y la única que puede hacerme olvidar el sueño.

Recorremos el camino de ronda que rodea el castillo. Me informa de que se ha incorporado a las filas de Radelian y que será la encargada de la vigilancia.

—¡Así me sentiré útil! —exclama.

—¿Antes no era así?

Se encoge de hombros, fingiendo despreocupación.

—Bueno, no soy adivina como Syn y Mylj, y me faltan agallas para convertirme en nigromante. Solo me queda el ejército, así que ¡aquí estoy!

—No albergo ninguna duda de que serás una soldado excelente.

—Mi padre no pensaría lo mismo. Estaba convencido de que, con esfuerzo, llegaría a dominar el arte de la adivinación. La hija del gran Verän, ¿te imaginas?

Habla medio en broma, pero se percibe una nota de amargura en su voz.

—¿Verän? ¿El antiguo jefe? Syn me aseguró que no era familia suya…

—Y es cierto. Es mi padre, pero no el de Syn ni el de Mylj. Ellos son hijos de un nigromante llamado Lorkan. Naëlle, nuestra madre, era una gran adivina. Conoció a mi padre después de la muerte de Lorkan. Así que mis dos progenitores eran adivinos. A veces me pregunto si no me pasará algo raro…

—¡A ti no te pasa nada! No era tu destino y punto.

Ambas guardamos silencio.

—¿Crees que el tuyo era ser una apire? —dice al cabo de unos segundos.

Me quedo sin habla. Al instante, veo de nuevo el miedo de mi familia y la repugnancia de Vortimer y Hadrian. Sé lo difícil que es ser diferente de los tuyos.

—Eso tendrás que preguntárselo a un adivino —digo, quitándole hierro al asunto.

Aunque, al principio, mi respuesta la sorprende y ahoga un grito, luego estalla en una carcajada aguda, casi como si cantara.

—¡Ay, Alyhia! —exclama, enjugándose una lágrima provocada por la risa—. ¡Estoy tan contenta de que seas mi hermana!

El cumplido me deja sin aliento y me provoca una sonrisa. Pasamos toda la tarde juntas, hablando de nuestra infancia. Me cuenta la enfermedad de su madre, víctima de una epidemia, y la muerte de su padre. Me explica que, durante años, su madre procuró que Verän viera a Syn como el futuro líder, pese a que era hijo de otro hombre. Nunca dejó de creer que el don de la adivinación también se despertaría en su benjamina, pero no fue así.

Al caer la noche, le agradezco calurosamente su compañía. Ahora tengo que prepararme para la ceremonia.

La isla está apartada, pero Kaleb nos ha aconsejado vestirnos de tal manera que nadie reconozca al jefe de Iskör y a la antigua princesa de Ramil. Para evitar riesgos innecesarios, asistiremos a la ceremonia como meros visitantes. Por eso Dayena me tiende un vestido azul marino y una capa con capucha y me peina al estilo de Zafiro: tres trenzas en una.

Cuando veo a Syn ataviado con una camisa de algodón y pantalones de franela, no puedo evitar echarme a reír.

—Es como si fuera desnudo —se queja, tirando de los pantalones—. Estas telas dejan pasar el viento. ¡Qué incómodas!

—No todo el mundo puede ir siempre de svärt.

—Es una pena —dice, y me toma de la mano para salir juntos de la habitación.

Nos topamos cara a cara con Kaleb, seguido de los capellanes, que no van de rojo, sino con una capa azul oscuro con capucha. Ocultan el rostro tras una máscara blanca.

—En los tiempos que corren, mejor evitar que los reconozcan —aclara Kaleb, aunque no entiendo muy bien por qué dice eso.

Nos dirigimos, lo más alejados posible de los dignatarios, hacia la plaza mayor, junto al puerto. Me pongo la capucha para ocultarme. La noche cae poco a poco y pronto las estrellas iluminan el cielo como si fueran miles de luciérnagas. A lo largo del camino, han colocado unas antorchas para guiarnos hasta la hoguera, rodeada ya por varios cientos de aldeanos. El olor del humo se mezcla con el del salitre.

Distingo a varios soldados iskörianos armados entre la muchedumbre. Kaleb nos ha dicho que la población acepta su presencia porque confía ciegamente en su rey y no ignoran que la isla necesita protección.

—¡Amigos míos! La ceremonia de las llamas puede comenzar —exclama el gran capellán.

Tengo la amarga sensación de haber retrocedido meses. El fuego ya no es mi enemigo, pero la ceremonia sigue pareciéndome un calvario. El discurso es breve y exaltado: recuerda la caza de ermidas, su derrota a manos del Fuego y la llegada de los apires. Aunque los aldeanos son fervientes defensores del Fuego, no hay rastro del fanatismo de Primis. De hecho, algunos ni siquiera han venido a la plaza.

—Oh, llamas temidas y veneradas, ¡compadeceos de nosotros! —concluye el hombre, como es habitual.

—Compadeceos de nosotros —repiten a coro los zafirinos.

Los iskörianos observan la escena con asombro, igual que Syn, al que noto especialmente concentrado junto a mí. Por un momento, pienso que la ceremonia ha terminado, pero entonces Kaleb toma la palabra.

—Como sabéis, el rey Vortimer nos ha pedido que aumentemos la vigilancia y estemos atentos. En el nombre del Fuego, haremos la prueba del cuchillo. Presentad a las criaturas nacidas la semana pasada.

Paralizada, siento que el corazón se me retuerce en el pecho, como si tratara de ocultarse en su interior. No sabíamos que la ceremonia incluyera esta tortura.

Se acercan unas cuantas personas, con sus bebés en brazos. Algunos lloran, pero la mayoría están tranquilos. El gran capellán coloca un cuchillo de hoja fina en el fuego y la primera mujer presenta a su hijita. Mi respiración se acelera cuando coloca la hoja en la pierna de la criatura y esta comienza a gritar de inmediato.

—¿Por qué lo hacen?

—Para descubrir a los apires —respondo, sin apenas poder articular palabra.

Miro a mi alrededor en busca de Kaleb, que está ocupado charlando con algunos aldeanos. La prueba no parece interesarle demasiado. Recuerdo sus palabras tras el baile en Iskör: «Estoy convencido de que esas criaturas ya no existen».

Llega el turno de otro bebé. Ruge igual que el primero cuando la hoja se posa en su pierna. La madre llora de alivio, mientras que yo noto el violento impulso de cerrar los ojos.

Se me seca la boca cuando un tercer hombre se acerca con su bebé. El gran capellán oficia. El pequeño permanece en silencio, mirando a su padre con incomprensión, mientras que este ruega que se repita la prueba con ojos temerosos. Aplican de nuevo el filo, pero el resultado es el mismo. Soy incapaz de moverme.

—Es un... —susurra Syn, dejando la frase sin terminar.

El hombre niega con la cabeza y ruega que lo hagan de nuevo, mientras el bebé lo mira inocentemente. El rey Kaleb, al que han hecho llamar, frunce el ceño y adopta una expresión grave al recibir la noticia. La muchedumbre se alborota, sin saber cómo reaccionar. Era impensable que un niño no pasara la prueba. Imposible. Nadie cree que pueda suceder algo así hasta que ocurre. Los soldados de Zafiro exigen al padre que entregue al bebé. Él se opone, dominado por el pánico. Niega con la cabeza varias veces y después cae de rodillas, aferrándose a su hijo.

Por instinto, avanzo unos pasos y me acerco a la hoguera, que sigue ardiendo. Las llamas me rozan y me impregno de su fuerza de inmediato. Me detengo a unos metros de la escena, sin saber qué hacer.

—No, por favor, ¡es mi hijo! ¡Es inocente! —grita el hombre, aún aferrado a la criatura.

Los soldados miran a su alrededor; Kaleb parece indeciso. No debería haber creído que esto no ocurriría jamás. Los apires están por todas partes, lo sé mejor que nadie. Algunos de los aldeanos se alejan, incapaces de presenciar la escena, mientras que otros no dejan de murmurar.

—¡Compadeceos de nosotros! ¡Compadeceos de nosotros! —entonan.

—Entregadnos al niño o nos lo llevaremos a la fuerza —ordena Kaleb.

El hombre lo mira con ojos suplicantes y sumido en un mar de lágrimas. Sin embargo, el tono soberano del rey zanja la situación, y, cuando los soldados le quitan al niño de los brazos, deja de forcejear. Tras confiarle el niño al capellán, despiden con un gesto brusco al padre, que se deja caer al suelo y no se levanta, como si estuviera muerto.

Incapaz de controlarme, sigo a los soldados, que se dirigen hacia el castillo junto a los capellanes y el rey. Los acompañan algunos aldeanos, rezando al Fuego. Camino a grandes zancadas, presa de un terrible conflicto interior.

—¿Qué vas a hacer? —pregunta Syn, agarrándome de la mano.

«¿Qué vas a hacer?», resuena en mi cabeza la voz del sueño.

—¡Alto! —grito de repente, al llegar a la entrada del castillo.

Los soldados y los capellanes se detienen y clavan su mirada en mí. El rey, que va varios metros por delante de la comitiva, no se percata de mi intervención. Me precipito hacia ellos para llevarme al niño, pero las cuchillas me cortan el paso y me rozan la garganta.

—¡Esperad! —grita Syn, levantando los brazos en son de paz.

—¡Retroceded! —me ordena un soldado.

Estoy temblando, pero no pienso dar un paso atrás. No permitiré que maten a una criatura.

Los soldados de Iskör se han acercado a la escena. Una ráfaga de viento me quita la capucha y deja al descubierto mi rostro. Al reconocerme, desenvainan de inmediato las armas y apuntan a los zafirinos con ellas.

—Os recomiendo que no le pongáis un dedo encima a Alyhia de Iskör —dice Radelian en tono amenazador.

Los soldados entran en pánico. Los iskörianos los sobrepasan en número y me defienden con sus espadas de svärt. El rey Kaleb por fin se da cuenta del alboroto y regresa sobre sus pasos.

—¿Qué está ocurriendo aquí? —grita, mirándome primero a mí y después a los hombres armados.

—Bajad las armas —ordena Syn a los soldados de Zafiro.

Ellos miran con aire inquisitivo a su rey, que asiente con la cabeza. Mis pulmones vuelven a llenarse de aire. No dejo de mirar al bebé, que ha empezado a llorar.

—Sugiero que abordemos esta cuestión con la debida calma —continúa Syn con voz tranquilizadora.

Respirando agitadamente a causa de la ira, Kaleb nos lanza una mirada fulminante con sus ojos oscuros.

—Vayamos adentro —ordena al fin.

La tensión disminuye un poco mientras nos dirigimos hacia el castillo. Me mantengo cerca del gran capellán, que me observa como si estuviera loca de remate.

—¿Qué quieres que haga? —susurra Syn antes de franquear la puerta.

Desvío la mirada del rey Kaleb hacia el bebé.

—Pase lo que pase, no les entregues al niño.

Syn asiente, y comprendo que estamos unidos por las circunstancias. Puede que, por mi causa, se rompa el acuerdo con Zafiro, pero eso no importa. Por una vez en mi vida, sé que hago lo correcto.

«La cacería ha empezado de nuevo», me dijo la voz. Es cierto. Y no pienso ponerme del lado de los asesinos.

35
Alyhia de Iskör

Hace horas que estoy aquí sentada, esperando pacientemente en esta estancia que parece una sala de guardias. En la puerta hay dos soldados, y tengo tanto miedo de lo que eso implica que ni siquiera me he atrevido a pedir que me dejen salir.

Syn lleva hablando con Kaleb desde que terminó la ceremonia. Un vistazo por la aspillera me dice que ya es tarde. En la isla reina el silencio, pero a lo lejos distingo la hoguera, que sigue ardiendo en mitad de la noche. El olor a sal me llega incluso a esta distancia, como para recordarme que no estoy en mi casa.

La puerta se abre de repente y aparece Syn. Me abalanzo sobre él y lo abrazo.

—¡El niño! ¡¿Dónde está el niño?! —grito, al ver que lleva las manos vacías.

Me acaricia el brazo con gesto tranquilizador.

—Está con Lennie. No te preocupes.

Le suplico que me cuente lo que ha sucedido, pero, antes de hacerlo, sugiere que nos marchemos. Me conduce a nuestro dormitorio, donde está Lennie con la criatura en brazos. Me abalanzo sobre ellos para comprobar que el pequeño se encuentra bien. No llora, sino que lo observa todo con curiosidad a través de sus grandes ojos negros. Lennie se marcha y nos pide que descansemos. Yo, en cambio, le pido a Syn que me cuente su conversación con el rey Kaleb. Se sienta al borde de la cama y me observa durante unos segundos.

—Pensaba que no querías tener hijos —suelta maliciosamente.

—Eso es un tema completamente aparte. ¡No iba a consentir que lo mataran! ¿No podemos devolvérselo a su padre?

Syn suspira profundamente.

—Me temo que no. Kaleb ha aceptado perdonarle la vida, pero no va a permitir que la gente piense que en su isla se tolera a los apires. Ha decidido perdonarlo, aunque todo el mundo debe creer que está muerto.

Clavo la mirada en la criatura, que, en pocas horas, acaba de perder a su familia, su nombre y su patria. Lo abrazo contra mi pecho. Pheleol se acerca y posa la cabeza sobre su piel, como si reconociera que, igual que él, es una criatura de fuego.

—¿Y qué ocurre con nosotros?

—Me ha resultado difícil negociar sin revelar tu condición. He argumentado que no podías aceptar la muerte de una criatura, pero le ha extrañado.

—Pues no veo por qué —me defiendo, pese a que todos los reinos han asesinado sin vacilar a miles de bebés antes que él.

Nos llega el ruido de las olas. La isla nunca me había parecido tan pequeña, asediada por el mar indomable en todos los flancos.

—Evidentemente, nuestra situación es más delicada —prosigue Syn.

Necesito un momento para considerar las consecuencias.

Syn baja los ojos hacia el bebé, que se ha dormido en mis brazos. Nos tumbamos sobre la cama, con el pequeño en medio. El cansancio enseguida se apodera de nosotros y nos dormimos, no sin antes haber comentado los posibles resultados sin llegar a tomar ninguna decisión. Durante la noche, me despierto sobresaltada más de una vez, asustada por si el niño ya no está. En cada ocasión, observo cómo respira y después vuelvo a dormirme.

Un enorme estruendo nos arranca de nuestros sueños. Dayena entra en la habitación, olvidando por completo cualquier muestra de protocolo.

—¡Ay! Pero entonces... ¡es verdad! ¡Las sirvientas me han dicho que teníais un bebé, pero me he negado a creerlas!

Una sonrisa reemplaza su desconcierto en cuanto ve al niño.

Acaba de despertarse, y Dayena le tiende los brazos para auparlo. Me levanto a duras penas, molida a causa de la falta de sueño.

—Habrá que ponerle un nombre —dice Dayena.

—Elígelo tú.

—¿De verdad? ¿No queréis hacerlo vos?

—Yo lo he salvado, pero no es hijo mío. Ahora debemos reflexionar sobre qué hacer a continuación.

Temo que me reproche mi temeridad; en cambio, murmura con una voz llena de ternura:

—Lo que habéis hecho está bien. Estoy muy orgullosa de ser vuestra doncella.

Su halago me enternece.

—Eres mucho más que una doncella, ya lo sabes.

Dayena se aleja enseguida en busca de algo para cambiar al niño. Syn sale del dormitorio sin tan siquiera pronunciar palabra, mientras que yo empiezo a arreglarme, preguntándome en qué ocuparé las próximas horas. Soy incapaz de quedarme aquí sin hacer nada, así que me dirijo a las murallas con la esperanza de encontrar a Lennie.

Al llegar, advierto que los iskörianos ya no ocupan sus puestos. En el camino de ronda no hay aliados, lo que me provoca un extraño sentimiento de vulnerabilidad. ¿Quién iba a decir que, un día, los soldados de Iskör se convertirían en mis protectores?

Doy media vuelta y me topo de bruces con el rey Kaleb. Una vena en la que no había reparado antes le late en la frente. Aunque lo más indicado sería seguir mi camino, sé que debo tratar de arreglar el entuerto.

—Disculpad mi comportamiento de ayer, rey Kaleb.

Este mira hacia el mar, posando las manos sobre la piedra de una tronera.

—Me habéis puesto en una situación delicada. ¡No es admisible que vuestros soldados se enfrenten a los míos!

Pese a que está más que ofendido, sé que aún puedo salvar el acuerdo con Zafiro.

—Vuestros hombres no me reconocieron; de lo contrario, jamás me habrían amenazado.

Suelta un suspiro, completamente consciente de que fueron los zafirinos los primeros en desenvainar.

—Es solo un niño —añado—. Me vi obligada a intervenir.

—Lo comprendo, Alyhia. A veces la ternura nos hace actuar de un modo irracional...

—¿Por qué todo el mundo piensa que actué por ternura? ¡Fue la moral la que me guio!

—¡Es un apire! —argumenta, como si eso lo explicara todo.

Me abstengo de replicar que ellos también merecen vivir. Tengo que recordarme que estoy en los reinos unificados, y hasta los más abiertos de miras han dado caza a ermidas y apires.

—Tenéis razón. Debe de ser mi apego por la infancia lo que explica mi gesto.

El rey Kaleb asiente ante esta versión, que le resulta más aceptable. Reflexiono durante unos segundos mientras observo los barcos en el puerto. Recuerdo el día en que nos conocimos, que ahora parece tan lejano. Ya entonces se mostraba distante, y la cicatriz de su rostro hacía que sus ojos hoscos resultaran amenazadores, pero, al igual que ahora, era capaz de sucumbir a sus emociones. Recuerdo la mirada de desdén que le lanzó al rey Azariel en la sala del trono.

—¿Qué tenéis en concreto contra Maorach? —pregunto de repente.

—Ya sabéis que no soy una persona muy afable.

—Sed franco, rey Kaleb. Advertí vuestra hostilidad hacia Azariel en la recepción que tuvo lugar en Primis. Pero no hacia Naïa, a quien le disteis vuestra cinta después de...

Sus rasgos se relajan al evocar a la princesa de Maorach y, de repente, lo comprendo todo. Syn ya me advirtió que su corazón no estaba libre.

—La princesa Naïa... —murmuro.

Me mira de arriba abajo con hosquedad.

—Sois realmente insoportable, Alyhia de Iskör.

Pasamos unos segundos observándonos y después esbozamos una sonrisa de complicidad. Le pido que me lo explique, pero solo acepta revelarme que el rey de Maorach se opone al matrimonio.

—¿Creéis que el acuerdo con Iskör favorecerá la unión?

—Sospecho que será imposible si pierdo mi isla. Eso sin contar que mi obligación es anteponer el futuro de Zafiro a mis intereses personales.

Tras unos instantes pensativo, su mirada se vuelve a endurecer.

—Vos y yo siempre hemos sido francos el uno con el otro. ¿Puedo seros sincero?

Asiento con la cabeza, animándolo a continuar.

—El tratado con Iskör sigue en pie, pero debéis marcharos. Este niño no puede permanecer en mis dominios sin comprometer mi reinado. No sé cómo pensáis lidiar con las rabietas de un apire, pero ese no es mi problema.

Incapaz de rebatir su decisión, la acepto y me alejo, frustrada. Ya en el castillo, desciendo la polvorienta escalera hacia el sótano, donde se encuentra el estudio de Kormän.

La gruesa puerta de madera está entornada. Asomo la cabeza y veo a Syn y al nigromante conversando con seriedad. El escritorio que hay entre ellos está cubierto de grimorios y gemas diversas. Sin querer, golpeo la puerta con el pie y Syn alza de inmediato la mirada.

—¡Ah, eres tú!

Insegura, doy un paso adelante.

—¿Cómo va el trabajo, Kormän?

El nigromante se vuelve hacia mí con esa mirada de fastidio que ya me resulta tan familiar. Me trae a la mente la expresión que ponía cuando no lograba formar una frase en isköriano. Al igual que entonces, esbozo una sonrisa de disculpa.

—Digamos que necesitaré tiempo… —responde al fin—. ¡Y también zafiros! Pero ¿podré obtenerlos?

Su pregunta va dirigida a mí. Miro a Syn, que reprime una mueca ante el reproche de Kormän.

—Sí, justamente acabo de tener una conversación con el rey Kaleb sobre esta cuestión...

—¿Qué ha dicho? —pregunta Syn.

—El acuerdo entre nuestras regiones sigue en pie.

Ambos lanzan un suspiro de alivio y, sin más dilación, el nigromante se apresura a sumergirse en un libro. Carraspeo, tratando de atraer su atención.

—¿Y bien?

—No he terminado. El acuerdo sigue en pie, pero debemos... partir. Rápido.

Bajo la mirada al final de la frase. Me tranquilizo diciéndome que, al menos, la he pronunciado en un isköriano perfecto. Kormän desvía la mirada hacia Syn, que parece sumido en sus pensamientos. Transcurren los segundos y el silencio se vuelve aplastante.

—¿Dónde iremos? —pregunta al cabo de un rato el nigromante a su jefe.

—Supongo que volveremos... —me atrevo a imaginar con voz incierta.

Sin embargo, el rostro de Syn me indica que esa no es su intención.

—Me has dicho que encontrabas dificultades con las gemas, ¿verdad? —le pregunta a Kormän.

Este lo confirma con un asentimiento de cabeza.

—Iskör posee conocimientos importantes, pero no somos los únicos que estudiamos la alquimia.

—Sí... Yo también había pensado que...

Me dispongo a interrogarlos cuando aparece una sirvienta y me dice que Dayena me reclama con urgencia.

Subo corriendo las escaleras y llego a mis aposentos empapada en sudor. Dayena está sentada en la cama con el bebé en brazos y me lo tiende de inmediato.

—¡Ah, por fin! He de ir a por leche y nadie debe verlo, ¡órdenes del rey! Tengo muchos talentos, Alyhia, pero ¡aún no puedo estar en dos lugares al mismo tiempo!

Se marcha sin esperar respuesta. Me siento en el lugar que ella ocupaba unos segundos antes y observo al pequeño con curiosidad. Pheleol ha regresado de su paseo y grazna mientras vuela alrededor del niño, que parece imperturbable. Muy calmado, me coge del pelo y empieza a tirar suavemente de él. No puedo evitar reír.

Aunque nunca he querido tener hijos, siempre me han gustado los niños. Pienso en mis hermanas, correteando durante los juegos en honor al príncipe. Ese día pensaba que todo iba a salir bien, de verdad. Luego vino la ceremonia de las llamas, el beso con el príncipe, la violación de Garance a manos de Nathair y su doloroso aborto. Las Regnantes son las más instruidas de todos los reinos, pero ni siquiera ellas pueden protegerse de todo.

Syn abre la puerta, se acerca y me da un beso en la mejilla. Lo que ha dicho Kormän hace un rato regresa a mi mente.

—¿Cuál es nuestra próxima etapa?

Esboza una sonrisa y se sirve una copa de vino.

—Oh, me parece que ya lo sabes…

Se me para el corazón. Estrecho con fuerza al niño contra mi pecho.

—No podemos. Las pondríamos en peligro…

—No me dirás que no quieres verlas.

—¡Claro que sí! Pero…

No llego a terminar la frase. Se me acerca y me acaricia el pelo.

—Tranquila, iremos sin que nadie lo sepa. Las Regnantes se alegrarán mucho de verte.

Solo con pensar en Sybil, se me llenan los ojos de lágrimas.

Casi puedo percibir el olor a almendra de su cuello que tanto me turbó.

—¿Cómo sabes que accederán a recibirnos?

Suelta un suspiro y se dirige hacia una cómoda, de la que saca una carta. Al instante comprendo que es para mí, y que su remitente es ella. Nos invita a visitarla. Hasta se intuye que puedo unirme a ellas si me siento desgraciada, que ya encontrarán la manera de esconderme del mundo.

—¿Por qué me la habías ocultado? ¿Cuándo la recibiste?
Se sienta al borde de la cama, junto a mí.
—Discúlpame… Mylj me la dio antes de zarpar. Justo estaba leyéndola en el camarote del barco cuando entraste tú y…
Dice la verdad, lo recuerdo: sostenía una carta cuando llamé a su puerta.
—Quise enseñártela enseguida —prosigue, con un tono lleno de remordimientos—, pero temí que volvieras a sumirte en la melancolía de los primeros meses. O simplemente que me dejaras, no lo sé…
Apoyo la cabeza sobre su hombro, permitiendo que se esfume la rabia que siento.
—Syn… Nuestros soldados en Zafiro, la cacería de apires, tus visiones… Todo hace temer una guerra. —El mero hecho de pronunciar la palabra hace que se me instale un peso en el estómago. Con una voz suplicante, añado—: Por favor, dime qué has visto.
—Lo que haré será prometerte algo… —dice, antes de inclinarse hacia mis labios.
Me besa con ternura, largamente, y percibo su voluntad de tranquilizarme. Acto seguido, me envuelve con su mirada translúcida, en la que parece reflejarse lo perdida que me siento.
—Te prometo que no seremos los primeros en atacar.

36
Sybil de Sciõ

—¿Cuándo nos servirán? —suspira Ysolte, alzando la mirada del libro.

—¡Un poco de paciencia! —responde mi abuela, que se ha despertado con un sobresalto.

Allan mira al techo con aire avergonzado, mientras que Garance pone en orden unos papeles con pinta de oficiales. Detrás de mí, el fuego chisporrotea como si luchara por mantenerse encendido, haciendo que la estancia resulte más fría de lo habitual.

—Mientras esperamos, me gustaría tratar contigo el tema de los apires —dice Garance.

Saca una carta de la pila y me la tiende. Reconozco de inmediato la llama sobre fondo burdeos de Primis.

—Vortimer nos ha pedido que llevemos a cabo la prueba del cuchillo —continúa—. Ha averiguado que no lo hemos hecho.

—¿Cómo ha podido saberlo?

—Probablemente nos delatase el delegado que vino hace unos meses —interviene mi abuela, encogiéndose de hombros.

Aprieto los puños.

—¡De ninguna manera vamos a ceder a esa exigencia! ¡Esa prueba es una crueldad!

—¿Y crees que no reaccionará? —balbucea Allan, que nos vuelve a prestar atención—. Si no lo hace…

—Eso no te incumbe —replica mi abuela, interrumpiéndolo.

—Pero…

—No es una Regnante, y no deberíais tratar las cuestiones

que conciernen al gobierno en su presencia —concluye la anciana, volviéndose hacia mí.

Mi hermano traga saliva y después se enrolla un mechón entre los dedos.

—Es parte de la familia —lo defiende Garance.

—Tú tampoco eres la más indicada para este tipo de cuestiones, hija mía, pero al menos estás en la línea de sucesión.

—Abuela, Allan solo estaba formulando una pregunta —lo defiendo.

—Pues no debería.

Mi hermano se sonroja y se hunde en el sillón. Estoy a punto de replicar cuando abre la puerta una sirvienta con la cara tan roja como mi hermano.

—¡Ah! —exclama Ysolte—. ¿Por fin vais a servirnos? Llevamos esperando...

—Disculpad, pero tenéis visita.

—¿A estas horas? —me sorprendo.

—Lo sé, princesa Sybil, pero me dijeron que era importante.

Da un tímido paso hacia mí para entregarme una carta.

—La señora me pidió que le diera esto...

En cuanto vislumbro la caligrafía, me levanto a toda prisa. Tiro la silla y la sirvienta retrocede y se disculpa profusamente.

—Querida, por favor, no hay nada de lo que disculparse —le susurro antes de salir.

Los gritos de mis hermanas resuenan a mis espaldas, pero no puedo perder ni un segundo. Cruzo la gran biblioteca y corro hacia el vestíbulo. Oigo el sonido del aguacero que cae en el exterior mientras mis pasos retumban por los suelos embaldosados de las galerías. Por fin, llego a la gran puerta y la abro.

Los recién llegados van todos vestidos con la misma ropa, pero tan solo tardo un segundo en reconocerla. Lleva los largos rizos atados en una sencilla trenza que sobresale de su capucha de color azul oscuro. Está más blanca que antes, pero su tez sigue conservando ese brillo tan especial. Sus ojos, y los destellos dorados que en ellos revolotean, se clavan en los míos.

Estoy a punto de lanzarme a sus brazos cuando veo el bebé que aprieta contra su pecho. Me quedo inmóvil de la sorpresa.

—Recibimos tu carta —susurra.

—Solo iba dirigida a ti —replico. Ella frunce el ceño ligeramente y, tras un carraspeo, añado—: No obstante, ¡me complace daros la bienvenida a todos! ¿Puedo preguntar a quién tenemos el honor de recibir?

Tras un segundo que me parece eterno, Alyhia me presenta a Syn, su esposo y líder de Iskör. Hago una inclinación tan leve que difícilmente podría considerarse una reverencia. Apenas lo miro, y desvío la atención hacia el hombre que se presenta como Kormän, y después a Dayena y Radelian, a quienes sonrío con más amabilidad. Sus arcones están tras ellos, e incluso me parece distinguir la jaula de un pájaro particularmente exquisito. Durante todo el rato, evito por todos los medios mirar a Alyhia y al bebé.

—Me alegro mucho de verte —dice, acercándose.

La llegada de Garance me impide contestar. Al reconocer a la princesa, suelta un grito de asombro y la abraza sin vacilar. Una parte de mí desearía estar en su lugar, y otra se pregunta por qué no es así.

—¡Qué alegría! —exclama mi hermana—. ¿Cómo habéis llegado hasta aquí?

—Por el río. Embarcamos en un barco zafiriano con un cargamento de gemas para vosotras. Hemos viajado de incógnito. Nadie debe saber quiénes somos.

La mirada de Garance se desvía hacia la criatura.

—¡Oh! ¿Es vuestro hijo? —exclama, tendiéndole la mano.

Se me hace un nudo en el estómago, tan tenso que hasta duele.

—¡No! Es de Zafiro. Es una larga historia…

Mi hermana pide sostenerlo mientras mil ideas me cruzan la mente. Al fin, caigo en la cuenta de que Alyhia está aquí, frente a mí, algo que nunca habría creído posible. Parece tan inverosímil que suelto una carcajada.

—¿De qué te ríes? —pregunta ella preocupada—. Y ¿por qué lloras?

Me palpo las mejillas y me seco las lágrimas, tratando de recobrar la compostura.

—Yo también me alegro de verte —digo, tomándola de la mano.

Tras ordenar a las criadas que añadan cubiertos, acompaño a nuestros visitantes hasta la sala abovedada que sirve de comedor. Garance lleva al niño y juega con él como si lo conociera desde hace años. Sobre la mesa se han colocado pasteles de cebolla, sidra y agua perfumada con violetas. Radelian se sirve el primero, bajo la mirada asombrada de mi hermano por la cantidad de comida que el hombre amontona en su plato. Seguimos el ejemplo del soldado y el ambiente enseguida se vuelve jovial. Incluso mi abuela sonríe y alza su copa hacia nuestros invitados.

—Habría jurado que no volvería a oír tu voz, querida Alyhia. ¡Huelga decir que, por una vez, me alegro de haberme equivocado! Y, aunque tengamos que fingir que sois unos meros invitados venidos del campo, ¡sabed que sois todos muy bienvenidos!

Todos brindamos, excepto Ysolte, que ya nos ha abandonado. Alyhia está sentada junto a mí, y su marido, frente a ella. Lo observo un instante, decepcionada por encontrarle cierto encanto pese a su delgadez y esos ojos decolorados. Me concentro en ella mientras nos relata de forma sucinta su periplo por el mar de Oïr.

—¿Por qué abandonasteis la isla? —se interesa Garance.

Una pregunta muy pertinente que debería haber hecho yo. Syn nos da una vaga explicación que no oigo, concentrada como estoy en un mechón del pelo rizado de Alyhia que se ha escapado de su trenza y me acaricia el brazo.

—Y ¿cuál es la razón de vuestra presencia en nuestro reino? —continúa mi hermana, que sigue jugando con el bebé.

Kormän es el encargado de responder.

—Desearíamos continuar con nuestro trabajo con las gemas, si fuerais tan amables de prestarnos vuestro equipo. En cuanto al resto, dejaré que sea mi jefe el que os informe de su petición...

Aunque parece perplejo, Syn toma el relevo.

—El futuro es incierto, aunque espero que nuestra estancia no se prorrogue demasiado.

—Podéis quedaros todo el tiempo que deseéis —respondo de inmediato.

Syn inclina la cabeza cortésmente y, al hacerlo, me parece captar un atisbo de sospecha en sus ojos. Prefiero ignorarlo y me sirvo una porción de tarta de pera. Justo cuando le doy un mordisco, Alyhia se inclina hacia mí.

—Estoy impaciente por visitar tu castillo y tus tierras... Jamás habría pensado que sería tan afortunada.

El mundo se evapora cuando posa su mano sobre la mía.

—Yo soy la más afortunada de las dos —murmuro.

Alyhia se limita a esbozar una sonrisa y, acto seguido, retira la mano y reanuda la conversación con los demás mientras mi mente ya divaga sobre lo que podría ocurrir en los próximos días. Ella está aquí, y, aunque probablemente me equivoque, no puedo evitar pensar que ahora todo irá bien.

37
Alyhia de Iskör

Los días pasados en Sciõ me han sentado como si hubiese regresado a casa, incluso pese a que jamás había visitado este castillo. Reencontrarme con las Regnantes me ha recordado un pasado que desearía como presente. Es una sensación tan vívida que a veces tengo la impresión de que mis hermanas aparecerán doblando una esquina o que Darius llamará a la puerta con esa sonrisa suya en los labios. Pero, evidentemente, no es así.

Por si albergaba alguna duda, una mera ojeada a Ysolte me recuerda que nada es como antes. Ella, siempre tan amable y curiosa, está tan agotada como una anciana. Hasta sus proyectos de investigación, que emprende sin descanso, parecen servirle de vía de escape. Mientras tomamos el té juntas en un pequeño salón, se aferra al libro que lleva en las manos como si fuera un salvavidas. Y eso que no fue a ella a quien violó Nathair. Por el contrario, Garance parece haberse crecido. Entre sorbos, habla con Sybil sobre las necesidades del castillo y las demandas de los ciudadanos.

—No aburramos a Alyhia con estas cuestiones —protesta la heredera, sirviéndose otro trozo de pastel de pasas.

—No me prestéis atención —digo, hundiéndome en el sillón.

—Me temo que eso es imposible —replica Sybil.

Finjo un carraspeo y me escondo detrás de la taza.

—¿Lo ves? Alyhia dice que no le importa —contraataca Garance, antes de seguir hablando de las reservas de trigo.

Esbozo una sonrisa estúpida y me concentro en la tela de mi vestido, con el que jugueteo como una niña. No sé qué pensar sobre el comportamiento de Sybil. Desde que llegamos hace dos semanas, pasamos la mayor parte del tiempo juntas. A veces su mirada se detiene en mí como si estuviera buscando la respuesta a una pregunta particularmente importante. No sé por qué me turba tanto.

Nuestros dedos se rozan al levantar la tetera. Retiro la mano apresuradamente y derribo la taza, que cae al suelo y se hace añicos. Ysolte apenas levanta la vista y se sumerge de nuevo en su lectura.

—Qué torpe soy... —balbuceo, recogiendo como puedo el estropicio.

Sybil esboza una ligera sonrisa, lo que me hace sentir aún más incómoda.

—Es curioso, me dijiste lo mismo en Primis. Y, al igual que entonces, no te creo.

De repente, recuerdo nuestro beso. En ese momento, no me pareció importante, pero ahora ya no estoy tan segura. A veces, cuando me habla, mis ojos se detienen en sus labios y tengo la sensación de que aún puedo saborearlos.

Se inclina hacia delante para dar las gracias a la doncella y poco a poco su aroma a almendra me embarga, me abruma. Cuando me mira de nuevo, no sé qué pensar. Por suerte, me salva del apuro la aparición de un sirviente que anuncia que Syn desea verme.

—¿Nos encontramos después en el patio de la hiedra, como siempre? —logra decirme Sybil antes de que salga por la puerta.

Asiento con la cabeza.

Ataviado con pantalones grises y camisa blanca, Syn parece un hombre de Sciõ. Aunque el atuendo le queda un poco holgado, no debemos revelar nuestra identidad a los habitantes del castillo.

—Quería saber de ti —dice—. ¡Apenas te he visto desde que llegamos!

—Es verdad, lo siento.

Hace un ademán despreocupado.

—Acabas de reencontrarte con tus amigas, es perfectamente normal.

Me coge de la mano y empezamos a recorrer la galería. Las ventanas ovaladas dejan entrar unos agradables rayos de sol.

—¿Cuánto tiempo vamos a quedarnos aquí, Syn? —Noto que su mano se crispa, lo que me obliga a detenerme y mirarlo—. ¿Qué? ¿Qué has sentido?

—Ese es el problema, apenas puedo sentir nada. Aparte del miedo a…

—¿A qué?

—A perderte. Lo sé, es extraño, y mi visión está distorsionada en lo que a ti respecta, pero te veo… desaparecer.

Con un nudo en la garganta, pego el rostro a su pecho para ocultar el malestar que siento. Syn posa su mano en mi espalda con un gesto suave que me tranquiliza al instante.

—No me vas a perder. Te lo prometo —susurro, buscando su mirada.

Me besa la frente y me estrecha entre sus brazos.

—¿Molestamos? —pregunta de repente Radelian.

Irrumpe en la galería, con los brazos cargados de cajas llenas de papeles y Kormän pisándole los talones. Me sorprende ver que los acompaña el hermano de Sybil, y me alejo un poco de Syn para interrogarlos.

—Vamos al laboratorio a trabajar en las gemas —responde Kormän—. Allan cree que puede sernos de ayuda.

—Sí, bueno… Yo también tengo mucho que aprender de vosotros —matiza.

—¿Y tú? ¿Por qué los acompañas? —le pregunto a Radelian.

—¡No tengo nada mejor que hacer! Además, estoy deseando ver la magia de Allan en acción.

—¡Oh, no, no es cierto! Yo no lo llamaría magia… Ya sabes que no soy más que un alquimista.

—Eso lo decidiré yo.

Las mejillas de Allan adquieren el color de las amapolas,

y Kormän nos invita a acompañarlos. A diferencia de Syn, rechazo la invitación y me dirijo hacia el patio de la hiedra, donde me espera Sybil, como todos los días a última hora de la tarde. Me reúno con ella junto a una de las columnas de piedra. Pese a su sonrisa, algo en su rostro me llena de confusión.

—Demos un paseo —me propone.

La sigo con dificultad a través de las arboledas, que forman un verdadero laberinto. Aunque a veces desaparece entre los troncos, se detiene a esperarme. Intento entablar conversación, pero ella se limita a responder con frases cortas que no llevan a nada. Nuestros paseos suelen ser agradables, con largas charlas y risas. ¿Por qué hoy es diferente?

—Sybil, ¡no corras tanto! ¿Qué ocurre?

De repente, deja de avanzar y se vuelve hacia mí. Nunca la había visto tan turbada.

—¿Quieres regresar, Alyhia?

—No, claro que no. Pero ¿son necesarias tantas prisas?

Ella baja la mirada y aminora el paso. Su preocupación, sin embargo, no parece remitir. Se vuelve hacia mí varias veces e inspira como si estuviera a punto de decir algo, aunque finalmente se da media vuelta y se pone a mirar un árbol o el cielo. No me atrevo a pronunciar palabra.

—¿Continuamos? —pregunta al llegar a un arco cubierto de hiedra.

—Si es lo que deseas.

Ella suelta una risita incómoda. La penumbra empieza a cernirse sobre nosotras y la arboleda parece hacerse más espesa, ocultándonos del mundo. Un movimiento a nuestras espaldas me llama la atención, pero ella dice:

—Lo que deseo... Una tema interesante, ¿no crees?

—Pues...

—Deberíamos regresar —suelta de repente, cubriéndose el rostro con la mano.

—Muy bien, Sybil. No sé qué ocurre, pero podemos hablar de ello más tarde.

Ya he dado un paso cuando me agarra del brazo. Me mira con expresión turbada pero decidida.

—No, después será... Mejor ahora.

Asiento mientras sus dedos se cierran sobre mi brazo. Durante unos segundos, guarda silencio sin apartar la mirada.

—Alyhia, me gustaría hablar contigo... Tengo que hablarte de...

Me da la sensación de que se me traga el suelo. Me invade un presentimiento. Debería haber aprovechado la oportunidad y haberme marchado cuando aún era posible.

—... de lo que siento —concluye.

Las palabras caen como un yunque sobre mi corazón.

—Creo que sabes lo que siento por ti —prosigue—, pero quería decírtelo porque..., porque somos amigas y no me parece honesto mantenerlo en secreto. Albergo estos sentimientos desde hace mucho, y pensaba que tal vez...

—Tal vez ¿qué? —respondo con una voz más áspera de lo que habría deseado.

—Que tal vez tú también...

Me zafo de ella y le doy la espalda.

—Alyhia...

—No digas ni una palabra más.

—Es que...

—Vete —digo, apretando los puños.

Trata de cogerme del codo, pero me aparto con un movimiento brusco que me repugna hasta a mí misma. Soy incapaz de hacer frente a su mirada.

—Por favor, Sybil. Déjame en paz.

Oigo un leve suspiro, y después las hojas que crujen bajo sus pies al alejarse. Mi corazón late tan fuerte que creo que me voy a desmayar. Para calmarme, empiezo a caminar, al borde de las lágrimas, distanciándome cada vez más del castillo. Aunque ignoro adónde me llevan mis pasos, estoy tan aterrorizada por lo que acaba de suceder que no me detengo. ¿Por qué me ha revelado sus sentimientos? Estoy casada con Syn, ¿por qué estropear nuestra amistad?

Mis botas se hunden en los senderos embarrados del bosque que bordea la residencia de las Regnantes. Una fina lluvia cae sobre mí, pero sigo avanzando. ¿Cómo voy a retomar mi vida con Syn después de esto? Ni siquiera me doy cuenta de que he rebasado los límites del territorio y de que la noche me envuelve lentamente. Cuando por fin reparo en que estoy perdida, apenas distingo nada a mi alrededor. En la oscuridad, solo brillan los troncos blancos de las hayas, cuyas ramas a veces agitan pájaros nocturnos que yo no puedo ver. Aunque aguzo el oído, no percibo ningún sonido humano.

La temperatura sigue bajando y de mi boca salen vaharadas blanquecinas. Me obligo a no alarmarme y continúo hacia donde creo que se encuentra el castillo. Caigo en la cuenta de que me he equivocado cuando oigo el estruendo del Deora, que ruge en la noche, igual de inquieto que yo. ¿Cuánto tiempo llevo caminando?

Estoy a punto de dar media vuelta y volver sobre mis pasos cuando oigo un ruido no muy lejos. Inmóvil, trató de traspasar la noche con la mirada, pero es en vano. Me agacho y me obligo a calmar mi respiración agitada. Aguzo de nuevo el oído y me parece percibir pasos humanos.

—¿Quién va? —grito, con la voz entrecortada por la angustia.

En un acto reflejo, me pongo en posición de combate. El miedo tensa cada músculo de mi cuerpo. Cuando estoy a punto de salir corriendo, una voz me contesta entre los árboles.

—¿Hay alguien ahí?

No reconozco el timbre, pero sé que es un hombre. Ante mi silencio, repite la pregunta.

—¡Sí, aquí! —grito, manteniendo la guardia alta.

Cuando se acerca, veo que es uno de los sirvientes del castillo. Lo acompañan otros dos hombres, uno de los cuales sostiene una antorcha. Llevan espadas colgando de las caderas.

—Me he perdido. ¿Podéis indicarme el camino de regreso al castillo?

Los tres intercambian una mirada; el primero esboza una sonrisa.

—Por supuesto, señora. Síganos.

Al ver que me habla con cortesía, me tranquilizo y lo sigo. El criado comenta que me ha visto marcharme y quería asegurarse de que me encontraba bien. Los otros dos se quedan unos pasos rezagados.

—¿No tendríamos que atravesar el bosque para llegar al castillo?

—Es más seguro por aquí, princesa. No os preocupéis.

Se me hiela la sangre. ¿Cómo sabe que soy, o más bien que era, una princesa? Trato de no mostrarme sorprendida y miro atrás con la mayor discreción posible. Se me forma un nudo en el estómago al advertir que el que sostiene la antorcha no lleva el uniforme de Sciõ. El otro no tiene una, sino dos espadas, una de las cuales probablemente pertenezca al hombre que finge ser un sirviente.

Sigo caminando mientras me devano los sesos. Están armados y es evidente que, a diferencia de mí, saben orientarse por estos parajes de noche. Aunque tratara de someterlos, no sé dónde me dirigiría después. Se me cierra la garganta y se me estrecha el campo de visión.

—¿Cuánto falta para llegar al castillo? —pregunto, aún con un atisbo de esperanza.

El hombre que tengo a la espalda suspira y desenvaina la espada. En un segundo, noto el filo en la garganta. Suelto un grito ridículo y levanto las manos. Noto la punta del arma del otro hombre en la parte baja de la espalda.

—Ya os hemos dicho que no os preocuparais, princesa. Os llevaremos al castillo. ¿Podéis calmaros?

Asiento con la cabeza, aterrorizada. Sin embargo, los latidos de mi corazón no llegan a amortiguar el siseo que oigo tras de mí. Enseguida me doy cuenta de que el fuego de la antorcha me está llamando.

—Me calmaré —prometo, antes de absorber su fuerza.

No sé cómo lo utilizaré, pero su presencia me tranquiliza. El hombre sonríe de nuevo y guarda la espada, y su compañero hace lo propio. Ignoran que soy una apire y que la presencia de una antorcha basta para que se activen mis poderes. Sin embargo, el pánico me invade de tal modo que temo no ser capaz de controlarme. Haga lo que haga, no debo revelar mi secreto. Si uno de los tres escapara, las consecuencias serían terribles.

Me concentro en la llama e imagino que me pertenece. Aunque no siempre sucede, en esta ocasión, el fuego se doblega a mi voluntad. No necesito verlo; sé que hará lo que le pida. Cierro los ojos para ocultar el reflejo en mis pupilas.

—¿Qué...? —exclama el hombre de la antorcha cuando la llama se aviva de repente.

La suelta y yo aprovecho el momento para darle un puñetazo en el estómago que lo derriba. Entonces, le agarro la espada. Los otros dos gritan que no me mueva, pero no pienso obedecerlos más. Me abalanzo sobre el supuesto sirviente, que bloquea mi ataque de inmediato. No conozco esta espada y estoy temblando de miedo. El fuego aún me llama, rogándome que lo use, pero necesito concentrarme. Esquivo de milagro el embate del hombre. El segundo lanza un ataque por la espalda y me clava la punta de su arma, pero me aparto a tiempo.

—¡No debemos herirla! —grita el hombre que se hacía pasar por sirviente.

Me rodean, estrechando el cerco, dando vueltas a mi alrededor como sombras. El portador de la antorcha sigue en el suelo. Cuando uno de los otros dos se precipita hacia mí, invoco el fuego sin pensar. Este se aviva de nuevo y forma una larga línea, tragándose la hierba y la tierra a su paso.

Aprovecho la sorpresa de mi asaltante para embestirlo y derribarlo. Estoy a punto de golpear al otro cuando unos gritos rompen la noche. El fuego ha alcanzado al hombre abatido, que lucha por apagar las llamas que le devoran el rostro. Pese a que lo intento, no puedo detenerlas. Horrorizada, soy incapaz de apartar los ojos, con lo que no veo que uno de sus cómplices se ha adelantado. Me golpea con la empuñadura de la espada y me desplomo al instante, mientras los gritos del agonizante se intensifican.

Aunque me esfuerzo en no cerrar los ojos, siento que mi consciencia se aleja. Suelto la espada y la pena me embarga el corazón. De repente, pienso en Sybil, en su mano sobre mi brazo. Me agarro a la hierba con todas mis fuerzas mientras el rostro de uno de los hombres se acerca al mío.

—Venga, Alyhia. Kapall os espera con impaciencia —consigo oír antes de hundirme en el abismo.

38
Efia de Kapall

Ha transcurrido un mes desde el fatídico momento, y me siento como si me hubiese quedado atrapada en el dormitorio de Adèle para siempre. Cada día, me planto ante la puerta, petrificada, reviviendo el dolor, el miedo, la pérdida y la mirada que me dedicó mi marido. El sufrimiento se mezcla con la vergüenza, y tengo la sensación de que soy una muñeca de trapo que ha perdido todo su esplendor. Pero no puedo dejar de venir aquí, puesto que estos son los aposentos de mi amiga, la única persona que me comprende en todo el castillo.

—¿Lista para otro desayuno? —me dice, y se reúne conmigo en el umbral.

—No mucho.

Desde ese día, me acompaña a las comidas familiares. Afirma que, si ella está conmigo, nadie osará mencionar mi fracaso durante el parto. Se equivoca: los miembros de esta familia son capaces de sentir rencor hacia varias personas.

—¿Nathair ha venido a veros esta noche?

—Aún no...

Mi marido acudió a mi cama los tres primeros días después del alumbramiento. Deseaba concebir otra criatura cuanto antes, pero yo era un mar de lágrimas. Por más que lo intentaba, no podía controlar los sollozos. Exasperado, finalmente se dio por vencido. No hemos compartido lecho desde entonces.

Nos sentamos en el comedor sin pronunciar palabra. Yo me coloco junto a Nathair, mientras que Adèle queda relegada al extremo opuesto de la mesa, con Bédélia y su madre. El miedo a que me obliguen a sentarme con ellas planea sobre mi cabeza como una nube antes de una tormenta.

Comemos lengua de vaca y judías, que remuevo con la punta del tenedor y cierta repugnancia. Por una vez, la comida discurre con bastante tranquilidad.

Como si me hubiese leído la mente, Cormag estropea el momento de calma.

—Hisolda, ¡tengo buenas noticias para ti! —exclama—. ¡Te hemos encontrado marido!

Con los ojos como platos por la sorpresa, ella pide detalles. Todas las hermanas parecen contener el aliento.

—Se trata de Colin, el hijo de mi hermano Kane.

La implicada deja caer el tenedor y las otras intercambian miradas.

—¡Pero si tiene más de cuarenta años! Y es mi...
—¿Primo? —completa Orla.
—¿Primo tercero? —añade Ornola.
—¿Y qué importancia tiene eso? —interrumpe Duncan—. No es el primer matrimonio entre primos de la familia. Y hay que hacerlo, necesitamos esta unión.

—¿Y por qué no Bédélia? —pregunta Hisolda, con un nudo en la garganta—. ¡Es la mayor!

—Nadie quiere casarse con la hija de una reina que no ha podido dar a luz a un príncipe —aclara Nathair con seriedad.

El otro extremo de la mesa nunca me había parecido tan cerca. ¿Qué me ocurrirá si no logro concebir un hijo? No, no debo pensar en ello. Nathair me ama, y prometió que sería su única esposa. Trato de tomarle la mano, pero él no me devuelve el gesto.

—¿Se puede saber por qué es tan importante este matrimonio? —pregunta Magda, que probablemente esperaba una unión más favorable para su hija.

Los tres príncipes se vuelven hacia su padre, que observa indeciso a su esposa. Ha parido a dos príncipes, así que goza del respeto que otras no merecen.

—Hemos conseguido capturar a Alyhia —anuncia con orgullo.

Empuño los cubiertos, tratando de controlar mis temblores. Pensaba que su plan no iba a salir bien. Las hermanas no dejan de hacer preguntas, pero el rey no les presta atención.

—Mi hermano Kane no es muy listo, pero tampoco es estúpido —dice—. Se niega a asumir la responsabilidad del secuestro sin alguna contrapartida. Hisolda es una de ellas.

—Así que le entregáis a vuestra hija y unos caballos, ¿es eso? —suelta Adèle, captando la atención de todos.

No puedo creer que se haya atrevido a hacer un comentario así. Cormag finge no haber oído nada, pero Duncan está rojo de cólera y ordena a su esposa que se calle.

—Solo era una pregunta —replica ella con sarcasmo.

El príncipe aprieta los puños. Y yo estrujo el muslo de Nathair, suplicándole con la mirada que medie entre ellos.

—Si no te callas, te juro que...

—¿Que qué? —interrumpe Adèle, provocando que todas las hermanas ahoguen un grito.

—¡Ya basta! —grita Nathair, y se pone en pie. Aunque la esperanza invade mi corazón, él, airado, añade—: Mi hermano tiene razón, deberías callarte, Adèle. ¡Tú y todas!

Adèle se queda inmóvil y, durante un segundo, desvía la mirada hacia mí. Lentamente, Nathair se vuelve a sentar.

—Kane retiene a Alyhia desde hace días —prosigue, ya más calmado—. Y no ha habido ningún movimiento por parte de las Regnantes, ninguna señal de Iskör, ¡nada! No sabemos qué hacer con ella, y lo único que nos faltaba es que vosotras nos complicaseis la tarea.

—¡Escuchad a vuestro hermano! —brama Cormag—. Si no pasa nada, si no nos dan una razón para atacarlos, ¡corremos un gran riesgo!

—Esa es la desventaja de los planes aberrantes —suelta Fewen entre dientes.

Su padre lo fulmina con la mirada.

—¡Alyhia no está languideciendo en una celda, sino encerrada en una habitación en el castillo de Kane! En cuanto las Regnantes o los iskörianos den un paso, Vortimer no podrá oponerse a que entremos en acción.

—Esperemos que así sea —se permite susurrar Bédélia.

Cuando termina la comida, abandonamos la sala en silencio. Hisolda está pálida, y Orla y Ornola reanudan enseguida sus bromas.

—¿Qué te ha dado? —le pregunto a Adèle, agarrándola del brazo.

—Que ya me he hartado.

—Comprendo vuestro sufrimiento, princesa Adèle —interviene Bédélia, acercándose—, pero permitidme que os haga una advertencia: mi hermano Duncan no es ningún ángel.

—No creáis que no me he dado cuenta.

Cuando Bédélia nos invita a tomar el té en el salón de las mujeres, Adèle acepta complacida, mientras que yo rechazo la invitación educadamente y me dirijo a los jardines, no sin antes coger un libro de mis aposentos. La verdad es que no me apetece compartir sus protestas. Sería mi perdición.

En el sendero de las camelias, confortada por la tranquilidad y hermosura que me rodean, me siento en un banco y me estremezco al tocar la fría piedra. Me sumerjo en la lectura, tratando de evadirme a un mundo que siempre me ha fascinado.

Por extraño que parezca, esta vez no sonrío feliz ante los intentos del caballero de casarse con la mujer a la que ama. Una peculiar amargura ha anidado en mi interior y crece con tal rapidez que sospecho que pronto tomará posesión de mí. Cuando oigo unos pasos sobre la gravilla en la distancia, cierro rápidamente el libro, pero solo se trata de Fewen.

—Princesa Efia —saluda, esbozando una tímida sonrisa—. Os estaba buscando. ¿Cómo estáis?

De repente, su presencia se me hace extraña, como si su familia lo hubiese enviado para hacerme daño. Sin embargo, rechazo la idea, y recuerdo que me ha brindado su amistad desde mi llegada.

—Estoy… bien —respondo, tratando de sonreír—. Cada vez mejor, os lo prometo.

Fewen clava sus ojos en los míos y, de repente, se me antoja más mayor. Veo en él el resentimiento que a veces me embarga.

—¿De verdad?

Lo dice con tanto afecto que bajo la guardia.

—No, lo habéis adivinado. Estoy triste y tengo… miedo.

Me pregunta por los motivos de mi temor. Es difícil de identificarlos así, sin más, pero al fin murmuro:

—¿Pensáis que Nathair…? ¿Creéis que tomará una segunda esposa?

Al ver que tuerce el gesto y, acto seguido, esboza una sonrisa forzada, me arrepiento de haber formulado la pregunta.

—Lo ignoro. Pero sí sé que, para él, tener un heredero es esencial. —Hace una pausa, como si no osara continuar—. Si la situación con Sciõ mejora, si obtiene lo que desea, quizá se muestre más paciente. Al menos, así lo creo.

De nuevo algo que está fuera de mi control.

—Me temo que no puedo ayudaros, Efia. Mi familia tiene ciertas exigencias con las que no estoy de acuerdo.

—¿A qué os referís?

Se pone pálido.

—Digamos que mi padre espera algo de mí que me niego a darle… Simplemente es superior a mis fuerzas. Y me temo que Nathair se enfrenta a lo mismo. Quieren hijos varones a toda costa, y si ni Adèle ni vos los…

Guarda silencio al ver que me tiemblan los labios.

—Disculpadme, Efia.

De repente, siento un frío terrible, un frío que viene de dentro, que me advierte de que todavía me espera lo peor. Le digo que deseo regresar al castillo y él me acompaña hasta la entrada, tratando de calmarme lo mejor que puede.

En el pasillo que conduce a mis aposentos, oigo unos inquietantes ruidos sordos. Siguiendo su procedencia, doy un par de pasos y reparo en que me encuentro ante la puerta del dormitorio de Adèle. Llevo la mano al pomo, pero una horrible corazonada me detiene. Pego la oreja contra la hoja de madera y oigo gritos. Se me acelera la respiración al comprender que la que chilla es mi amiga.

—¿Cómo te atreves a hablarme así delante de mi familia? —ruge Duncan en el interior de la estancia.

No me cuesta identificar el ruido que sigue un segundo después: el príncipe acaba de abofetear a Adèle con todas sus fuerzas.

—¡Basta! —implora ella.

Se me forma un nudo en el estómago al escuchar el tono de su voz y me dispongo a girar el pomo de la puerta cuando oigo una voz a mi espalda.

—¿Qué haces?

Me quedo inmóvil. Nathair está en el pasillo, de brazos cruzados. Aguza el oído y, como a mí, le llegan los gritos. Me toma del brazo y me hace retroceder.

—¡Nathair! No está bien… ¡Le va a hacer daño!
—Eso no nos incumbe.

Me quedo atónita. Duncan está golpeando a Adèle y ¿vamos a quedarnos de brazos cruzados?

—Por favor, Nathair, tienes que detenerlo…
—¡Deja de pedirme favores! ¿No crees que ya he cumplido con creces?
—Pero…
—Sabes que otros príncipes harían mucho menos que yo, ¿verdad? ¡Lo que está sucediendo aquí es un ejemplo perfecto!

Doy un paso atrás, perpleja. Suelta un bufido, tratando de recobrar la calma.

—Efia, no te preocupes por ella. No le pasará nada, ¿de acuerdo? Ahora sígueme. Quiero hablar contigo…

Tira de mí hasta mis aposentos. Nada más llegar, Nathair dirige la mirada al libro con la cubierta llena de flores que todavía sostengo entre las manos.

—¿Un libro, Efia?

No me ha dado tiempo a esconderlo. Se me forma un nudo en la garganta cuando empieza a hojearlo.

—Ya sabes que está prohibido... Pero ¿qué te ocurre? ¿Por qué te comportas así? ¿Es por esa Adèle?

Los gritos de mi amiga todavía resuenan en mis oídos y se me revuelve el estómago.

—¡No, Nathair, no es eso! Es... Es solo un libro.

Deposita el volumen sobre la cómoda. Su aspecto me resulta diferente, con esa expresión fría, como un desconocido.

—Tienes razón, es solo un libro.

De repente, su expresión cambia. Me agarra de las caderas y me planta un beso en la boca. Estoy tan sorprendida que casi pierdo el equilibrio. Aprovechando la oportunidad, me tumba sobre la cama y se sube encima de mí, profiriendo unos gemidos que conozco bien. Cuando me acaricia la entrepierna, tengo la sensación de que me quema. Siento una náusea y le aparto la mano.

—Más despacio...

Pero él no parece escucharme y continúa manoseándome sin preocuparse por mí. En su aliento caliente huelo las judías del almuerzo. No dejo de repetirme: «Ánimo, Efia, ánimo». Cierro los ojos y trato de convencerme de que lo deseo igual que antes. Nathair me quita la ropa interior y mi respiración se agita. Debe de interpretarlo como excitación, porque susurra:

—Yo también te he echado de menos.

Presiono mi boca contra la suya tratando de hacer nacer un deseo que no llega. «Unos minutos y todo habrá pasado —me digo para mis adentros—. Unos minutos y todo volverá a ser como antes». Pero, cuando Nathair da un paso más, mis muslos se tensan.

—¿Qué...? A ver, Efia, ¿qué pasa ahora?

—Nada, nada, continúa.

Abro las piernas, tratando de dominar el pánico que siento. Nathair repite el gesto y mis muslos se cierran bruscamente. Aunque no dejo de decirme palabras tranquilizadoras, nada me ayuda. Una lágrima me resbala por la mejilla. Nathair se da cuenta y retrocede de un brinco.

—¿Estás llorando? ¡Pero bueno, Efia! Pensaba que tú también querías.

Parece apenado, como un niño ante una situación que no entiende.

—No puedo, Nathair...

Se viste rápidamente mientras me asalta a preguntas, sin comprender las evasivas que le doy por respuesta.

—¡Necesito un heredero, Efia! El doctor me dijo que, después del parto que tuviste, no es seguro que puedas volver a dar a luz. Si ese es el caso..., tendré que tomar una decisión, ya lo sabes.

—Me prometiste que sería tu única esposa...

—¡Las cosas cambian! Cuando te hice esa promesa, pensaba que todo iría bien. Y, ahora mismo, nada va como es debido.

Me arrodillo en la cama y me seco las lágrimas con urgencia.

—Pero... ¿me quieres?

—¡Por supuesto! Pero ¡eso no viene a cuento! No podemos gobernar solo con amor. Eres inteligente, no me hagas creer que lo veías de otro modo.

Clavo la mirada en el libro. La historia acaba con la boda del caballero y su amada. Había imaginado un futuro brillante, completamente alejado del frío glacial que me invade.

—¿Lo entiendes, Efia? ¿Qué vamos a hacer sin heredero? Estoy igual de avergonzado que tú...

Fewen ha comentado que, si Nathair obtuviera lo que desea, la situación mejoraría. Hacer el amor con él me revuelve el estómago, pero un heredero no es su único objetivo. Sé algo que podría cambiarlo todo en nuestra rivalidad con las Regnantes. Algo que provocaría un caos sin precedentes en los reinos. Y, pese a que no era mi intención revelarlo, no me queda alternativa. No estoy dispuesta a soportar su mirada lastimera más tiempo.

—Puedo darte más que un heredero, Nathair. Yo... Sé cómo provocar la guerra con Sciõ.

Y se lo cuento todo. Las palabras salen de mí sin tan siquiera darme cuenta. Primero se queda pálido y después parece como si despertara de golpe. Me coge del brazo y me arrastra por las galerías del castillo gritando a los sirvientes que avisen a su padre y a sus hermanos. Se detiene ante el dormitorio de Adèle y aporrea la puerta.

—¡Duncan, sal de ahí!

La puerta se abre y aparece el príncipe sin aliento. Muy a mi pesar, miro tras él y veo a Adèle, de rodillas en la cama. Está desarreglada, con el vestido fuera de lugar y una marca roja en la mejilla. No llora y, por lo pálida que está, intuyo que le fallan las fuerzas.

—¿Qué ocurre? —suelta Duncan con impaciencia.

La mano de Nathair sigue agarrándome del brazo. Me esfuerzo por apartar los ojos de mi amiga y prestar atención a Duncan. Es el hermano más corpulento, pero también el más grosero. Sus hombros son robustos, al igual que el resto de su cuerpo. No tiene la gentileza de Fewen ni la capacidad reflexiva de Nathair. Solo ha heredado la fuerza bruta de su padre.

—Cállate y sígueme —le ordena mi esposo con su tono de príncipe heredero.

Se da la vuelta sin tan siquiera esperar respuesta, sabiendo que lo obedecerá pertinentemente. Los pasos de Duncan pronto resuenan a nuestra espalda, atemorizándome a cada peldaño de las escaleras. Puede que me haya precipitado al compartir lo que sé con Nathair, pero ahora tengo que asumir las consecuencias.

Entramos en la sala, donde han servido unas jarras de vino. Cormag está devorando un pollo frío. Fewen se encuentra junto a él, y lo traiciona una expresión de sorpresa al descubrir mi presencia en la convocatoria.

—Princesa Efia, pero… ¿Qué es lo que ocurre?

—Lo sabrás muy pronto —replica Nathair—. Padre, os he hecho llamar porque…

—¿Por qué está tu esposa aquí? Me dijeron que era importante.

Por reflejo, humillo la cabeza. Sin embargo, nada sería posible sin mí. ¿Conseguiré ganarme el respeto de todos una vez que esto termine?

—Porque es a ella a quien le debemos la información excepcional que te traigo —responde Nathair sin inmutarse.

Duncan se sienta a la mesa, suspirando con impaciencia.

—Efia, repite lo que me has dicho.

Ahora que estoy frente a ellos, solo me apetece desaparecer. Mi marido me empuja ligeramente, animándome a hablar, pero se me forma un nudo en la garganta.

—¿Y bien? —proclama Cormag, sirviéndose un trago.

Nathair se vuelve hacia mí y me mira con dulzura, como en los primeros meses de nuestra unión.

—Adelante, Efia, no tengas miedo. Te prometo que todo saldrá bien.

Me coge de la mano y el corazón me late desbocado en el pecho mientras imagino que todo volverá a ser como antes. Nathair y yo, más enamorados que nunca. Sin ninguna otra mujer.

—Pues… Dispongo de una información que podría ayudaros en vuestra… misión.

Cormag y Duncan intercambian una mirada perpleja. De repente, me da la impresión de estar viendo la escena desde fuera. No tengo ni idea de lo que voy a provocar, pero ahora ya no puedo dar marcha atrás.

—¿Y bien? —repite Cormag.

—Efia, díselo —me anima mi esposo con dulzura.

Siento que enmudezco y lo único que brota de mis labios son unas palabras incomprensibles. Duncan, con la mandíbula apretada, me pide que lo repita. Lo hago con una voz tan baja que suelta un bufido y da un puñetazo a la mesa.

—¡Por favor, no hay manera de entenderla! ¿Qué es lo que…?

—Alyhia es una apire —suelto, articulando las palabras más alto.

Un líquido ácido se extiende por mi boca. Trago con dificultad y la bilis hace que me arda la garganta.

—¿Cómo? —pregunta Fewen.

Nathair me da la mano, animándome a seguir.

—Alyhia es una apire —repito como una marioneta.

En el rostro de Cormag aparece una mueca que hace estremecer la cicatriz que le atraviesa los labios. Desvía los ojos hacia su heredero, que le sostiene la mirada con orgullo.

—¡Eso es imposible! —objeta Duncan, alzando los brazos al cielo—. ¡Vortimer jamás lo habría tolerado!

—La expulsó de los reinos unificados y la mandó a tierras impías —señala Nathair.

—¡De ser cierto, la habría matado!

—¿Y por qué piensas eso, Efia? —pregunta Fewen.

Está pálido. ¿Teme las repercusiones de esta revelación?

—Me lo confesó ella misma en Primis. Antes de que conociera a Nathair... Confiaba en mí.

—¡Pues no debería haberlo hecho! —bromea Duncan, y estalla en una carcajada.

Clavo la mirada en el suelo para no romper a llorar.

El rey y sus hijos empiezan una conversación interminable que yo ni me molesto en seguir, ocupada como estoy en intentar no derrumbarme. Nathair se sienta junto a ellos y yo espero, igual de inútil que una alfombra.

—¿Por qué iba a mentir Efia? —objeta Fewen, sacándome de mi ensoñación.

Se me encoge todavía más el corazón porque sí estoy mintiendo. Alyhia nunca me ha confesado tal cosa. Lo descubrí porque sé cómo reconocerlos. No son tan difíciles de distinguir para alguien que ya se ha cruzado con varios.

—Si eso es cierto, ¿a qué esperamos para atacar? —exclama Duncan, poniéndose en pie—. ¿Qué piensas, Nathair?

—¡No es tan sencillo! Si Vortimer lo sabe y no ha actuado, no podemos declarar la guerra así como así.

—¿Y por qué no?

—¡Necesitamos pruebas irrefutables! Sin embargo, ahora que lo sabemos, solo tenemos que obligar a Alyhia a utilizar el fuego...

—No me extraña que las Regnantes y los iskörianos no hayan pasado a la acción. ¿Por qué querrían salvar a una impía?

Como de costumbre, Duncan no comprende nada. Le resulta imposible concebir que alguien sienta afecto por un apire.

—Entonces ¿qué vamos a hacer? —pregunta Fewen.

Todos los ojos se vuelven hacia Cormag.

—Tenemos que partir ahora mismo, advertir a mi hermano y tomar una decisión durante el trayecto. ¡Efia, vienes con nosotros!

—Pero...

—Es una orden.

No tengo tiempo para reaccionar: Nathair me tira de nuevo del brazo y salimos de la estancia. Me felicita y me ordena hacer el equipaje y encontrarme con él en el vestíbulo. Ya es tarde; el sol está a punto de ponerse. La información que les he proporcionado es tan importante que nos obligará a viajar de noche.

En mi habitación, Élise me asfixia con preguntas sobre el estado febril que se ha adueñado del castillo.

—¿Es verdad que partís hacia el feudo del señor Kane?

Alguien habrá estado escuchando detrás de la puerta bloqueada de la biblioteca. No respondo y empiezo a elegir la ropa que me llevaré, pero ella me ruega que le permita acompañarme. Cuando acepto, se apresura a sacar un arcón y se encamina hacia el baño a recoger mis productos de belleza. En ese momento, alguien llama a la puerta. La abro yo misma.

—Adèle... —digo, cediéndole el paso y cerrando tras ella.

Trago saliva al ver la gravedad de sus heridas. Lleva puesto un vestido que esconde su cuello, del que sobresale una marca rosada. Durante un buen rato, nos miramos sin decir nada.

—¿Os marcháis? —me pregunta con voz apagada.

—Debo hacerlo.

Ni siquiera reconozco mi propia voz.

—¿Duncan también se va?

—No lo sé.

Adèle cierra los ojos durante un segundo.

—Tenéis que ayudarme.

El tiempo permanece suspendido. Adèle se rasca la muñeca con frenesí, dejando una nueva marca en su piel ya dañada.

—No puedo hacer nada —susurro, bajando la mirada.
—Pedidle ayuda a Nathair.

Me viene a la mente la mirada de mi esposo frente a la puerta de sus aposentos. Niego con la cabeza, ahuyentando el recuerdo.

—Ese no es su papel —respondo con demasiada brusquedad.

Ella da un paso atrás y yo me estremezco. Varias emociones se suceden en su rostro: miedo, duda y, después, decepción.

—Entonces ¿no vais a ayudarme?

Siento que las lágrimas se agolpan en mis ojos.

—No puedo hacer nada. Estoy igual de indefensa que vos.

Élise regresa y se afana a llenar el arcón. Estoy buscando alguna palabra de consuelo cuando Nathair aparece detrás de ella.

—Princesa Adèle, ¿no deberíais prepararos para la ceremonia de las llamas?

Miro por la ventana y veo la luna llena. Había olvidado por completo que esta noche se celebraba la ceremonia.

—Es que... Quería despedirme de la princesa Efia.

—¿Y ya lo habéis hecho? —pregunta Nathair, lanzándome una mirada peculiar que me hace humillar los ojos.

—Sí, lo hemos hecho —suspiro.

—Pero... —empieza a decir Adèle.

—¡Bien! En ese caso, marchaos —la interrumpe Nathair.

Mi amiga parece encogerse. Me concentro en el equipaje, aunque percibo su silueta por el rabillo del ojo. Adèle me da la espalda y desaparece.

—¡Nos vemos a mi regreso! —añado.

No sé si me ha oído. Nathair hace una mueca reprobatoria de la que finjo no percatarme y Élise y yo terminamos de preparar el equipaje en silencio antes de reunirnos con él en el vestíbulo. Tras una despedida rápida, llegamos al patio central, donde nos esperan una docena de jinetes. En vistas de que mis habilidades como amazona son muy inferiores a las suyas, me han preparado un carruaje. Acompañada por Élise, me acomodo en el interior. Nada más hacerlo, los caballos se encabritan.

—¡Qué emocionante! —grita mi doncella, aplaudiendo.

No me molesto en responder. A través de la ventanilla, veo cómo se aleja el castillo que ha sido mi casa durante meses. Ya de camino, nos cruzamos con el cortejo oficial, que se dirige hacia la hoguera. Distingo a las cuatro hermanas, antorchas en mano, dirigidas por Duncan. Tras ellos va Adèle. La luna ilumina su vestido apagado y su rostro demasiado blanco, que me recuerda al de un espectro.

—No me volveré como ella —susurro.

—¿Qué ocurre, princesa?

—Nada. Estaba hablando sola.

No he abandonado mi adorado reino para acabar triste y humillada en Kapall. Ese no será mi destino. Mientras el carruaje traquetea, por encima del miedo y la pena que siento se impone una conclusión evidente: cuando lleguemos al feudo de Kane, me encargaré de hacer que Alyhia confiese.

39
Alyhia de Iskör

Kapall, feudo de Kane

Las colinas de esta región me parecen montañas que no han podido elevarse más alto. La viva imagen de los hombres de Kapall. Tal vez me resultarían más bonitas si no las observara desde un castillo donde no he pedido estar. Es un edificio grisáceo y estrecho, inclinado sobre sí mismo como si en cualquier momento fueran a destruirlo unas ráfagas de aire. Cuando llegue ese día, cuento con estar lejos de aquí.

Aun así, nadie diría que soy una prisionera. La habitación que me asignaron es modesta, pero limpia. La ropa de cama blanca todavía huele a jabón, y la alfombra marrón está claramente recién sacudida. Para mi gran sorpresa, incluso han dejado algunos libros en un sillón que en algún momento fue de color rojo.

Sin embargo, no soy una invitada. Frente a mi puerta montan guardia dos soldados, y me sirven las comidas en una bandeja. Además, no dispongo de velas a mi alcance, y la chimenea permanece irremediablemente apagada. Me han privado de los recursos más valiosos. Aparte del frío, sin fuego me siento casi desnuda, más vulnerable que nunca. Aunque sé que no lo usaría (sería demasiado peligroso), su presencia supondría un consuelo.

Me palpo la herida de la nuca, fruto del golpe que recibí. Desperté amordazada y maniatada. Jamás pensé que sentiría tal terror, y no podía tranquilizarme diciéndome que solo se trataba de un sueño. No, esto era muy real: la sangre en el pelo, el brazo del hombre armado que me rodeaba el cuerpo. No sé cómo franqueamos el puente sin que nos vieran. ¿Quizá con la ayuda de sus grifos?

Enseguida comprendí adónde me conducían, y ya llevo días paseándome arriba y abajo sin que ocurra nada. Pienso en Syn y en Sybil. ¿Saben dónde estoy?, ¿que me retienen? ¿Planean socorrerme? Espero que ignoren a Dayena cuando les ordene que emplacen de inmediato al ejército y ataquen Kapall.

Durante mis largas horas de aburrimiento también pienso en la última conversación que mantuve con Sybil. Haber estado tan cerca de la muerte ha despertado en mí sentimientos que creía enterrados, y no puedo negar la ternura que me inspira y el deseo que hace nacer en mi vientre. A veces me sorprendo imaginando un final muy diferente para aquella discusión en el patio de las hiedras. Sin embargo, al instante, Syn hace acto de presencia en mi mente y la culpa me asfixia.

De súbito, la puerta de la habitación se abre con un chirrido y me pongo en pie de un brinco. En el umbral, un anciano con el pelo largo y canoso se yergue como solo un noble puede hacerlo. En la mano sostiene una bolsa.

—Hola, Alyhia —saluda, escudriñando a mi alrededor.

Sus ojos son de un marrón cálido que contrasta con la frialdad que emana de su ser. El ceñido atuendo que lleva destaca su delgada cintura. Si no supiera que estoy en Kapall, jamás habría sospechado que procede de aquí.

—¿Quién sois?

—Sentémonos, por favor.

Vacilo un instante, pero al final me siento al borde de la cama. Él aparta los libros con la mano que tiene libre y se acomoda en el sillón como si de un trono se tratara.

—¿Quién sois? —repito.

Sus delgados labios se curvan en una sonrisa que me provoca náuseas.

—Soy el señor de estas tierras. Puede que mi nombre te suene... Me llamo Kane.

En un acto reflejo, doy un paso atrás. Este hombre es el padre de mi madre, lo que lo convierte en mi abuelo. La sorpresa debe de haberse reflejado en mi rostro, porque dice:

—Sí, lo sé, es increíble. ¿Quién habría imaginado que nos conoceríamos en estas circunstancias?

—¿Con eso os referís a mi situación de prisionera?

Un ápice de irritación asoma en su rostro impasible.

—Me refiero al momento previo a tantos cambios en nuestros reinos.

—Estos ya no son mis reinos.

—Así es, ahora eres isköriana… ¿Cómo se están aclimatando tus nuevos amigos a nuestras tierras?

Guardo silencio. He tenido tiempo de reflexionar y estoy convencida de que Kapall planea atacar a las Regnantes. Con toda seguridad, Kane desea que confiese la presencia de los isközrianos en Sciõ para usarlo como pretexto e iniciar una batalla.

—¿No quieres hablar conmigo? Muy bien, no hay problema, porque lo que deseo es que escribas.

Saca un papel y una pluma de la bolsa y los deposita sobre la mesita de noche. Yo me limito a observar sin comprender.

—¿No te apetece decirles a tus amigos que estás bien?

Agarro impulsivamente la pluma y él coloca un pequeño frasco de tinta al lado. El olor, que me trae a la mente una carta con noticias de un ser querido, me resulta reconfortante.

—¿Qué queréis de mí?

—Que les pidas que vengan a buscarte. Eso es lo que deseas, ¿no?

Sí, pero no a costa de sus vidas. Ni de una guerra.

Dejo la pluma y me cruzo de brazos.

—Ni hablar.

El anciano se hunde en el sillón y me observa como a una presa.

—No me tienes aprecio, eso es evidente. ¿Qué sabes de mí?

—Sé que me tenéis prisionera.

—Pero ¿qué te ha contado Cordélia? ¿Te ha dicho por qué repudié a su madre?

—No. Solo sé que lo hicisteis.

No pienso revelarle por nada del mundo que estoy al tanto de que era una apire. No es mi aliado, ni yo la suya.

—Así que tu madre sigue siendo tan reservada como entonces... —murmura.

—No la conocéis.

—Ah, ¿y tú sí?

Recuerdo los últimos momentos que pasé con ella, llenos de rencor y de violencia. Aunque ignoro si reaccionaría de otro modo de poder retroceder en el tiempo, me gustaría tener la oportunidad de volver a verla.

—La conozco menos de lo que me gustaría, pero probablemente mejor que vos.

Suelta una carcajada, pero enseguida recupera el semblante serio.

—¿Sabes que podrías? —dice, como si me leyera la mente—. Si escribes esta carta y todo se desarrolla según lo previsto, cabría la posibilidad de organizar una reunión secreta con tu familia.

Durante un segundo, me imagino junto a los míos en nuestro castillo de Ramil. Sin embargo, sé que todo son mentiras. No tiene suficiente poder como para contrarrestar las órdenes de Vortimer. De hecho, la única potestad que tiene es privarme de mi libertad.

—Podéis iros —digo con firmeza, o eso deseo.

Kane se pone en pie y suspira. Su mirada no se aparta de la mía. Trato de encontrarle parecido con mi madre, o conmigo, pero no lo hay. Lo único que compartimos es la sangre.

—Volveré.

—Ahorraos la caminata. No escribiré nada, ni ahora ni nunca.

Veo que me cree y parece ponerse a pensar un nuevo plan. Da dos golpes en la puerta, que se abre con otro crujido. Distingo el pasillo y las fulgurantes antorchas que lo iluminan. Aunque daría lo que fuera por convocar a las llamas, están demasiado lejos.

Cuando desvío la mirada hacia uno de los guardias, me recorre un estremecimiento. Se trata del hombre al que quemé la noche de mi secuestro. Tiene el lado derecho del rostro lleno de ampollas y el párpado cerrado. Pese a que lo hice en defensa propia, la culpa me cierra el estómago.

—Eres igual de terca que tu madre —añade Kane.

Aprieto los puños por instinto.

—Te arrepentirás —sentencia el anciano, y cierra la puerta.

40
Sybil de Sciõ

Reino de Sciõ

Estoy en pie, en el centro de la rosa de los vientos que hay en el vestíbulo del castillo. Mis antepasadas me observan con ojos inquisidores. «¿Qué vas a hacer, Sybil?», parecen murmurar. ¿Qué voy a hacer? O, más bien, ¿qué puedo hacer?
—Sybil, ¿vienes? ¡La reunión está a punto de empezar!
Alejo la visión de las Regnantes y sigo a mi hermana hacia los talleres.
—Garance, ¿estás obligada a cargar con ese niño a todos lados?
Ella lo abraza contra su pecho como si acabara de atacarlo. La criatura tira de un mechón de su pelo rubio y suelta una carcajada.
—Se ha quedado sin padres y lo han arrancado de su isla. Es lo mínimo que podemos hacer…
Contempla embelesada al niño, como si fuera el ser más maravilloso que hubiera visto en su vida.
—De acuerdo. ¿Dónde está tu hermana?
Ella se encoge de hombros y continúa su camino. Con un suspiro, me dirijo a la gran biblioteca. Los archiveros me dan la bienvenida antes de señalar hacia el fondo de la estancia con indiferencia. Están acostumbrados a que venga a buscar a Ysolte, que está absorta examinando un mapa, rodeada de docenas de libros. La enorme vidriera que tiene detrás deja pasar el tímido sol primaveral.

—Ysolte, ¿no has olvidado algo?

Se limita a encogerse de hombros sin levantar la mirada.

—¡Ysolte! Debemos unirnos a los demás.

—¡No quiero! —responde ella con brusquedad al abrir un libro.

El ruido de las plumas cesa, y los archiveros nos observan ante este pequeño arrebato, bastante poco común en un lugar tan silencioso.

—Ya sé que preferirías quedarte aquí, pero es importante...

—¿En serio? Llevamos semanas hablando de Kapall y ¿qué ha cambiado? ¡Nada! No me hagas oír otra vez las mismas discusiones insustanciales...

Sé que, en realidad, no desea oír hablar de Nathair. Se esconde aquí, estudiando todo lo que encuentra, para olvidar su existencia. Durante unos minutos trato de convencerla, pero acabo dándome por vencida. Cuando salgo de la biblioteca, las plumas comienzan a rasgar el papel de nuevo.

Al entrar en la sala de audiencias, dos sirvientes están ayudando a mi abuela a sentarse en un imponente sillón mientras Garance juega con el niño junto a la ventana. Alrededor de la mesa veo al jefe Syn y a Kormän, que está absorto anotando algo sobre un papel arrugado como si tratara de perforarlo.

—¿Dónde está Allan?

—Vuestro hermano ha acompañado a Radelian a recoger el resultado de nuestros experimentos —me informa el nigromante sin levantar la vista.

—¡Ya estamos aquí! —exclama mi hermano, que se nos une con los brazos cargados de papeles.

Detrás de él, Radelian sostiene unas cajas llenas de gruesos volúmenes, que deposita junto a Allan. Este se lo agradece amablemente, sin poder disimular su afecto por el isköriano. Pese a las ojeras debidas a las largas noches en vela que ha pasado trabajando, sus ojos azules muestran un brillo peculiar. Mi hermano tiene veintiún años y, aunque sea uno de los mejores alquimistas de Sciõ, no es el más diestro en lo que a relaciones amorosas se refiere. Incluso en una situación tan oficial, sus mejillas se sonrojan de emoción.

—Bueno, ya estamos todos, así que podemos comenzar —declaro con una voz que espero que suene calmada.

—Bien, ¿por dónde empezamos? ¿Alguna novedad? —pregunta Radelian.

Tardé semanas en acostumbrarme a la franqueza de los isköríanos, que tratan a su líder de tú a tú. Aunque hay que decir que la desaparición de Alyhia tampoco nos dejó elección: toda etiqueta fue rápidamente olvidada ante la urgencia de la situación.

—Desde que Cormag partió hacia el feudo de Kane con dos de los príncipes, nada.

—Lo cual es bastante preocupante —comenta Allan.

—Todo en esta situación es preocupante —agrega mi abuela—. El hecho de que hayan logrado secuestrar a Alyhia es una clara prueba de su perfidia... y de la efectividad de sus espías.

El bebé comienza a llorar y Garance lo acuna, olvidándose de nosotros. Syn va hacia la ventana y observa a través de ella con la mirada perdida.

—¿No podemos tomar medidas? ¡No vamos a abandonarla así, sin más! —proclama Radelian con su ardor habitual.

—Eso nos pondría a todos en peligro —señala mi abuela—. Por no mencionar que nuestras fuerzas armadas no están listas para el ataque...

—Radelian está trabajando para revertir esa coyuntura —comenta Allan con una voz llena de admiración.

El isköriano esboza una sonrisa fugaz.

—Eso requiere tiempo —replica mi abuela en tono sibilante—. ¿Y vuestro trabajo con los zafiros?

Kormän suelta un largo suspiro y relee sus apuntes.

—No contéis con eso, reina Éléonore.

Entre nosotros se instala el silencio, como una señal de impotencia.

—¿Estamos seguros de que... Alyhia está bien? —susurra Syn, clavando sus ojos en los míos.

Garance se lleva al bebé de inmediato, como si lo perturbara el nerviosismo que se respira en la sala. El jefe de Iskör no aparta sus ojos de los míos. A veces pienso que me cree responsable de lo ocurrido. Le aguanto la mirada, dispuesta a no sentirme culpable y humillarme ante él.

—¿Podéis dejarnos solos? —pido a los demás.

Todos, incluida mi abuela, abandonan la estancia.

Allan deja caer torpemente los papeles; Radelian lo ayuda a recogerlos. Entre suspiros, espero con impaciencia a que consigan juntarlos todos y se marchen.

A continuación, me acerco a los grandes ventanales, evitando la mirada de Syn. Desde aquí veo el patio de las hiedras, el lugar donde normalmente acudo a pasear.

—Princesa Sybil, ¿qué deseáis hacer? Sé que es una situación delicada, pero no podemos arriesgarnos a que le suceda una desgracia…

—¿Creéis que sois el único que se preocupa por ella?

Lo digo con más brusquedad de lo que me habría gustado. Un leve rumor me dice que se acerca. Me esfuerzo por permanecer impasible, por no mostrar ni un atisbo de lo que siento.

—Sé lo importante que es para vos, Sybil. Y sin duda sois consciente de que haré todo lo posible por salvarla…

Sí, soy muy consciente. Cuando llegaron a mi reino, una parte oscura de mí esperaba que Alyhia y su esposo se mostraran indiferentes el uno con el otro. Pero no fue así. Syn la mira como si estuviera hecha de oro y joyas. Tampoco es que pueda reprochárselo: a mí me causa el mismo efecto. La peor parte fue darme cuenta de que la propia Alyhia miraba a Syn con un amor del que jamás la habría creído capaz. Y sin embargo…

—Nuestras averiguaciones sobre el zafiro no progresan tan rápido como nos gustaría —agrega—. ¿Estáis segura de que no podemos pedirle a otra persona que…?

—No os confundáis. Aunque mi hermano puede parecer torpe, es un alquimista de lo más competente.

Reparo en que sopesa sus palabras antes de hablar.

—Os creo, aunque, a veces, el afecto puede nublar el entendimiento.

Me vuelvo hacia él con miedo, pero, como siempre, su rostro no expresa nada. Mi mirada se desvía de nuevo hacia el patio de las hiedras mientras el corazón me late desbocado. Porque, pese a que el afecto que Alyhia siente por Syn resulta evidente, yo no fui la única que experimentó ese estremecimiento entre nosotras.

—Confío en mi hermano, jefe Syn. Sin embargo, podríais pedirle a Radelian que aclare la situación. No es bueno languidecer tanto tiempo.

El isköriano esboza una ligera sonrisa, que trato de ignorar.

—¿Creéis que vuestro hermano trabajará mejor con el corazón roto?

—Trabajará mejor si sabe la verdad.

—El saber lo puede todo. Ese es el lema de Sciõ, ¿verdad?

—En efecto, jefe Syn, y no sin motivo.

El silencio se instala entre nosotros. Me despido de él y me dirijo hacia la torre de las Ciencias. La escalera es interminable, pero al fin llego a la planta de la alquimia, que alberga el taller de mi hermano.

Nada más entrar, veo unos estantes que se están a punto de ceder ante el peso de multitud de carpetas. En el centro, hay un banco de trabajo cubierto con viales de todo tipo y máquinas de hierro, cada una más singular que la anterior. Todo es a imagen y semejanza de Allan: confuso pero rico en conocimientos increíbles.

Mi hermano está inclinado sobre un alambique lleno de un líquido negro que burbujea intensamente y del que sale un humo cuyo olor recuerda al cuero. Allan no advierte mi presencia y continúa pronunciando una letanía que no va dirigida a mí.

—… por ese motivo me convertí en alquimista. A decir verdad, casi no lo consigo con lo torpe que soy, pero, al final, creo que se me da bastante bien… No sé, puede que suene algo presuntuoso…

Una carcajada en un rincón de la estancia capta mi atención y advierto la presencia de Radelian.

Sentado informalmente en una silla, es exactamente lo contrario que mi hermano: despreocupado y seguro de sí mismo. El sol, que se cuela a través de la delgada abertura en forma de diamante, dota a su rostro, ya de por sí blanco, de un resplandor peculiar.

—No tienes nada de presuntuoso —responde con una familiaridad que me sorprende.

Allan se rasca la cabeza y luego suelta una risita. Elijo el momento para señalar mi presencia con un carraspeo.

—¡Ah, Sybil! ¡Hola! —exclama mi hermano, que derrama la mezcla sobre la mesa.

Esta se extiende sobre los papeles y los zafiros mientras él se apresura a coger un paño y limpiarlo lo mejor que puede. Radelian se incorpora y observa la escena como si fuera un espectáculo particularmente divertido.

—¿Qué necesitas? —pregunto.

—Pues... ¡Agua! Agua, creo, pero...

Sin darle tiempo a seguir balbuceando, empapo un paño con agua y evito que el líquido caiga al suelo. Sin embargo, el trapo comienza a burbujear y a humear, y lo suelto por miedo a quemarme.

—¿Qué es?

—Svärt fundido —dice mi hermano, observando la mesa destrozada con decepción.

Radelian abre la ventana para airear la estancia.

—Pues, por lo que se ve, al svärt no le gusta el agua —declaro.

—Normalmente sí, pero vuestro hermano, como buen alquimista, es capaz de transformar las características de los metales más complejos —comenta Radelian, rodeando con el brazo los hombros de Allan.

Este baja la cabeza y sonríe.

—Ojalá me saliera queriendo...

—Es impresionante, eso es lo que importa —lo anima el isköriano.

Sus miradas se encuentran y me veo obligada a carraspear de nuevo para recordarles que no están solos.

—Ah, sí, disculpa, Sybil… ¿Querías algo? —pregunta mi hermano con aire embelesado, prestándome atención de nuevo.

—A decir verdad, deseaba conocer con más detalle vuestros progresos…

—Ah… —suelta él, contemplando los papeles cubiertos de svärt derretido—. Bueno…, pues ya lo has visto.

—De hecho, me temo que sí.

Sus mejillas adquieren un color tan carmesí que no puedo evitar soltar una carcajada, a la que inmediatamente se une Radelian, cuyo brazo no ha abandonado el hombro de mi hermano.

—Esfuérzate todo lo que puedas —concluyo—. Y mantenme informada de cualquier novedad. Radelian, ¿podéis acompañarme?

Allan promete cumplir mis peticiones, y yo salgo del taller hacia las dependencias de las administradoras en compañía del isköriano. Interrogo a la doctora jefa sobre las existencias de medicamentos para cerciorarme de que tenemos suficientes y después hablo con las encargadas de la cocina, para recordarles las instrucciones en caso de batalla. Ordeno a Margaret que organice una sesión de entrenamiento intensivo al día siguiente y que aumente la vigilancia del puente, y después doy yo misma una vuelta por el castillo para hacer el inventario de cualquier recurso que pueda sernos útil.

—Sé lo que estáis haciendo —me dice Radelian al llegar al patio de las hiedras.

Aunque acelero el paso para no escuchar el resto, él me alcanza.

—Tratáis de encontrar la manera de ayudar a Alyhia. Es lo que deseamos todos. Pero sabéis igual de bien que yo…

—Por favor, Radelian. No hay tiempo para este tipo de discusiones.

Se pone frente a mí para bloquearme el paso.

—Al contrario, es el momento perfecto, princesa Sybil. Me habéis pedido que reclute hombres, y puedo aseguraros algo: no podemos atacar Kapall. ¡Ni siquiera sé si sobreviviríamos a una batalla!

Por muy consciente que sea de este hecho, es como si una multitud de espinas se me clavara en la piel. Hay días en los que me niego a admitir lo evidente.

—¿Lo habéis entendido? —repite Radelian.

—Marchaos —suplico en voz baja.

El isköriano lanza un suspiro, pero se aleja a grandes zancadas. Yo me vuelvo hacia el patio, donde se perdió Alyhia el día que le abrí mi corazón. Desearía ir a Kapall yo misma. Destruir su ejército y quemar su castillo con la fuerza de mi voluntad hasta que quedara reducido a unas inofensivas cenizas. Pero Radelian tiene razón: no podemos hacer nada. Alyhia tendrá que arreglárselas sola.

41
Efia de Kapall

Kapall, feudo de Kane

En la gran sala del castillo de Kane, la cena discurre en un silencio inusual. Los hombres comen cabizbajos mientras los sirvientes se afanan a nuestro alrededor. Hace días que llegamos al feudo más meridional del reino, el gobernado por el hermano del rey Cormag. Ahora mismo, ambos se encuentran hombro con hombro. Más alto y delgado que el rey, Kane parece menos bruto, menos irascible, más como Nathair. En este momento, ha dejado de conversar cortésmente con los que lo rodean. Hélène, su única esposa que sigue con vida, observa con interés su ceño fruncido y, a continuación, clava la mirada en su plato, como si tratara de resolver un dilema que se le resiste.

—Tío, sé que la situación es compleja —interviene Nathair—, pero tenemos que tomar una decisión cuanto antes, y...

Kane levanta la mano para hacerlo callar. ¿Es incapaz de resolver qué hacer con la información que les he suministrado porque Alyhia es su nieta? Lo dudo bastante, porque, desde que llegamos, no parece haberse preocupado lo más mínimo por el bienestar de la princesa. Su único hijo, el caballero Colin, deja de comer y lo observa con la mirada perdida, algo que parece ser habitual en él.

—Mi hermano es de reacciones rápidas, pero yo no —suelta Kane, y se pone en pie.

Aunque Cormag hace una mueca de desagrado, no pronuncia

palabra. Incluso se podría decir que muestra una actitud servil ante su hermano, pese a que este es más joven que él.

—Princesa Efia, ¿estáis segura de lo que afirmáis? —pregunta el anfitrión cortésmente.

Me he visto obligada a repetirlo en docenas de ocasiones, y cada vez se me hace más difícil.

—Sí, Alyhia es una apire.

—¿Y eso te sorprende? —exclama Cormag, alzando los brazos al cielo.

—Hélène, ¿tú qué opinas? —pregunta Kane, sin prestar atención a su hermano.

Su esposa pasea la mirada de su hijo a su hija, Leyne, una joven de diecisiete años de magnífica melena rizada.

—Si lo que dice es cierto, no podemos quedarnos de brazos cruzados —declara con firmeza.

—Estoy de acuerdo —añade el caballero Colin, pese a que nadie le ha pedido su opinión.

Lo contemplo y sospecho que Hisolda no apreciará en absoluto el principio de calvicie y los labios de su futuro marido. Carece de la gracia de Fewen o de la distinción de Nathair. Hasta Duncan parece encantador a su lado.

—¡Exacto! —apoya Cormag—. Y te recuerdo que ya te hemos pagado un alto precio por el riesgo que corres.

Una leve sonrisa aparece en el rostro de Kane.

—No tan alto, querido hermano...

Fewen aprieta los puños y las mejillas de Cormag se tiñen de carmesí. Cuando vuelve la mirada hacia las mujeres, adivino qué va a ocurrir incluso antes de que hable.

—¡Fuera!

Me levanto para abandonar cuanto antes esta estancia, en la que apenas se puede respirar. Hélène y su hija se quedan inmóviles hasta que Kane asiente, lo que exacerba la furia de Cormag. En cuanto cruzamos el umbral, en el interior estallan los gritos.

—¿Estáis acostumbrada a este tipo de escenas? —me interroga Hélène, alisándose el vestido.

Tiene la mandíbula demasiado recta y los hombros inclinados hacia delante, como si cargaran con un peso invisible, aunque el destello que veo en su mirada me dice que es tenaz.

—Pues... ¿Vos no?

Esboza una sonrisa y acaricia el pelo de su hija Leyne.

—No lo permitiría... ¡Cualquiera perdería el juicio con tanto alboroto!

Me quedo perpleja mientras la puerta se abre y los gritos de Cormag resuenan a nuestra espalda. Al advertir que la voz de Nathair se ha unido a la de su padre me invade la inquietud.

—¡Príncipe Fewen! —exclama Leyne, con una torpe reverencia.

—Ya no aguanto más... —suspira este, ignorándola.

—Os comprendo —replica ella animada—. Aquí la vida es más tranquila, os lo prometo.

Fewen la mira de arriba abajo sin rastro de simpatía.

—Las promesas no sirven de nada —masculla.

Atónita, lo veo desaparecer por el pasillo. Con los ojos clavados en el suelo, Leyne reprime las lágrimas.

—No os preocupéis, hija mía, todo saldrá bien —la anima Hélène.

—No le gusto —solloza ella, y se echa a los brazos de su madre.

Incómoda, me despido de ellas discretamente y subo la oscura escalera del castillo hacia mis aposentos con la misma confusión que me embarga desde hace días. Aquí no hay nada que pueda alegrarme: los muros están igual de desnudos que el suelo. Puede que Hélène haya conseguido que no haya gritos, pero no ha hecho que su casa sea acogedora y serena. Más bien es la viva imagen del castillo de Cormag: fría y amenazadora.

Me detengo frente al único tapiz: una representación del caballero Kane y sus descendientes. Como dicta la tradición, no hay rastro de sus esposas; con toda probabilidad, para ahorrar lana. El caballero Colin está junto a su padre; luce un aspecto más joven y robusto del que realmente tiene, con una melena impresionante y rasgos mucho más agraciados. Al fondo a la derecha está Leyne, igual de delicada y agradable que en la vida real, aunque no es ella la que capta mi atención. A la izquierda, en una zona más oscura, hay otra joven de unos quince años que apenas se distingue. Su piel es transparente y la melena rizada le llega a la cintura. Sin embargo, lo más remarcable es su mirada: decidida y fría, como la de un alma herida. Es precisamente ella la que me hace retroceder, porque reconozco a esta persona, antes hija de Kapall y ahora reina de Ramil. Cordélia.

Al instante, me viene a la mente el baile y las miradas que les lanzaba a sus hijos. Pese a sus esfuerzos, su actitud glacial no consiguió ocultar la preocupación que sentía. ¿Cómo debió de ser su infancia en estos pasillos oscuros? ¿Deseaba escapar? ¿Es esa la razón de que acabara escondiéndose en el desierto? De ser así, ¿qué habrá pensado al descubrir que su hija está encarcelada aquí, en el mismo castillo que la vio crecer y después desaparecer? Y ¿qué pensará de mí, dispuesta a revelar el mayor secreto de su familia?

Incapaz de sostenerle la mirada, doy media vuelta y me dirijo hacia los aposentos de los príncipes en busca de mi único amigo. Necesito sus consejos y sus palabras de apoyo, que tan bien sabe elegir siempre. Al acercarme a su dormitorio, me llega el eco de unos susurros. Cuando por fin advierto qué ocurre, reconozco a Fewen, de espaldas a mí, que tira de otro hombre, un sirviente del castillo. Este se acerca y le da un beso en el cuello al príncipe, que ahoga una risa. Me quedo de piedra, incapaz de reaccionar.

Fewen se vuelve y advierte mi presencia mientras yo sigo petrificada en medio del pasillo. El otro hombre también me ve y ahoga un grito de sorpresa.

—Vete —susurra Fewen a su amante.

—Príncipe, ¿cómo…? ¿Qué va a ocurrirme ahora? —responde este.

Fewen entorna los ojos y me mira como si quisiera leerme la mente. Mis pensamientos son tan confusos y están tan enmarañados que no va a sacar nada en claro. El criado se apoya contra la pared con un destello de terror en los ojos.

—Puedes irte. No he visto nada —susurro con un esfuerzo monumental, fijando la mirada en el suelo.

Mientras su amante se apresura a esfumarse, Fewen deja caer los hombros. Nos quedamos ahí, el uno frente al otro. Sin su sonrisa afable y sus ojos risueños, parece más maduro. También más deteriorado.

—¿De verdad guardarás silencio? —dice al cabo de un rato.

Asiento con la cabeza, demasiado asustada por lo que podría salir de mis labios. Se prohíbe expresamente que un señor de Kapall mantenga relaciones con otro hombre: los miembros de esta familia sienten demasiado aprecio por su descendencia y por la reputación de su virilidad. Fewen está corriendo muchos riesgos al comportarse de esta manera.

—¿Estás segura, Efia?

—Sí. Pero tú no deberías… No deberías hacer eso.

Da un paso atrás y después suelta una carcajada.

—¿Hacer el qué? ¿Ser yo mismo?

—No, solo hacer eso…

Suspira con desdén.

—¿Y si a ti te gustaran las mujeres? ¿Reprimirías lo que sientes para respetar las convenciones?

Niego con la cabeza, víctima de una gran confusión.

—Claro que no, Fewen, ¿qué estás…?

—Pues, entonces, ¡no me pidas eso! Creía que eras mi amiga, pero eres igual que ellos. Quieren que me case con Leyne, como si fuera una mercancía, como si tuviera que ser lo que ellos desean que sea.

—¡Eso no es cierto! Claro que soy tu amiga, pero tengo miedo de que te pase algo…

—¿Igual que eras amiga de Alyhia? —suelta.

Tengo la sensación de que una ligera brisa helada me recorre suavemente la espalda y me agarra por la nuca. Fewen respira sonoramente, con el pecho agitado.

—Lo hago por Kapall…

—Lo sé. Pero eso no cambia la inconstancia de tu lealtad.

A mis espaldas se oye un ruido de pasos. Por un instante, creo que Cordélia ha salido del tapiz y me persigue, pero solo es un guardia, que me informa de que Cormag requiere mi presencia.

—De inmediato —añade.

Me quedo mirando a Fewen. Siento como si me clavaran una espina en las costillas al ver su expresión, en la que, detrás de la amargura, se intuye el pánico ante la posibilidad de que divulgue su secreto. Me gustaría tranquilizarlo, pero no consigo articular palabra y lo acompaño sin dilación.

Cormag, solo ante la larga mesa de roble, me invita a pasar y me ofrece asiento frente a él, en la única silla que no ha sido retirada. A sus espaldas, los grandes ventanales dejan ver el enésimo aguacero que cae en el patio del castillo.

—Efia, tengo grandes noticias. Mi hermano por fin ha recobrado la razón y podemos llevar a cabo nuestro plan.

Finjo una sonrisa de satisfacción. Aunque al principio parece esperar respuesta, enseguida prosigue.

—Tal como me pediste, ¡tú serás la pieza clave!

Tardo unos instantes en recordar mi determinación a ser yo la que haga hablar a Alyhia. En un gesto inconsciente, me rasco frenéticamente el brazo.

—No tiene tanta importancia… —susurro, ahogando el dolor.

—¿Cómo?

—Podéis hacerlo vos si lo deseáis.

—¡Ah, no! Fue una idea excelente. Hasta Nathair quedó impresionado por tus agallas.

Oír el nombre de mi marido me conmociona. Me lo imagino, todo orgulloso, y me doy cuenta, no sin odiarme por ello, de lo importante que es eso para mí. Sin embargo, la angustia me obliga a insistir.

—No estoy segura de poder hacerlo, rey Cormag.

La sonrisa afable desaparece del rostro del soberano, que gira la cabeza hacia el aguacero. Mis pensamientos vagan hasta la reina Cordélia del tapiz y la mirada que me ha dedicado Fewen, y entonces Cormag vuelve a prestarme atención.

—¿Sabes, Efia?, me recuerdas a mi primera esposa… No Pénélope, sino la anterior.

Lo miro fijamente, con la expresión petrificada.

—Éramos como Nathair y tú, jóvenes y enamorados. Supongo que no te debe de resultar fácil imaginarlo. A mí también me cuesta, después de tantos años…

Prorrumpe en una sonora carcajada que se detiene tan rápido como empezó.

—Estuvimos juntos más de diez años. Yo no deseaba tomar otra esposa. ¿Para qué? Sin embargo, en esos diez años, mi hermano tuvo a Colin, luego a su primera hija, y yo… nada. Durante mucho tiempo, no entendía la urgencia, la necesidad, hasta que sufrí una emboscada en un pueblo del norte de mi propio país. —Señala la cicatriz que tiene en el labio con gesto cansado—. Ahora solo queda esto, pero, créeme, estuve a punto de morir.

Asiento con la cabeza, sin entender muy bien adónde quiere llegar.

—Después de aquel día, comprendí que no podía morir sin un heredero. Un rey no puede amar como un hombre. Aunque se crea incapaz, debe anteponer su dinastía a sí mismo. De modo que tomé las decisiones necesarias.

—¿Qué hicisteis?

Una mueca que nunca he visto deforma su cicatriz.

—Me casé de nuevo, como dicta la tradición. Mi primera esposa no lo soportó y me suplicó que la repudiara para poder tomar otro marido, algo que rechacé durante mucho tiempo. Sin embargo, acabé por ceder. Imagino que se lo debía… Unos años más tarde, nació al fin el príncipe Nathair, heredero de mi reino.

Desconozco el nombre de la primera esposa del rey Cormag, pero el vínculo que siento con ella es tan fuerte que casi me vengo abajo.

—Al principio la culpé a ella, y después a mí mismo. Puede que ahora culpe a todo el mundo. Pero una cosa está clara: el sacrificio, sea cual sea, no es inútil. La importancia de Kapall no puede debilitarse.

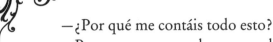

—¿Por qué me contáis todo esto?

—Para que comprendas que nada detendrá a Nathair en el cumplimiento de su deber. Yo me ocuparé de que así sea. No es nada contra ti, ni contra él, sino que es mi obligación amar a mi dinastía más que a mí mismo.

Por lo general, Cormag suele irritarme, pero nunca había experimentado este miedo visceral en la boca del estómago. Cuando se acerca, casi juraría que se me hiela la sangre.

—Si no demuestras que eres útil para la estirpe, no tendré piedad, créeme.

Se cierne sobre mí y me observa, mientras yo caigo en la cuenta de que tengo que seguir respirando. La tensión se intensifica hasta que bajo la mirada y él se deja caer en el sillón.

—¡Sé que no nos decepcionarás! Te has casado con mi hijo sin el beneplácito de tus padres, y eso demuestra que eres una auténtica mujer de Kapall, ¿no crees?

De repente, se presenta ante mí la imagen de mi madre, y daría todo lo que tengo por estrecharle la mano y decirle lo mucho que me arrepiento. Pero sé que ella no me lo perdonará jamás. Miméa ha quedado fuera de mi alcance. Ahora estoy sola. Me obligo a ponerme en pie.

—Por supuesto, rey Cormag.

Esboza una sonrisa de satisfacción.

—Muy bien, pues estos son los siguientes pasos…

Expone el plan, pero solo lo escucho a medias. Tengo la impresión de haber abandonado mi cuerpo. Mientras Cormag detalla cómo se desarrollarán los acontecimientos, construyo una separación entre mi consciencia y mi cuerpo con el fin de preservar algo de lo que soy.

Varias horas después, me dirijo temblando hacia la habitación de la prisionera. Nathair me acompaña, ahogándome con consejos, la gran mayoría insustanciales. He tratado de hablar con Fewen, y no ha querido recibirme en sus aposentos. Un nuevo golpe en el pecho, pero tengo que ignorarlo. Ante lo que me espera, no puedo permitirme el lujo de preocuparme por otras cuestiones.

Llegamos a una sencilla puerta de madera en la que hay apostados dos soldados. No se oye sonido alguno, pero sé que Alyhia está dentro.

—Lo conseguirás —murmura Nathair en mi oído.

Esta proximidad hace que me recorra la espalda un estremecimiento. Mi marido me posa una mano sobre el hombro, pero ese gesto no provoca el habitual efecto tranquilizador. Más bien al contrario, una ráfaga de pánico me revuelve las entrañas.

—Nathair, prométeme que, después de esto, regresaremos a casa y todo será como antes.

Parece sorprendido ante mi petición.

—Claro, cariño —me responde con condescendencia—. Todo saldrá bien, te lo prometo.

Una promesa vacía, lo sé en lo más profundo de mi ser. Porque ¿qué es lo que pasará? Con toda probabilidad, se declarará la guerra en unos reinos que han vivido en paz durante veinte años. Sin embargo, estas implicaciones están fuera de mi alcance, y debo aferrarme a esta promesa vacía. Pese a que tal vez Nathair falte a su palabra, es lo único que me queda.

—Puedes irte. Estoy lista.

Observo su espalda mientras se aleja por el pasillo. En Primis, fue lo primero que me llamó la atención: esa espalda imponente, bien definida, que pertenecía a un príncipe encantador y lleno de confianza en sí mismo. En cuanto lo vi, caí prendada de su seguridad, de la que yo tan cruelmente carecía. Y, cuando empezó a cortejarme, pensé que, si me amaba, quizá no fuera tan insignificante: ¿cómo podría casarse un hombre tan fuerte con alguien que no valiese la pena? Ahora tengo la oportunidad de demostrarlo, porque, después de este momento, tal vez nadie vuelva a dudar de mi importancia jamás.

Ordeno a los guardias que me dejen pasar y entro en la habitación. Pese a no parecer una celda, es modesta. En el extremo más alejado hay una pequeña cama con sábanas blancas y una colcha, sobre la que se ven varios libros. Un cuenco, en el que se habrá servido un guiso, reposa en el suelo, junto a un sillón rojo descolorido. Han encendido el fuego, y Alyhia se encuentra arrodillada ante él. Solo veo su espalda bajo el vestido marrón típico de las mujeres de Kapall. Pese a que lleva varias semanas prisionera, desprende tanta tenacidad como mi marido.

—Puedes llevarte el plato —dice sin tan siquiera volverse.

Advierto los nudos en su melena rizada, la única señal de que no es una invitada y de que ninguna criada se ocupa de ella.

—No he venido a llevarme el plato, Alyhia.

Veo que se yergue y, muy a mi pesar, doy un paso atrás. Cuando se vuelve, me obligo a mirarla sin pestañear. Se pone en pie y me parece increíble que, pese a la situación, su aspecto siga siendo el de la princesa a la que conocí de camino a Primis.

—¿Qué haces aquí?

—He venido a hablar contigo.

—¿Quién te envía?

—Nadie.

Nos observamos y reparo en que los vestidos de Kapall no le sientan bien, parece que sus curvas estuvieran tratando de rasgar la tela, como si estos tejidos fueran demasiado estrictos para ella.

—Claro… ¿Pretendes hacerme creer que las mujeres de Kapall pueden ir adonde deseen? ¿Qué quiere tu marido de mí?

Su tono es seco, como sucede a veces. Ya reparé en ello en Primis. Sin mucha convicción, trato de justificarme lo mejor que puedo.

—Te sorprendería la libertad de la que gozo. Y mi marido… está con otra mujer.

Es una mentira, o, al menos, eso espero, pero la inquietud que me provoca la mera imagen sin duda se refleja en mi rostro, porque Alyhia me cree y relaja ligeramente los puños apretados.

—Y bien, entonces ¿a qué has venido?

Es el momento de poner en marcha el plan, pero no me veo capaz.

—Pues… quería saber de ti. Si estabas bien.

—¿Y cómo crees que estoy?

Me siento en la cama y me obligo a mirarla a los ojos.

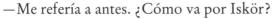

—Me refería a antes. ¿Cómo va por Iskör?

No sé por qué me interesa tanto, pero albergo el sincero deseo de saber qué ha ocurrido en su vida tras dejar Primis. A una parte oscura de mí le gustaría que fuera más infeliz que yo, lo que me proporcionaría la prueba irrefutable de que ser tan fuerte como ella no es suficiente.

Se sienta en el sillón y niega con la cabeza, como si estuviera ante una niña.

—¿De verdad crees que te voy a contar algo sobre mi vida? No soy tan ingenua como tú, Efia.

El comentario me impacta. No sé qué esperaba de nuestro encuentro, pero probablemente no tanta amargura.

—¿Y tú? —dice ante mi silencio—. ¿Te arrepientes de tu elección?

Alzo la mirada, esperando que sus ojos estén llenos de desprecio, pero lo que veo es justo lo contrario. Me observa con interés, y también con un ápice de preocupación.

—¿De qué sirve arrepentirse de nuestras elecciones?

Suelta una pequeña carcajada que me provoca una sensación extraña en el estómago.

—No te falta razón…

Se inclina para tomar un libro que hay a mi lado.

—Me han proporcionado algunas lecturas… Pensaba que las mujeres de Kapall no tenían acceso a los conocimientos escritos.

—Y no lo tienen.

—Entonces, seguramente habrá sido un regalo de mi abuelo… ¿No se te permite leer?

—No —digo con incomodidad—. Excepto los libros autorizados por Cormag.

—Pero lo haces igualmente, ¿verdad?

Su tono de voz no refleja duda, y eso hace que me invada una ráfaga de orgullo. Durante un momento, tengo la sensación de que volvemos a ser dos amigas que charlan sin que nos aceche la sombra de nuestros reinos.

—Sí, así es.

En sus labios aparece una sonrisa inquietante. Acto seguido, regresa al sillón, con la mirada perdida.

—Me pregunto si algún día te darás cuenta de todo lo que podrías haber tenido, Efia. De todo lo que eras capaz.

—Soy la futura gobernante de uno de los reinos más poderosos —replico, aguijoneada en lo más profundo de mi ser—. Y mi marido es un hombre maravilloso.

El silencio se extiende entre nosotras como si pretendiera alejarnos.

—Que te haya impresionado no quiere decir que sea impresionante.

Mis mejillas se ruborizan de repente. Aunque Alyhia se da cuenta, se queda inmóvil, arañándome con su mirada hasta despellejarme. Por un segundo, me imagino diciéndole la verdad, advirtiéndola del peligro que corre por mi culpa. Sin embargo, si lo hiciera, perdería el apoyo de mi marido y de su familia. Nathair tomaría otra esposa al instante, una que le diera herederos, y yo me vería en la misma situación que Adèle, aislada de todos, ahogándome en mi dolor para siempre.

No deseo plantarme ante una vieja amiga y manipularla en nombre de hombres a los que ni siquiera admiro. Pero no tengo elección.

—Te van a matar, Alyhia —susurro, y veo que la sacude un estremecimiento—. Tienen previsto hacerlo mañana, con la excusa de tu presencia en territorio de Kapall.

No finjo el miedo en mi voz; estoy realmente asustada, tanto que escupo el resto de las mentiras como si fuera vómito: la conspiración que oí por casualidad, el pánico que sentí al comprender que la iban a ajusticiar, el plan que he urdido para salvarla. Ya ni siquiera me siento yo misma cuando le digo que mi dama de compañía la recogerá en unas horas para llevarla a Sciõ y que he conseguido sobornar a un guardia para que le entregue la llave. Mi pánico es tan real que sé que me cree, porque va palideciendo a medida que voy hablando.

—Efia..., ¿estás segura de lo que dices? ¿Me lo juras?

Se me forma un nudo en la garganta. Soy incapaz de prometerle tal cosa.

—¿Por qué iba a mentir?

Eso es precisamente lo que debe de estar preguntándose: ¿por qué iba a inventármelo? Ignora que conozco su peor secreto y, por tanto, no tiene razón alguna para sospechar que quiero que se exponga. Solo soy Efia, la pequeña y miserable Efia, que no sabe tomar las decisiones correctas. La pequeña y miserable Efia, que no tiene nada de manipuladora.

—Te lo agradezco. De todo corazón —susurra, con una voz llena de gratitud que me revuelve las entrañas.

Cuando regreso al pasillo unos minutos después, ya no hay ningún guardia, y conozco la razón. Alyhia se dará cuenta de que la puerta no está abierta, tal como le he prometido, y la única manera de salir será con la ayuda de las llamas. Probablemente le sorprenderá la poca resistencia que encontrará en su huida, pero no sospechará que está todo orquestado para que abandone el reino y se reúna lo más pronto posible con las Regnantes en Sciõ, lo que demostrará la complicidad de aquellas con una apire.

No sospechará que la pequeña y miserable Efia le ha tendido una trampa que la conducirá directamente a su fin.

42
Alyhia de Iskör

Las últimas horas vuelven a mí en imágenes confusas: la llegada de la doncella, incapaz de abrir la puerta pese a la promesa de Efia; el recurso de usar el fuego para escapar; la infernal caminata en plena noche con el miedo en las entrañas. Más de cien veces he pensado que iban a detenernos, y más de cien veces hemos tenido una suerte inaudita.

Cuando por fin hemos alcanzado el puente, he pensado que no podría franquearlo a lomos del caballo proporcionado por Efia. Pero no ha sido así. Me he despedido de Élise, agradeciéndole de todo corazón su ayuda, y les he explicado mal que bien la situación a los guardias de Sciõ, tratando de ocultar mi identidad.

Ahora mismo, estoy ante las puertas del castillo de las Regnantes. Un guardia me ha ordenado que espere, pero no sé cuánto tiempo aguantaré sin desplomarme de cansancio.

Unos sonidos de pasos al otro lado de la puerta me animan a acercarme. Pongo la mano sobre la hoja de madera, pero no me atrevo a empujarla. Al reconocer el timbre de voz de Sybil, se me llenan los ojos de lágrimas.

El guardia abre la puerta y se suceden una serie de gritos mientras me dirijo con dificultad al encuentro de mi marido y de mis amigas. Apenas he dado un paso, me desmorono. Pero, aunque me golpeo las rodillas contra el suelo, no siento dolor.

—¡Alyhia! —grita Syn, que se abalanza sobre mí y me abraza.

Alzo la mirada y veo a Garance, que solloza en brazos de Ysolte, la cual se mantiene en actitud rígida, pese a que sus ojos están empañados por la emoción. Cuando mi mirada se cruza con la de Sybil, siento tal alivio en el pecho que temo desmayarme.

Ella se arrodilla ante mí, sin prestar atención a Syn. Lleva el pelo suelto. Justo en el momento en que pienso que me gustaría oler su perfume, posa su mano en mi mejilla.

—Alyhia —murmura—. Temía no volver a verte.

Se me hace un enorme nudo en la garganta con todas las palabras que me gustaría decirle. Pero, cuando abro la boca para hablar, los gritos de un pájaro retumban tras ella. Pheleol aparece por el pasillo y revolotea y pía a mi alrededor. Está tan entusiasmado que se le escapan unas diminutas llamaradas del pico. Por suerte, son demasiado pequeñas para provocar cualquier estropicio.

Syn me ayuda a incorporarme y Pheleol se posa en mi brazo. Lo acaricio de camino al comedor, donde me dejo caer en un sillón.

Dayena aparece de repente en el umbral de la puerta. Con la respiración agitada, esboza una enorme sonrisa que se le extiende por todo el rostro. Una única lágrima resbala por su mejilla.

—¡Tenéis que comer! —grita.

Estallo en carcajadas mientras ella ocupa el lugar de la sirvienta y empieza a remover la sopa junto al fuego. La reina Éléonore se une a nosotras, y Sybil la toma del brazo para sostenerla y guiarla. La mano de Syn se apoya en la parte baja de mi espalda como si temiera que fuera a desmayarme.

—¿Cómo estás? —me susurra mientras me siento a la mesa.

—Agotada, pero sana y salva.

Dayena se apresura a servirme la bebida y el plato de sopa como si fueran medicinas. La estancia se llena del olor a calabaza, tan desagradable como reconfortante. De vez en cuando, mi doncella se queda inmóvil y me mira fijamente, como si quisiera asegurarse de que estoy ahí, ante ella.

—Cuéntanoslo todo —solicita la reina Éléonore con su voz imperiosa.

Les hablo de las semanas que he pasado prisionera en la habi-

tación del castillo de Kane. Ante la mirada de Dayena, menciono que me alimentaron correctamente.

—Pero ¿cómo te secuestraron? Kapall no se aventuraría a asaltar nuestro castillo.

Mi mirada se encuentra con la de Sybil y, de repente, soy yo la que necesita apoyarse sobre el brazo de alguien.

—Estaba dando un paseo cerca del Deora —digo al fin— y me encontré con un sirviente que era, en realidad, un espía de Kapall.

La reina esboza una mueca de perplejidad.

—¿Qué hacías cerca del De…?

—Y ¿qué has dicho de Efia? —suelta Sybil, evitando que la reina termine su pregunta.

—Fue ella la que me liberó. Su doncella me condujo hasta la salida del castillo, me guio por el sendero y después continué yo sola sin contratiempos…

—¿Por qué te liberó? —pregunta Syn.

—Querían matarme. Sé que suena extraño, pero me temo que no conocen límites…

—Los dignatarios de Kapall conocen pocos límites, es cierto, pero matar a la hija del rey de Ramil… —apunta Sybil.

—Sí, eso provocaría una guerra —murmura la reina.

Dayena hace una pausa, con la cuchara en el aire sobre el plato de sopa. De repente, quiero hacerme un ovillo.

—Es posible que Kapall esté buscando un conflicto, pero no podrán iniciarlo por tu supuesta presencia en sus tierras —continúa Sybil—. No es suficiente, Vortimer no se lo perdonaría.

—Y ¿qué sentido tenía capturarte entonces? —pregunta Syn.

Me estremezco y me acerco al fuego para calentarme. Las llamas vienen hacia mí, como si quisieran cubrirme como una manta.

—No es momento para ese tipo de preguntas —indica Sybil—. Alyhia, ve a cambiarte y descansa un poco. Has hecho un largo viaje. —Y, volviéndose de mala gana hacia Syn, añade—: Jefe Syn, Dayena, cuidad de ella. Yo tengo cosas que hacer.

Abandona la estancia sin mirar atrás, dejándome presa de la incomodidad. Syn me conduce a nuestros aposentos, donde Dayena me ayuda a lavarme. En cuanto terminamos, me desplomo sobre la cama.

Mis sueños se enredan en un ovillo que trato de deshacer. A veces siento que los dedos de Syn me acarician el pelo y oigo unas palabras susurradas al oído. Se integran en el sueño, pero salen de los labios de Sybil. Al despertar, la manta está en el suelo, y Syn me observa inquieto desde un sillón.

—¿Una pesadilla? —pregunta con una voz que no reconozco.

Me aferro a la colcha y me cubro la cabeza para esconderme. Su textura mullida me tranquiliza, como si pudiera aislarme del mundo y de mi culpa.

—¿Alyhia? —pregunta Syn, estirando ligeramente la colcha para descubrirme el rostro.

—Lo siento… Tengo demasiadas cosas en la cabeza.

—Sabes que puedes hablar conmigo.

Se me rompe el corazón cuando me planteo compartir mis pensamientos con él. A punto de llorar, me limito a asentir y finjo que aún necesito dormir un poco más.

—Te dejo descansar —murmura, y me da un beso en la frente.

Apenas abandona la estancia, rompo a llorar. Ojalá pudiera arrancarme un trozo de corazón y olvidar todo esto, olvidarla a ella. Me obligo a levantarme y a mirarme en el espejo, pero apenas me reconozco. Hace unos días estaba muy segura de mí misma y ahora todo es confusión lo que se refleja en mi rostro.

Sin embargo, también advierto otra cosa, algo que nunca había visto antes en mis rasgos. Cierta dulzura, término que mi madre aborrece y que yo misma desprecio. Cierta dulzura en mis sentimientos y en mis juicios. ¿Tal vez no debería ser tan dura conmigo misma?

Me pongo el primer vestido que encuentro. Me preparo a toda prisa, con el corazón desbocado a causa de un miedo sordo teñido de entusiasmo y emoción. Aunque no estoy segura de lo que siento, no puedo seguir dudando así. Hace unas horas estaba a punto de morir…, ¿qué haría si tuviera la certeza de que estoy condenada? Al salir del dormitorio, tengo la respuesta: me sinceraría. Recorro los pasillos en busca de Syn, con la cabeza llena de nuevas ideas. Siempre he querido ser dura y ejemplar, como mi madre. Quizá fuera un error. No tengo que ser irreprochable, solo debo decir la verdad.

Llego al patio de la hiedra. Estoy tan turbada que tardo unos instantes en darme cuenta de que no estoy sola. Veo a Sybil, con la mirada fija en los grandes pilares que sostienen un arco cubierto de enredaderas. Me da la espalda, y advierto que sus hombros están rígidos a causa de la preocupación. Debería seguir buscando a Syn, pero no puedo evitar preguntarle cómo está.

—He estado mejor —responde ella, sin moverse.

Permanezco en silencio, con la garganta seca.

—Aquí se celebrará la ceremonia de coronación —continúa ella, como si hablara para sus adentros—. Toda la corte estará presente cuando atraviese los dos pilares centrales. Yo misma me colocaré la diadema de ágata gris sobre la cabeza. Mis hermanas estarán presentes, una tan dulce como austera se ha vuelto la otra, y mi abuela se habrá muerto. ¿Cómo podré guiar a mi reino a través de los obstáculos que se avecinan?

—Lo conseguirás. Al menos… te esforzarás en hacerlo bien.

Al fin se da la vuelta y pasea la mirada por todo mi cuerpo. Llevo un vestido de Sciõ gris con detalles en blanco que se ciñe a mi silueta, muy al contrario del atuendo de Kapall, que la disimulaba. Un peculiar mariposeo en el estómago me da fuerzas para hablar.

—Siento haberte rechazado el otro día…

Aunque sucedió hace semanas, aún puedo revivir la escena como si acabara de ocurrir. Sus ojos se clavan inmediatamente en los míos.

—Soy yo la que debería pedirte disculpas por haberte presionado. Estaba… Creía que… —Niega con la cabeza—. No debería haberte puesto en esa situación.

Me muerdo el labio.

—¿Qué es lo que creías? —digo, haciendo de tripas corazón. Ella retrocede y su espalda choca contra uno de los pilares.

—No me obligues a pasar por eso otra vez. Además de hacerme daño, ¿qué sentido tendría?

Una parte de mí quiere huir, pero me esfuerzo por dar un paso adelante. Por un momento, creo que va a agarrarme la mano, pero no lo hace.

—¡No quiero hacerte daño, Sybil! Es solo que... Lo que dijiste me asustó.

—Lo sé.

—Déjame terminar. Me asustó porque siento... —Soy incapaz de continuar; el corazón intenta desgarrarme el pecho. Cuando empiezo de nuevo, tengo la sensación de que me recorre el cuerpo un estremecimiento que nunca había experimentado antes—: Siento más o menos lo mismo. Pero estoy confusa, porque Syn es...

—¿Qué?

—Ya sabes lo que siento por él...

Sybil ladea la cabeza para ocultar el rostro.

—Sí, lo sé. ¿Y bien?

—Pues que eso no me impide sentir cierto... afecto.

—¿Afecto? ¿Has venido aquí para repetirme que somos amigas?

—No. He venido a decirte que siento lo mismo que tú. Afecto, atracción, ¡llámalo cómo quieras! Pero no te enfades conmigo, porque estoy confundida. No soy como tú. Jamás pensé que un día amaría a una mujer...

El tiempo se detiene durante un segundo, un segundo terrible y maravilloso en el que todo se vuelve real. Mi corazón late con tal furia que me mareo. Es su mano la que me agarra con firmeza y me hace recuperar el equilibrio. Me quedo paralizada cuando se acerca y me besa en los labios.

Es un beso torpe, impulsado por un deseo imperioso. Sé que no es perfecto, aunque, en cierto modo, sí lo es, porque es con ella. Me pone la mano en la mejilla y esta vez la cubro con la mía.

—Llevo semanas pensando en ti —susurro, sin apenas abandonar sus labios—. Pese al frío en el que me dejaron, tu mera presencia en mi mente me daba calor.

Me besa de nuevo, con los labios estirados en una amplia sonrisa. Después de un momento, me aparto. Me gustaría seguir, quizá. Pero ahora no. Primero debo hablar con Syn.

—Demos un paseo —me invita, sin soltarme la mano.

Recorremos las losas de piedra bajo la luna casi llena que preside la noche. Las antorchas iluminan nuestro camino y me provocan una serenidad que no llego a comprender. Le cuento los detalles de mi cautiverio, las noches de dudas y miedo, los días interminables. Cuando llego a la conversación con Efia, me siento insegura, como si me enfrentara a un misterio que aún no he llegado a resolver.

—Estaba tan enfadada cuando apareció… ¡Menos mal que ahora sé controlarme, porque llevaba toda la tarde sentada ante el fuego! Pero venía en mi ayuda, y nuestra conversación me alegró, en cierto modo…

—¿Te alegró?

—Es difícil de explicar… Por una parte, deseaba asegurarme de que estaba bien. Y, ¿sabes?, no creo que sea tan servil como pensábamos. Es simplemente… ¿Cómo decirlo? Todo habría sido diferente si se hubiera criado aquí, por ejemplo.

—Es cierto que te ayudó a escapar. Idear un plan como ese requiere mucha inteligencia.

—¡Sí! Bueno, solo se le olvidó la puerta…

Le cuento que debía estar abierta, pero que logré salir gracias al fuego.

Nos detenemos frente a las columnas, inmutables en la noche. Sybil desvía la mirada hacia la divisa de su reino, incrustada en la piedra bajo los dos pilares centrales: «El saber lo puede todo».

—Oh, no… —suelta de repente.

—¿Qué ocurre?

—Alyhia… No…

Sybil se desploma, cae de rodillas. La agarro por los hombros y repito la pregunta.

—Usaste el fuego —murmura.

A medida que las diferentes piezas del rompecabezas van encajando, tengo la impresión de caer en picado en un pozo sin fondo.

—¿Crees que...? No, es imposible. Nadie lo sabe, y menos Efia. No, todo va bien...

—Me has dicho que pasaste frío durante semanas. ¿Por qué encendieron la chimenea de repente?

Niego con la cabeza, ahuyentando la posibilidad de que su hipótesis sea plausible, rechazando convertirla en realidad. No lo necesito. Unos pasos apresurados resuenan en la oscuridad y aparece la jefa de las arqueras. Su expresión horrorizada no deja lugar a dudas.

—Princesa Sybil, los soldados de Kapall han abandonado la fortaleza de Kane. ¡Marchan directamente hacia aquí!

43
Sybil de Sciõ

—Radelian, ¿cuántos combatientes habéis podido reunir?
El isköriano baja la mirada hacia unos papeles cubiertos de indicaciones en una lengua que no consigo descifrar.
—Solo un millar, y la mayoría no son más que aldeanos. Esperemos que los otros lleguen a tiempo desde las ciudades vecinas.

Echo un vistazo a la sala de armas, situada junto a los barracones y las murallas y transformada en cuartel general en estas circunstancias excepcionales. Hemos hecho traer una enorme mesa que ahora está sembrada de mapas y papeles diversos. Desde el exterior nos llega el bullicio de las tropas, que se apresuran a prepararse para una batalla que nunca pensaron que fueran a librar. Los golpes de los herreros se acompasan con los latidos de mi corazón, mientras que, a cada minuto que pasa, me cuesta más concentrarme.

—Y ¿de cuánto tiempo disponemos?
—En unas horas, el ejército de Kapall llegará al puente que cruza el Deora —responde Margaret—. Tendremos que esperarlos allí para bloquearles el paso. De lo contrario…

La interrumpo con un gesto y examino el mapa. El puente es el único lugar de paso posible. Por desgracia, la Regnante Allanah deseó que tuviera varios metros de ancho, lo que les permitirá pasar con facilidad y en gran número, junto con sus armas arrojadizas y sus grifos. Tampoco hay caballos de batalla entre nuestras filas, así que la mayoría de nuestros soldados irá a pie. Si los atacantes logran eludir a nuestras avanzadas, lo que me parece inevitable, solo tendrán que cruzar la llanura para llegar al castillo.

—Alyhia regresó hace muy poco. ¿Cómo han podido prepararse tan rápido? —pregunta Radelian.

—Ya estaban listos. Margaret, ¿disponemos de suficientes flechas?

—Hemos aumentado las existencias, pero serán poco útiles en el cuerpo a cuerpo.

Margaret tiene toda mi confianza, pero, como la mayoría de nosotras, nunca ha participado en una batalla.

—Asegúrate de atacarlos en cuanto aparezcan.

Ella asiente con la cabeza con determinación, pero después le cubre el rostro una sombra de miedo.

—Princesa Sybil, hay rumores en nuestras filas —confiesa algo incómoda—. Algunos dicen que Kapall nos ataca porque hemos dado protección a... —intercambio una mirada con Radelian, el miedo me atenaza el estómago— una apire.

Sciõ nunca ha participado de manera demasiado notoria en la cacería de apires, pero hemos visto, como todos, el daño que pueden causar. Aunque no los odiamos, nadie aceptaría dar su vida por un ser así. Excepto yo.

—No os preocupéis por las habladurías. Quieren destruir nuestra forma de vida y hacerse con nuestras tierras. Eso es todo.

Margaret me asegura por enésima vez su lealtad y abandona la estancia sin más dilación. Radelian clava sus ojos azul claro en mí, igual de tranquilos pese a las circunstancias, lo que me pone aún más nerviosa.

—¿Creéis que podemos ganarlos? —le pregunto.

—Lo que sé —responde, y se dirige a la puerta— es que una batalla nunca se pierde hasta que no termina. Aunque, si queréis mi opinión, os diré que probablemente solo tendremos una oportunidad y no debemos dejarla pasar.

Un minuto después, me encuentro sola frente al mapa de Sciõ. Pese a los gritos que resuenan en el patio, me invade un silencio insondable que, como si fuera una capa de hielo, parece querer

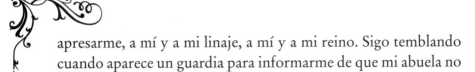

apresarme, a mí y a mi linaje, a mí y a mi reino. Sigo temblando cuando aparece un guardia para informarme de que mi abuela no se encuentra bien y que ha pedido verme.

Me apresuro a recorrer el pasillo, temerosa por lo que pueda pasarle. A cada paso que doy, repito para mis adentros: «Ahora no».

La encuentro postrada en cama. Las palabras de Radelian resuenan en mi mente mientras la médica me informa de su estado.

—Le he dado una poción para el dolor, pero me temo que no hay mucho más que hacer...

—Puedes retirarte —ordeno al ver el rostro apagado de mi abuela.

Hasta que la doctora no abandona el dormitorio no advierto a Garance e Ysolte, sentadas en sendos sillones al otro extremo de la habitación. Garance sostiene al bebé en brazos, mientras que Ysolte clava los ojos en el suelo. En las sombras de un rincón, como si deseara ocultarse, se encuentra Allan, de brazos cruzados.

Hay una ventana abierta, pero la estancia apesta a azufre. La paciente está tapada con varias colchas, que ahora se elevan al mismo ritmo que sus sibilancias. Pese a ello, sus rasgos siguen siendo los de una Regnante de Sciõ.

—Acércate —me ordena con dificultad.

Obedezco y me postro de rodillas junto a su cama. Ella mira al techo con unos ojos que ya no ven nada y yo me aferro a la colcha con angustia. Es vieja y su tacto resulta áspero. Me planteo salir a pedir otra, pero sé que no puedo.

—No os preocupéis, todo saldrá bien —susurro, negándome a creer que podría ser el final.

—Oh, no, querida Sybil. Ojalá pudiera disfrutar de un poco más de tiempo, pero la muerte se acerca. Espero, sin embargo, vivir para ver nuestra victoria en la batalla...

Garance comienza a sollozar y veo que Ysolte se esfuerza en no hacer lo mismo. Allan se sumerge un poco más en la penumbra.

—Podéis llorar, pequeñas, pero no mucho tiempo... Es solo el fin de un largo y hermoso ciclo.

Le tomo la mano. Su tacto es áspero, como el de un pergamino antiguo, pero transmite años de dulzura.

—En cualquier caso, dudo que tengáis tiempo para guardarme duelo… Acércate más, por favor.

Me inclino hasta que oigo su aliento sibilante en mi oído. Una parte de mí desearía salir corriendo de la habitación, pero no es posible.

—Sybil, pronto te convertirás en Regnante. Tendrás enormes responsabilidades, pero, créeme, estás lista. Me he asegurado de que así sea, y no te atreverás a cuestionar la educación que te he proporcionado. —Esboza una sonrisa fugaz—. Sin embargo, debo ofrecerte un último consejo, uno que jamás habría imaginado que te daría.

—¿Cuál es?

Toma aliento y dice:

—Debes tener un hijo cuanto antes, y esperemos que sea niña.

Retrocedo, sorprendida, pero ella me agarra la mano y me atrae hacia sí.

—Sé lo que estás pensando, pero Garance no está hecha para convertirse en Regnante. No puedes cargarla con tal responsabilidad.

Me estremezco al pensar que ya está contemplando mi muerte.

—Prométeme que lo intentarás, Sybil.

Se me viene a la mente la imagen de Alyhia, pero el peligro que se cierne sobre nuestras cabezas la aleja. Siempre supe que haría cualquier cosa por mi reino, aunque eso implicara lo peor. Me resbala una lágrima por la mejilla.

—Lo prometo.

Desvía su rostro hacia mis hermanas, hundidas e inmóviles en los sillones.

—Garance, nunca te desprendas de tu dulzura. Algunos dirán que es una debilidad, pero en tu caso no es así… Son los que se hacen llamar fuertes los que titubean ante la más mínima emoción.

Pese a sus lágrimas, mi hermana consigue esbozar una sonrisa mientras el niño se agita, extendiendo los brazos hacia su rostro.

—E Ysolte, mi querida Ysolte... Me temo que el viaje a Primis te hizo añicos. Es tu deber pegar los pedazos, uno a uno. Pasará mucho tiempo, pero no tengo ninguna duda de que lo lograrás.

Esta palidece y ahoga un grito, y después se precipita hacia la cama para arrodillarse junto a nuestra abuela y tomarle la otra mano. La reina acaricia su cabello con afecto mientras nos observa como si pudiera vernos.

—Nunca pongáis en duda mi amor por vosotras o vuestro afecto mutuo, queridas nietas. —Acto seguido, levanta la cabeza y, con un tono más reservado, añade—: Allan, no pensarás que te he olvidado...

Este se sobresalta y da un paso adelante para salir de las sombras. Cuando lo ilumina la luz de una vela, parece un niño que clava los ojos en el suelo. Mi abuela nunca le ha mostrado mucho afecto. No lo alejó del todo, pero no forjaron el vínculo que tiene una Regnante con sus herederos.

—Te he visto convertirte en un hombre torpe e inseguro. Me temo que, en cierto sentido, yo he tenido algo que ver en eso.

La respiración de mi hermano se acelera. Con las manos juntas, parece ansioso por desaparecer, como si temiera las consecuencias de estar aquí.

—Tu madre te amaba más que a nada en el mundo —continúa mi abuela—, tanto como Garance a este niño. Lamento que no tuviera tiempo de darte el apoyo que yo fui incapaz de proporcionarte.

Por fin, Allan alza los ojos y mira a nuestra abuela. Cuando esta se lo pide, se arrodilla junto a ella, ocupando un lugar entre nosotras.

—No tienes por qué perdonarme, pero me gustaría pedirte que no te escondas detrás de un personaje. La torpeza no es un rasgo de la personalidad, y sabes tan bien como yo que no solo eres eso, ¿verdad?

—Sí... Eso creo —responde mi hermano en un susurro.

—Bien. Nunca lo olvides. Y, Sybil...

Me quedo sin aliento al oír que vuelve a dirigirse a mí.

—No puedes permitirte el lujo de llorarme ahora.

—Pero me gustaría quedarme contigo…

—Y a mí estar junto a ti en el campo de batalla. Me temo que ninguna de las dos quedará satisfecha esta vez.

Me acaricia la mejilla con la mano.

—Pequeña, tienes una guerra que ganar. ¿O es que piensas dejar que un hombre gobierne nuestras tierras?

Me levanto agarrándome al borde de la cama y, acto seguido, me seco las lágrimas con las mangas del vestido. Sin volver la vista atrás por miedo a no poder seguir avanzando, me encamino hacia la puerta.

—No mientras yo viva, abuela —susurro hacia la noche.

Cuando abandono la estancia, juraría que la oigo reír.

44
Alyhia de Iskör

Queda menos de una hora para la batalla que, con toda probabilidad, terminará en nuestra aniquilación. Resulta extraño pensar que la causa sea mi presencia aquí. Si Sybil no sintiera nada por mí, no me habrían invitado a Sciõ, y Kapall jamás habría cruzado el puente que conecta sus territorios con el objetivo de destruir a las Regnantes.

Sin embargo, ahora no es momento de pensar en eso. Tengo que prepararme para el combate. Si me dejo dominar por la culpa, esta me traspasará como lo haría la daga más afilada.

—Levanta los brazos —dice Dayena, tratando de ponerme el coselete de cuero.

Lo ata con suavidad, como si fuera un delicado vestido. Cuando me doy cuenta de que le tiemblan las manos, se las agarro con fuerza.

—Si perdemos, vete cuanto antes. No esperes a nadie y llévate a Pheleol contigo.

El pájaro grita en desacuerdo, pero lo ignoro. Hemos tenido que encerrarlo en la jaula para que no me siga. Es demasiado joven para pelear, y la presencia de un fénix en el campo de batalla solo complicaría las circunstancias.

—¿Crees que temo por mi vida? —dice Dayena ofendida—. Yo me las arreglaré, como siempre. Pero no quiero que tú…

Es incapaz de terminar la frase. Guardamos silencio y ella me abraza como si no fuera a soltarme nunca.

—Te he dicho ya muchas veces que, para mí, eres más que una dama de compañía —murmuro—, pero no creo haberte dicho que eres mi amiga más preciada.

Tras estrecharme una última vez con más fuerza, me suelta.

—Basta de lamentaciones. Hay una batalla que ganar —anuncia con voz fuerte, pese a que tiene los ojos húmedos.

Unos golpes en la puerta me impiden responder. Syn entra en la habitación con una expresión que me recuerda a unas nubes que anuncian tormenta.

—Dayena, ¿te importaría salir? —pregunta con una voz tan glacial que me cuesta reconocerla.

Esta obedece enseguida y él suelta de inmediato:

—Lo sé todo.

Desvío la mirada hacia el espejo. Cuando veo mis ojos reflejados en él, tengo la impresión de que son los de un animal que ha caído en una trampa. Incapaz de pronunciar palabra, dejo que el silencio envenene la estancia.

—Alyhia, tenemos que hablar —agrega en un tono más tranquilo.

—No hay tiempo. Debo luchar, ¿recuerdas?

Siempre supe que era capaz de demostrar cobardía, pero jamás pensé que caería tan bajo. Estoy tan avergonzada que ya ni siquiera puedo mirarme al espejo.

—¿Cómo que no vamos a hablar? Tiene que ser una broma, Alyhia…

—Lo siento… —me limito a susurrar.

—Pero ¿puedes contármelo?

Niego con la cabeza.

—¿No? ¿Eso es todo? ¡Te besas con otra persona y no quieres dar explicaciones! No pensaba que manteníamos ese tipo de relación…

—No es eso, es que yo… no tengo nada que decir en mi defensa.

—¿Tu defensa? —exclama furioso—. Pero si no te he atacado en ningún momento. ¡Solo te he pedido que me lo cuentes!

¿Por qué me resulta tan difícil expresar lo que siento? Con Sybil lo logré. Me obligo a encararlo y a extirpar la verdad de mi corazón.

—Syn, no sé qué hacer… Quería contártelo, pero me he entretenido con los preparativos para la batalla. ¡Ya sabes lo que siento por ti, y esto no cambia nada!

Alzo la mirada, pero la furia que veo en sus ojos me obliga a bajarla de nuevo. Da un paso adelante y me envuelve su olor, que tan familiar se ha vuelto.

—¿Crees que estoy molesto porque sientes algo por ella?

Vuelve a hablar con su habitual tono sereno, tan íntimo que me da escalofríos. Guardo silencio, lo que lo anima a continuar.

—¡Me siento decepcionado porque no me lo hayas contado antes, Alyhia! Porque pensaras que no te escucharía…

—¿Estás diciendo que toleras mi comportamiento? —balbuceo.

Los segundos se eternizan.

—Lo que estoy diciendo es que no se puede borrar lo que existe —aclara—. ¿Cómo pretendes que te pida que dejes de amar a alguien? No, yo no soy así… Sin embargo, no soportaría que me mintieses. ¿Lo comprendes?

Me quedo atónita. ¿Cómo puedo merecer a alguien como él? Si la situación fuera la contraria, yo no lo habría perdonado. Habría confundido orgullo y sentimientos y ni siquiera le habría dado la oportunidad de explicarse.

—Syn… —empiezo a decir, antes de romper a llorar.

Él se acerca a mí y me estrecha entre sus brazos, en los que me derrumbo. Luego nos susurramos palabras que suenan a promesas y juramos no ocultarnos nada nunca más. Sé que aún nos queda mucho por hablar, que no está todo resuelto, pero esto supera todas mis expectativas.

Dayena entra de nuevo y me informa de que ha llegado el momento. Si no supiera que es imposible, juraría que mi corazón está implosionando. Los labios de Syn se deslizan hasta mi oreja y me susurra su amor.

Me obligo a apartarme de él y me pongo en marcha. Pheleol escupe fuego tratando de retenerme, pero lo ignoro. Tras acariciar la mano de Dayena con las yemas de los dedos, cojo las armas y, sin mirar atrás, me alejo de ellos.

Me dirijo a las murallas con andares pesados. Todo mi ser clama que me quede en el interior. Imagino las antorchas de los soldados en la lejanía, frente al puente, esperando el ataque que está a punto de llegar. Tras ellos, las arqueras de Sciõ, listas para mostrar a Kapall todo su talento. Hasta oigo el rugido del Deora, un río indomable que nos separa de un territorio que ahora es nuestro enemigo. Sciõ nunca habría pensado que tendría que defenderse de uno de los reinos unificados.

A la izquierda del puente está el bosque en el que me perdí. A la derecha, la ciudad, que ha sido evacuada y cuyos habitantes se han marchado a refugiarse en el recinto del castillo o en los pueblos vecinos. Tengo que buscar apoyo en la muralla cuando me asalta la imagen de los hombres de Kapall saqueándola.

—¿Cómo estás? —me susurra Sybil.

Aunque va vestida de arquera y su rostro es el de una mujer acostumbrada a asumir grandes responsabilidades, advierto que, a veces, se lleva la mano al corazón, como si esta situación la apenara.

—Asustada.

Es la única persona ante la que me atrevo a admitirlo.

—Si no lo estuvieras, me preocuparía tu cordura.

La tomo de la mano, y ella estrecha la mía con fuerza. Mi otra mano descansa sobre el cinturón, donde las hoces forjadas por Syn esperan a ser desenvainadas. Las saco para leer el grabado: «El coraje está en el corazón, la fuerza, en el filo». Hace unos meses ni siquiera era capaz de descifrar el isköriano y ahora aquí estoy, a punto de entrar en batalla empuñando las armas de mi nuevo pueblo.

Syn no estará en las murallas. No es un soldado, sino el jefe, y su región no puede permitirse perderlo. Me inclino hacia Sybil e intercambiamos un breve beso. Aunque las arqueras más retrasadas están pasando ante nosotras, me da igual. No quiero tener nada de lo que arrepentirme si una de las dos muere.

—¡Sybil! —exclama una voz a nuestras espaldas.

Arco en mano, Ysolte se une a nosotras.

—¿Qué estás haciendo aquí? ¿Quién te ha dado ese arco? —exclama Sybil.

—Eso no importa. He venido a combatir.

Aunque su expresión es decidida, Sybil niega con la cabeza vehementemente.

—¡No admito discusión! ¡Vuelve al castillo!

—¿Para qué, para morir como una cobarde cuando lo invadan los soldados de Kapall?

Sybil la agarra de los hombros y le clava las uñas en el atuendo de arquera como si quisiera arrancárselo.

—Ysolte —susurra—, tú...

—¡No, Sybil! ¡Permíteme luchar por mi reino! Déjame mostrarle a Kapall que no nos rendimos tan fácilmente. Te lo ruego.

Aunque estoy convencida de que Sybil no se lo permitirá, apoya la frente contra la de su hermana y cierra los ojos. Llevan así unos segundos cuando un silbido atraviesa la noche. Durante un instante, el tiempo se detiene y, a continuación, llega un ruido sordo desde la llanura, seguido de unos gritos que transporta el viento.

—Están disparando con las armas arrojadizas —susurra Sybil.

Nos aferramos a las almenas, mirando con impotencia la batalla que acaba de empezar. Se escuchan más silbidos, preámbulo de gritos desgarradores. Por desgracia, apenas vemos nada a esta distancia. Una nube despeja momentáneamente la luna y creo vislumbrar a decenas de hombres en el puente. Sobre sus cabezas se divisan unas bestias voladoras que solo pueden ser grifos.

—Hay luna llena —señalo.

Sybil alza la mirada hacia el cielo.

—Esta noche, en todos los reinos, someten a los bebés a la prueba del cuchillo —continúo—. Si no reaccionan, los matan.

La antorcha que tengo al lado parpadea levemente, al percibir mis palabras. Me vuelvo hacia Sybil con un fuego prohibido en el pecho y añado:

—Si llegan al castillo, podría...

—Ni hablar —me interrumpe—. Usar fuego sería catastrófico, créeme... Mi reino no está listo. Ni este ni ninguno.

—Pero es ridículo. Podría...

—¿Quemarlo todo? Alyhia, eres la única que no teme a las llamas. Sería un error, y destruirías a mi pueblo.

Le doy la espalda, igual que las llamas de las antorchas, también decepcionadas. Ella se acerca y me susurra con dulzura:

—Quizá algún día los apires podáis mostraros abiertamente. Pero ese día aún no ha llegado.

Aprieto los puños y podría jurar que siento chispas en la punta de los dedos. Sé que tiene razón, pero el odio me consume con tal intensidad que no puedo contenerlo.

Si se presentara la oportunidad, creo que los quemaría a todos.

45
Sybil de Sciõ

Se nos acerca una arquera. Por su expresión, ya intuyo que no trae buenas noticias, sospecha que se confirma cuando expone los daños que han causado las armas arrojadizas de nuestros atacantes. Varias docenas de muertos, y los que quedan por llegar. Los hombres de Kapall se disponen a cruzar el puente con ayuda de los grifos, que hacen mella en nuestras tropas.

—No resistiremos mucho más antes de vernos obligadas a replegarnos —agrega.

—Está bien. Di a las arqueras que mantengan la posición y que hagan el mayor daño posible, pero que Radelian ordene la retirada de la infantería en cuanto lo considere necesario. No pueden enfrentarse a los jinetes de Kapall.

Después de eso, las horas transcurren como si fueran siglos, sembradas de gritos y perturbadores silencios. Los heridos comienzan a llegar por docenas, y las doctoras los asisten como pueden. Todos cuentan lo mismo: miedo y desastre por doquier.

El ruido de los cascos está cada vez más cerca. Un escalofrío se apodera de mí porque parecen dispuestos a arrasar y aniquilar mi castillo. Un aullido parte la noche: el de una mujer que probablemente no conozco, pero que me afecta como si me hubiera alcanzado un relámpago.

—Que regresen todos. ¡Ya vienen, ya vienen!

Me apresuro a abandonar las murallas en dirección a la puerta principal del castillo, abierta de par en par para acoger a los heridos. Un poco más lejos están las mujeres, listas para cerrarla a mi orden.

—¿Cuántos han regresado? —le pregunto a la responsable de dejar pasar a la gente.

—Unos cientos. Hace media hora que el flujo se ha detenido: ya no llega nadie.

Echo un vistazo al exterior, escudriñando la noche en busca de heridos. No se oye nada, excepto un ligero estruendo que hace que la oscuridad resulte estremecedora. Me paseo por el vestíbulo en un intento de aclarar las ideas. A mi alrededor, las doctoras no dejan de pasar con camillas, de camino al hospital o a la morgue. Veo unos mechones pelirrojos que se escapan por debajo de una sábana blanca.

—¡Deteneos! ¿Quién es?

—Margaret —murmura apenada una de las doctoras.

Retrocedo un paso hasta que mi espalda se apoya contra un muro. El pánico me late en las venas. La jefa de las arqueras de Sciõ está muerta, y nuestros enemigos ni siquiera han alcanzado el castillo.

—¡Atrancad las puertas! ¡Hay que prepararse para un asedio!

Las mujeres están a punto de obedecer, pero surge una silueta de entre las sombras y se lo impide.

—¡No! —grita Allan.

—¿Qué haces tú aquí? ¡Deberías estar en tu taller!

—No puedes atrancar las puertas. ¡Radelian aún no ha regresado!

—Ya no hay tiempo, Allan. Llegarán en cualquier momento.

Lo aparto y les digo a las mujeres que cumplan la orden, pero él me agarra de los brazos con determinación. Tiene el pelo revuelto y los ojos inyectados en sangre.

—¡No cerréis! —grita.

Mi hermano nunca había osado dar una orden a las mujeres de Sciõ. Sabe perfectamente que no está entre sus funciones.

—¿De verdad crees que van a hacerte caso?

—No, pero espero que tú sí. Por favor, Sybil, si tienes un ápice de afecto y respeto por mí, deja las puertas abiertas. Te lo suplico...

Jamás lo había visto así, con este miedo en el rostro.

—¿Qué hacemos, princesa Sybil? —pregunta una de las mujeres.

Hay tal angustia en la mirada suplicante de Allan que las lágrimas acuden a mis ojos. Sé que mi abuela me diría que no es nadie para darle órdenes a una futura Regnante. Y, aunque la reina Éléonore es sabia y poderosa, no tiene razón en todo.

—No cerréis. Esperad un poco —claudico al fin.

Aliviado, mi hermano ahoga un grito y se apresura a salir a inspeccionar la oscuridad. Desvío la mirada y trato de concentrarme en lo esencial: preparar el castillo para un asedio. Ordeno a las doctoras que trasladen a los heridos que ya no podrán participar en la batalla al interior para dejar espacio a los que vendrán y que guarden sus mejores remedios para los soldados que puedan reincorporarse al combate. Distingo a la segunda jefa de las arqueras y le ordeno que envíe a las mujeres a sus puestos. Mientras trato de obtener noticias sobre el estado de mi abuela, aparece mi hermano, casi sin aliento.

—¡Ahí! ¡Está ahí! ¡Abran paso! —grita.

Un grupo de unas diez personas entra en el recinto del castillo. Cuando Radelian se apea del caballo, Allan se arroja sobre él y lo abraza. Posa sus labios sobre los del isköriano, que le devuelve el beso, saboreándolo como si fuera un manantial de agua fresca. Acto seguido, se aparta de mi hermano y me mira con aire resignado.

—He esperado cuanto he podido. No va a regresar nadie más.

Avergonzada, agacho la cabeza y ordeno a las mujeres que cierren la puerta. Si Allan no hubiese intervenido, habría condenado a estos soldados a perecer a las puertas del castillo.

—¡Radelian! —exclama Allan sin soltarlo—. ¡Estás… herido!

—No es gran cosa —asegura el isköriano.

Sin embargo, al tratar de dar un paso, se encoge. Le brota un chorro de sangre del flanco derecho, que rocía la túnica de alquimista de Allan.

—¡Rápido, al barracón de las doctoras! —grito.

—Está lleno —me informa una arquera que pasa justo en ese momento ante nosotros—, pero en el cuartel general aún hay espacio.

Allan ayuda a Radelian a caminar hasta allí y yo los acompaño. En aquella estancia se han instalado unos colchones, ocupados por una veintena de soldados heridos. Las doctoras de Sciõ los atienden como pueden, con sus blusas grises salpicadas de manchas escarlata. El olor, mezcla de medicamentos y sangre, es tan fuerte que tengo que taparme la boca para contener una náusea.

Una doctora ya entrada en años le pide al isköriano que se siente para examinarle la herida. Radelian suelta un grito cuando empieza a hacerlo.

—No fue una espada lo que te golpeó, ¿verdad?

—No, fue un fragmento de un proyectil.

—Varios, por lo que veo.

La doctora se levanta y viene hacia mí.

—Hay que limpiarle la herida, pero corremos el riesgo de que sufra una hemorragia y apenas nos quedan medicinas...

—Haz lo que puedas.

La mujer se aleja para preparar el material. Se nos unen Ysolte y Alyhia, y después Syn. Me indican que todo está listo para soportar el asedio y que todavía hay tiempo.

—¿Os habéis dado cuenta de que llevan el uniforme de Kane? —señala Ysolte.

—¿Y? —pregunta mi hermano, antes de volverse hacia Radelian y murmurarle algo al oído.

El isköriano respira con dificultad mientras la doctora extirpa los fragmentos del arma que lo impactó. Tiene la frente perlada de sudor, y su mano se aferra a la de Allan.

—¡Que ninguno lleva la insignia de Cormag! —sigue diciendo Ysolte—. Lo sé porque he estudiado los diferentes emblemas en los archivos.

—¿Y eso qué significa? —pregunta Alyhia.

—¿No lo entiendes? —replica mi hermana—. Cormag no participa directamente en la batalla. Seguramente planea culpar a su hermano si algo sale mal, o si Vortimer lo acusa de haber atacado sin su consentimiento.

—Aunque tu teoría es muy interesante, si no salimos victoriosos, no cambia nada —responde Alyhia.

—El saber lo puede todo —responde Ysolte, encogiéndose de hombros.

Alyhia se acerca a su marido.

—Syn, ¿ves algo? ¿Cualquier cosa que pudiese ayudarnos?

Él envuelve las manos de Alyhia con las suyas. Me estremezco al ver su cercanía, pero reprimo mis emociones. Syn cierra los ojos y da la impresión de que una ligera corriente de aire atraviesa la estancia. Radelian le pide a la doctora que se detenga un momento y presta atención a su líder.

—No veo nada nuevo… Todo está borroso. Percibo un martilleo… Los hombres de Kapall… Y agua… La corriente del Deora, supongo.

Ysolte cae de rodillas, con la cabeza entre las manos como si tratara de escapar de la situación.

—¡Tenemos que hacer algo! ¡Ha de haber una solución! —exclama.

—El agua del Deora… —susurra mi hermano tras de mí.

—Tendremos que luchar hasta que no nos queden fuerzas —declaro, obligándome a reaccionar con convicción, como lo haría una Regnante.

—Entonces ¿vamos a morir? —suelta Ysolte—. ¿Moriremos todos y dejaremos nuestro reino a los de Kapall?

—No, vamos a luchar. Si morimos, será defendiéndolo.

Ysolte se aferra con firmeza al arco mientras veo que mi hermano se apresura a salir de la estancia.

—Es una pena que Nathair sea demasiado cobarde para acudir a la batalla —murmura mi hermana—. Yo misma lo habría matado.

—Lo habríamos matado juntas —digo, y le poso una mano en el hombro.

Cuando ocupamos nuestros puestos en las murallas, tengo la sensación de que llevo días sin dormir. Sin embargo, en cuanto

nos rodea el ruido de las botas contra el suelo, mi cuerpo revive de repente. Al ver al primer grupo de enemigos, coloco una flecha sin vacilar. Empuño el arco de Allanah, Regnante legendaria, y es como si fuera una extensión de mi brazo.

—¡Arqueras, apuntad! —grita la nueva jefa.

Tenso el brazo y me bastan dos inspiraciones para encontrar la posición perfecta. Cuando se da la orden de disparar, salen volando una multitud de proyectiles. No sé cuál es el mío, pero me gustaría creer que ha atravesado la garganta de un soldado de Kapall.

Las ráfagas se suceden a un ritmo incesante. El susurro de las flechas se vuelve tan familiar que casi resulta tranquilizador. Sin embargo, después de unas horas, los enemigos están cada vez más cerca de nuestros muros, como si fueran una niebla inevitable, más espesa que nunca. Los grifos vuelan por encima de sus cabezas y sus jinetes disparan con ballestas, sembrando el pánico en nuestras filas. Cuento las criaturas: son unas diez. Cormag solo ha usado los grifos de Kane.

La infantería ataca primero, ayudada por las balistas, las cuales, frágiles y móviles, deben acercarse tanto que mis arqueras no tienen problema en alcanzar a los hombres que las manejan. Pensaron que podrían llegar hasta nosotros sin sufrir daño alguno. Como de costumbre, Kapall subestimó nuestra fuerza.

Esto los obliga a encontrar una manera de evitar la precisión de nuestras arqueras, y lo hacen a su imagen y semejanza: de forma brutal y expeditiva. Cientos de hombres, apenas protegidos por unos sencillos escudos que sostienen sobre sus cabezas, se lanzan contra nuestras puertas. Pese a que les estamos causando unas pérdidas considerables, Kapall no duda en sacrificar a sus soldados. Solo cede una puerta, la del lado este, pero es tan pequeña que ningún caballo puede cruzarla y rechazamos la embestida. Por desgracia, es solo cuestión de tiempo que logren irrumpir en el recinto.

Unas horas más tarde, el amanecer revela poco a poco la carnicería. En la distancia, veo los cuerpos de los combatientes, hombres y mujeres que sacrificaron la vida para que nos encontráramos en este punto: al borde de la muerte. A pocos metros, el ariete golpea la entrada principal, la cual, tarde o temprano, acabará cediendo. Cuando eso suceda, prefiero desaparecer, mezclarme con el viento para no presenciar la caída de mi reino.

Alcanzo con una de mis flechas el cuello de un hombre de Kapall, que se desploma y cae sobre otros dos a los que mis arqueras abaten. Al instante, los reemplazan, como si el enemigo tuviera un número ilimitado de soldados, como si nuestras acometidas no les causaran daño alguno.

—¡¿Cuántos hombres tienen?! —grito, secándome el sudor de la frente.

—Todos los que quieran —me responde Ysolte—. Pueden hacerlos llegar indefinidamente por el puente.

Mi hermana me parece más mayor, disparando sin cesar sobre esos hombres a los que odia más que a nada en el mundo. En su expresión se refleja de nuevo la fuerza vital, aunque probablemente sea por última vez.

—¿Por qué no nos atacan con algo más imponente? —pregunta Alyhia mientras rellena el carcaj.

—He estudiado sus armas —indica mi hermana por encima del bullicio—. Las catapultas no pueden pasar el puente a menos que las desmantelen. Por desgracia, es solo…

—… cuestión de tiempo —termino la frase por ella.

Justo en ese momento, llega a nuestros oídos un estruendo sordo, tan fuerte que retumba en mi interior.

—¡La puerta principal! —grita Ysolte antes de apresurarse hacia otra tronera, desde donde puede apuntar al patio central.

En el centro del atrio esperan un centenar de jinetes nuestras y varias filas de arqueras. Suficientes para presentar una defensa valerosa, insuficientes para luchar contra las innumerables oleadas de hombres de Kapall.

Una ráfaga de flechas trata de contener a los atacantes, que ya franquean la puerta. Todas las integrantes de la primera fila morirán. ¿Pensaron que este sería su final, caer en combate contra uno de los reinos unificados? ¿Desean estar aquí o preferirían estar, como yo, en cualquier otra parte?

Una vez que han conseguido penetrar, Alyhia desenvaina las dos hoces.

—Pase lo que pase, no dejes que me capturen —dice, palideciendo y dirigiendo la mirada hacia una de mis flechas.

Si algo sale mal, quiere que yo misma la mate. Una náusea se apodera de mí mientras le agarro la mano, temblando.

—Haz lo mismo por mí.

Intercambiamos un corto beso y desaparece escaleras abajo.

Debería seguirla, luchar junto a ella, pero me quedo petrificada. Mis pies se pegan al suelo y alejo la mirada de la funesta escena que se despliega ante mí para contemplar el horizonte. Soy incapaz de oír el estruendo del Deora con el fragor de la batalla, pero me maravillo con los deslumbrantes rayos de sol que acarician la llanura. En este amanecer tan especial, la planicie se ha teñido de rosa, como si fuera un recién nacido.

Poco a poco van apareciendo las siluetas de los combatientes, que rompen este cuadro tan encantador al que trataba de aferrarme. Los grifos sobrevuelan el patio como aves carroñeras. Alzo la mirada hacia el cielo y me rueda una lágrima por la mejilla. Sabemos combatir, pero no contra un número infinito de hombres ni contra sus catapultas, que no tardarán en llegar. De repente, recuerdo a mi abuela y rezo para que muera antes del fatal desenlace creyendo que he logrado salvar nuestro reino.

—¡Sybil! —grita una voz a lo lejos.

Permanezco inmóvil, todavía incapaz de reaccionar.

—¡Princesa Sybil! —exclama otra.

Oigo sus voces a través de una niebla que me protege de la realidad. Una mano me agarra el brazo y me sumerge de nuevo en el caos.

—¡Allan! ¡Kormän! ¿Qué estáis haciendo aquí? Estáis arriesgando la vida…

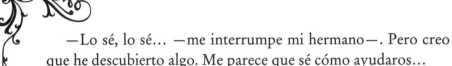

—Lo sé, lo sé... —me interrumpe mi hermano—. Pero creo que he descubierto algo. Me parece que sé cómo ayudaros...

—Allan, por favor, regresa al interior, escóndete y...

—Princesa Sybil, os ruego que me perdonéis, pero deberíais oír lo que tiene que deciros vuestro hermano —protesta Kormän—. Si está en lo cierto, es sencillamente increíble.

Guardo silencio, y Allan aprovecha para sacar de su alforja dos esferas que parecen unas gemas. Reconozco de inmediato el destello del svärt, pero en ellas hay unos zafiros azules incrustados. Frunzo el ceño sin entender nada.

—Agua... ¡La respuesta es agua! —exclama Allan y, acto seguido, negando con la cabeza, añade—: No hay tiempo de explicaciones, ¡tengo que llegar al Deora!

—¡Es imposible!

—¡Es difícil, pero no imposible! Sybil, probablemente sea nuestra única oportunidad...

«Solo tendremos una oportunidad y no debemos dejarla pasar». Las palabras de Radelian resuenan en mi mente y me provocan un estremecimiento. Ni siquiera sé si el isköriano ha sobrevivido a sus heridas, pero lo que es seguro es que todos moriremos si no ganamos esta batalla.

—Ve —digo—. Ponte uno de los uniformes de Kapall y toma el camino del bosque o el de la ciudad. Haz todo lo posible para que no te vean...

—No te preocupes, ni siquiera tendré que acercarme a las filas enemigas.

Allan se aleja, acompañado de Kormän, mientras yo trato de recuperar el aliento. Mi corazón late tan fuerte que tengo la impresión de que quiere salírseme del pecho. Agarro más flechas y apunto a los atacantes. El arco de Allanah se ajusta perfectamente a mi brazo y guía los proyectiles hasta mis enemigos.

Los jinetes de Kapall han logrado acceder al patio, donde reina la confusión. Sus caballos se abalanzan sobre los nuestros mientras los soldados se enfrentan a nuestra infantería mal entrenada. Cuando le dan a una montura, esta se derrumba sobre los combatientes. El caos no deja de crecer.

Alcanzo a un hombre, que se desploma sin hacer ruido. En ese momento distingo a Alyhia e Ysolte peleando codo con codo. La primera avanza girando sobre sí misma y barre con sus dos hoces a cualquiera que ose interponerse en su camino.

Ysolte sostiene a duras penas una espada que no sé de dónde ha sacado. A su alrededor se multiplican los enemigos, como una trampa lista para cerrarse sobre ellas.

Invadida por un pánico que me impide apuntar con precisión, corro escaleras abajo y cojo una daga que encuentro en el suelo. Me abro camino a través del ejército desorganizado sin tan siquiera ponerme a cubierto. Clavo los ojos en mi hermana y vuelvo a ver a la niña que fue, tan alegre y amable. Su único deseo era convertirse en historiadora y pasar el resto de su vida estudiando en la gran biblioteca, santuario que probablemente será destruido en breve. El príncipe heredero de Kapall arruinó su inocencia violando a su hermana, y los soldados de esa misma región dan vueltas a su alrededor como buitres sobrevolando una presa.

Cuando las alcanzo, clavo la daga en la espalda de un hombre, que se desploma con una exclamación de sorpresa. Me hago con su espada y luego, sin dudarlo, me uno a mi hermana y a la mujer a la que amo, dispuesta a morir si es necesario. Me sitúo ante Ysolte.

—¡He matado a una docena de soldados! —exclama.

Nos asalta otro y lucho ferozmente contra él. Bloqueo su ataque con la espada y, acto seguido, doy un paso atrás para contraatacar. Lo hiero en el brazo. Mi hermana abandona la protección que le brindo y se coloca al otro lado del hombre. Lo rodeamos con nuestras armas. Estoy a punto de asestar el golpe definitivo cuando Ysolte se me adelanta y clava su espada en el vientre del soldado. Este sufre una convulsión y cae de espaldas. Ysolte se incorpora con dificultad y se limpia la sangre que le ha salpicado la frente.

—Gracias por dejarme vengar a Garance —me dice.

Estoy a punto de responder, pero el grito de Alyhia me sobresalta.

—¡Cuidado!

Varios atacantes se colocan entre nosotras. Golpeo una y otra vez, matando a uno, hiriendo a otro. No sé dónde se ha ido el resto de los enemigos, quizá a otro lugar, a matar a más habitantes de Sciõ, o tal vez Alyhia y sus hoces hayan acabado con ellos. Ni lo sé ni me importa, porque, por encima del estruendo, oigo el grito de mi hermana pequeña:

—¡Sybil!

Todo se ralentiza a mi alrededor. Estoy tratando de localizarla para ir en su ayuda. Lucho contra los atacantes para unirme a ella, pero son demasiados.

Noto un dolor en el hombro y reparo en que me han herido, pero ni me molesto en comprobar si es grave. Empujo a los soldados y me bato contra los hombres de Kapall. Oigo otro grito, tan desgarrador que siento que es mi propio corazón el que chilla. ¿Cómo puede estar tan lejos? ¡La tenía a mi lado hace un instante!

Al dejar de oír sus lamentos, multiplico los esfuerzos. Cuando distingo una mecha plateada en el suelo, se me estrecha el campo de visión y el terror me comprime el pecho, asfixiándome. Creo que suelto un aullido, pero el sonido parece venir de tan lejos que no estoy segura. Caigo de rodillas y aparto el cuerpo que la cubre.

—¡Ysolte! ¡Ysolte, contesta!

Está en el suelo, con los ojos abiertos, mirando fijamente al cielo como si ya no pudiera verme. Un hilillo de sangre gotea desde sus labios, pero su expresión es extrañamente serena.

—Que alguien me ayude a llevarla hasta las doctoras, que alguien…

Noto una mano sobre el hombro. No necesito volverme para saber que es Alyhia.

—Sybil, está…

Deja la frase sin terminar. Tomo la mano de mi hermana y la

cubro de besos, suplicándole que me conteste. Pero sus ojos no me miran.

—Llevaos el cuerpo de la princesa y custodiadlo —ordena Alyhia a dos combatientes.

Me aferro a mi hermana cuando la alejan de la zona de batalla. Alyhia me obliga a soltarla y ambas nos desplomamos en el barro. Trato de levantarme para seguir a Ysolte, pero Alyhia me retiene con firmeza. Me zafo de ella con una patada y después ruedo hacia un lado. Ella salta sobre mí y me inmoviliza.

—¡Sybil, debes calmarte! —grita—. ¡La batalla no ha terminado!

La miro fijamente. ¿No ha terminado? Mi hermano seguramente morirá durante su misión, mi abuela probablemente ya haya fallecido y mi hermana acaba de sucumbir frente a mí. ¿Qué me queda?

Los soldados se ensañan a mi alrededor, luchando incansables por su vida. El sol ya corona este maravilloso día primaveral que será testigo de la caída de Sciõ.

—¡Quémalo todo! —le ordeno.

Lo digo con voz ronca, como si saliera de algún lugar oscuro de mi cuerpo cuya existencia desconocía.

—¿Cómo? ¿Quieres que...? —balbucea sin comprender, todavía a horcajadas sobre mí.

—¡Quémalo todo! ¡Abrásalos a todos! Es nuestra única esperanza, y sé que puedes hacerlo.

—Sybil, no sabes lo que dices...

Las antorchas que tenemos detrás comienzan a estremecerse. Me levanto, cojo una y la dejo caer frente a ella.

—¿Puedes hacerlo? ¿Puedes?

Un temblor le nace en el pecho y se propaga hasta su rostro. Los ojos se le llenan de unas llamas más feroces que cualquier ejército mientras me aprieta el brazo hasta hacerme daño. Sé de lo que es capaz, pero es la primera vez que percibo su poder destructivo con tal intensidad. Y, ahora mismo, eso es lo único que deseo: que lo destruya todo en mi nombre.

Al levantar el brazo, surge una llamarada que recorre varios metros como si llevase una eternidad retenida en su interior. Su potencia me tira al suelo. Me levanto trabajosamente y busco su mirada.

Está frente a tres soldados de Kapall. La turba es demasiado compacta para que puedan huir. Los tres deciden atacar al mismo tiempo y se abalanzan sobre ella. Pero no llegan a dar ni un paso: una nueva llamarada los bloquea. Se levanta una ráfaga de viento y el fuego los alcanza. Gritan, pero Alyhia aún no ha terminado con ellos. En el hueco de sus manos, forma una bola de fuego y se la lanza al rostro. A pesar de mis deseos de verlos desaparecer, no puedo reprimir un escalofrío. Por suerte, acaba con su sufrimiento con la ayuda de las hoces.

Está a punto de atacar a un nuevo grupo, pero las mujeres de Sciõ se encuentran demasiado cerca. Le grito que tenga cuidado, y retrocede varios pasos. Parece estar tratando de contenerse, pero, de nuevo, un fogonazo escapa con virulencia de sus manos. A nuestro alrededor estallan unos alaridos de pánico. Los ojos de Alyhia están llenos de unas llamas tan oscuras que, de repente, le tengo miedo.

—Sybil —dice entre jadeos—, contenme…

Me acerco al incendio para abrazarla. Me roza la muñeca con los dedos y suelto un grito cuando una lengua de fuego me devora la piel. Alyhia retrocede y cae al suelo, donde empieza a agitarse como si fuera víctima de un hechizo extraño. El dolor es tan fuerte que ni siquiera puedo ayudarla. Diviso el lavadero y corro a sumergir el brazo en el agua. De él mana un humo negro mientras me seco las lágrimas con la mano libre.

Al volverme, veo que Alyhia jadea y se convulsiona. Con cada respiración, salen llamas disparadas de sus manos, que prenden la hierba a su alrededor. Tanto los hombres de Kapall como las mujeres de Sciõ tratan de alejarse con desesperación, pero el combate no lo permite.

—¡Una apire! —chilla alguien entre la muchedumbre.

Las filas se rompen y todos tratan de escapar de este mal que creían desaparecido. Algunos aún presentan batalla, pero la mayoría simplemente desean alejarse de Alyhia. Varios soldados tropiezan y caen al suelo, donde otros los aplastan mientras yo intento distinguir a la mujer a la que amo a través del humo.

Advierto que un hombre toma la dirección opuesta a la muchedumbre que huye despavorida. Tiene la espada en la mano y el rostro lleno de odio. Mi corazón se detiene cuando me doy cuenta de que va ataviado con el uniforme de Sciõ. Grita, pero soy incapaz de discernir sus palabras. Al mismo tiempo, advierto que varias personas se separan, tanto hombres como mujeres, tanto de Kapall como de Sciõ. Todos se encaminan hacia Alyhia.

Cuando la alcanzan, ella está de rodillas, con las manos juntas, como si rezara. Pese a su poder destructivo, nunca había sido un objetivo tan fácil. Matarla sería tan sencillo como acabar con un conejo dormido. Al igual que todos los presentes, no puede luchar sola.

—¡Salvadla! —ordeno a voz en grito a dos mujeres que están recuperando el aliento cerca del lavadero.

Estas me miran con extrañeza.

—¡Salvad a la apire! ¡Es una orden!

Saco el brazo del agua y agarro una espada, animándolas a que me sigan. Me abro paso entre la multitud. Me encuentro a unos pocos metros de distancia de Alyhia cuando comprendo que es demasiado tarde. Varias personas la rodean, y dos de ellas empuñan un arco. Un grifo vuela por encima de nuestras cabezas, con el jinete dispuesto a disparar la ballesta.

—¡Alyhia, ponte a cubierto! —grito.

Aunque es casi imposible que me oiga con todo el alboroto, ella clava sus ojos en los míos. Sin embargo, sus movimientos son lentos: no podrá evitar el ataque. En ese preciso instante, se oye un graznido en el aire y advierto que no es el de un grifo. Al alzar la mirada, veo las plumas rojas de Pheleol. ¿Cómo ha conseguido escapar de la jaula? Parece más imponente si cabe en el cielo. Va dejando una estela de chispas y una nube dorada tras de sí. En el momento en el que los atacantes disparan las flechas, el ave chilla y le sale una llamarada del pico, que crea un círculo alrededor de

Alyhia. Su aliento desvía las flechas bajo las miradas atónitas de los soldados.

Un segundo después, las dos mujeres del lavadero pasan ante mí y defienden a Alyhia. Pheleol embiste al grifo, pese a que este es mucho más grande que él. Con un chillido, lanza una ráfaga incendiaria sobre la trayectoria de la bestia. El jinete cae al suelo, probablemente muerto, y el grifo desaparece en el cielo. Era justo lo que necesitaba para volver a pasar a la acción.

—¡Combatientes de Sciõ, contened el ataque!

Sin tan siquiera comprobar si me obedecen, me acerco a Alyhia. Me paro frente a las llamas y le pido que haga desaparecer el fuego.

El círculo llameante parece ensancharse, como si quisiera distanciarme de ella. Lo evito y reitero mi petición, en un tono de voz tan elevado como me es posible.

—¡Puedes hacerlo! —grito, sosteniéndole la mirada.

Sus pupilas están destrozadas por las llamas y, pese a estar de rodillas, parece al borde del colapso. Durante un instante, pienso con horror que no podrá controlar el fuego, que se le escapará y lo destruirá todo a su paso, pero, de repente, su resplandor se hace más débil.

Los brazos de Alyhia se ponen en guardia, como durante un combate. Seguramente se trate de eso: de una lucha contra sí misma. Cuando consigue aspirar la primera llama, suelta un aullido que rompe el cielo. Poco a poco, las ráfagas devastadoras van desapareciendo, dejando el campo de batalla veteado de heridas negras. No queda ni rastro de los atacantes que la rodeaban, y el combate se reanuda.

Sin vacilar, me lanzo sobre ella y ambas rodamos antes de que se haga un ovillo. Si estuviera aquí su hermano mellizo, la tranquilizaría, igual que en Primis y, al parecer, tantas otras veces en el pasado.

—Perdóname, Alyhia. Perdóname… No quería…

De repente, se oye una explosión. La tierra se estremece y un brillo azulado surca el cielo. Durante un segundo, todos se quedan inmóviles; en ese momento ya nadie pelea, ya no hay enemigos. Durante ese segundo comprendo que mi hermano lo ha logrado.

—El puente... —susurra Alyhia.

Aunque no sé cómo lo ha hecho, Allan ha destruido el puente que conecta Sciõ con Kapall. Pese a la distancia, el estruendo de la estructura de piedra hundiéndose en el Deora es ensordecedor.

Me levanto con dificultad, sosteniendo a Alyhia. Las llamas resplandecen en sus ojos hasta que recupera el control de sí misma. La lucha se ha reanudado a nuestro alrededor como si no hubiera pasado nada. Ella, igual que yo, parece agotada. Sin embargo, acaba de nacer una nueva esperanza.

—Ganemos esta batalla —declaro.

Porque ya no llegarán más refuerzos ni podrán traer ninguna nueva arma. Ni siquiera los grifos pueden luchar solos. La batalla será larga y muchos moriremos, pero ganaremos. Esta será mi primera victoria como Regnante de Sciõ, mi primera victoria como mujer de los reinos unificados, mi primera victoria para mi familia y para mi tierra. Ysolte ya no estará, pero ha empezado nuestra venganza contra Kapall, y nada impedirá que proteja mi reino.

Ganaremos esta batalla, y todas las que la seguirán.

EPÍLOGO

—Alyhia, despierta —murmura una voz en mi oído.

Al abrir un ojo, advierto, sorprendida, que estoy en los aposentos de las Regnantes de Sciõ. Todo a mi alrededor es de un color gris claro, excepto la sábana, que es la única nota de color blanco en la estancia y que cubre el cuerpo de Sybil bajo los rayos del sol primaveral. Esta, tumbada boca abajo, me observa con sus inmensos ojos azules, con su larga melena gris sobre la espalda.

Ruedo hacia ella y le beso el hombro con dulzura. Percibo la emoción que la recorre cuando mis labios le rozan la piel. Su mirada se pierde en la ventana que da al patio de la hiedra, que ha sido testigo de nuestros besos y que pronto presenciará su coronación.

—¿Por qué ya ocupas esta habitación? —pregunto, acariciándole la espalda.

—Es la tradición. Aunque tenga que esperar varios meses antes de que se me considere Regnante de manera oficial, ya gozo de ciertos privilegios… Mi abuela no está aquí, y alguien tiene que gobernar.

La Regnante Éléonore falleció unos instantes después de enterarse de que habíamos ganado la batalla contra Kapall. Sybil se alegra de que pudiera vivir ese momento y de que nadie le revelara la muerte de Ysolte.

Al recordarlo, me acerco a ella para oler su aroma a almendras. La veo de nuevo, desesperada y aferrándose al cuerpo de su hermana menor. Es una pérdida que no le resultará fácil de superar.

—¡Por cierto! —exclama—. Garance nos ha invitado al bautismo del niño. Va a convertirse oficialmente en un miembro de la familia real de Sciõ...

—No pensé que ese pequeño llegaría tan lejos... Qué gran idea tuve al dejarlo al cuidado de tu hermana.

Nunca fue hijo mío y nunca lo será. Garance es la madre amorosa y devota que merece. Cuando me dijo que le pondría de nombre Ignis, que significa «fuego» en su idioma antiguo, me limité a sonreír, pues me alegró comprobar que no olvida los desafíos que la aguardan como madre de un apire. Aún no nos aceptan, y tenemos que esforzarnos a diario para controlar nuestro poder. Durante la batalla, pensé que iba a destruirlo todo a mi alrededor.

Miro el antebrazo de Sybil y contengo un escalofrío. Ahora siempre llevará el rastro de mi locura, al igual que mi padre antes que ella. ¿A cuántos seres queridos tendré que lastimar antes de aprender la lección?

—¿Syn desea dejar Sciõ en breve? —me pregunta Sybil en voz baja.

Le cuesta abordar el tema de mi esposo. Es como una sombra que vaga a nuestro alrededor en las noches que compartimos. Sin embargo, ha demostrado ser un apoyo inquebrantable. Cuando estoy con él, me siento amada y fuerte, en una burbuja de felicidad que nada puede destruir. Por extraño que parezca, esto no me impide sentir por Sybil un amor diferente, pero no menos intenso.

—No lo ha decidido aún. Radelian finge que aún no se puede emprender el viaje para quedarse más tiempo junto a tu hermano...

La risa clara de Sybil resuena por la estancia. Afuera, los pájaros cantan sobre el campo de batalla que aún no se ha despejado por completo. Estoy impaciente por volver a ver a Pheleol, que desde que adquirió su tamaño adulto y todos sus poderes cada día viaja más y más.

—En cualquier caso, no sabemos adónde nos dirigiremos —prosigo.

—Probablemente iréis en busca de aliados.

Se vuelve hacia mí, se apoya en el codo y revela su pecho y su vientre carnoso. Esa visión me despierta un deseo infinito. La beso sin cesar por todo el cuerpo mientras ella no deja de reír.

—¿Quién querría ayudar a un apire? —pregunto al cabo de un rato.

—Nosotras. Y probablemente tu familia...

Siento un nudo en el estómago ante la idea de poner a Ramil en peligro. No quiero arrastrarlos a mi desgracia, pero ¿hay alternativa? La batalla que ganamos por un margen ínfimo ha demostrado algo: que Sciõ no puede luchar solo. Incluso con la ayuda de Iskör, no tenemos suficiente poder como para desafiar al resto de los reinos unificados. Los espías informaron de que los hombres de Kapall se dirigían a Primis, con toda probabilidad en busca del apoyo necesario para aplastarnos definitivamente. No puedo evitar preguntarme cómo estará Efia. ¿Habrá encontrado de verdad el lugar que anhelaba? ¿Se arrepentirá de haberme traicionado?

—Pero ahora olvidémonos de eso —dice Sybil en mi cuello—. De momento, estamos solas...

Lleva con atrevimiento su mano hacia mi vientre mientras nuestros labios se unen.

Sé que esto es solo el principio, que aún habrá que luchar, que perderemos a otras personas, amigos y familiares. Pero estoy aquí, con la mujer y el hombre que más quiero en el mundo, y lo que ahora deseo es detenerme y saborear este amor.

Ignorando el estado del mundo que me rodea, me acerco a ella para besarla.

AGRADECIMIENTOS

Me temo que no puedo terminar este libro sin una página de agradecimientos, dada la cantidad de personas que han exigido aparecer en ella.

Sin embargo, en primer lugar, me gustaría dar las gracias al café y a la música, primeros compañeros de escritura. Luego vinieron los lectores beta, quienes seguramente se sorprenderán de lo lejos que ha llegado aquel manuscrito de hace dos años: Cindy, mi querida prima, Baptiste y su hermana Jeanne, Hugo, Zoe, Amélie, y seguro que olvido a muchos.

El manuscrito fue modificado, alargado, triturado, cortado y muchas cosas más antes de que lo analizaran los ojos de Margaux (la persona más quisquillosa que he conocido en lo que respecta a comas y definiciones). Gracias también a Marie, a Eve y, por supuesto, a Étienne, director artístico del proyecto, que, pese a que se autoproclamó como tal sin pedir permiso a nadie, se lo merece. Además, debo agradecerle a Lydie el título del segundo volumen, porque trabaja justo delante de mí y me dan miedo las consecuencias si no la menciono.

Gracias a las Rageottes por su apoyo y su sororidad, y a la sección *pomodoro* del servidor Îles lettreés, donde se escribió gran parte de este texto.

Como no hay nada como ocuparse de las cosas personalmente, me gustaría darle las gracias a la Alice del pasado, que dejó un puesto de trabajo «perfecto» para su currículum por un empleo a tiempo parcial en la recepción de una editorial. Sin esa elección, este libro probablemente no estaría hoy en tus manos.

Un agradecimiento enorme al Festival des Imaginales por organizar las reuniones de autores con editores, donde pude conocer a la mía. Y, hablando de editoras, gracias, gracias, gracias a Isabel por dibujar un corazón en mi presentación; a Julie por el seguimiento; a Christine y Manon por vuestra corrección increíblemente profesional; a Nicolas por esa cubierta tan absolutamente magnífica y a todo el equipo de Hachette Romans. Había indagado un poco qué podía esperar de una editorial, pero ¡habéis pulverizado todas mis preconcepciones! Vuestro trabajo es fantástico y jamás habría soñado con un mejor acompañamiento para este manuscrito.

Por último, quiero dar las gracias a los lectores. Aunque mientras escribo esto aún no existís, estáis en algún lugar y, pase lo que pase, es gracias a vosotros que Alyhia, Sybil y Efia vivirán más allá de mi corazón y de las fronteras de los reinos unificados.